을 유 세 계 문 학 전 집 · 6 2

송사삼백수

송사삼백수

宋詞三百首

주조모 엮음 · 김지현 옮김

⊗ 을유문화사

옮긴이 김지현

서울대학교 중어중문학과를 졸업하고, 같은 대학교에서 문학 석사와 문학 박사 학위를 받았다. 현재 서울대학교에서 당송대 시가 문학에 관련한 연구와 강의를 하고 있다. 관련 논문으로 「이청조시사연구(李淸照詩詞硏究)」, 「장염사학이론연구(張炎詞學理論硏究)」, 「사별집(詞別集) 서발류(序跋類)의 사학적(詞學的) 가치 고찰」 등이 있다.

을유세계문학전집 62
송사삼백수

발행일 · 2013년 4월 15일 초판 1쇄 | 2021년 4월 30일 초판 2쇄
엮은이 · 주조모 | 옮긴이 · 김지현
펴낸이 · 정무영 | 펴낸곳 · (주)을유문화사
창립일 · 1945년 12월 1일 | 주소 · 서울시 마포구 서교동 469-48
전화 · 02-733-8153 | FAX · 02-732-9154 | 홈페이지 · www.eulyoo.co.kr
ISBN 978-89-324-0394-6 04820 978-89-324-0330-4(세트)

1. 목란화(木蘭花)

전유연(錢惟演)

城上風光鶯語亂,　　　성 위 멋진 풍경 가득 꾀꼬리 요란하고
城下煙波春拍岸.　　　성 밑 안개 서린 물은 강둑을 두드리죠.
綠楊芳草幾時休,　　　푸른 버들 고운 풀은 언제쯤 시들까요
淚眼愁腸先已斷.　　　눈물 속에 시름겨운 애간장 다 끊겼네요.

情懷漸變成衰晚,　　　품어주신 정 갈수록 시드는 걸 느끼나니
鸞鏡[1]朱顏驚暗換.　　거울 속 곱던 얼굴 놀랍도록 상했지요.
昔年多病厭芳尊,　　　예전에는 병 많다며 술잔 받길 꺼렸거늘
今日芳尊惟恐淺.　　　이젠 그저 술잔 바닥 드러날까 걱정하죠.

---

1 난경(鸞鏡): 난새를 조각하여 장식한 귀한 거울.

2. 소막차(蘇幕遮)

범중엄(范仲淹)

碧雲天,　　　　　　　푸른 구름 뜬 하늘

黃葉地,　　　　　　　노란 낙엽 쌓인 땅

秋色連波,　　　　　　가을빛은 물결로 쭉 이어지고

波上寒烟翠.　　　　　물결 위로 찬 안개 푸르게 피네.

山映斜陽天接水,　　　산에 노을 기울고 하늘과 물 맞닿는데

芳草無情,　　　　　　고운 풀은 참으로 무심도 하지

更在斜陽外　　　　　노을빛 아니 닿는 곳에 있구나.

黯鄉魂,　　　　　　　고향 그리는 마음 어두워지고

追旅思,　　　　　　　나그네의 시름은 꼬리를 무네.

夜夜除非,　　　　　　매일 밤 그저 오직

好夢留人睡.　　　　　좋은 꿈 꿀까 싶어 잠을 청하네.

明月樓高休獨倚,　　　밝은 달 든 누대 높이 홀로 기대 있지
　　　　　　　　　　　말라

酒入愁腸,　　　　　　시름겨운 뱃속에 술 들어가면

化作相思淚.　　　　　그리움의 눈물로 변할 터이니.

3. 어가오(漁家傲)

범중엄(范仲淹)

塞下秋來風景異,　　　변방에 가을 오니 풍경 사뭇 다른데
衡陽[1]雁去無留意.　　　형양 가는 기러기는 머물 마음 없나 보다.
四面邊聲[2]連角起.　　　사방에 변경 소리 호각 울림 이어지고
千嶂裏,　　　　　　　천 굽 봉우리 사이
長煙落日孤城閉.　　　안개 속 석양 물든 외딴 성문 닫혔노라.

濁酒一杯家萬里,　　　탁주 한 잔 마시니 만 리 밖 고향 생각
燕然[3]未勒歸無計.　　　아직 변경 평정 못해 돌아갈 수 없는데
羌管悠悠霜滿地.　　　강족 피리 구슬프고 땅엔 서리 가득하니
人不寐,　　　　　　　사람들은 잠을 못 이루는구나
將軍白髮征夫淚.　　　흰 머리 센 장군도 눈물짓는 병사도.

---

1 형양(衡陽): 지금의 호남성(湖南省) 형양시(衡陽市). 철새인 기러기는 날씨가 추워지면 형양의
　회안봉(迴雁峰)까지 날아가 그곳에서 지낸다는 설에 의거한 표현이다. 이 구절은 북쪽 변방의
　기러기가 남쪽으로 날아가면서 중도에 지체할 뜻이 없음을 말한 것이다.
2 변성(邊聲): 오랑캐 피리 소리, 말 울음 소리, 모래바람 소리 등 변경 지역에서 나는 각종 소리.
3 연연(燕然): 작가가 있는 변경 지역의 산 이름. 오늘날의 중국 내몽골자치구에 위치한다.

4. 어가행(御街行)

범중엄(范仲淹)

紛紛墜葉飄香砌[1].	후두둑 진 낙엽이 섬돌에 나부끼네.
夜寂靜,	밤의 적막 가만히 깊어갈수록
寒聲碎[2].	추위 빚는 소리가 아스라한데
眞珠簾捲玉樓空,	인적 없는 누각에서 진주발을 걷으니
天淡銀河垂地.	맑은 하늘 은하수가 땅으로 쏟아지네.
年年今夜,	해마다 이 무렵의 밤이 깊으면
月華如練[3],	달빛은 흰 깁처럼 곱기만 한데
長是人千里.	언제나 그 사람은 천리 너머에.
愁腸已斷無由醉.	시름겨운 속 다 끊겨 취할 수도 없어라.
酒未到,	술 가 닿기도 전에
先成淚.	먼저 눈물이 되고
殘燈明滅枕頭攲,	깜박이는 등불 아래 베갯머리 기대자니
諳盡孤眠滋味.	외로이 드는 잠의 맛을 정녕 알겠구나.
都來此事,	이 모든 사연들을
眉間心上,	미간에서 마음에서
無計相廻避.	떨쳐낼 길 없어라.

---

1 향체(香砌): 섬돌의 미칭. 주변의 꽃향기가 섬돌에 배는 경우가 많아 '향(香)'자를 붙여 꾸민 것이다.

2 쇄(碎): 부서지다. 줄어들다.

3 련(練): 흰 비단.

5. 천추세(千秋歲)

장선(張先)

數聲鶗鴂,	몇 마디 지저귀는 소쩍새 소리
又報芳菲歇.	꽃 다 진 걸 다시금 알려오네요.
惜春更選殘紅折,	봄 아쉬워 남은 꽃을 거듭 골라 꺾는데
雨輕風色暴,	빗방울 가벼웁고 바람 거세니
梅子青時節.	파랗게 매실 익는 계절이군요.
永豐[1]柳,	영풍의 버드나무
無人盡日花飛雪.	홀로 종일 눈발 같은 버들개지 날리네요.
莫把幺絃撥,	거문고 현을 타지 마시옵소서
怨極絃能說.	현은 깊은 원망을 쏟아낼 테니.
天不老[2],	하늘이 늙지 않듯
情難絶,	정은 끊기 어렵고
心似雙絲網,	마음은 날줄 씨줄 얽힌 그물 같아서
中有千千結.	안에는 옹이 맺힌 매듭이 수천 개죠.
夜過也,	온 밤 지새우는데
東窗未白孤燈滅.	동창이 밝기 전에 외등이 꺼지네요.

---

1 영풍(永豐): 낙양(洛陽)의 거리 이름.
2 천불로(天不老): 하늘은 늙지 않는다. 즉, 언제나 변하지 않고 한결같음을 비유한 표현이다.

6. 보살만(菩薩蠻)

장선(張先)

哀箏一弄湘江曲,　　구슬픈 쟁을 타서 연주하는 상강곡

聲聲寫盡湘波綠.　　그 소리 그대로가 상강 푸른 물결일세.

纖指十三絃[1],　　곱디고운 손가락과 열세 가닥 쟁 현이

細將幽恨傳.　　깊은 한을 가냘프게 전하고 있구나.

當筵秋水慢[2],　　대자리 위 맑은 눈빛 가을 물을 닮았고

玉柱[3]斜飛雁.　　옥주는 비껴 나는 기러기 떼 같아라.

彈到斷腸時,　　애간장 끊어지는 대목 탈 때 되어선

春山眉黛低.　　봄 산 같은 눈썹을 낮게 숙이는구나.

---

1 십삼현(十三絃): 현악기의 13 현. 여기서는 제1구에 나온 쟁을 가리킨다.

2 추수만(秋水慢): 가을의 수면처럼 맑고 차분한 눈빛. 백거이(白居易)의 「아쟁을 읊다(詠箏)」 시
에 "두 눈의 눈빛은 가을 수면을 오려낸 듯하고(雙眸剪秋水)"라는 구절이 있다.

3 옥주(玉柱): 악기의 현을 지탱하는 기둥. 기러기발. '옥'은 그 재료이거나, 아름다운 묘사를 위
한 미칭이다.

7. 취수편(醉垂鞭)

장선(張先)

雙蝶繡羅裙.　　　한 쌍 나비 수놓은 비단결 치마

東池宴,　　　　동쪽 연못 곁 벌인 잔치자리서

初相見.　　　　처음으로 그녀를 보게 되었소.

朱粉不深勻,　　　발그레한 화장분 짙지 않으니

閒花淡淡春.　　　봄날 핀 수더분한 꽃송이라오.

細看諸處好,　　　가만 보면 볼수록 다 예쁘다만

人人道,　　　　사람마다 말하는 건

柳腰身.　　　　버들같은 허리로세.

昨日亂山昏,　　　어제 험한 산 너머 해 질 무렵에

來時衣上雲[1].　　왔을 제 옷에 구름 서렸더구려.

---

1 의상운(衣上雲): 옷자락 위에 구름이 서려 있다. 즉, 묘사의 대사가 되는 여인이 하늘에서 내려
온 선녀처럼 아름답다는 뜻을 함축하고 있다.

8. 일총화(一叢花)

장선(張先)

傷高懷遠幾時窮.	먼 임 향한 그리움은 언제 끝이 나려나
無物似情濃.	정처럼 진한 것도 또 없으리라.
離愁正引千絲亂,	이별로 시름겨워 괴로운 맘 천 갈래
更東陌,	더구나 동쪽 뻗은 두렁길 위엔
飛絮濛濛.	버들개지 가득히 흩날리거늘.
嘶騎漸遙,	말울음은 갈수록 멀어져가고
征塵不斷,	나그네 흙먼지는 끊임없는데
何處認郞蹤.	어디에서 임 발자국 알아볼 수 있으려나.
雙鴛池沼水溶溶,	쌍 원앙 떠다니는 연못 물 넘실넘실
南北小橈¹通.	남북으로 작은 배 오고가는데,
梯橫畫閣黃昏後,	사다리 건 누각은 황혼에 물들더니
又還是,	또다시
斜月簾櫳.	비껴 기운 달빛이 주렴 안에 스미누나.
沈恨細思,	한스러움 깊어져 곰곰이 새겨보니
不如桃杏,	복숭아꽃 살구꽃 신세만도 못하구나,
猶解嫁東風².	그 꽃들은 봄바람에 시집갈 줄 알진저.

---

1 소뇨(小橈): 작은 배. '뇨(橈)'의 본 뜻은 '배 젓는 노이나, 여기서는 배 전체를 대표하여 쓰였다.

2 가동풍(嫁東風): 동풍은 곧 봄바람을 말한다. 꽃잎이 봄바람에 시집간다는 표현은 꽃잎이 봄바람에 실려 날아간다는 뜻으로, 이 구절은 시적 화자인 여성이 자신이 꽃보다도 못한 신세임을 한탄한 것이다.

9. 천선자(天仙子)

장선(張先)

이 때 가화 통판으로 있었는데, 병 때문에 잠이 들어 관부의 모임에 가지 못하였다.
時爲嘉禾[1]小倅, 以病眠, 不赴府會.

水調[2]數聲持酒聽,	「수조」 노래 몇 소절을 술 곁들여 듣노라니
午醉醒來愁未醒.	낮 취기는 풀려도 시름 아니 풀리누나.
送春春去幾時回.	떠나보낸 봄날 가면 언제 다시 와주려나,
臨晚鏡,	저녁 무렵 거울을 마주하면서
傷流景[3],	흘러간 지난날을 슬퍼하나니
往事後期空記省.	옛일과 먼 기약이 부질없이 떠오른다.
沙上並禽池上暝,	어둠 내린 연못가 모래밭 위 새 한 쌍,
雲破月來花弄影.	구름 젖힌 달빛 들어 꽃그림자 놀이한다.
重重簾幕密遮燈,	겹겹이 휘장 쳐서 등불을 꼭 막는데
風不定,	바람은 멎지 않고
人初靜,	인적 갓 가셨구나,
明日落紅應滿徑.	내일이면 길 가득히 붉은 꽃잎 져 있으리.

---

1 가화(嘉禾): 오늘의 절강성(浙江省) 가흥(嘉興).
2 수조(水調): 「수조가두(水調歌頭)」 사패에 따라 지은 노래.
3 유경(流景): 흘러가버린 풍경과 세월. 즉, 지나간 옛 시절.

10. 청문인(靑門引)

장선(張先)

乍暖還輕冷,　　　　　잠시 포근하다가 다시 살짝 춥다가
風雨晚來方定.　　　　비바람은 저녁에야 비로소 잦아든다.
庭軒寂寞近淸明[1],　　청명절 가까워진 쓸쓸한 뜰 한 구석
殘花中酒[2],　　　　　남은 꽃 사이에서 술 취하는데
又是去年病.　　　　　지난해의 병세가 또 깊어간다.

樓頭畫角[3]風吹醒,　　누대 화각 소리가 바람 실려 술 깨우고
入夜重門靜.　　　　　한밤중 깊은 무렵 닫힌 겹문 고요한데
那堪更被明月,　　　　어찌 보아낼런가, 밝은 달빛에 다시
隔牆送過鞦韆影.　　　담장 너머 흔들리는 그네의 그림자를.

---

1 청명(淸明): 청명절. 음력 4월 5일 또는 6일.

2 중주(中酒): 술에 취하다.

3 화각(畫角): 울긋불긋하게 그림을 그려 넣은 뿔피리. 군영의 호각(號角)으로 자주 쓰였다.

11. 생사자(生査子)

장선(張先)

含羞整翠鬟[1],　　　　　　부끄러운 기색 띠고 검푸른 쪽 매만지다
得意頻相顧.　　　　　　　맘에 들게 되었나 자꾸 돌아보는구나.
雁柱十三絃,　　　　　　　기러기 떼 모양 기둥 따라 걸친 열세 현
一一春鶯語.　　　　　　　한 소절 한 소절이 봄꾀꼬리 소리로고.

嬌雲容易飛,　　　　　　　아름다운 구름조각 쉬이 날아 가버리니
夢斷知何處.　　　　　　　꿈에서 깨어나면 간 데 알 수 있으랴.
深院鎖黃昏,　　　　　　　깊숙한 뜰 안으로 황혼빛이 갇히고
陣陣芭蕉雨.　　　　　　　한가득 파초잎엔 빗방울이 맺혔어라.

---

1 취환(翠鬟): 검푸른 빛의 쪽진 머리. 젊은 여인의 머리는 아름다운 검푸른 빛이 돈다.

12. 완계사(浣溪沙)

안수(晏殊)

一曲新詞酒一杯,　　　노래 한 곡 새 가사 짓고 나서 술 한 잔
去年天氣舊池臺,　　　옛 연못가 누대에는 작년 날씨 그대론데
夕陽西下幾時回.　　　서쪽 지던 석양은 언제쯤 돌아오나.

無可奈何花落去,　　　떨어지는 꽃송이야 어찌 할 수 없으리
似曾相識燕歸來,　　　낯이 익은 제비는 되돌아온 듯도 허이
小園香徑¹獨徘徊.　　　아담한 뜰 향긋한 길 혼자서 맴도노라.

---

1 향경(香徑): 꽃향기가 향긋하게 밴 길.

13. 완계사(浣溪沙)

안수(晏殊)

一向¹年光有限身,　　　찰나의 시간이요 끝 정해진 몸이니
等閑離別易銷魂²,　　　늘상 겪는 이별에도 쉬 슬퍼져 넋을 놓네
酒筵歌席莫辭頻.　　　술자리 노래잔치 잦다 사양 말지어다.

滿目山河空念遠,　　　먼 산 먼 강 내다보며 헛되이 임 그리는데
落花風雨更傷春,　　　지는 꽃과 비바람에 가슴 더욱 아픈 봄
不如憐取眼前人.　　　차라리 눈 앞 사람 사랑함이 나으리라.

---

1 일향(一向): 짧은 시간. 잠시. '일상(一晌)'과 같은 의미이다.
2 소혼(銷魂): 큰 슬픔으로 인해 넋을 잃다.

14. 청평악(淸平樂)

안수(晏殊)

紅箋小字,　　　　　붉은 빛깔 편지지에 자그마한 글씨로
說盡平生意.　　　　이제껏 품어온 맘 남김없이 다 썼다만
鴻雁在雲魚在水,[1]　기러기는 구름 속에 물고기는 물 속에,
惆悵此情難寄.　　　이 마음 못 전하니 슬프기 짝이 없소.

斜陽獨倚西樓,　　　석양 질 제 서쪽 누각 나 홀로 기대서니
遙山恰對簾鉤.　　　주렴 고리 마주한 건 먼 곳 뻗은 산이
　　　　　　　　　　로고.
人面不知何處,　　　내 님의 얼굴은 어디쯤에 있으려나
綠波依舊東流.　　　푸른 물만 그때처럼 동쪽으로 흘러가오.

---

1 홍안재운어재수(鴻雁在雲魚在水): 기러기는 구름 속에 있고 물고기는 물 속에 있어, 소식을 전
하도록 시키지 못한다는 뜻이다. 예로부터 중국문학에서 기러기와 물고기는 소식을 전하는 전
령사로 쓰였다.

15. 청평악(清平樂)

안수(晏殊)

金風[1]細細,　　　　가을바람 솔솔 부니
葉葉梧桐墜.　　　　잎새 잎새 오동 지네.
綠酒初嘗人易醉,　　빚은 술 맛보다가 이내 곧 취해버려
一枕小窗濃睡.　　　쪽창 아래 눕는 대로 깊은 잠에 빠졌네.

紫薇朱槿花殘,　　　자색 장미 붉은 근화 고운 꽃잎 지는 무렵
斜陽卻照闌干.　　　비껴 누운 석양만이 누대 난간 비추네.
雙燕欲歸時節,　　　짝 지은 제비들이 떠나려는 이맘때
銀屏昨夜微寒.　　　은 병풍에 어젯밤 한기 살짝 들었다네.

---

1 금풍(金風): 가을 바람.

16. 목란화(木蘭花)

안수(晏殊)

池塘水綠風微暖,　　연못 물빛 짙푸르고 고운 바람 따스하니
記得玉眞[1]初見面.　　고운 님 처음 만난 기억이 떠오르네.
重頭[2]歌韻響琤琮,　　거듭 부른 노래는 옥 굴리듯 낭랑했고
入破[3]舞腰紅亂旋.　　성대한 곡 춤사위에 붉은 치마 펄럭였네.

玉鉤闌下香階畔,　　옥고리로 꾸민 난간 아래참의 섬돌에서
醉後不知斜日晚.　　취한 뒤라 해 다 지고 밤 된 줄도 몰랐
　　　　　　　　　　다네.

當時共我賞花人,　　그 시절 나와 함께 꽃놀이를 즐겼던 이
點檢如今無一半.　　꼽아보니 지금은 반도 아니 남았다네.

---

1 옥진(玉眞): 옥처럼 아름다운 사람. '옥인(玉人)'과 같은 말이다.
2 중두(重頭): 전단과 후단이 완전히 동일하게 거듭되는 형식의 사.
3 입파(入破): 악곡 연주 중에 성대하게 최고조에 이른 부분.

17. 목란화(木蘭花)

안수(晏殊)

燕鴻過後鶯歸去,　　제비 기러기 지나갔고 꾀꼬리도 가버렸고
細算浮生千萬緒.　　덧없던 삶 헤아리매 근심만 천만 갈래.
長於春夢幾多時,　　봄꿈보다 길다 한들 그 얼마나 되겠는가
散似秋雲無覓處.　　흩어지면 못 찾을 가을 구름 닮았구나.

聞琴解佩[1]神仙侶,　　거문고 듣고 패옥 풀어 신선과 짝 됐다던데

挽斷羅衣留不住.　　비단 옷을 붙잡아도 떠나는 이 못 막네.
勸君莫作獨醒人,　　그대 홀로 술 깬 사람 되지는 마시게나
爛醉花間應有數.　　꽃 속 잔뜩 취해야만 견딜 수가 있으리니.

---

1 문금해패(聞琴解佩): 한(漢)나라 탁문군(卓文君)이 사마상여(司馬相如)의 거문고 소리를 듣고
사랑에 빠졌다는 고사와, 정교보(鄭交甫)가 강가에서 만난 선녀에게 반하여 패옥을 풀어달라
고 청해 그것을 받았다는 고사를 쓴 것이다. 모두 남녀가 사랑에 빠진다는 것을 말하였다.

18. 목란화(木蘭花)

안수(晏殊)

綠楊芳草長亭路,　　　　　푸른 버들 고운 꽃풀 흐드러진 머나먼 길
年少抛人容易去.　　　　　그이는 날 버리고 쉽게도 떠났지요.
樓頭殘夢五更鍾[1],　　　　누각 구석 꿈을 깨니 이른 새벽 종소리
花底離愁三月雨.　　　　　꽃 아래 이별 섧어 늦은 봄비 맞나이다.

無情不似多情苦,　　　　　무정보단 다정 쪽이 그 괴로움 더한지라
一寸還成千萬縷.　　　　　한 치 마음 다 찢어져 천만 갈래 너덜대죠.
天涯地角有窮時,　　　　　하늘 끝 땅 귀퉁이 다할 때가 있다 한들
只有相思無盡處.　　　　　임을 향한 그리움은 사라지지 않나이다.

---

1 오경종(五更鍾): 오경, 즉 새벽 3시~5시를 알리는 종소리.

19. 답사행(踏莎行)

안수(晏殊)

祖席1離歌,
長亭別宴,
香塵已隔猶回面.
居人匹馬映林嘶,
行人去棹2依波轉.

전별하는 자리에서 이별 노래 부르고
높다란 정자 올라 송별잔치 했나니,
꽃길에 인 먼지 너머 돌아봐 주시네요.
남은 이와 짝 이룬 말 숲 속에서 슬피 울고
가시는 임 탄 쪽배는 파도 따라 흔들리죠.

畵閣魂銷,
高樓目斷,
斜陽只送平波遠.
無窮無盡是離愁,
天涯地角尋思徧.

곱게 꾸민 전각에서 넋 놓고 앉았다가
높은 누각 올라서서 눈 닿는 끝 한껏 봐도
노을은 저 멀리서 잔물결만 보내올 뿐.
끝이 없는 그건 바로 이별의 슬픔이죠
하늘 끝 땅 귀퉁이 임을 찾아 떠돕니다.

---

1 조석(祖席): 멀리 떠나는 사람을 전별하는 술자리. '조(祖)'는 여로(旅路)의 평안을 관장하는 신
에게 올리는 제사.
2 거도(去棹): 떠나가는 배. '도(棹)'는 배를 젓는 '노'라는 뜻이나, 여기서는 배의 일부분으로 배 전
체를 지칭하였다.

20. 답사행(踏莎行)

안수(晏殊)

小徑紅稀,	좁다란 오솔길에 붉은 꽃 줄고
芳郊綠徧,	향 고운 들판 가득 초록 물들고
高臺樹色陰陰見.	높은 누각 올라서니 녹음 짙게 보이더라.
春風不解禁楊花,	봄바람은 버들꽃을 막을 줄은 모르고
蒙蒙亂撲行人面.	펑펑 마구 날려보내 행인 얼굴 때리더라.

翠葉藏鶯,	새파란 잎 사이로 숨은 꾀꼬리
朱簾隔燕,	붉은 주렴 너머엔 제비 한 무리
鑪香靜逐游絲轉.	고요히 아지랑이 따라 피는 향로 연기.
一場愁夢酒醒時,	한바탕 슬픈 꿈에 술기운 깨던 무렵
斜陽卻照深深院.	깊디깊은 뜰에는 노을빛이 비쳤더라.

21. 답사행(踏莎行)

안수(晏殊)

碧海無波,　　　　　　벽해에 물살 없고
瑤臺有路,　　　　　　옥대에 길 나 있어
思量便合雙飛去.　　　생각하니 둘이 날며 노닐면 딱 좋을 텐데.
當時輕別意中人,　　　그 시절 너무 쉽게 이별 고한 내 맘속 님
山長水遠知何處.　　　긴 산 너머 먼 강 건너 계신 곳을 모르
　　　　　　　　　　지요.

綺席[1]凝塵,　　　　　깔개 온통 먼지고요
香閨掩霧,　　　　　　규방 밖은 안개네요
紅牋小字憑誰附.　　　붉은 편지 잔글씨를 누구 편에 부치나요.
高樓目盡欲黃昏,　　　누각 올라 내다볼 땐 노을 질 것 같더니
梧桐葉上蕭蕭雨.　　　오동나무 잎새 위에 후둑후둑 비 오네요.

---

1 기석(綺席): 비단으로 짠 깔개나 방석. 미인의 거처를 상징한다.

22. 접련화(蝶戀花)

안수(晏殊)

六曲闌干偎碧樹,　　　여섯 굽이 난간에 푸른 나무 기대 있고
楊柳風輕,　　　　　　수양버들 스치는 사뿐한 바람결은
展盡黃金縷.　　　　　황금빛 실가지를 한껏 펼쳐 휘날리네.
誰把鈿箏[1]移玉柱,　　누구런가, 쟁을 잡고 기러기발 옮기는 이
穿簾海燕雙飛去.　　　주렴 틈새 비집고 제비 한 쌍 날아가네.

滿眼遊絲兼落絮.　　　눈 앞 가득 아지랑이 그리고 버들개지
紅杏開時,　　　　　　붉은 살구 꽃 핀 무렵
一霎淸明雨.　　　　　잠깐 내린 청명절 비.
濃睡覺來鶯亂語,　　　깊은 단잠 깨버린 건 꾀꼬리 탓이로고
驚殘好夢無尋處.　　　놀라 망친 좋은 꿈 되찾을 곳 없어라.

---

1 전쟁(鈿箏): 나전 등으로 화려하게 장식한 쟁.

23. 봉소음(鳳簫吟)

한진(韓縝)

鎖離愁,	꼬리 무는 이별 시름
連緜無際,	끝도 없이 이어지네.
來時陌上初熏[1].	임 오신 건 거리 갓 따스해질 때였다네.
繡幃人念遠,	휘장 안의 여인은 먼 길 가실 임 걱정에
暗垂珠露泣,	진주 이슬 닮은 눈물 남몰래 떨구면서
送征輪.	나그네 탄 마차를 떠나보내네.
長行長在眼,	먼 여정이 언제나 눈앞에 밟히리라,
更重重, 遠水孤雲.	겹겹이 먼 물길에 홀구름 뜬 풍경이.
但望極, 樓高盡日,	그저 한껏 멀리 보려 높은 누각 종일 올라
目斷[2]王孫[3].	눈 닿는 저 끝까지 임 찾으리라.
消魂,	넋 잃고 우두커니
池塘從別後,	이별 후 연못가를 서성이나니.
曾行處,	일찍이 예 거닐 제
綠妒輕裙.	풀잎이 깨끼치마 시샘하였지.
恁[4]時攜素手,	그 시절, 하얀 손을 꼬옥 잡고서
亂花飛絮裏,	꽃송이와 버들개지 날리는 새로

---

1 훈(熏): 따스하다, 또는 향기롭다. '훈(薰)'과 같다.

2 목단(目斷): 눈에 보이는 곳 끝까지 먼 곳을 바라보다.

3 왕손(王孫): 높은 신분의 남자를 지칭하는 말. 여기서는 여인이 사랑하는 임을 가리킨다.

4 임(恁): 생각하다. 옛 일을 추억하다. '념(念)'과 같다.

緩步香茵.　　　　　　　풀밭 딛던 걸음이 참 여렸었지.
朱顏[5]空自改,　　　　　곱던 얼굴 덧없이 늙어가는데
向年年, 芳意長新.　　　해마다 흐드러진 꽃풍경은 새롭구나.
徧綠野, 嬉游醉眼,　　　두루 들에 노닐며 술에 취해 즐길지니
莫負靑春.　　　　　　　청춘시절 허투루 보내지 말지어다.

44

24. 목란화(木蘭花)

송기(宋祁)

東城漸覺風光好, 　성 동쪽에 갈수록 풍광은 더욱 좋아
穀皺[1]波紋迎客棹. 　비단 주름 물결이 놀잇배를 맞이하고.
綠楊煙外曉雲輕, 　안개 너머 푸른 버들, 가벼운 새벽 구름
紅杏枝頭春意鬧. 　붉은 살구 가지에도 봄기운이 들썩들썩.

浮生長恨歡娛少, 　덧없는 삶 기쁨 적어 언제나 아쉽나니
肯愛千金輕一笑.[2] 　설사 천금 아낀대도 웃기를 아니 하랴.
爲君持酒勸斜陽, 　그대 위해 술잔 들고 낙조에게 권하노니
且向花間留晚照. 　조금 더 꽃밭 비춰 어둠 더디 오게 하라.

---

1 곡추(穀皺): 고운 비단의 주름. 여기서는 수면의 잔물결을 비유한 표현이다.
2 긍애천금경일소(肯愛千金輕一笑): '긍(肯)'은 '어찌 ~ 하랴'라는 뜻으로, 반어문에 쓰인다. '애(愛)'는 '인색하게 아끼다'라는 뜻이다. '경(輕)'은 '가벼이 여기다, 깔보다'라는 뜻이다. 이 구절은 '천금을 아끼려고 웃기를 경시하랴'라는 의미로, 즉 다시 말해 기분 좋게 한 번 웃을 수 있다면 천금이라도 아끼지 않겠다는 것이다.

25. 채상자(采桑子)

구양수(歐陽修)

群芳過後[1]西湖好,　　　　꽃무리 지나가도 서호는 좋아.
狼籍殘紅,　　　　　　　　　나뒹구는 붉은 꽃잎,
飛絮蒙蒙,　　　　　　　　　가득 나는 버들개지,
垂柳闌干盡日風.　　　　　　수양버들 난간엔 온종일 바람.

笙歌散盡游人去,　　　　　　음악소리 그치고 유람객 떠나
始覺春空,　　　　　　　　　비로소 느껴지는 봄의 끝무렵.
垂下簾櫳,　　　　　　　　　나지막이 주렴을 드리우는데,
雙燕歸來細雨中.　　　　　　이슬비 속 쌍제비 돌아왔구나.

---

1 군방과후(群芳過後): 갖가지 꽃의 개화가 지나간 후. 즉 온갖 꽃이 시든 후.

26. 소충정(訴衷情)

구양수(歐陽修)

淸晨簾幕捲輕霜,　　　　새벽녘 발 걷으니 서리 살짝 내렸기에
呵手試梅妝[1].　　　　　손 호호 불어가며 꽃단장 하네.
都緣自有離恨,　　　　　본디에 이별의 한 품고 있기에
故畫作, 遠山長.　　　　길쭉한 먼 산 모양 눈썹 그리네.

思往事,　　　　　　　　지나버린 옛 일을 생각하다가
惜流芳[2],　　　　　　흘러간 꽃다운 때 너무 아쉬워
易成傷.　　　　　　　　쉽사리 생채기가 덧나는구나.
擬歌先斂,　　　　　　　노래 한 곡 하려다 마음 거두고
欲笑還顰,　　　　　　　미소를 지으려다 또 찡그리니
最斷人腸.　　　　　　　참으로 애간장이 끊어지누나.

---

1 매장(梅妝): 매화 꽃모양을 이마에 그려넣는 화장법의 일종.
2 유방(流芳): 흘러간 꽃다운 세월. 지나가버린 좋은 시절.

27. 답사행(踏莎行)

구양수(歐陽修)

候館梅殘,	여인숙의 매화가 시들고 나니
溪橋柳細,	냇가 다리 버들이 가냘프구나.
草薫風暖搖征轡.	향풀에 훈풍 불 제 말고삐를 흔드니
離愁漸遠漸無窮,	갈수록 더 커지는 이별한 이 슬픔은
迢迢不斷如春水.	아득히 끝이 없는 봄강물을 닮았구나.
寸寸柔腸,	마디마디 애간장 다 끊어지고
盈盈[1]粉涙[2],	그렁그렁 눈물 가득 맺힌 여인아
樓高莫近危闌倚.	높은 누각 난간에 기대지 말지어다.
平蕪盡處是春山,	풀 우거진 들판이 다한 곳은 봄산이요
行人更在春山外.	떠난 이는 봄산의 저 너머에 있으리니.

---

1 영영(盈盈): 가득 찬 모양.
2 분루(粉涙): 화장분이 섞인 눈물. 즉, 여인의 눈물.

28. 접련화(蝶戀花)

구양수(歐陽修)

庭院深深深幾許,　　　정원 깊디깊나니 그 깊이 얼마런가

楊柳堆煙,　　　　　　버드나무 실가지에 겹겹이 안개

簾幕無重數.　　　　　몇 겹인지 못 다 셀 주렴과 장막.

玉勒雕鞍[1]游冶處,　　옥재갈 세공안장 갖춰 노는 그 곳에선

樓高不見章臺路[2].　　누대 훌쩍 높아도 장대로는 아니 뵈리.

雨橫風狂三月暮,　　　비바람 몰아치는 춘삼월의 끝자락

門掩黃昏,　　　　　　황혼 질 제 문 걸어 잠가두어도

無計留春住.　　　　　가는 봄 머물게는 할 수 없으리.

淚眼問花花不語,　　　눈물 젖어 꽃에게 물어봐도 대답 않고

亂紅飛過鞦韆去.　　　떨어진 붉은 잎만 그네 넘어 날아간다.

---

1 옥륵조안(玉勒雕鞍): 옥으로 만든 재갈과 화려한 세공 장식을 새긴 안장. 이러한 고급 마구(馬具)는 곧 좋은 말을 상징하며, 여기서 이 말은 다시 말 타고 떠나간 그리운 임을 상징한다.

2 장대로(章臺路): 한대(漢代) 장안(長安)의 번화가. 기녀들이 모여 있는 곳을 말한다. 여기서는 작중 여성 화자가 있는 곳을 말한다. 이 구절은 멀리 떠나간 임이 여인이 있는 곳을 돌아봐주지 않는 쓸쓸함을 말하고 있다.

29. 접련화(蝶戀花)

구양수(歐陽修)

誰道閑情抛棄久,　　　　깊은 정을 누가 진작 버렸다고 하더냐
每到春來,　　　　　　　해마다 봄만 되면
惆悵還依舊.　　　　　　슬픔은 그대론걸.
日日花前常病酒,　　　　매일매일 꽃 앞에서 늘 술병 나 지내노라,
不辭鏡裏朱顏瘦.　　　　거울 속 고운 얼굴 축나도 마다 않고.

河畔青蕪隄上柳,　　　　강변 따라 푸른 풀아 강둑 위의 버들아,
爲問新愁,　　　　　　　묻자꾸나 새 시름은
何事年年有.　　　　　　왜 해마다 생기는지.
獨立小橋風滿袖,　　　　소매 가득 바람 불 제 다리에 홀로 서니
平林新月人歸後.　　　　모두 돌아간 후에 숲 위 초생달 뜬다.

30. 접련화(蝶戀花)

구양수(歐陽修)

幾日行雲何處去.	뜬구름은 며칠씩 대체 어딜 떠도는지
忘了歸來,	다시 돌아올 것도 잊어버리고
不道[1]春將暮.	봄이 다 가는 줄도 모르나보다.
百草千花寒食路,	한식절 길가에는 온갖 풀 꽃 한창인데
香車[2]繫在誰家樹.	임 수레는 누구 집 나무에 매두었나.
淚眼倚樓頻獨語,	눈물 젖어 누각에서 곧잘 하는 혼잣말,
雙燕來時,	"짝지은 제비들아 너희 올 적에
陌上相逢否.	길 위에서 그 사람 보지 못했니?"
撩亂春愁如柳絮,	마구 이는 봄 시름은 버들개지 닮았구나,
依依[3]夢裏無尋處.	아득한 꿈에서도 임 찾을 길 없어라.

---

1 부도(不道): 알지 못하다. 깨닫지 못하다. '불각(不覺)'과 같은 말이다.

2 향거(香車): 좋은 향기가 밴 수레. 즉, 사랑하는 임이 타는 수레.

3 의의(依依): 희미한 모양.

31. 목란화(木蘭花)

구양수(歐陽修)

別後不知君遠近,   헤어진 후 님 계신 곳 도통 알 수 없는데
觸目凄涼多少悶.   눈 닿는 곳 다 쓸쓸해 어찌나 울적한지.
漸行漸遠漸無書,   멀리 떠나가실수록 편지도 뜸해지니
水闊魚沉[1]何處問.   오지 않는 님 소식을 어디에 물을까요.

夜深風竹敲秋韻,   한밤 대숲 바람 일어 가을 소리 두드리니
萬葉千聲皆是恨.   잎새 이는 소리마다 한 아닌 것 없나이다.
故敧單枕夢中尋,   짐짓 베개 기대 누워 꿈속에서 찾으려도
夢又不成燈又燼.   꿈도 맘껏 못 꾸고 등불 재만 남았네요.

---

1 수활어침(水闊魚沉): 물은 드넓고 물고기는 깊은 물에 잠겨 있다. 예로부터 편지를 전해준다고
하는 물고기가 물 속 깊이 잠겨 있어, 애타게 기다리는 임의 편지를 받지 못한다는 의미이다.

32. 임강선(臨江仙)

구양수(歐陽修)

柳外輕雷池上雨,　　버들 저편 우레 치고 연못 위에 비 내려
雨聲滴碎荷聲.　　　연잎에 부서지는 빗소리가 들리더니
小樓西角斷虹明.　　작은 누각 서쪽에 쪽무지개 곱네요.
闌干私[1]倚處,　　　난간에 오른 저는 기댄 곳에서
待得月華生.　　　　고운 달님 뜨기를 기다립니다.

燕子飛來窺畫棟,　　제비 녀석 날아와 방안 살짝 엿보니
玉鉤垂下簾旌.　　　옥고리를 풀어서 휘장 드리웠지요.
涼波不動簟紋平.　　찬 공기 고요하고 침상 주름 반듯한데
水精[2]雙枕畔,　　　쌍 맞춘 수정베개 머리맡에는
傍有墮釵橫.　　　　떨어진 비녀 하나 놓여있네요.

---

1 사(私): 자신을 칭하는 말.
2 수정(水精): 유리처럼 투명한 보석의 일종. '수정(水晶)'과 같다.

33. 완계사(浣溪沙)

구양수(歐陽修)

隄上游人逐畫船,
拍隄春水四垂天,
綠楊樓外出鞦韆.

白髮戴花君莫笑,
六幺[1]催拍盞頻傳,
人生何處似尊前.

둑 위 놀던 이들이 배를 좇아 달리누나,
둑에 봄물 철썩이고 사방 하늘 펼쳐진 곳
버들 두른 누각 너머 그네 훌쩍 솟는다.

백발에 꽃 꽂았다고 그대여 웃지 마오,
「육요」 박자 맞추며 술잔 주고받나니
인생사 그 어디가 술자리만 하겠는가.

---

1 육요(六幺): 노래 곡조 이름. 당대(唐代)의 대곡(大曲) 중 하나이며, 『교방기(敎坊記)』에 수록되어 있다.

34. 낭도사령(浪淘沙令)

구양수(歐陽修)

把酒祝東風,　　　　술잔을 손에 들고 봄바람에 바라노니
且共從容¹.　　　　　곁에 잠시 가만히 머물러 주련.
垂楊紫陌²洛城東,　　낙양 동쪽 길 따라 수양버들 늘어선
總是當時攜手處,　　이 모두 그 시절에 두 손 꼭 맞잡던 곳,
游徧芳叢.　　　　　향 고운 풀숲 두루 거닐지어다.

聚散苦匆匆³,　　　　금방 만나 곧바로 헤어짐이 괴롭나니,
此恨無窮.　　　　　이렇게 맺힌 한은 끝이 없으리.
今年花勝去年紅,　　올해 꽃은 작년보다 한결 더욱 붉은데
可惜明年花更好,　　아쉬워라 내년에는 더 좋을 이 꽃들을
知與誰同⁴.　　　　　누구와 함께할지 알 길 있으랴.

---

1 종용(從容): 가만히 머무르다.
2 자맥(紫陌): 수도에서 교외로 이어지는 큰 길. 또는, 자색 꽃이 화려하게 만발한 길.
3 총총(匆匆): 급한 모양. 빠른 모양.
4 지여수동(知與誰同): '누구와 함께할지 아는가?'라는 반어문으로, 즉 '누구와 함께할지 모른다' 라는 의미이다. '지(知)'는 뒤에 '수(誰)'와 같은 의문사가 오는 경우 '~임을 아는가?'라는 반어문 으로 풀이한다.

35. 청옥안(靑玉案)

구양수(歐陽修)

一年春事都來幾,	일 년 중 봄이래야 그 얼마런가
早過了, 三之二.	삼분지이 어느새 지나버렸소.
綠暗紅嫣[1]渾可事[2],	우거진 화초 따위 관심 없나니
綠楊庭院,	버드나무 우거진 뜰
暖風簾幕,	훈풍 드는 휘장 안
有箇人憔悴.	한껏 여윈 사람만 있을 뿐이오.

買花載酒長安市	서울에서 꽃 사고 술상 차려 논다 한들
又爭[3]似, 家山見桃李.	고향 땅 꽃구경에 또 어찌 견주리오.
不枉[4]東風吹客淚.	봄바람이 나그네 울린다 탓 말지어니.
相思難表,	그리움 품은 마음 못 내보이고
夢魂無據,	꿈속 혼 기댈 곳도 없어졌나니
惟有歸來是.	오직 고향 돌아감이 옳은 길이리.

---

1 녹암홍언(綠暗紅嫣): 초록 잎의 그늘과 붉은 꽃의 아름다움. 즉, 화초가 우거진 풍경.
2 가사(可事): 하찮은 일. 대수롭지 않은 일. 여기서는 그러한 일로 여긴다는 뜻이다.
3 쟁(爭): 어찌. '즘(怎)'과 같다.
4 왕(枉): 잘못이라 여기다. 탓하다.

36. 다려(多麗)

섭관경(聶冠卿)

이양정 공의 잔치자리에서 읊다
李良定[1]公席上賦

想人生,	우리네 인생살이 생각할진대
美景良辰堪惜.	멋진 풍경 좋은 시절 귀히 여길지어다.
向其間, 賞心樂事,	그 속에 참된 기쁨 즐거움이 있으리니
古來難是幷得.	예로부터 둘 다 얻긴 어렵고 하였더라.
況東城, 鳳臺[2]沁苑[3].	하물며 동쪽 성곽 봉대며 심원이며
泛淸波, 殘照金碧.	맑은 물에 울긋불긋 드리워진 때인 것을.
露洗華桐,	이슬은 잎 풍성한 오동 적시고
煙菲絲柳,	안개는 버드나무 가지 감싸고,
綠陰搖曳,	싱그러운 녹음이 흔들거리며
蕩春一色.	넘쳐나는 봄기운 일색이로다.
畫堂迴, 玉簪瓊佩[4],	대청 안 둘러앉은 비녀 패옥 찬 여인들,
高會盡詞客.	사 짓는 손님들과 즐겁게 어울린다.

---

1 이양정(李良定): 구체적으로 누구를 지칭하는지 확실하지 않다.

2 봉대(鳳臺): 화려한 누대의 범칭.

3 심원(沁苑): 동한(東漢) 명제(明帝)의 딸 심수공주(沁水公主)의 원림. 여기서는 정원이나 원림 등의 미칭으로 쓰였다.

4 옥잠경패(玉簪瓊佩): 옥 비녀와 옥 패옥. 여기서는 그러한 장신구로 꾸민 아리따운 여인들을 가리킨다.

清歌久,　　　　　　　청아한 노래 가락 한참 부르다
重燃絳蠟,　　　　　　다시금 밀랍촛불 밝게 켜두고
別就瑤席[5].　　　　　또 다른 잔치자리 열어 즐긴다.

有翩若驚鴻體態,　　　놀란 기러기마냥 사뿐하던 몸짓이
暮爲行雨[6]標格.　　　저녁 되니 후둑이는 빗물인 듯하구나.
逞朱唇, 緩歌妖麗.　　붉은 입술 놀려 부른 노래는 나긋하여
似聽流鶯亂花隔.　　　꽃밭 너머 꾀꼬리 소리 듣는 것 같구나.
慢舞縈回,　　　　　　차분한 춤사위로 휘감아 돌고
嬌鬟低嚲,　　　　　　어여쁜 쪽머리를 드리우는데
腰肢纖細[7]困無力.　　여윈 몸 기운 없어 힘들어 하는구나.
忍分散, 彩雲歸後,　　어찌 차마 헤어지랴, 채색구름 사라지면
何處更尋覓.　　　　　어디에서 또다시 찾을 수 있을런가.
休辭醉, 明月好花,　　취하기를 사양 말자, 달빛 밝고 꽃 좋으니
莫漫輕擲.　　　　　　허투루 소홀하게 대하지 말지어다.

---

5 경석(瑤席): 옥조각을 이어 짠 자리. 귀한 잔치 때 바닥에 이것을 깔므로, '경석'으로 잔치자리
　를 지칭하게 되었다.

6 모위행우(暮爲行雨): 저녁에 내리는 비. 이 비는 곧 남녀간의 지극한 정을 뜻하는 '운우지정(雲
　雨之情)'을 상징한다. 송옥(宋玉)의 「고당부서(高唐賦序)」에는 무산신녀(巫山神女)가 초양왕
　(楚襄王)에게 작별을 고하며 "저는 무산 남쪽과 고산 높은 곳에서 아침에는 구름이 되고 저녁
　에는 비가 되어 아침마다 저녁마다 양대 아래에 있겠나이다(妾在巫山之陽, 高山之阻. 旦爲朝
　雲, 暮爲行雨, 朝朝暮暮, 陽臺之下)"라고 하였다.

7 요지섬세(腰肢纖細): 허리와 사지가 가늘다. 미인의 몸매가 가냘픈 것을 가리킨다.

37. 곡옥관(曲玉管)

유영(柳永)

隴首雲飛,	산머리에 구름 날고
江邊日晚,	강가에 해가 지고
煙波滿目憑闌久.	난간 기대섰노라니 온통 안개 넘실댄다.
一望關河蕭索[1],	관문이며 강이며 둘러봐도 쓸쓸하니
千里清秋,	천 리 맑은 가을을
忍凝眸.	차마 볼 수 있으랴.
杳杳[2]神京[3],	아득히 먼 선계의
盈盈[4]仙子,	아름다운 선녀는
別來錦字[5]終難偶.	헤어진 뒤 비단 편지 끝내 한 자 없구나.
斷雁無憑,	무리 잃은 외기러기 의지할 데 없어서
冉冉飛下汀洲.	느릿느릿 모래톱에 날아서 내려오고
思悠悠.	그리움은 끝없이 이어지누나.
暗想當初,	그 시절을 가만히 떠올려보면
有多少, 幽歡佳會,	얼마나 많았던가, 남모르는 기쁨과 아

---

1 소삭(蕭索): 쓸쓸한 모양.

2 묘묘(杳杳): 아득하여 분명하지 않은 모양.

3 신경(神京): 신선들이 사는 곳. 선계. 또는 임금이 계시는 수도를 지칭하기도 한다.

4 영영(盈盈): 여인이 아름다운 모양.

5 금자(錦字): 비단에 글자를 새겨 넣은 편지인 금자서(錦字書). 『진서(晉書)·열녀전(列女傳)·두
도처소씨전(竇滔妻蘇氏傳)』에 소혜(蘇蕙)가 멀리서 홀로 진주자사(秦州刺史)를 지내고 있던 남
편 두도(竇滔)에게 회문선도시(廻文旋圖詩)를 새긴 비단을 보내 소식을 전했다는 고사가 있다.

59

	름다운 만남이.
豈知聚散難期,	허나 어찌 알았으랴, 만나고 헤어짐을 기약대로 할 수 없어
翻成雨恨雲愁.	비구름을 꼭 닮은 한과 시름 빚을 줄을.
阻追游,	임 좇아 노닐 길이 막히고 나니
每登山臨水,	산 위에 올라가건 물가에 서건
惹起平生心事,	평생토록 마음속에 맺힌 일이 떠올라
一場消黯6,	온통 멍한 정신으로
永日無言,	하루 종일 말 없다가
卻下層樓.	층층누각 내려온다.

---

6 소암(消黯): 큰 슬픔으로 인해 넋을 잃고 정신이 흐려지다.

38. 우림령(雨霖鈴)

유영(柳永)

寒蟬淒切,	찬바람 속 매미 소리 구슬피 울리는데
對長亭晩,	우뚝 솟은 정자에 마주한 저녁 무렵
驟雨初歇.	거세던 빗줄기가 이제 막 그쳤네요.
都門帳飲[1]無緒[2],	성문 앞에 마련한 술자리가 괴로워
方留戀處,	아쉬움에 한참을 머뭇대는데
蘭舟催發.	배는 곧 떠난다며 재촉하네요.
執手相看淚眼,	손잡고 마주보며 눈물만 흘리다가
竟無語凝噎.	끝내 말을 못하고 목 메이고 마네요.
念去去, 千里煙波,	가실 먼 길 생각건대 안개 물결 천 리 겠죠
暮靄沈沈楚天[3]闊.	남쪽 하늘 저 멀리 노을 짙게 물들겠죠.
多情自古傷離別.	예부터 정 많으면 이별 아픔 크다지요
更那堪, 冷落淸秋節.	쓸쓸한 가을날을 게다 어찌 견디나요.
今宵酒醒何處,	오늘 밤은 술 깨면 어디일까요
楊柳岸, 曉風殘月.	새벽 달 뜬 버들 둑 언저리겠죠.
此去經年,	이렇게 떠나시고 세월 흐르면
應是良辰,	틀림없이 그 무렵 좋던 시절도

---

1 장음(帳飲): 야외에 장막을 설치하고 술자리를 벌이다.

2 무서(無緒): 마음이 두서가 없이 어지럽다. 괴롭다.

3 초천(楚天): 옛 초나라 땅의 하늘. 즉, 남쪽 하늘.

好景虛設.　　　　　고왔던 경치도 다 부질없겠죠.
便縱有, 千種風情[4],　설사 온갖 풍류 연정 가득해진들
更與何人說.　　　　또 누구랑 이야기를 주고받나요.

---

4 풍정(風情): 남녀 간의 풍류와 연정.

39. 접련화(蝶戀花)

유영(柳永)

佇依危樓風細細,　　　높은 누각 기대선 곳 산들바람 부는데
望極春愁,　　　　　　한껏 멀리 바라보니 봄날 시름이
黯黯生天際.　　　　　뭉게뭉게 하늘가에 피어오른다.
草色煙光殘照裏,　　　풀색도 안개 빛도 노을 속에 지고 마니
無言誰會憑闌意.　　　말없이 난간 기댄 마음 누가 알아주랴.

擬[1]把疏狂圖一醉,　　미친 듯 한번 크게 취해볼까 하여도
對酒當歌,　　　　　　술 마시고 노래한들
强樂還無味.　　　　　억지스런 즐거움은 되레 재미없나니.
衣帶漸寬終不悔,　　　허리띠 갈수록 헐거워도 후회 않고,
爲伊消得[2]人憔悴.　　그대 때문이라면 내 기꺼이 여윌 테요.

---

1 의(擬): ~하려고 하다.
2 소득(消得): ~할 만한 가치가 있다.

63

40. 채련령(釆蓮令)

유영(柳永)

月華收,	곱던 달빛 기울고
雲淡霜天曙.	엷은 구름 서리 속에 새벽 동이 터오니
西征客, 此時情苦.	서쪽 가는 나그네는 이 무렵이 괴롭구나.
翠娥¹執手	곱디고운 그녀는 내 손 꼭 잡고
送臨歧,	갈림길로 나와서 송별해주려
軋軋²開朱戶.	삐거덕 소리 내며 붉은 문 열고
千嬌面, 盈盈竚立,	아름다운 얼굴로 어여삐 서서
無言有淚,	말없이 눈물방울 뚝뚝 떨구니
斷腸爭忍回顧.	애간장이 끊어져 어찌 차마 돌아보랴.

一葉蘭舟,	조각배는
便恁³急槳凌波去.	이리 급한 노질에 파도 따라 떠나가니
貪行色⁴, 豈知離緒.	바삐 행장 꾸리느라 이별 슬픔 몰랐다가
萬般方寸⁵,	마음에 온갖 감회 밀려오는데
但飮恨, 脈脈⁶同誰語.	다만 한을 삼킬 뿐, 구구이 누구에게 말

---

1 취아(翠娥): 검푸른 아미(蛾眉), 즉 여인의 아름다운 눈썹. 여기서는 아름다운 눈썹으로 연인을 지칭하였다.

2 알알(軋軋): 대문을 여닫을 때 나는 소리.

3 임(恁): 이처럼, 이와 같다. '여차(如此)'와 같다.

4 탐행색(貪行色): 여장(旅裝)의 행색을 갖추는 데 신경쓰다. '탐(貪)'은 더듬어 찾다, 갖추다.

5 방촌(方寸): '방촌지심(方寸之心)', 즉 마음. 갈홍(葛洪)의 『포박자(抱樸子)·가돈(嘉遯)』에 "사방한 치 되는 마음을 다스리기란 나에게 달렸다(方寸之心, 制之在我)"라고 하였다.

6 맥맥(脈脈): 길게 이어지는 모양.

	을 하리오.
更回首, 重城不見,	다시 고개 돌리니, 성곽은 이제 더는 보이지 않고
寒江天外,	추운 강 하늘 끝에
隱隱兩三煙樹.	어렴풋이 두세 그루 나무만 안개 속에.

41. 낭도사만(浪淘沙慢)

유영(柳永)

夢覺, 透窗風一線,　　　　꿈 깬 무렵 창에 스민 한줄기 바람

寒燈吹息.　　　　　　　추위 속 등잔불을 불어서 끈다.

那堪酒醒,　　　　　　　술기운 깨고 말아 어이 견디나,

又聞空階,　　　　　　　또다시 들려오는 텅 빈 섬돌 위

夜雨頻滴.　　　　　　　한밤중 후둑이는 빗방울 소리.

嗟因循[1], 久作天涯客.　　나그네 신세 되어 미적댄 지 오래요.

負佳人, 幾許盟言,　　　　여인과의 굳은 약조 몇 번이나 저버렸네.

便忍把, 從前歡會,　　　　즐거웠던 옛 만남을 내 그만 모질게도

陡頓[2]翻成憂戚.　　　　　일순간에 근심과 슬픔으로 바꾸었네.

愁極.　　　　　　　　　더없이 시름겨워

再三追思,　　　　　　　옛 추억 두 번 세 번 곱씹어보네.

洞房深處,　　　　　　　방 안 깊은 곳에서

幾度飲散歌闌,　　　　　몇 번이고 술과 노래 즐기고 나면

香暖鴛鴦被.　　　　　　원앙 이불 향기롭고 따뜻했었네.

豈暫時疏散,　　　　　　어찌 잠시 떨어져 따로 지내며

費伊心力.　　　　　　　공연히 애 태우는 일 있었으랴.

殢雲尤雨[3],　　　　　　도타운 운우지정

---

1 인순(因循): 질질 끌다. 떨치지 못하다.

2 두돈(陡頓): 갑자기. 별안간.

3 체운우우(殢雲尤雨): 짙어진 구름과 거세어진 비. 남녀 간의 운우지정이 더욱 짙어짐을 말한

有萬般千種,	천 번 만 번 맺으며
相憐相惜.	서로를 사랑하고 아껴주었네.
恰到如今,	허나 이제
天長漏永⁴,	기나긴 세월이 흘러
無端自家疏隔.	멋대로 나는 멀리 떠나왔나니
知何時, 卻擁秦雲態⁵.	언제쯤 진루 여인 품에 안게 될런지.
願低幃昵枕,	내 바람은 휘장 치고 베개 붙여서
輕輕細說與,	소곤소곤 나직이 속삭이는 것,
江鄉夜夜,	강호를 떠돌면서 매일 밤마다
數寒更⁶思憶.	시보 세며 그대를 그렸노라고.

것이다.

4 천장누영(天長漏永): 태초 이래의 하늘처럼 장구하고 멈추지 않는 물시계처럼 영원하다. 즉, 아주 오랜 시간.

5 진운태(秦雲態): 진루에서 운우지정을 맺은 아름다운 자태의 여인. '진(秦)'은 '진루(秦樓)', 즉 여인의 처소나 기루(妓樓). '운(雲)'은 운우지정. '태(態)'는 여인의 자태.

6 한경(寒更): 추위 속의 시보(時報). 옛날에는 물시계나 북 등을 일정한 시간마다 울리도록 하여 시간을 알렸다.

42. 정풍파만(定風波慢)

유영(柳永)

自春來,	봄이 되며
慘綠愁紅	울긋불긋 꽃 풍경에 시름 깊어
芳心¹是事可可².	여인 마음 매사에 시큰둥할 뿐이죠.
日上花梢,	꽃가지 끝 너머로 해 떠오르고
鶯穿柳帶,	꾀꼬리가 버들가지 사이 날아도
猶壓香衾臥.	여전히 향 밴 이불 덮고 누웠죠.
暖酥消, 膩雲嚲,	화장기 지워지고 구름머리 늘어져도
終日厭厭倦梳裹.	온종일 안내키니 빗질도 귀찮네요.
無那³.	어쩔 수 없잖아요,
恨薄情一去,	박정한 이 떠난 뒤로
音書無箇.	소식 한 자 없는걸요.

早知恁般麼⁴,	일찌감치 이럴 줄 알았더라면
悔當初, 不把雕鞍鎖.	애당초 말안장을 안 묶은 게 후회네요,
向雞窗⁵, 只與蠻箋象管,	서재에 종이와 붓 가져다가 바치며

---

1 방심(芳心): 봄을 타는 마음. 사랑에 빠진 여인의 마음. 여기서는 여성 화자가 자신의 마음을 일컫는 말로 쓰였다.

2 시사가가(是事可可): 매사 마음에 두지 않다. '시사(是事)'는 만사(萬事), 모든 일. '가가(可可)'는 그저 그렇다, 시큰둥하다.

3 무나(無那): 무가내하(無可奈何). 어찌할 수 없다.

4 임반마(恁般麼): 이것과 매한가지라면. 이와 같다면. '임(恁)'은 이와 같다(如此). '반(般)'은 매한가지. '마(麼)'는 어기사.

5 계창(雞窗): 서재. 공부방. 진(晉)의 송처종(宋處宗)이 서재의 창가에 닭장을 놓고 애지중지하

拘束教吟課.   붙들어 매어두고 글 쓰시라 할 것을.

鎭⁶相隨, 莫抛躱,   줄곧 따라 다니며 날 못 버리게 하고,

針線閒拈伴伊⁷坐.   그대 곁에 가만 앉아 바느질을 할 것을.

和我,   나와 함께 하였던

免使年少,   그대의 젊은 날을

光陰虛過.   헛된 세월 보낸 셈 치지 마소서.

며 닭을 한 마리 키웠는데, 이 닭이 사람의 말을 배워 온종일 송처종과 지혜로운 말을 주고받은
덕분에 송처종의 말솜씨도 좋아졌다는 고사가 『유명록(幽明錄)』에 전한다. 후로 계창은 책 읽는
방을 비유하게 되었다.

6 진(鎭): 지켜서서.

7 이(伊): 그대. 2인칭.

43. 소년유(少年遊)

유영(柳永)

長安古道馬遲遲,　　　장안 옛 길 가는 말은 발걸음 느릿하고
高柳亂蟬嘶.　　　　　버드나무 저 높이 매미울음 요란하다.
夕陽鳥外[1],　　　　　새 너머로 석양이 저물어가고
秋風原上,　　　　　　들 위로 가을바람 불어오는데
目斷四天垂.　　　　　눈 닿는 끝 사방 온통 하늘이로다.

歸雲一去無蹤迹,　　　구름 한 번 떠나더니 자취 없구나
何處是前期.　　　　　옛 기약 맺은 곳은 어디쯤인가.
狎興[2]生疏,　　　　　왁자지껄 놀던 흥 생소해지고
酒徒蕭索[3],　　　　　술자리 친구들도 적조하나니,
不似去年時.　　　　　지난 옛 시절과는 같지 않구나.

---

1 조외(鳥外): '도외(島外)'로 전하기도 하는데, 이 경우에는 '강 섬 너머'로 풀이한다.
2 압흥(狎興): 마음껏 즐겁게 노는 흥거움.
3 소삭(蕭索): 쓸쓸한 모양

44. 척씨(戚氏)

유영(柳永)

晚秋天,	느지막한 가을날
一霎微雨灑庭軒.	잠시 내린 가랑비가 정원 흠뻑 적시어
檻菊蕭疏,	난간 곁 국화 꽃잎 성기어지고
井梧零亂,	우물가 오동잎이 뚝뚝 지더니
惹殘煙.	채 덜 가신 안개가 엉겨 붙는다.
涼然,	쓸쓸히
望江關,	강의 관문 멀찍이서 바라보니
飛雲黯淡夕陽間.	뜬구름이 노을 속에 짙게 물들어간다.
當時宋玉悲感[1],	그 시절에 송옥이 깊은 슬픔 느낀 건
向此臨水與登山.	이런 물가 섰거나 산에 오른 때였으리.
遠道迢遞,	먼 갈 길 이어지고
行人凄楚,	나그네는 서글프니
倦聽隴水潺湲[2].	농강 물결 출렁임을 듣기도 지쳤는데,
正蟬吟敗葉,	때마침 마른 잎에 매미가 울고
蛩響衰草,	시든 풀 위 귀뚜라미 소리를 내며
相應喧喧.	요란한 울음소리 주고받는다.

---

1 송옥비감(宋玉悲感): 초(楚) 송옥(宋玉)의 슬픔. 송옥은 「구변(九辯)」에서 "슬프구나 가을의 기운 느껴지니(悲哉秋之爲氣也)"라는 표현을 하였다.

2 농수잔원(隴水潺湲): 농수가 출렁출렁 흐르다. '농수(隴水)'는 강 이름. '잔원(潺湲)'은 물이 흐르는 소리.

孤館度日如年,	외딴 여관 하루는 일 년과도 같구나,
風露漸變,	조금씩 달라지는 바람 이슬 맞으며
悄悄[3]至更闌[4].	고요하니 깊어가는 한밤중을 맞노라.
長天淨,	먼 하늘 맑디맑고
絳河[5]清淺,	은하수 청량하며
皓月嬋娟.	밝은 달 어여쁜데,
思綿綿,	생각은 끝이 없어
夜永對景,	밤늦도록 이 풍경 대하노라니
那堪屈指,	어찌 차마 손가락 꼽아 세면서
暗想從前.	지난 옛 일 남몰래 생각하리오.
未名未祿,	명성도 벼슬도 얻지 못한 채
綺陌紅樓,	화려한 길거리의 기루 다니며
往往經歲遷延.	이내 곧잘 세월만 보내고 말았구나.
帝里風光好,	임금 계신 서울은 풍광 좋았지,
當年少日,	그 시절엔 내 나이 한참 젊어서
暮宴朝歡.	아침저녁 안 가리고 연회 즐겼지.
況有狂朋怪侶,	게다가 호탕한 괴짜 친구 많이 있어
遇當歌對酒競留連.	노래하고 술 마시기 누가 낫나 늘 겨뤘지.
別來迅景[6]如梭,	헤어진 후 세월은 베틀 북처럼 빨라

---

3 초초(悄悄): 조용한 모양.

4 경란(更闌): 한밤중이 깊어가다. '경(更)'은 초경(初更, 저녁 7시~9시)부터 오경(五更, 새벽 3시~5시)까지의 밤 시간. 옛 시법에서는 밤을 다섯 개의 경으로 나누고, 오경이 지나면 날이 밝는 것으로 여기었다. '란(闌)'은 절반이 지나며 고비를 넘다. 절정에 들다.

5 강하(絳河): 은하수. 고대의 천문관(天文觀)으로 볼 때 북극성을 기준으로 은하수는 남쪽에 있으므로 남방의 색인 붉은 계열의 진홍색 '강(絳)'자를 붙여 은하를 강하라고 하였다.

6 경(景): 경각(景刻). 세월. 시간.

舊游似夢,	옛날 즐긴 추억은 꿈이었나 싶구나
煙水程何限.	안개 속 뱃길 여정 언제 끝이 날런가.
念利名,	명리에 뜻을 품고
憔悴長縈絆.	초라하게 얽매인 채 살아왔구나,
追往事,	지난 일 돌이키매
空慘愁顏.	부질없는 수심에 얼굴 어둡다.
漏箭移[7],	물시계바늘 따라
稍覺輕寒.	조금씩 추운 기운 느껴지는데
漸鳴咽,	점점 크게 울리는
畫角數聲殘.	나팔 부는 소리가 여운 남긴다.
對閑窗畔,	쓸쓸한 창언저리 마주 대하며
停燈向曉,	등불 끄니 새벽 동 훤히 트는데
抱影無眠.	그림자 끌어안고 잠 못 이룬다.

---

7 누전이(漏箭移): 물시계 눈금을 가리키는 바늘이 움직이다. 즉, 시간이 경과하다.

45. 야반악(夜半樂)

유영(柳永)

凍雲[1]黯淡天氣,　　　　먹구름 짙게 끼어 어둑한 날에

扁舟一葉,　　　　　　　일엽편주 타고서

乘興離江渚.　　　　　　흥에 겨워 강변을 떠나왔다네.

度萬壑千巖,　　　　　　수많은 골짜기와 바위를 지나

越溪深處.　　　　　　　월 땅 계곡 깊은 곳 이르렀다네.

怒濤漸息,　　　　　　　센 파도 잦아들고

樵風[2]乍起,　　　　　　순풍 문득 일더니

更聞商旅相呼.　　　　　장사치들 외치는 소리가 들려오네.

片帆高擧,　　　　　　　돛을 높이 올리니

泛畫鷁[3],翩翩過南浦.　　뱃머리는 훌쩍 날아 남쪽 포구 지나가네.

望中酒旆閃閃,　　　　　풍경 속 술집 깃발 반짝거리고

一簇煙村,　　　　　　　한 마을 올망졸망 연기 피우고

數行霜樹.　　　　　　　서리 맞은 나무들 줄지어 섰네.

殘日下,　　　　　　　　기우는 해 아래로

---

1 동운(凍雲): 얼어붙을 듯한 먹구름. 추운 날 눈을 머금은 구름.

2 초풍(樵風): 순풍. 땔나무를 마련하기에 좋은 바람. 한(漢)나라 태위(太尉) 정홍(鄭弘)은 산신령이 잃어버렸던 화살을 찾아주었는데, 보답으로 무엇을 원하냐는 산신령의 질문에 "약야계에서 땔감을 지는 것이 늘 근심이었습니다. 아침에는 남풍이 불고 저녁에는 북풍이 불면 좋겠습니다(常患若邪溪載薪爲難, 願旦南風, 暮北風)"라고 대답하였다. 후로 과연 그렇게 바람이 불었다는 고사가 『회계기(會稽記)』에 전한다.

3 화익(畫鷁): 익조(鷁鳥)를 그려 넣은 뱃머리. 익조는 백로 비슷한 큰 물새로, 풍파를 잘 견디어낸다 하여 뱃머리 장식으로 곧잘 쓰였다.

漁人鳴榔[4]歸去.　　　어부는 딱따기질 하면서 돌아가네.

敗荷零落,　　　　　　마른 연잎은 뚝뚝 잎새 떨구고

衰楊掩映,　　　　　　시든 버들은 살살 일렁거리네.

岸邊兩兩三三,　　　　강변에는 둘씩 셋씩

浣沙游女,　　　　　　빨래하는 아가씨들

避行客,　　　　　　　나그네를 피하더니

含羞笑相語.　　　　　수줍게들 웃으며 재잘거리네.

到此因念　　　　　　　여기에 이르고서 깨달았나니

繡閣[5]輕抛,　　　　　경솔히 그 여인을 내친 이래로

浪萍難駐.　　　　　　뿌리를 못 내리는 부평초로다.

歎後約, 丁寧竟何據.　굳게 맺은 훗날 기약 꼭 어찌 지킬 건가

慘離懷, 空恨歲晚歸期阻.　세밑 귀향 길 막혀 괜스레 한 깊어진다.

凝淚眼, 杳杳神京[6]路,　눈물 어린 눈에는 서울 갈 길 머나먼데

斷鴻聲遠長天暮.　　　외기러기 우는 너머 먼 하늘이 저문다.

---

4 명랑(鳴榔): 나무딱따기를 쳐서 그 소리에 놀란 물고기를 한 군데로 몰아 잡는 어로법.

5 수각(繡閣): 수놓은 휘장을 드리운 전각. 여인의 거처. 여기서는 그러한 곳에서 지내는 특정한 여인을 지칭하는 말로 쓰였다.

6 신경(神京): 임금이 있는 수도. 북송대의 변경(汴京).

46. 옥호접(玉蝴蝶)

유영(柳永)

望處雨收雲斷,	저 멀리 바라보매 비와 구름 걷히나니
憑闌悄悄,	난간에 우두커니 기대어 서서
目送秋光.	눈으로 가을빛을 떠나보낸다.
晚景蕭疏,	저녁 무렵 경치는 쓸쓸한지고
堪動宋玉悲涼[1].	송옥이 추위 슬피 느꼈을 만하구나.
水風輕, 蘋花漸老,	수면 스친 미풍에 네가래풀 시들고
月露冷, 梧葉飄黃.	달빛 서린 찬 이슬에 오동낙엽 흩날린다.
遣情傷,	맘 더없이 아픈데
故人何在,	친구들은 어디가고
煙水茫茫.	안개 서린 물결만 넓디넓은가.
難忘,	쉬 잊을 수 없어라
文期酒會,	어울려 시문 짓고 술 즐겼건만
幾孤風月,	그 후로 몇 번이나 풍월 놓치며
屢變星霜[2].	한 해 한 해 세월만 흘려보냈나.
海闊山遙,	물 널리 펼쳐졌고 산 멀리 뻗었으니

---

1 송옥비량(宋玉悲涼): 송옥이 가을의 서늘함을 슬프게 여기다. 송옥이 「구변(九辯)」에 "슬프구
나 가을의 기운 느껴지니(悲哉秋之爲氣也)"라고 한 데서 '송옥비추(宋玉悲秋)'라는 말이 나왔
다.
2 성상(星霜): 1년. 별은 매년 하늘을 돌고 서리 역시 매년 내리는 데서 비롯되었다.

未知何處是瀟湘[3].	그 어디가 소수인지 상수인지 모르겠네.
念雙燕,	짝 지은 제비에게
難憑音信,	임 소식 기대하기 어려울 테요,
指暮天,	저문 하늘 가리키다
空識歸航[4].	돌아온 배 알아본들 부질없어라.
黯相望,	그늘진 표정으로 내다보면서
斷鴻聲裏,	무리 잃은 외기러기 울음소리 속에서
立盡斜陽.	해 다 질 무렵까지 하염없이 섰노라.

---

3 소상(瀟湘): 호남(湖南)의 소수(瀟水)와 상수(湘水). 여기서는 화자가 그리워하는 아름다운 고
  장이라는 의미로 쓰였다.
4 식귀항(識歸航): 기다리던 임의 배가 돌아오는 것을 알아보다.

47. 팔성감주(八聲甘州)

유영(柳永)

對瀟瀟[1]暮雨灑江天,	저녁비 거세었던 강과 하늘 마주하니
一番洗淸秋.	온 가을이 말갛게 씻기었구나.
漸霜風淒緊,	서릿발과 바람은 갈수록 매서운데
關河冷落,	변방의 강 물결이 쓸쓸히 흐르는 곳
殘照當樓.	석양빛을 받으며 누각에 올랐노라.
是處紅衰翠減,	여기저기 붉은 꽃도 푸른 잎도 시들어
苒苒[2]物華休.	화려했던 경치는 갈수록 사라지고
惟有長江水,	다만 긴 강물 있어
無語東流.	말없이 동쪽으로 흘러 흘러 가는구나.
不忍登高臨遠,	내 차마 높이 올라 멀리 볼 수 없나니
望故鄕渺邈,	아득히 먼 고향 쪽 바라보고 있노라면
歸思難收.	귀향하고 싶은 마음 거둘 길이 없어서라.
歎年來蹤迹,	아아 지난 몇 년 세월 자취를 돌아보매
何事苦淹留,	무슨 일로 괴로이 머뭇거릴 뿐이었나,
想佳人,	고운 그녀 아마도
妝樓[3]凝望,	누각 올라 물끄러미 내다보다가
誤幾回,	거듭 잘못 여겼으리,

---

1 소소(瀟瀟): 비바람이 거센 모양.

2 염염(苒苒): 점차로. 갈수록.

3 장루(妝樓): 단장한 누각. 여인의 거처.

天際識歸舟[4].　　　　저 멀리 임 탄 배가 되돌아오는 줄로.

爭[5]知我,　　　　　　어찌 알리 나도 또한

倚闌干處,　　　　　　난간 기대 선 자리서

正恁凝愁.　　　　　　이리 깊이 슬퍼함을.

---

4 식귀주(識歸舟): 기다리던 임의 배가 돌아오는 것을 알아보다. '식귀항(識歸航)'과 같은 말이다.
5 쟁(爭): 의문사. 어찌. '즘(怎)'과 같다.

48. 미신인(迷神引)

유영(柳永)

一葉扁舟輕帆捲,　　　쪽배의 가벼운 돛 말아 올리고

暫泊楚江南岸.　　　초강 남쪽 둑에 잠시 배를 대노라.

孤城暮角,　　　쓸쓸한 성곽에서 저녁 나팔 울리더니

引胡笳[1]怨.　　　이윽고 원망 서린 갈잎 피리 소리 나고

水茫茫,　　　넘실넘실 넓은 강

平沙雁,　　　모래밭 기러기는

旋驚散.　　　퍼뜩 놀라 흩어진다.

煙斂寒林簇,　　　안개 걷힌 추운 숲 빼곡한 나무

畫屏展,　　　그림 병풍 펼쳐둔 광경이로다,

天際遙山小,　　　하늘 끝 저 멀리에 솟은 작은 산

黛眉淺[2].　　　눈썹먹 엷게 바른 빛깔이로다.

舊賞輕拋,　　　즐거웠던 옛 추억을 가벼이 내던지고

到此成游宦.　　　지금껏 떠도는 벼슬아치 신세로다.

覺客程勞,　　　나그네의 여정은 고생스럽고

年光晚.　　　게다가 내 나이도 늘그막이니,

異鄕風物,　　　낯선 고장 풍물들

---

1 호가(胡笳): 변경 지역에서 유래한 갈잎 피리.

2 대미천(黛眉淺): 눈썹먹으로 엷게 그린 눈썹. 흐릿한 빛깔이 봉긋하게 솟은 모양으로, 먼 산을 비유적으로 묘사한 표현이다.

忍3蕭索, 當愁眼4.	쓸쓸하고 시름겨워 차마 어찌 바라보랴.
帝城賖,	서울은 멀리 있고
秦樓5阻,	진루 가는 길도 막혀
旅魂亂.	나그네는 괴롭도다.
芳草連空闊,	훌쩍 트인 하늘에 맞닿은 초원
殘照滿.	스러지는 노을빛 가득하구나.
佳人無消息,	아름다운 그녀는 소식이 없고
斷雲遠.	드문드문 구름만 저 멀리 간다.

---

3 인(忍): 차마 ~하랴. 즉, 차마 ~하지 못하다.

4 당수안(當愁眼): 시름겨운 눈에 마주하다. 즉, 시름겹게 바라보다.

5 진루(秦樓): 여인의 거처, 또는 그곳에서 지내는 여인. 진(秦) 목공(穆公)이 딸을 위해 지은 누대에서 유래하여, 이후 여인의 처소나 기루를 뜻하게 되었다.

49. 죽마자(竹馬子)

유영(柳永)

登孤壘荒涼,	외딴 곳의 황량한 성채에 올라
危亭曠望,	높다란 정자에서 내다보다가
靜臨煙渚.	안개 서린 모래섬을 가만히 마주한다.
對雌霓[1]掛雨,	무지개가 빗속에 걸려있더니
雄風拂檻,	센 바람이 난간을 스쳐 지나며
微收殘暑.	남은 더위 조금은 거둬들인다.
漸覺一葉驚秋,	잎새에 스며드는 가을빛이 놀랍구나
殘蟬噪晚,	늦매미 우는 저녁
素商[2]時序.	가을 드는 때로다.
覽景想前歡,	풍광 보고 있노라니 즐거웠던 옛 생각에
指神京,	서울 쪽을 향하여 손끝 뻗는데
非霧非煙深處.	서린 연무 없어도 아득키만 하여라.
向此成追感,	이런 풍경 마주하니 옛 추억이 떠오르고
新愁易積,	새로 생긴 시름도 쉬 쌓이는데
故人難聚.	옛 벗과의 만남은 영 어렵구나.
憑高盡日凝竚,	높은 곳에 올라가 종일 가만 섰을 뿐

---

1 자예(雌霓): 암무지개. 쌍무지개 중 빛깔이 선명한 쪽을 숫무지개(雄虹), 빛깔이 여린 쪽을 암무지개(雌霓)라 한다.

2 소상(素商): 가을. 가을의 색은 흰색(素)이며, 그 소리는 오음(五音) 중 상(商)에 해당한다는 『예기(禮記)·월령(月令)』의 기록에서 기원하였다.

贏得消魂無語.
極目霽靄[3]霏微[4],
暝鴉零亂,
蕭索江城暮.
南樓畫角,
又送殘陽去.

온통 넋을 잃고서 아무 말 못 이룬다.
저 멀리 희뿌옇게 안개물결 오가더니
땅거미 속 까마귀떼 날갯짓 어지럽고
쓸쓸한 강 성곽 너머 하루 해 기우누나.
남쪽 성루 울리는 나팔 소리에
또다시 지는 해를 떠나보낸다.

---

3 제애(霽靄): 안개가 몰려가고 몰려옴에 따라 날이 개었다가 흐려졌다가 하는 모양.

4 비미(霏微): 안개나 연기 등이 살짝 낀 모양.

50. 임강선만(臨江仙慢)

유영(柳永)

夢覺小庭院,　　　　　잠 깨보니 작은 뜰에

冷風淅淅[1],　　　　　찬바람 휘잉 불고

疏外[2]瀟瀟[3].　　　　멀리 비 철철 온다.

綺窗外,　　　　　　　비단 창 밖으로는

秋聲敗葉狂飄.　　　　낙엽 마구 흩날리는 가을 소리 거센지고.

心搖,　　　　　　　　마음이 요동치니

奈寒漏永[4],　　　　　추위 속에 깊어가는 긴 밤을 어이하나,

孤幃悄,　　　　　　　외로운 휘장 안은 고요할 뿐이어니

淚燭空燒.　　　　　　초는 눈물 떨구며 괜스레 불 밝힌다.

無端處, 是繡衾鴛枕,　내 멋대로 이곳에 펼쳐둔 원앙금침

閒過今宵.　　　　　　오늘 밤을 쓸쓸히 지새는구나.

蕭條[5].　　　　　　　쓸쓸함이 사무쳐

牽情繫恨,　　　　　　억지사랑 해본들 한만 맺히니

爭向年少偏饒[6].　　　오롯했던 내 젊은 날 어찌 차마 돌아보랴.

---

1 석석(淅淅): 바람이 강하게 부는 소리.

2 소외(疏外): 먼 바깥쪽. 먼 교외.

3 소소(瀟瀟): 비가 세차게 내리는 모양.

4 누영(漏永): 물시계 소리가 끊임없이 이어지다. 즉, 기나긴 밤 시간.

5 소조(蕭條): 쓸쓸함이 깊은 모양.

6 편요(偏饒): 오롯하다. 충실하다. 여기서는 젊은 날을 연인과 함께 알차고 행복하게 보냈다는 뜻이다.

覺新來,　　　　　새삼 또 느껴지는
憔悴舊日風標.　　옛 풍모를 잃어버린 초라함이여.
魂消[7],　　　　　괴로움이 너무 깊어
念歡娛事,　　　　즐겁고 기쁜 일을 생각해봐도
煙波阻,　　　　　안개 젖은 파도가 날 막아서고
後約方遙.　　　　훗날 만날 기약도 한참 멀구나.
還經歲,　　　　　해가 또 바뀌리니
問怎生禁得,　　　어떻게 참아낼 수 있단 말이요
如許無聊.　　　　어찌하지 못하는 이 막막함을.

---

7 혼소(魂消): 넋을 잃을 정도로 괴로움이 깊다.

51. 계지향(桂枝香)

왕안석(王安石)

금릉에서 옛 일을 생각하다.

金陵懷古

登臨送目,　　　　　높은 곳 올라서서 내다보나니

正故國[1]晚秋,　　　옛 도읍에 늦가을 한참인 이 때

天氣初肅.　　　　　날씨는 전에 없이 청량하도다.

千里澄江似練,　　　천 리 걸쳐 맑은 강은 흰 비단을 닮았고

翠峰如簇.　　　　　푸릇한 봉우리는 화살촉 다발 같다.

征帆去棹斜陽裏,　　노을에 물든 배는 이리저리 떠가고

背西風,　　　　　　서풍 등진

酒旗斜矗.　　　　　술집 깃발 비스듬히 나부낀다.

彩舟雲淡,　　　　　엷은 구름 사이로 장식 고운 배 지나고

星河鷺起[2],　　　백로 놀던 강섬에 은하수가 떠오르니

畫圖難足[3].　　　그림으로 이루 다 그려내기 어려우리.

1　고국(故國): 옛 나라의 터. 육조(六朝)의 도읍지인 금릉(金陵).

2　성하로기(星河鷺起): '성하(星河)'는 은하수. '로(鷺)'는 백로주(白鷺洲), 즉 백로가 많이 사는 강섬. 이백(李白)의 시 「금릉의 봉황대에 올라(登金陵鳳凰臺)」에 "두 강줄기를 백로주가 가르도다 (二水中分白鷺洲)"라는 구절에서 보듯, 백로주는 금릉의 주요한 지명의 하나이다. 혹은 '로(鷺)' 를 백로로 볼 수도 있는데, 그 경우 이 사구는 "은하수에 백로가 떠오르니"라는 의미이다.

3　난족(難足): 흡족해지기 어렵다. 풍광이 빼어나 그림으로 충분히 다 표현해낼 수 없다는 뜻이다.

念往昔, 繁華競逐,　　　번화함을 다투던 옛 역사를 떠올리고
歎門外樓頭[4],　　　　성문 밖과 누각의 옛 고사에 탄식하니
悲恨相續.　　　　　　서글픔과 회한이 서로 뒤를 잇는도다.
千古憑高,　　　　　　천고 세월 흐른 뒤 높은 곳 올라서서
對此漫嗟榮辱.　　　　마주하며 그 영욕에 헛된 탄식 쏟노라.
六朝舊事如流水,　　　여섯 왕조 옛 일들은 강물처럼 흘러갔고
但寒煙衰草凝綠.　　　안개 속 시든 풀엔 초록빛이 엉겼구나.
至今商女[5],　　　　　지금도 기녀들은
時時猶唱,　　　　　　아직 곧잘 부른다
後庭[6]遺曲.　　　　　「후정화」 옛 가락을.

---

4 문외루두(門外樓頭): 성문 밖과 누각 위. 여기서는 그러한 장소에서 있었던 옛 왕조의 흥망성쇠를 말한다. 육조의 마지막 왕조인 진(陳)나라의 후주(後主) 진숙보(陳叔寶)와 총비(寵妃) 장려화(張麗華)가 누각에서 연회를 즐기고 있을 때 수(隋)나라의 장군 한금호(韓擒虎)가 금릉의 주작문(朱雀門) 밖에서 공격해 들어와 진을 함락시킨 바 있다. 당(唐)나라 두목(杜牧)의 「대성곡(臺城曲)」 시 중에 이러한 역사 고사를 쓴 구절 "성문 밖에는 한금호 장군이요, 누각 위에는 장려화로구나(門外韓擒虎, 樓頭張麗華)"가 있다.

5 상녀(商女): 여염집이 아닌, 기루나 술집 등의 여인. 기녀.

6 후정(後庭): 진(陳) 후주(後主)가 궁중 뒤뜰에서 연회를 즐기며 지었던 곡 「옥수후정화(玉樹後庭花)」. 당(唐)나라 두목(杜牧)의 「진회에 배를 대고 묵어가며(泊秦淮)」 시에 "기녀는 망국의 한 알지 못하고, 강 너머에서 「후정화」 아직 부르네(商女不知亡國恨, 隔江猶唱後庭花)"라는 구절이 있다.

52. 천추세인(千秋歲引)

왕안석(王安石)

別館寒砧,　　　　　여인숙의 다듬잇돌

孤城畫角,　　　　　외딴 성의 군악나팔

一派秋聲入寥廓¹.　가을 소리 한데 섞여 멀리까지 퍼진다.

東歸燕從海上去,　동쪽 가는 제비는 바다 위로 날아가고

南來雁向沙頭落.　남쪽 오는 기러기는 모래펄에 내려앉고.

楚臺²風,　　　　　초왕 노닌 누대에 부는 바람도

庾樓³月,　　　　　유량 놀던 누각을 비추는 달도

宛如昨.　　　　　　지난날의 그 모습 그대로구나.

無奈被些名利縛,　어찌 못해 명리에 얽매인 채 살았고

無奈被他情擔閣,　어찌 못해 남들 뜻에 갇히어 지내면서

可惜風流總閒卻.　애석히도 풍류는 버려두고 있었구나.

當初漫留華表語⁴,　화표주의 금언은 부질없이 남았는데

---

1 요확(寥廓): 텅 비고 끝없이 넓은 공간. 또는 허공, 하늘.

2 초대(楚臺): 초왕(楚王)이 바람을 쐬며 노닐었던 누대. 송옥(宋玉)은 『풍부(風賦)』에서 "초왕이 난대에서 노니는데 바람이 휘잉 불어왔다네(楚王遊於蘭臺, 有風颯至)"라고 하였다.

3 유루(庾樓): 진(晉)나라 유량(庾亮)이 은호(殷浩) 등과 함께 달을 즐겼던 무창(武昌)의 남루(南樓).

4 화표어(華表語): 불변의 신선도학(神仙道學)을 깨우치도록 촉구하는 말. '화표(華表)'는 화표주(華表柱)로, 큰 건축물이나 무덤 앞에 세우는 기둥, 망주석(望柱石). 『속수신기(續搜神記)』에 신선술을 연마한 정영위(丁令威)가 흰 학이 되어 요동(遼東) 성문 앞의 화표주로 날아와 이렇게 말하였다는 기록이 전한다. "이 새는 이 새는 정영위로다, 집 떠난 지 천 년만에 돌아왔노라. 성은 옛 모습 그대로인데 사람들은 아니로구나, 어찌 선학을 배우지 않고 무덤만 빼곡한가(有鳥有鳥丁令威, 去家千年今來歸, 城中如故人民非, 何不學仙冢纍纍)"

而今誤我秦樓約[5].　　지금 나는 여인과의 약조마저 어겼구나.

夢闌時,　　　　　　꿈속 한참일 때도

酒醒後,　　　　　　술기운 깬 뒤에도

思量著.　　　　　　생각에 잠기노라.

---

5 진루약(秦樓約): 여인과 맺은 사랑의 약속. '진루(秦樓)'는 여인의 거처.

53. 청평악(靑平樂)

왕안국(王安國)

留春不住,　　　　　　　잡아둘 순 없으리 가는 봄날을
費盡鶯兒語.　　　　　　꾀꼬리 운다 한들 소용없다오.
滿地殘紅宮錦[1]汚,　　　땅은 온통 얼룩진 궁중비단 조각이니,
昨夜南園風雨.　　　　　지난 밤 남쪽 뜰엔 비바람 불었다오.

小憐[2]初上琵琶,　　　　처음으로 비파 탄 신출내기 아가씨
曉來思繞天涯.　　　　　새벽녘 그리움이 하늘 끝을 맴돈다오.
不肯畫堂朱戶[3],　　　　채색 단청 붉은 대문 집들을 마다하고
春風自在楊花.　　　　　봄바람에 버들개지 제맘껏 떠돈다오.

---

1 궁금(宮錦): 궁중의 최고급 비단. 여기서는 낙화를 비유한 표현이다.

2 소련(小憐): 북조(北朝)의 제(齊) 후주(後主)가 총애한 풍숙비(馮淑妃)의 이름. 비파를 잘 타기로 유명하였다. 여기서는 기녀를 두루 칭한 말이다.

3 화당주호(畫堂朱戶): 화려한 채색으로 꾸민 대청과 붉은 칠을 한 대문. 호화로운 저택.

54. 임강선(臨江仙)

안기도(晏幾道)

夢後樓臺高鎖,　　　　　꿈에서 돌아오니 누대 높이 잠겨있고
酒醒簾幕低垂.　　　　　술기운 깨어나니 휘장 낮게 쳐 있더라.
去年春恨卻來時,　　　　작년 봄에 맺힌 한이 또다시 밀려올 제
落花人獨立,　　　　　　꽃송이 지는 아래 홀로 섰는데
微雨燕雙飛.　　　　　　가는 비 속 짝 지은 제비 날더라.

記得小蘋[1]初見,　　　　소빈을 처음 본 때 기억하나니
兩重心字羅衣[2].　　　　두 겹 '심'자 비단옷 걸치었더라.
琵琶絃上說相思[3],　　　비파 줄로 사랑을 얘기하는데,
當時明月在,　　　　　　때마침 밝은 달이 떠오르더니
曾照彩雲歸.　　　　　　돌아가는 채색운 비추었더라.

---

1 소빈(小蘋): 가기(歌妓)의 이름.
2 심자나의(心字羅衣): 옷깃이 '心(심)' 자 모양으로 굽이진 비단옷. 당시 유행하던 의복 형태의 한 가지이다.
3 상사(相思): 연인을 그리워하는 마음. 사모하는 마음.

55. 접련화(蝶戀花)

안기도(晏幾道)

夢入江南煙水路,　　　　꿈속에 간 강남의 안개 서린 수로 따라
行盡江南,　　　　　　　온 강남을 다 헤매도
不與離人遇.　　　　　　헤어진 임 못 만났죠.
睡裏消魂無說處,　　　　잠들어도 외로운 혼 말 붙일 곳 없고요
覺來惆悵消魂誤.　　　　깨어나도 외로운 혼 어긋나서 슬프네요.

欲盡此情書尺素[1],　　　이 마음 다 전하고파 편지 써서 부친들
浮雁沈魚,　　　　　　　높이 나는 기러기도 깊은 물 속 물고기도
終了無憑據.　　　　　　끝내는 믿고 기댈 만하지 못했지요.
卻倚緩絃歌別緒,　　　　느슨한 현 반주에 이별 심회 노래하니
斷腸移破秦箏柱.　　　　애간장이 쟁 기둥에 옮겨가 부서져요.

---

1 척소(尺素): 한 자 폭의 흰 비단. 여기서는 그 위에 쓴 편지를 뜻한다. 옛 사람들은 비단을 편지
지로 쓰는 경우가 많았다.

56. 접련화(蝶戀花)

안기도(晏幾道)

醉別西樓醒不記,　　　서루의 취중 이별 술을 깨곤 기억 못 해

春夢秋雲,　　　　　　마치 봄날 꿈인 양 가을날 구름인 양

聚散眞容易.　　　　　만나고 헤어짐이 참 쉽기도 하구나.

斜月半窗還少睡,　　　기우는 달 든 창 아래 아직 잠 못 이루
　　　　　　　　　　　는데

畫屛閒展吳山翠**1**.　　　병풍 가득 펼쳐진 오산 푸른빛이여.

衣上酒痕詩裏字,　　　옷에 흘린 술자국도 시에 썼던 글자도

點點行行,　　　　　　자국마다 글줄마다

總是凄涼意.　　　　　이 모두가 슬픔이라.

紅燭自憐無好計,　　　붉은 초도 좋은 수가 없다고 슬퍼하며

夜寒空替人垂淚**2**.　　　추운 밤 부질없이 사람 대신 눈물짓네.

---

1 오산취(吳山翠): 옛 오나라 땅, 즉 강남 지방의 푸른 산을 그린 병풍 풍경. 이 풍경은 강남에서
　함께 즐겁게 노닐었던 옛 추억을 불러일으켜, 잠 못 이루는 화자를 한층 괴롭게 한다.

2 수루(垂淚): 눈물을 흘리다. 촛농이 흐르는 것을 의인화하여 표현한 것이다.

57. 자고천(鷓鴣天)

안기도(晏幾道)

彩袖[1]殷勤捧玉鍾,　　색동 소매 정성껏 옥술 잔을 받쳐 주니
當年拚却[2]醉顏紅.　　마음껏 받아 마셔 얼굴 붉게 취하였지.
舞低楊柳樓心月,　　버들가 누대에서 달빛 아래 춤추고
歌盡桃花扇底風.　　복사꽃 부채 바람 이는 내내 노래했지.

從別後,　　헤어지고 난 뒤로
憶相逢,　　우리 만남 그리워
幾回魂夢與君同.　　몇 번이고 꿈속에서 그대 함께 했노라.
今宵賸把銀釭照,　　오늘 밤 은등잔을 잡고 두루 비추나니,
猶恐相逢是夢中.　　이 만남이 꿈인가 아직도 두렵구나.

---

1 채수(彩袖): 화려한 색동 소매. 기녀의 옷을 상징한다.
2 반각(拚却): 기꺼이. 마음껏.

58. 자고천(鷓鴣天)

안기도(晏幾道)

醉拍春衫惜舊香,　　　취해 턴 봄옷에서 옛 향 퍼져 서글픈데
天將離恨惱疏狂.　　　하늘은 이별 한을 사무치게 하네요.
年年陌上生秋草,　　　해마다 길가 따라 가을풀이 자랄 무렵
日日樓中到夕陽.　　　날마다 누각에서 해 지도록 있나이다.

雲渺渺,　　　　　　　구름은 아득하고
水茫茫,　　　　　　　물길은 끝없나니
征人歸路許多長.　　　떠난 이 돌아오실 길 얼마나 멀런지요.
相思本是無憑語,　　　보고픈 마음이야 본디 말로 못하는 것,
莫向花牋費¹淚行.　　　꽃종이에 부질없이 눈물 쏟지 않을래요.

---

1 비(費): 헛되이 쓰다. 낭비하다. 여기서는 임에게 부칠 편지를 쓰다가 홀로 눈물을 흘린들 소용
이 없으므로 애써 눈물을 참겠다는 의미이다.

95

59. 생사자(生查子)

안기도(晏幾道)

金鞍美少年,　　　금안장 어울리던 잘생긴 그이
去躍靑驄馬.　　　푸른 갈기 말 타고 떠나간 뒤로
牽繫玉樓人,　　　마음 칭칭 동여진 옥루의 여인
繡被春寒夜.　　　자수이불 싸늘한 봄밤 지새네.

消息未歸來,　　　돌아온단 소식은 아직 없는데
寒食梨花謝.　　　한식절 고운 배꽃 뚝뚝 진다네.
無處說相思,　　　연모하는 마음을 말할 곳 없어
背面鞦韆下1.　　　그네터 저만치에 등 돌려 서네.

---

1 추천하(鞦韆下): 그네 타는 곳 주변. 한식절에는 남녀가 어울려 봄놀이를 하며 그네를 타는 풍습이 있다.

60. 생사자(生査子)

안기도(晏幾道)

關山¹魂夢長,　　　　　국경 관문 산골은 꿈에서도 멀고요
塞雁音書少².　　　　　변방의 기러기는 편지 아니 전하네요.
兩鬢可憐靑,　　　　　두 갈래 귀밑머리 아리땁던 검푸른 빛
只爲相思老.　　　　　오로지 임 그리는 마음 탓에 늙네요.

歸傍碧紗窗,　　　　　돌아오면 벽옥색 비단 창에 기대어
說與人人³道.　　　　　임에게 조근 조근 말씀을 드릴래요.
眞箇⁴別離難,　　　　　진정으로 이별은 힘들더라고,
不似相逢好.　　　　　만나 함께 지내니 제일 좋다고.

---

1 관산(關山): 관문이 있는 변새 산간 지역. 여기서는 화자가 그리워하는 임이 있는 곳이다.
2 음서소(音書少): 편지가 드물다. 즉, 연인으로부터 소식이 오지 않는다는 뜻이다.
3 인인(人人): 사랑하는 사람을 칭하는 말.
4 진개(眞箇): 진정으로. 정말로.

61. 목란화(木蘭花)

안기도(晏幾道)

東風又作無情計,
艶粉嬌紅[1]吹滿地.
碧樓簾影不遮愁,
還似去年今日意.

봄바람은 또다시 무정한 수 쓰는군요
곱고 예쁜 꽃잎을 땅 가득히 뿌렸네요.
누각에 휘장 쳐도 수심은 못 막나니,
바로 작년 오늘에 품은 맘과 꼭 같네요.

誰知錯管[2]春殘事,
到處登臨曾費淚.
此時金盞直須深,
看盡落花能幾醉.

가는 봄에 괜한 마음 쓴들 누가 알까요,
곳곳마다 높이 올라 부질없이 울곤 하죠.
이맘때의 금 술잔은 꼭 깊어야 하리니
낙화 구경 마칠 때면 몇 번이나 취할지요.

---

1 염분교홍(艶粉嬌紅): 붉은 색의 아름다운 작은 조각. 즉, 낙화를 가리킨다.
2 착관(錯管): 잘못 간여하다. 쓸데없이 마음 쓰다.

62. 목란화(木蘭花)

안기도(晏幾道)

鞦韆院落[1]重簾暮,　　그네 건 뜨락 한 편, 해 저무는 겹휘장 안
彩筆閒來題繡戶.　　고운 붓 살짝 놀려 수 창호에 시를 쓰네.
牆頭丹杏雨餘花,　　담장가 붉은 살구 비 갠 뒤에 꽃 틔우고
門外綠楊風後絮.　　대문 밖 푸른 버들 바람에 솜 흩날리네.

朝雲[2]信斷知何處,　　소식 끊긴 아침 구름 그 어디쯤 있으려나
應作襄王春夢去.　　분명히 초 양왕의 봄꿈으로 갔으리라.
紫騮認得舊游蹤,　　자줏빛 말이 예전 제 놀던 곳 알아보고
嘶過畫橋東畔路.　　채색다리 동쪽 길을 히힝 울며 지나노라.

---

1 원락(院落): 뜰 안의 쓸쓸하고 후미진 곳.

2 조운(朝雲): 아침 구름. 남녀간의 사랑을 비유하는 말로, 송옥(宋玉)의 「고당부서(高唐賦序)」
중 무산신녀(巫山神女)가 초양왕(楚襄王)에게 작별을 고하며 "저는 무산 남쪽과 고산 높은 곳
에서 아침에는 구름이 되고 저녁에는 비가 되어 아침마다 저녁마다 양대 아래에 있겠나이다(妾
在巫山之陽, 高山之阻. 旦爲朝雲, 暮爲行雨, 朝朝暮暮, 陽臺之下)"라고 말한 데서 유래하였다.

63. 청평악(清平樂)

안기도(晏幾道)

留人不住,
醉解蘭舟去.
一棹碧濤春水路,
過盡曉鶯啼處.

떠나는 이 붙잡은들 머물게 못했나니
술에 취해 배 닻줄 풀고 멀리 떠나갔네.
노 가득히 푸른 파도 일어나는 봄 물길
길목마다 이른 새벽 꾀꼬리가 우짖네.

渡頭楊柳青青,
枝枝葉葉離情.
此後錦書[1]休寄
畫樓雲雨無憑.

나루터의 버드나무 푸르고도 푸른 건
가지마다 잎새마다 이별의 정 배어서라.
이제는 편지 따위 써 부치지 않으리
기루의 운우지정 믿을 수가 없으니.

---

1 금서(錦書): 비단을 편지지 삼아 쓴 연서.

64. 완랑귀(阮郎歸)

안기도(晏幾道)

舊香殘粉似當初,　　　옛 향도 남은 분도 처음 그 때 같건만
人情[1]恨不如.　　　　사람 정은 같지 않아 한스럽네요.
一春猶有數行書,　　　한때 봄엔 그나마 몇 줄 소식 주시더니
秋來書更疏.　　　　　가을 되니 편지 더욱 뜸해진걸요.

衾鳳冷,　　　　　　　봉황 이불 차갑고요
枕鴛孤,　　　　　　　원앙 베개 쓸쓸하니
愁腸待酒舒.　　　　　시름겨운 제 속은 술로나 달랠까요.
夢魂縱有也成虛,　　　꿈을 꾼들 결국은 허허로울 뿐이지만
那堪[2]和夢無.　　　　그 꿈마저 못 꾼다면 어떻게 견딜지요.

---

1 인정(人情): 임의 애정. 남녀 간의 연정.
2 나감(那堪): 어찌 감당하나. 견디지 못하다.

65. 완랑귀(阮郎歸)

안기도(晏幾道)

天邊金掌¹露成霜,　　　하늘 끝 승로반의 이슬은 서리 되고
雲隨雁字長.　　　　　구름은 기러기떼 따라 죽 늘어선 때.
綠杯紅袖趁重陽,　　　좋은 술과 고운 여인 함께 하는 중양절,
人情似故鄉.　　　　　사람 사는 정취가 고향 모습 닮았구려.

蘭佩紫,　　　　　　　보랏빛 난초를 패옥 삼아 두르고
菊簪黃,　　　　　　　황금빛 국화를 비녀 삼아 꽂고는
殷勤²理舊狂.　　　　옛 놀던 호기로움 마음껏 부리나니.
欲將沉醉換悲涼,　　　슬픔과 깊은 취기 맞바꾸고 싶으니
清歌莫斷腸.　　　　　맑은 노래 가락아 애간장 끊지 마라.

---

1 금장(金掌): 금빛 동상의 손바닥. 승로반(承露盤). 신선사상을 애호한 한무제(漢武帝)는 백양대(柏梁臺)에 큰 구리 기둥을 세우고 그 위에 손바닥으로 쟁반을 받치고 있는 신선 동상을 만들어, 쟁반에 맺힌 이슬로 불로장생의 묘약을 만들도록 하였다. 이 사구에서 승로반에 맺힌 이슬이 서리가 되었다는 것은 가을이 되었음을 뜻한다.
2 은근(殷勤): 감정이 깊은 모양. 열심인 모양.

66. 육요령(六幺令)

안기도(晏幾道)

綠陰春盡,	녹음이 짙어지는 봄의 끝자락
飛絮繞香閣.	누각에 버들개지 휘도는군요.
晚來翠眉宮樣,	저녁 단장 끝마친 궁정 풍 눈썹
巧把遠山學.	솜씨 좋게 먼 산을 따라 그렸죠.
一寸狂心未說,	미칠 듯한 마음은 말로 안 해도
已向橫波1覺.	흔들리는 눈빛 따라 느껴지겠죠.
畫簾遮市,	그림 고운 휘장을 두른 곳에서
新翻曲妙,	새로 만든 노래를 멋지게 불러
暗許閑人2帶偸掐3.	누군가 몰래 듣게 그냥 둡니다.
前度書多隱語,	지난 편지 가득히 알 듯 모를 듯한 말들
意淺愁難答.	그 뜻을 알 수 없어 답신 못해 괴로웠고,
昨夜詩有回文4,	어젯밤에 주신 시는 회문체를 띤 데다
韻險還慵押.	운자도 어려워서 화답 엄두 못냈지요.

---

1 횡파(橫波): 고정되어 있지 않고 물결처럼 흔들리는 여인의 눈빛. 부의(傅毅)의 「무부(舞賦)」 중 "눈빛 흘긋대며 흘려보내니 물결처럼 찰랑이고(目流睇而橫波)"라는 구절에 대해 이선(李善)의 주에 "횡파는 시선을 치우치게 하여 마치 물결처럼 찰랑이게 하는 것이다(橫波, 言目邪視, 如水之橫流也)"라고 하였다.
2 한인(閑人): 무관한 사람. 제3자.
3 투겹(偸掐): '투(偸)'는 몰래. '겹(掐)'은 손가락을 꼽아가며 무언가를 외우거나 셈하는 것. 여기서는 몰래 음악소리를 듣고 손가락으로 박자를 꼽으며 그것을 감상하는 것을 말한다.
4 회문(回文): 회문체 시. 시의 자구를 상하좌우로 돌려가며 읽어도 두루 뜻이 통하는 시체(詩體)이다.

都待笙歌散了,　　　　생황가락 노랫소리 다 끝나길 기다렸다

記取留時霎.　　　　　잠시나마 오신단 말 부디 기억하소서.

不消紅蠟,　　　　　　진홍색 밀랍초를 켤 것 없겠죠,

閒雲歸後,　　　　　　느림보 구름조각 흘러간 후면

月在庭花舊闌角.　　　달빛이 뜰 꽃밭과 낡은 난간 비출테니.

67. 어가행(御街行)

안기도(晏幾道)

街南綠樹春饒絮,	큰길 남쪽 푸른 숲에 봄 가득한 버들개지
雪滿游春路.	소복한 눈꽃인 양 봄길 위에 나뒹굴고,
樹頭花豔雜嬌雲,	나무 가득 예쁜 꽃에 고운 구름 감돌고
樹底人家朱戶.	나무 아래 인가는 대문 빛깔 붉구나.
北樓閒上,	북쪽 누각 천천히 올라가서는
疏簾高捲,	성긴 주렴 높직이 말아 올리니
直見街南樹.	큰길 남쪽 가로수가 바로 내다뵈누나.

闌干倚盡猶慵去,	난간에 하염없이 기대어 못 떠나며
幾度黃昏雨.	황혼녘 내리는 비 몇 번을 만났던고,
晚春盤馬踏青苔,	늦봄 무렵 준마 타고 푸른 이끼 밟다가
曾傍綠陰深駐.	녹음 짙은 곳에서 말 멈추곤 하노라.
落花猶在,	꽃잎 지는 풍경은 그대로건만
香屛空掩,	병풍만 덩그러니 펼쳐졌나니
人面[1]知何處.	그 사람 그 얼굴은 어디에 있을런가.

---

1 인면(人面): 사람의 얼굴. 여기서는 화자가 그리워하는 연인의 얼굴. 당(唐)나라 최호(崔護)의 시 「도성의 남쪽 집에 쓰다(題都城南莊)」에 "그 사람 그 얼굴은 어디로 갔는지 알 수 없구나(人面不知何處去)"라는 구절이 있다.

68. 우미인(虞美人)

안기도(晏幾道)

曲闌干外天如水,　　　　굽이진 난간 너머 물빛 닮은 하늘 보며
昨夜還曾倚.　　　　　　지난밤도 여전히 난간 기대 있었지요.
初將明月比佳期,　　　　처음엔 달 밝으면 좋은 때인 줄만 알고
長向月圓時候, 望人歸.　　보름달만 뜨면 늘 임 돌아오길 빌었건만.

羅衣著破前香在,　　　　비단옷은 해졌어도 옛 향은 남았거늘
舊意誰教改.　　　　　　옛적 품은 마음을 바꾼 사람 누군가요.
一春離恨懶調絃[1],　　　이 봄 줄곧 이별 설워 현을 고를 맘 없
　　　　　　　　　　　나니
猶有兩行閒淚, 寶箏前.　　덧없는 두 줄 눈물 쟁 앞에 흐릅니다.

---

1 나조현(懶調絃): 쟁의 현을 조율하기가 귀찮다. 연주에 앞서 악기를 손보는 것이 내키지 않다.

69. 유춘령(留春令)

안기도(晏幾道)

畫屏天畔,　　　　　　　그림 병풍 가득 채운 하늘의 먼 끝자락

夢回依約[1],　　　　　　꿈결에서 돌아오니 어렴풋이 펼쳐진

十洲[2]雲水.　　　　　　구름 서린 열 개 섬 물가 풍경 있네요.

手撚紅箋寄人書,　　　　임께 부칠 붉은 빛깔 편지지를 손에 들고

寫無限, 傷春事.　　　　봄날 슬픈 사연을 쓰노라니 끝없네요.

別浦高樓曾漫倚,　　　　헤어졌던 포구 곁 높은 누각 가만 기대

對江南千里.　　　　　　강남 땅 천리 길을 마주하여 섰지요.

樓下分流水聲中,　　　　두 갈래 강물줄기 흐르는 소리 속엔

有當日, 憑高[3]淚.　　　누각 올라 그날 쏟은 눈물 들어 있지요.

---

1 의약(依約): 확실하지 않은 모양. 희미한 모양.

2 십주(十洲): 여덟 방향의 드넓은 바다(八方巨海)에 있는 열 개의 섬으로, 신선이 산다는 전설이 있다. 여기서는 병풍 속에 묘사된 섬을 아름답게 표현한 말이다.

3 빙고(憑高): 높은 곳에 기대다. 즉, 높은 누각에 오르다.

70. 사원인(思遠人)

안기도(晏幾道)

紅葉黃花秋意晚,　　　　낙엽에도 국화에도 가을 정취 농익으니
千里念行客.　　　　　　천리 길 떠나가신 임 생각에 젖나이다.
看飛雲過盡,　　　　　　높이 날던 구름은 다 지나가 자취 없고
歸鴻無信.　　　　　　　기러기 돌아와도 서신 한 장 없으니
何處寄書得.　　　　　　어디로 제 편지를 보내면 좋을까요.

淚彈不盡臨窗滴,　　　　창가에서 하염없이 눈물을 떨구다가
就硯旋研墨.　　　　　　벼루 앞에 다가가 먹을 곱게 갈았지요.
漸寫到別來,　　　　　　이별 고한 그 다음 대목까지 쓰고 나니
此情深處,　　　　　　　제 마음 깊은 데서 울컥하는 바람에
紅箋爲無色1.　　　　　　붉은색 편지지도 빛을 잃고 마네요.

---

1 위무색(爲無色): 색이 없어지다. 무색이 되다. 눈물이 어려 앞이 잘 보이지 않는 것을 말한 것이다.

71. 만정방(滿庭芳)

안기도(晏幾道)

南苑吹花,　　　　　남원에 바람 불어 꽃 나부끼고

西樓題葉¹,　　　　서루의 낙엽 보며 시 짓노라니

故園歡事重重.　　　정든 뜰엔 즐거운 일 가지가지 많았더라.

憑闌秋思,　　　　　난간 기대 가을 생각 젖어들다가

閒記舊相逢.　　　　옛 만남을 가만히 떠올리노라.

幾處歌雲夢雨²,　　꿈결 같은 운우지정 즐겼던 곳 어디런가

可憐便, 流水西東³.　물결처럼 이리 저리 흩어져 애닯도다.

別來久,　　　　　　헤어진 지 오래건만

淺情⁴未有,　　　　박정하여 여태껏 한 번 없구나,

錦字繫征鴻⁵.　　　변새 기러기 편에 부친 편지가.

年光還少味⁶,　　　좋은 시절 이제는 얼마 남지 않았나니

開殘檻菊,　　　　　울짱 곁의 국화꽃 피었다 지고

落盡溪桐.　　　　　시냇가 오동잎 다 떨어졌구나.

---

1 제엽(題葉): 나뭇잎에 문구 등을 쓰다. 낙엽을 소재로 글을 짓다. 즉, 낙엽을 보며 시를 짓다.

2 가운몽우(歌雲夢雨): 구름을 노래하고 비를 꿈꾸다. 운우지정(雲雨之情), 즉 남녀 간의 정을 나누다.

3 유수서동(流水西東): 물결이 서쪽으로 동쪽으로 흘러가듯이 여기저기로 사라지다.

4 천정(淺情): 품은 정이 얕다. 박정하다. 여기서는 떠나간 임을 원망하는 말이다.

5 정홍(征鴻): 변경의 군대 주둔지에서 날아오는 기러기. 옛 고사에서 기러기는 북방의 소식을 전해주는 역할을 하였다. 『한서(漢書)·이광소건전(李廣蘇建傳)』에 "천자께서 상림원에서 기러기를 쏘아 잡으셨는데, 기러기 발에 비단 편지가 매어져 있었다. 소무 등이 어느어느 물가에 있다고 적혀 있었다(天子射上林中得雁, 足有繫帛書, 言武等在某澤中)"라는 기록이 전한다.

6 소미(少味): 음미할 여지가 적어지다. 즉, 즐거운 일이나 기간이 줄어들다.

漫留得, 尊前,　　　　술 한 잔 부질없이 남겨두고서
淡月淒風.　　　　　　맑은 달과 바람을 마주하노라.
此恨誰堪共說,　　　　이 한을 그 누구와 더불어 얘기하랴
淸愁付, 綠酒杯中.　　좋은 술 담은 잔에 맑은 시름 부칠 뿐.
佳期在,　　　　　　　가약 맺어 두었나니
歸時待把,　　　　　　임 돌아올 그 날을 기다리리라
香袖看啼紅.　　　　　소매 붉게 밴 눈물 내보이리라.

72. 수조가두(水調歌頭)

소식(蘇軾)

병진년(1076) 중추절에 새벽까지 즐겁게 술을 마시고 크게 취하여 이 사를 지으면서 한편으로 아우 소철을 그리워하다.
丙辰中秋, 歡飮達旦, 大醉, 作此篇, 兼懷子由[1].

明月幾時有[2],	밝은 달 언제부터 떠 있었느냐
把酒問靑天.	술잔 잡고 하늘에 물어보노라.
不知天上宮闕,	하늘 위의 궁궐은
今夕是何年.	이 밤 무슨 해일런가.
我欲乘風歸去,	바람 타고 그곳에 돌아가고 싶건만
又恐瓊樓玉宇[3],	희고 고운 옥으로 곱게 꾸민 달 궁궐
高處不勝寒.	높은 탓에 추위를 못 견딜 듯하구나.
起舞弄淸影,	일어나서 춤추며 그림자와 노나니
何似在人間.	어찌 인간 세상에 있는 것과 같으랴.
轉朱閣,	붉은 누각 돌아서

---

1 자유(子由): 소식의 동생 소철(蘇轍)의 자(字). 이 사를 지을 당시 소식은 밀주지주(密州知州), 소철은 제주장서기(齊州掌書記)로 있었다. 밀주와 제주 모두 현재의 산동성(山東省)으로, 소식은 지척에 있는 아우와 명절을 함께 보낼 수 없어 아쉬움과 그리움이 더욱 깊었던 듯하다.

2 기시유(幾時有): 언제부터 있었는가. 이백(李白)의 「술잔을 잡고 달에 묻다(把酒問月)」 중 "푸른 하늘에 달 떠 있다니 언제 나왔는고(靑天有月來幾時)"의 시구를 끌어 쓴 것이다.

3 경루옥우(瓊樓玉宇): 천상 세계의 신선이 사는 궁궐. 또는 상상 속 달나라의 궁궐.

低綺戶,　　　　　비단 창에 내려와

照無眠.　　　　　잠 못 든 이 비추나니.

不應有恨,　　　　품은 한 없을 텐데

何事長向別時圓⁴.　이별한 때면 왜 늘 둥글어지곤 하나.

人有悲歡離合,　　사람에겐 슬픔 기쁨 이별 만남 있으며

月有陰晴圓缺,　　달에겐 맑고 흐림 차고 기욺 있나니

此事古難全⁵.　　　이처럼 예로부터 두루 좋긴 어려운 법,

但願人長久,　　　그저 바랄지어니, 우리 오래 살면서

千里共嬋娟⁶.　　　천 리 떨어져서도 고운 달 함께 하길.

4　장향별시원(長向別時圓): 이별했을 때 늘 달은 둥글어지다. 즉, 사람들이 헤어져 '대단원(大團
　　圓)'을 이루지 못한 때면 늘 대조적으로 달은 원을 이룬다. 이 부분은 달이 딱히 사람에게 한을
　　품은 것도 아닐텐데 그리운 이와 이별한 이 때 굳이 보름달이 되어 그리움을 더욱 깊어지게 한
　　다는 것이다.

5　난전(難全): 온전히 갖추기 어렵다. 즉, 두루 다 좋기는 어렵다.

6　선연(嬋娟): 아름다운 것. 여기서는 달을 가리킨다. 남조 송(宋)나라 사장(謝莊)의 「월부(月賦)」
　　에 "천 리 떨어져서도 밝은 달을 함께 하세(隔千里兮共明月)"라는 구절이 있다.

73. 수룡음(水龍吟)

소식(蘇軾)

버들개지를 읊은 장질부의 사에 차운하여

次韻章質夫**1**楊花詞

似花還似非花,　　　꽃인 듯 어쩌면 또 꽃이 아닌 듯한지고

也無人惜從教**2**墜.　떨어지게 그저 둘 뿐 아끼는 이 없구나.

抛家傍路,　　　　　집 떠나 길가에서 나뒹구는데

思量卻是,　　　　　생각하면 아무래도 그런 게로다,

無情有思**3**.　　　　무정해도 그리움 품은 게로다.

縈損柔腸**4**,　　　　여린 그 애간장에 시름 차 있고

困酣嬌眼,　　　　　지친 기운 가득한 어여쁜 눈은

欲開還閉.　　　　　뜨려다가 또 다시 감고 있구나.

夢隨風萬里,　　　　꿈속 바람 타고서 만 리 너머로

尋郎去處,　　　　　그리운 임 찾아서 떠나가는데

又還被鶯呼起.　　꾀꼬리 울어 꿈 또 깨버렸구나.

---

1 장질부(章質夫): 장절(章楶). '질부(質夫)'는 그의 자(字). 치평(治平) 2년(1065)에 진사에 급제
　후 다양한 관직을 거쳐, 건중정국(建中靖國) 원년(1101)에는 지추밀원(知樞密院)에 오른 바 있
　다.

2 종교(從教): 내버려두다. 그냥 놔두다. 이 구절은 아무도 버들개지가 떨어져 날리는 것을 아쉬워
　하지 않고 그냥 무심히 내버려둔다는 것이다.

3 무정유사(無情有思): 버들개지는 미물이라 감정이 없다고 다들 여기지만, 가만히 생각해보면
　아무래도 버들개지 역시 그 나름대로 그리움 등의 정을 품고 있는 게 틀림없다는 것이다.

4 유장(柔腸): 다치기 쉬운 여린 애간장. 아래의 '어여쁜 눈(嬌眼)'과 더불어, 연약한 버들개지를
　의인화한 표현이다.

不恨此花飛盡,　　　　버들개지 다 날아 사라진 건 괜찮아도

恨西園, 落紅難綴**5**.　　서원에 진 붉은 봄꽃 못 붙여 한이로다.

曉來雨過,　　　　　　새벽 무렵 빗줄기 지나갔나니

遺蹤何在.　　　　　　남아있던 자취 다 어디 갔느냐,

一池萍碎**6**.　　　　　연못 가득 잔 부평 되어 있구나.

春色**7**三分,　　　　　봄 풍경을 셋으로 나눌지어니

二分塵土,　　　　　　그 중 둘은 흙먼지 투성이 되고

一分流水.　　　　　　하나는 강물 따라 흘러갔도다.

細看來, 不是楊花,　　가만 보니 버들개지 아니었구나

點點是離人淚.　　　　점점이 이별한 이 눈물이구나.

5　낙홍난철(落紅難綴): 떨어진 붉은 봄꽃을 다시 이어붙이기 어렵다. 즉, 이미 지나버린 봄을 다시
　　되돌릴 수 없다. 이 부분은 버들개지가 다 떨어진 것이야 그다지 개의치 않는다 해도 결국 봄이
　　다 지나버린 것은 매우 아쉽다는 것을 말하고 있다.

6　평쇄(萍碎): 자잘한 부평초. 소식이 직접 붙인 주에 "버들개지가 물에 떨어지면 부평초가 된다.
　　시험해보니 진실로 그러하다(楊花落水爲浮萍, 驗之信然)"라고 하였다. 수면에서 발아한 버들개
　　지 싹과 부평초가 모습이 비슷하여 그렇게 여긴 듯하다.

7　춘색(春色): 봄 풍경. 봄의 아름다움. 이 부분은 버들개지가 가득히 흩날렸던 아름다운 봄날로
　　결국 삼분의 이는 흙투성이가 되고 삼분의 일은 강물 따라 흘러갔다고 하여, 봄이 다 끝나버렸
　　음을 말한 것이다.

74. 염노교(念奴嬌)

소식(蘇軾)

적벽 회고
赤壁懷古

大江東去,　　　　　　동쪽으로 흐르는 드넓은 장강

浪淘盡,　　　　　　　　물결 따라 모조리 쓸려갔도다,

千古風流人物[1].　　　천고의 풍류 넘친 인걸들이여.

故壘西邊,　　　　　　　오래된 군영 보루 서쪽 언저리

人道是, 三國周郎[2]赤壁.　사람들은 삼국 주유 적벽이라 하더라.

亂石崩雲,　　　　　　　솟아오른 바위가 구름 젖히고

驚濤裂岸,　　　　　　　놀라 뛰는 파도가 강둑을 치며

捲起千堆雪.　　　　　　쌓인 눈 천 무더기 말아 올리는,

江山如畵,　　　　　　　그림 같은 이 강산에

一時多少豪傑.　　　　　한때는 영웅호걸 얼마나 많았던가.

遙想公謹[3]當年,　　　그 시절 주유 모습 가만히 떠올리매

1　풍류인물(風流人物): 풍류 넘치는 인걸들. 여기서는 삼국 시대의 적벽 고사와 관련되는 주유(周瑜), 제갈량(諸葛亮), 조조(曹操) 등을 가리킨다.
2　주랑(周郎): 삼국시대 오(吳)나라의 주유(周瑜). 적벽 전투를 지휘하여 위(魏)나라 조조(曹操)의 군대에 맞서 큰 승리를 거두었다.
3　공근(公謹): 주유(周瑜)의 자(字).

小喬[4]初嫁了,	소교 아씨 이제 갓 그에게 시집왔고
雄姿英發.	사내다운 풍채는 늠름함을 뿜었으리.
羽扇綸巾[5],	윤건 쓰고 깃 부채 살랑이면서
談笑間,	담소를 주고받는 짧은 사이에
强虜灰飛煙滅.	적군은 사라지는 재와 연기 되었으리.
故國[6]神游[7],	옛 땅을 두루 돌며 맘속 한껏 노니는데
多情應笑我,	나더러 정 많다며 분명 웃음 짓겠구나,
早生華髮.	그래서 머리 일찍 희어졌다고.
人間如夢,	사람 사는 이 세상 꿈과 같으니
一尊還酹江月.	강 속 달에 술 한 잔 부어줄거나.

---

4 소교(小喬): 주유(周瑜)의 아내. 실제로 주유가 소교를 아내로 맞이한 것은 그가 24세이던 건안 (建安) 3년(198)이고, 적벽 전투는 건안 13년(208)에 있었다.

5 윤건(綸巾): 푸른 실로 짠 두건. 보통 제갈량(諸葛亮)을 가리킬 때 윤건, 백우선(白羽扇), 학창의 (鶴氅衣) 등의 차림새로 묘사하는 경우가 많으므로, 이 구절의 주체는 제갈량으로 볼 수도 있다.

6 고국(故國): 옛 땅. 즉, 옛 삼국 적벽 고사의 배경이 되는 곳.

7 신유(神游): 실제가 아닌 머리 속 상상으로 주유하다. 맘속으로 유람하다.

75. 영우락(永遇樂)

소식(蘇軾)

팽성의 연자루에서 하룻밤 묵던 중에 반반의 꿈을 꾸어, 이 사를 짓다.

彭城**1**夜宿燕子樓**2**, 夢盼盼**3**, 因作此詞.

明月如霜,	서리 핀 듯 하얗게 달빛 비치고
好風如水,	물 흐르듯 결 고운 바람이 부니
淸景無限.	한없이 맑디맑은 풍경이로다.
曲港跳魚,	물굽이에 물고기 튀어 오르고
圓荷瀉露,	둥근 연잎 위 이슬 굴러가는데
寂寞無人見.	보는 이 하나 없이 쓸쓸할 뿐이어라.
紞如**4**三鼓,	삼경의 북소리가 둥둥 울리고
鏗然**5**一葉,	한 조각 나뭇잎이 바스락대어

---

1 팽성(彭城): 지금의 강소성(江蘇省) 서주(徐州). 소식은 42세부터 44세까지(1077~1079) 서주지주(徐州知州)를 지냈다.

2 연자루(燕子樓): 서주에 있는 누각의 이름.

3 반반(盼盼): 여인의 이름. 죽은 연인 장건봉(張建封)을 그리워하며 연자루에서 10여 년을 홀로 지냈다. 백거이(白居易)의 「연자루(燕子樓)」 시 서문에 "서주의 옛 상서 장건봉에게 반반이라는 애기가 있었는데 노래와 춤에 능했고 우아하며 자태가 고왔다. (중략) 장건봉이 죽자 동락에서 장사를 지냈다. 팽성에 장건봉의 오래된 집이 있었고 그 집 안에 작은 누각 연자루가 있었으니, 반반은 옛 사랑을 잊지 못해 시집가지 않고 이 연자루에서 십여 년을 살았다(徐州故尙書張有愛妓曰盼盼, 善歌舞雅多風態. …… 尙書旣沒, 歸葬東洛而彭城有張氏舊第, 第中有小樓名燕子, 盼盼念舊愛而不嫁, 居是樓十餘年)"라고 하였다.

4 담여(紞如): 북이 둥둥 울리는 소리.

5 갱연(鏗然): 맑게 쟁그렁대는 소리. 여기서는 낙엽이 바스락대는 소리.

黯黯[6]夢雲驚斷.　　　　놀라 꿈 깨고 나니 슬픔 밀려오는구나.
夜茫茫, 重尋無處,　　　깊은 밤 꿈 속 다시 찾아갈 길 없어서
覺來小園行遍.　　　　일어나 작은 뜰 안 마냥 서성였노라.

天涯倦客,　　　　　　세상 끝을 떠도는 지친 나그네
山中歸路,　　　　　　산 속으로 나 있는 귀로 너머로
望斷故園心眼.　　　　까마득히 먼 고향 마음속에 그려본다.
燕子樓空,　　　　　　연자루 텅 비었구나
佳人何在,　　　　　　가인은 어디 가고
空鎖樓中燕.　　　　　부질없이 그 안에 제비만 갇혔는고.
古今如夢,　　　　　　고금의 일이 모두 꿈만 같나니
何曾夢覺,　　　　　　일찍이 그 꿈에서 깬 적 있던가
但有舊歡新怨[7].　　　옛 기쁨에 새 회한이 있을 뿐이로구나.
異時對, 黃樓[8]夜景,　다른 훗날 누군가 황루 야경 마주하며
爲余浩嘆.　　　　　　나를 두고 긴 탄식 쏟아 내리라.

---

6 암암(黯黯): 슬퍼하는 모양.

7 구환신원(舊歡新怨): 오래된 기쁨과 새로 생긴 원망. 이제는 즐거운 일은 없고 원망스러운 일만 자꾸 늘어간다는 뜻이다.

8 황루(黃樓): 서주에 있는 누각의 이름. 소식이 서주지주로 있을 때 홍수를 진압한 후 서주성을 개축하며 황루를 세웠다. 이 부분은 소식이 연자루를 보며 반반을 떠올렸듯이, 훗날 누군가 황루를 보며 소식 자신을 떠올릴 것이요, 사람은 가고 자취만 남은 데 대해 깊은 탄식을 할 것이라는 의미이다.

76. 동선가(洞仙歌)

소식(蘇軾)

내 나이 일곱 살 때, 미주에서 나이 많은 비구니를 한 명 만났다. 성은 주씨요, 이름은 잊었으며, 나이가 90세였다. 주씨의 말에 의하면 일찍이 스승을 따라 촉 임금 맹창의 궁중에 들어간 적이 있는데, 어느 몹시 더운 날 촉 임금이 화예부인과 함께 마하 연못 주위에서 더위를 식히다가 사를 한 편 지었다면서, 주씨는 그 사를 모조리 기억하고 있었다. 이제 40년이 흘러 주씨는 이미 죽은 지 오래이다. 그 사를 아는 이도 아무도 없는데, 다만 그 첫 부분 두 구절이 기억이 나 한가한 날에 가만히 음미해보니 아마도 「동선가령」인 듯싶다. 이에, 나머지를 채워 지었다.

余七歲時, 見眉州老尼, 姓朱, 忘其名, 年九十歲. 自言嘗隨其師入蜀主孟昶[1]宮中, 一日大熱, 蜀主與花蕊夫人[2]夜納涼摩訶池上, 作一詞, 朱具能記之. 今四十年, 朱已死久矣. 人無知此詞者, 但記其首兩句, 暇日尋味, 豈洞仙歌令乎. 乃爲足之云.

冰肌玉骨,	그 자태는 얼음이요 옥일지어니
自淸涼無汗.	본디에 산뜻하여 땀도 아니 맺히네,
水殿風來暗香滿.	바람 분 물가 전각 은은한 향 차오르네.
繡簾開,	열린 휘장 사이로
一點明月窺人,	한 조각 밝은 달이 여인을 엿보나니
人未寢,	잠에 못 든 여인은
攲枕釵橫鬢亂.	흐트러진 머리로 침상에 기대었네.

---

1 촉주맹창(蜀主孟昶): 오대(五代) 후촉(後蜀)의 임금인 맹창. 후에 송(宋)에 투항하였다.

2 화예부인(花蕊夫人): 맹창의 비. 맹창이 송에 투항한 후, 송의 궁실로 잡혀갔다가 송 태조의 총애를 받았다.

起來攜素手,　　　　　일어나 하얀 손을 맞잡고 나선

庭戶無聲,　　　　　　정원은 소리 없이 고요한지고

時見疎星度河漢.　　　이따금 성긴 별이 은하수를 건너네.

試問夜如何,　　　　　밤 몇 시 쯤 되었나 물어보나니

夜已三更,　　　　　　밤은 이미 삼경을 지났다 하네.

金波³淡,　　　　　　　달빛은 엷어지고

玉繩⁴低轉.　　　　　　북두칠성 자루는 나직이 기울었네.

但屈指, 西風⁵幾時來,　서풍 언제 불어올지 그저 손을 꼽는데

又不道, 流年暗中偸換⁶.　세월 훌쩍 바뀔 것은 또 모르고 있구나.

---

3 금파(金波): 달빛을 비유한 말.

4 옥승(玉繩): 별 이름. 북두칠성의 자루 부분에 해당하는 별인 옥형(玉衡)의 근처에 있다.

5 서풍(西風): 서쪽에서 불어오는 선선한 가을 바람.

6 암중투환(暗中偸換): 모르는 사이에 바뀐다. 이 구절은 여름밤에 맹창과 화예부인이 어서 날씨
가 선선해지기를 바라는데, 사람들이 감지하지 못하는 사이 계절은 본디 달라지는 법이요, 나아
가 세월이 흐르면서 왕조나 시대 등도 바뀌리라는 것을 이들은 모르고 있다고 말한 것이다.

77. 복산자(卜算子)

소식(蘇軾)

황주 정혜원의 거처에서 짓다.
黃州定惠院[1]寓居作.

缺月掛疏桐,　　　　　성긴 오동 가지에 쪽달 걸렸고
漏斷人初靜.　　　　　물시계 끊긴 무렵 인적 멎는다.
誰見幽人[2]獨往來,　　은자 홀로 서성이니 누가 보아줄런가,
飄渺孤鴻影.　　　　　외기러기 저 멀리 아스라하다.

驚起卻回頭[3],　　　　놀라 날아오르며 고개 돌려도
有恨無人省.　　　　　품은 한 알아줄 이 하나 없구나.
揀盡寒枝[4]不肯棲,　　찬 가지 다 골라도 깃들 마음 없나니
寂寞沙洲冷.　　　　　쓸쓸한 모래섬은 싸늘한지고.

---

1 정혜원(定惠院): 황주(黃州)의 절 이름. 소식은 황주 생활 초기에 정혜원에 임시 거처를 두고
　지냈다.
2 유인(幽人): 쓸쓸하고 외진 곳에 사는 사람. 은자. 여기서는 작자 자신을 가리킨다.
3 회두(回頭): 고개를 돌리다. 두리번거리며 찾다. 이 구절은 기러기가 깜짝 놀라 날아오르며 주위
　를 두리번거린다는 뜻이다. 처량한 외기러기는 곧 작자의 신세를 투영한 것이기도 하다.
4 간진한지(揀盡寒枝): 차가운 나뭇가지를 다 골라내다. 기러기가 둥지로 삼기 위해 나뭇가지를
　골라 모으는 것을 말한다.

78. 청옥안(靑玉案)

소식(蘇軾)

하주의 사에 화운하여, 오중으로 돌아가는 백고를 전송하다.
和賀方回[1]韻送伯固[2]還吳中.

三年枕上吳中路,　　삼 년을 베개 맡서 그리워한 오중 길

遺黃犬[3], 隨君去.　　소식 전할 황구를 그대 딸려 보내노라.

若到松江[4]呼小渡,　　송강에 이르거든 뱃사공을 부른다고

莫驚鴛鷺,　　　　　원앙 백로 놀라게 하진 말게나,

四橋盡是,　　　　　그곳 다리 넷 모두

老子[5]經行處.　　　이 늙은이 거닐던 곳이었다네.

輞川圖[6]上看春暮,　　망천도의 봄 저무는 풍경이 보이리니,

1　방회(方回): 하주(賀鑄)의 자.

2　백고(伯固): 소견(蘇堅)의 자. 소견은 오중(吳中) 사람으로, 소식이 항주(杭州) 태수로 재임하는 동안 소식을 잘 따랐다.

3　유황견(遺黃犬): 황구(黃狗), 즉 털이 누런 개를 주다. 진(晉)나라 육기(陸機)에게 '황이(黃耳)'라는 개가 있었는데, 육기가 낙양에 있는 동안 그 목에 편지를 매달아 보내서 고향 오중(吳中)에 있는 가솔과 연락을 주고받았다는 이야기가 『진서(晉書)・육기전(陸機傳)』에 전한다. 이 구절은 작자가 오중으로 돌아간 소견과 서신을 주고받기를 바란다는 뜻이다.

4　송강(松江): 오중 지역에 있는 강. 일명 오송강(吳松江).

5　노자(老子): 늙은이. 여기서는 작자 자신을 가리킨다.

6　망천도(輞川圖): 왕유(王維)의 그림 제목. 왕유가 섬서성(陝西省) 남전(藍田) 망천(輞川)에 있던 자신의 별장 풍경을 남전 청량사(淸凉寺) 벽에 그린 것으로, 매우 아름다워 세인들의 감탄을 샀다. 여기서는 소견이 돌아갈 오중의 아름다운 풍광을 비유한 표현이다. 이 구절은 소견이 고향 오중으로 돌아가 아름다운 풍광을 보게 될 것이라고 말한 것이다.

常記高人右丞[7]句.　　고매하신 우승의 시구를 늘 기억하리.

作箇歸期天已許,　　돌아갈 날 정해졌고 하늘도 허하셨네,

春衫猶是,　　　　　봄 적삼은

小蠻[8]針線,　　　　소만이 바느질해 지은 것,

曾濕西湖[9]雨.　　　서호 비에 축축이 젖었던 적 있다네.

---

7 우승(右丞): 상서우승(尙書右丞)을 역임했던 왕유를 가리키는 한편, 항주에서 소식을 도왔던 소견을 지칭하기도 하는 중의적인 표현이다. 이 구절은 소견을 왕유에 빗댐으로써 소견의 시재(詩才)를 높이 기리고 있다.

8 소만(小蠻): 백거이(白居易)의 애기(愛妓) 이름. 여기서는 소견의 연인에 대한 미칭이다.

9 서호(西湖): 항주에 있는 호수 이름. 이 구절은 떠나가는 소견에게 항주의 추억을 환기시키고 있다.

79. 임강선(臨江仙)

소식(蘇軾)

밤중에 임고정으로 돌아오다.

夜歸臨皐**1**.

夜飲東坡**2**醒復醉,	동파에서 술 마시다 깨고 다시 취한 밤
歸來彷彿三更.	삼경 된 무렵쯤에 집으로 돌아오니
家童鼻息已雷鳴,	일꾼아이 벌써 코를 우레같이 고는구나.
敲門都不應,	대문을 두드려도 도무지 답이 없어
倚杖聽江聲.	지팡이에 기대어 강물 소리 듣노라.
長恨此身非我有**3**,	이 몸 내 것 아님이 늘상 한스럽나니
何時忘卻營營**4**.	허위허위 고된 생을 언제쯤 잊어보나.
夜闌風靜縠紋**5**平,	밤 깊으며 바람 멎어 물결도 잠잠하니
小舟從此逝,	자그마한 배 타고 이곳 떠나가
江海寄餘生.	강 바다에 여생을 맡겨볼거나.

---

1 임고(臨皐): 임고정(臨皐亭). 소식이 황주(黃州)에 마련한 거처의 이름.
2 동파(東坡): 동쪽 언덕. 소식이 황주성(黃州城) 동쪽의 언덕에 농지를 개간하고 붙인 이름.
3 차신비아유(此身非我有): 이 몸은 나의 소유가 아니다. 이 작품을 지은 당시 소식은 오대시안 (烏臺詩案)의 옥고를 치르고 황주로 유배되어 온 상태로, 이 구절은 자신의 뜻과는 무관하게 누 차 세파를 겪고 있어 한스럽다는 것이다.
4 영영(營營): 불안정한 상태에서 조바심 내는 모양. 쉬지 않고 힘겹게 애쓰는 모양.
5 곡문(縠紋): 비단이 주름진 무늬. 일렁이는 물결의 비유.

80. 정풍파(定風波)

소식(蘇軾)

3월 7일에 사호로 가다가 비를 만났는데 우비를 가진 사람이 먼저 가버린 바람에 동행인들이 모두 낭패라고 하였지만 나 홀로 그렇게 여기지 않았다. 이내 날이 맑아져, 이 사를 지었다.

三月七日, 沙湖[1]道中遇雨, 雨具先去, 同行皆狼狽, 余獨不覺. 已而遂晴, 故作此.

莫聽穿林打葉聲,	숲 뚫고 잎 때리는 빗소리를 듣지 마오
何妨吟嘯且徐行.	시 읊으며 천천히 간들 무어 나쁘리오.
竹杖芒鞋輕勝馬,	대지팡이 짚신이 말보다 가뿐하니
誰怕,	두려울 것 무어요
一簑煙雨任平生.	도롱이로 이슬비 속 평생을 지내려오.
料峭[2]春風吹酒醒,	쌀쌀한 봄바람이 불어와 취기 깨니
微冷,	조금은 춥다마는
山頭斜照卻相迎.	산머리 걸린 석양 나를 맞아주는구려.
回首向來蕭瑟[3]處,	쓸쓸하고 추웠던 곳 고개 돌려 바라보매
歸去,	비는 가고 없나니,
也無風雨也無晴.	한결같은 비바람도 맑은 날도 없는 것을.

---

1 사호(沙湖): 황주(黃州) 교외의 지명.

2 요초(料峭): 바람이 쌀쌀한 모양.

3 소슬(蕭瑟): 으스스하다. 날씨가 쌀쌀하여 처량하다.

81. 강성자(江城子)

소식(蘇軾)

을묘년(1075) 정월 20일 밤에 꿈 꾼 것을 적다.
乙卯正月二十日夜記夢.

十年生死**1**兩茫茫,	삶과 죽음 갈리어 아득히 지낸 십 년
不思量,	생각 아니 하려 해도
自難忘.	잊을 수가 없구려.
千里孤墳**2**,	외로운 그 무덤은 천 리 너머라
無處話淒涼.	슬픔을 털어놓을 길이 없는데
縱使相逢應不識,	혹여 마주친대도 못 알아볼 듯하오,
塵滿面,	얼굴은 풍진으로 가득한데다
鬢如霜.	머리는 서리처럼 희어졌으니.
夜來幽夢忽還鄉.	간밤 꿈속 홀연히 돌아간 우리 고향
小軒窗,	작은 방 창가에서
正梳妝**3**.	단장하고 있더구려.

---

1 십년생사(十年生死): 10년간 삶과 죽음이 갈리다. 10년간 각각 이승과 저승에서 지내다. 소식의 처 왕불(王弗)은 1065년에 사망하였고, 사별한 지 10년 되던 해에 소식은 그녀와 해후하는 꿈을 꾸어 이 사를 지었다.

2 천리고분(千里孤墳): 천 리 떨어져 있는 무덤. 왕불의 무덤은 현 사천성(四川省)의 미산(眉山)에 있으며, 이 사를 지을 당시 소식은 현 산동성(山東省)의 밀주(密州)에서 지주(知州)를 지내고 있었다.

3 소장(梳妝): 머리 빗고 화장하다. 여인이 몸을 단장하다.

相顧無言,　　　　　　　서로를 바라보며 말도 못하고

惟有淚千行.　　　　　　눈물만 하염없이 흘렸소그려.

料得⁴年年腸斷處,　　　알겠구려, 해마다 애끊은 곳은

明月夜,　　　　　　　　달 밝게 떠오른 밤

短松岡⁵.　　　　　　　솔 언덕이었구려.

---

4 요득(料得): 짐작하여 알다. 깨닫다. 이 부분은 죽은 아내 또한 지난 10년간 자신을 몹시 그리워
   했으리라는 것을 깨달았다는 의미이다.

5 단송강(短松岡): 나지막한 소나무가 늘어선 언덕. 옛날에는 무덤 주변에 소나무 숲을 가꾼 경
   우가 많았다.

82. 목란화령(木蘭花令)

소식(蘇軾)

구양수 공의 서호 노래에 차운하여
次歐公**1**西湖**2**韻

霜餘已失長淮闊,　　　　서리 걷힌 회하는 힘찬 기세 잃었구나
空聽潺潺淸潁咽.　　　　졸졸 맑은 영하 소리 부질없이 듣노라.
佳人猶唱醉翁**3**詞,　　　　가인들은 아직도 취옹 사를 부르는데
四十三年如電抹.　　　　사십삼 년 세월이 번개인가 하노라.

草頭秋露流珠滑,　　　　풀 끝 맺힌 가을 이슬 구슬처럼 흐르고
三五**4**盈盈還二八**5**.　　　　꽉 찬 둥근 보름달은 열엿새 달 되었다네.
與余同是識翁人,　　　　나와 함께 더불어 취옹 아는 이로는
惟有西湖波底月.　　　　그저 서호 물결 아래 달이 있을 뿐이라네.

---

1 구공(歐公): 구양수(歐陽修).
2 서호(西湖): 영주(潁州) 서호(西湖)를 노래한 구양수의 「목란화령(木蘭花令)」. 구양수가 영주(潁州) 지주로 있으면서 지은 것이다. 그로부터 43년 후, 1091년에 소식 또한 영주 지주에 임명되어 갔는데, 구양수는 이미 오래 전에 고인이 되었지만 구양수의 「목란화령」은 여전히 그곳 사람들에게 애창되고 있었다.
3 취옹(醉翁): 구양수의 자호(自號).
4 삼오(三五): 음력 15일 밤의 보름달.
5 이팔(二八): 음력 16일 밤의 조금 이지러진 달.

83. 하신랑(賀新郎)

소식(蘇軾)

乳燕飛華屋[1].	어린 제비 노니는 알록달록 고운 집
悄無人,	인적 없이 고요히
桐陰轉午,	홰나무 그림자는 오후를 맞이했고
晚涼新浴.	미인은 선선하게 저녁 목욕 하였다네.
手弄生綃白團扇,	희고 둥근 비단 부채 살살 부치니
扇手一時似玉.	부채와 손 전부 다 옥을 닮았네.
漸困倚, 孤眠清熟.	노곤해져 기댔다가 홀로 단잠 들었는데
簾外誰來推繡戶.	주렴 바깥 누군가 와 지게문을 밀치었네.
枉教人, 夢斷瑤臺曲[2].	요대에서 놀던 꿈 괜스레 깨었는데,
又卻是,	알고 보니 또 그건
風敲竹[3].	바람 인 대나무네.
石榴半吐[4]紅巾蹙.	붉은 천 주름진 양 반쯤 핀 석류꽃은
待浮花浪蕊[5]都盡,	온갖 흔한 꽃들 다 지기를 기다렸다
伴君幽獨.	쓸쓸한 그대 짝이 되어준다네.

---

1 화옥(華屋): 화려하게 치장한 집. 여기서는 미인의 거처를 말한다.
2 요대곡(瑤臺曲): 요대, 즉 옥으로 이루어진 누대의 깊숙한 곳. 이 구절은 미인이 선경(仙境)같이 아름답고 깊은 꿈에서 깨어났다는 의미이다.
3 풍고죽(風敲竹): 바람이 대나무를 쳐서 나는 소리. 즉 바람이 일어 대숲에서 나는 소리.
4 반토(半吐): 꽃이 반쯤 피다. 개화를 입 벌리는 모습에 비유한 것이다.
5 부화낭예(浮花浪蕊): 어디서든 볼 수 있는 흔한 꽃. 여기서는 석류꽃과 대조되는 하품(下品)의 꽃.

穠艷一枝細看取,　　　곱디고운 꽃가지 들여다 보노라니
芳心[6]千重似束.　　　천 겹 지은 꽃술이 마치 다발 같은데,
又恐被, 秋風驚綠[7].　　또 추풍에 파르라니 놀랄까 걱정이네.
若待得君來向此,　　　그대 와서 이 모습 마주하게 된다면
花前對酒不忍觸.　　　꽃 앞에서 술 마실 뿐 차마 손 못 대리라.
共粉淚[8],　　　　　　화장분이 섞여든 눈물도 같이
兩簌簌[9].　　　　　　둘 다 뚝뚝 떨어져 내릴지어다.

---

6 방심(芳心): 꽃 중심부의 꽃술.

7 경록(驚綠): 놀라 파랗게 질리다. 새파랗게 놀라다. 즉 가을바람이 불어 붉은 석류꽃이 지고 파란 잎만 남는 것을 의미한다.

8 분루(粉淚): 화장분이 녹아든 눈물. 즉, 여인의 눈물.

9 양속속(兩簌簌): 석류꽃과 여인의 눈물 둘 다 뚝뚝 지다. '속속(簌簌)'은 후두둑 떨어지는 모양. 이 구절은 찬바람이 불어 석류꽃이 떨어질 때 여인의 눈물도 뚝뚝 흘러내릴 것이라는 의미이다.

84. 정풍파(定風波)

황정견(黃庭堅)

萬里黔中¹一漏天,　　만 리 외진 검중 땅에 줄곧 비가 쏟아져

屋居終日似乘船.　　종일 배에 갇힌 듯 집에서만 지냈는데

及至重陽天也霽,　　중양절에 때 맞춰 하늘도 맑게 개며

催醉,　　마음껏 술 취하라 부추기누나

鬼門關²近蜀江前.　　귀문관 지척에 둔 촉강 앞에서.

莫笑老翁猶氣岸³,　　늙은이 기세 좋다 비웃지 마시게나

君看,　　그대여 둘러보라

幾人白髮上華顚.　　머리 희게 센 이가 몇 명이나 있는가.

戲馬臺前追兩謝⁴,　　희마대 앞에 서서 두 사씨를 떠올리며

馳射,　　말도 타고 활도 쏘니

風情猶拍古人肩.　　옛사람 견줄 만치 멋스럽다 하겠노라.

---

1 검중(黔中): 검주(黔州). 오늘날의 사천성(四川省) 팽수현(彭水縣).

2 귀문관(鬼門關): 험한 곳으로 들어가는 관문. '귀문관'이라는 이름의 관문은 여러 곳이 있는데, 그 중 황정견이 이 사를 지었던 검중 지역을 기준으로 한다면 사천성(四川省) 봉절(奉節) 북동쪽 30리의 귀문관일 듯하다.

3 기안(氣岸): 기개가 높다. 의기가 양양하다.

4 양사(兩謝): 사령운(謝靈運)과 사첨(謝瞻)의 두 사씨. 남조 송무제(宋武帝) 유유(劉裕)가 중양절에 서주(徐州) 팽성(彭城)의 희마대(戲馬臺)에 여러 신하들을 데리고 올라가 시를 지으며 즐겼는데, 그 때 무리 중에 있던 사령운과 사첨도 시를 지었다.

85. 자고천(鷓鴣天)

황정견(黃庭堅)

좌중에 미산의 은일객 사응지가 있었다. 앞 운에 화운하여 그 자리에서 바로 화답하였다.

坐中有眉山隱客史應之**1**, 和前韻卽席答之.

黃菊枝頭生曉寒,	노란 국화 가지 끝에 새벽서리 피는구나
人生莫放酒杯乾.	우리 살며 빈 술잔을 그냥 두지 말지어다.
風前橫笛斜吹雨,	바람 타고 빗속에 피리 소리 퍼지누나
醉裏簪花倒著冠.	취해 꽃을 비녀 삼고 거꾸로 관모 쓴다.

身健在,	이 한 몸 건강할 때
且加餐,	맛난 것 좀 더 먹고
舞裙歌板**2**盡情歡.	무희 가기 어울려 한껏 즐겨볼 것을.
黃花白髮相牽挽,	백발 되어 국화를 손에 쥐고 있으려니
付與時人冷眼看.	싸늘한 남들 눈에 보라 내민 격이로고.

---

1 사응지(史應之): 사주(史鑄). 미산(眉山) 사람으로, 황정견이 사천성 융주(戎州)에 있을 때 함께 어울리며 창화하였다.

2 무군가판(舞裙歌板): 춤추는 치맛자락과 노래의 박자를 맞추는 박판. 즉, 춤을 추고 노래하는 여인들. 무희와 가기(歌妓).

86. 망해조(望海潮)

진관(秦觀)

梅英疏淡,	매화의 꽃무리가 시들어가고
冰澌溶洩,	얼었던 성엣장이 녹아 흐르니
東風暗換年華.	봄바람이 계절을 몰래 바꾼 게로구나.
金谷¹俊游,	금곡원에 노닐고
銅駝²巷陌,	동타거리 거닐다
新晴細履平沙.	비 개면 백사장을 사뿐히 걸었노라.
長記誤隨車³,	수레 잘못 따라갔던 옛 일 늘 기억나니
正絮翻蝶舞,	버들개지 한참 날고 나비도 춤추던 때
芳思交加.	향기로운 마음을 저마다 나누는데
柳下桃蹊,	버들 아래 오솔길에 복사꽃 활짝 피고
亂分春色到人家.	흐드러진 봄빛이 집마다 와 있었더라.
西園夜飮鳴笳,	서원에서 밤새도록 술 마시고 피리 불 제
有華燈礙月,	밝고 고운 꽃등이 달빛을 흩뜨리고
飛蓋妨花.	날쌘 덮개마차가 꽃밭을 가렸더라.

---

1 금곡(金谷): 금곡원(金谷園). 본디 서진(西晉) 시대의 부호 석숭(石崇)의 정원으로, 여기서는 수도의 화려한 정원을 가리킨다.

2 동타(銅駝): 동타로(銅駝路). 본디 낙양(洛陽)의 대로 이름으로, 여기서는 수도의 번화한 거리를 뜻한다.

3 오수거(誤隨車): 다른 마차를 잘못 따라가다. 한유(韓愈)의 시 「젊은이를 놀리다(嘲少年)」 중 "그저 말 가는 대로 내버려두어, 마차를 잘못 따라가는 줄 모르네(只知閑信馬, 不覺誤隨車)"라는 구절에서 유래한 표현이다. 이것은 실은 미인의 마차를 따라가며 짐짓 말 핑계를 대는 것이다.

蘭苑未空,
行人漸老,
重來是事[4]堪嗟.
煙暝酒旗斜,
但倚樓極目,
時見棲鴉.
無奈歸心,
暗隨流水到天涯.

난 우거진 정원은 아직 아니 비었건만
떠돌이 이 내 몸은 갈수록 늙어가니
다시금 와서 본들 한숨 쉴 일 뿐이로고.
안개 서린 어둠 저편 술집 깃발 어슷하고
그저 누각 기대어 멀리 한껏 내다보니
이따금 둥지 깃든 까마귀만 보이누나.
돌아가고 싶은 맘 어찌할 수 없어서
하늘 끝 흐른 강물 가만히 좇아간다.

---

4 시사(是事): 이 모든 일들.

87. 팔육자(八六子)

진관(秦觀)

倚危亭,	높다란 정자 한 켠 기대서는데
恨如芳草,	이 한은 풀덤불과 매한가지로
萋萋剗盡還生.	다 베어도 수북이 다시 자란다.
念柳外靑驄別後,	버들 너머 청총마 타고 떠난 이후로
水邊紅袂1分時,	강가에서 여인과 이별한 때 생각하면
愴然暗驚.	짙어지는 슬픔에 문득 놀란다.
無端天與娉婷,	부질없이 하늘은 고운 여인 주시어
夜月一簾幽夢,	달밤 주렴 안에서 깊은 꿈결 노닐었고
春風十里2柔情.	봄바람 십 리 길에 여린 연정 깊었건만.
怎奈何歡娛,	어이하나 그 기쁨은
漸隨流水,	물결 따라 흘러갔고,
素絃聲斷,	거문고 흰 줄 소리 끊어진데다
翠綃香減.	푸른 비단 향기도 사라졌나니.
那堪片片飛花弄晚,	조각조각 꽃 날리는 저녁 어이 견디나
濛濛殘雨籠晴.	부슬부슬 끝물 비가 맑은 하늘 덮는구나.
正銷凝,	시름겨워 넋 잃는데

---

1 홍메(紅袂): 붉은 소매. 즉, 그러한 옷을 입은 여인을 가리키는 말.

2 춘풍십리(春風十里): 봄바람 부는 십 리 길. 부드러운 봄기운이 넘치는 거리. 두목(杜牧)의 시 「증별(贈別)」에 "어여쁘고 가녀린 열세 살 아가씨, 봄날 가지 끝에 피어난 두구꽃을 닮았구나. 봄바람 부는 양주 십 리 길, 주렴 걷고 봐도 모두가 그녀만 못하다네(娉娉裊裊十三餘, 豆蔻梢頭二月初. 春風十里揚州路, 捲上珠簾總不如)"라는 구절이 있다.

黃鸝又啼數聲.　　　　꾀꼬리가 울음소리 또 몇 마디 보탠다.

88. 만정방(滿庭芳)

진관(秦觀)

山抹微雲,	산에는 엷은 구름 스쳐 지나고
天黏衰草,	하늘은 시든 초원 닿아 있구나.
畫角聲斷譙門¹.	성 망루의 뿔피리 잠잠하여라.
暫停征棹,	떠나갈 배를 잠시 붙잡아두고
聊共引離尊.	잠시나마 이별주 함께 하노라.
多少蓬萊舊事²,	봉래에서 있었던 수많은 옛 일
空回首, 煙靄紛紛.	부질없이 돌아보매 안개와 놀 뿌옇구나.
斜陽外,	해 기우는 저편으로
寒鴉萬點,	추위 속에 까마귀 몇 마리 날고
流水繞孤村.	강물은 외딴 마을 휘감아 돈다.
銷魂,	넋 잃을 만치 슬픈
當此際,	이 때 즈음해
香囊暗解³,	향주머니 살며시 품에서 풀고
羅帶輕分⁴,	비단 띠를 가벼이 풀어내나니,

---

1 초문(譙門): 먼 곳을 조망할 수 있도록 성문 위에 높이 세운 망루. 초루(譙樓).

2 봉래구사(蓬萊舊事): 봉래에서의 옛 일. 봉래는 곧 도가의 봉래산(蓬萊山)에서 유래한 명칭으로, 경치가 빼어난 곳을 비유한다. 한편, 『초계어은총화(苕溪漁隱叢話)』에 진관이 회계(會稽)의 봉래각(蓬萊閣)에서 열렸던 유쾌한 연회를 오랫동안 잊지 못했다는 기록이 전하는 것에 근거하여, 봉래각이라는 구체적인 건축물로 볼 수도 있다.

3 향낭암해(香囊暗解): 향주머니를 살며시 풀다. 즉, 이별하다. 옛사람들은 이별의 정표로 자신의 품에 차고 있던 향주머니를 풀어서 상대에게 주는 풍습이 있었다.

4 나대경분(羅帶輕分): 비단 띠를 가볍게 풀다. 즉, 이별하다. 옛사람들은 비단 띠로 단단한 매듭

謾贏得青樓,　　　　기루에서 헛되이 명성 얻었네
薄幸名存.　　　　　박정한 사람이란 이름 남았네.
此去何時見也,　　　이렇게 가고 나면 언제 또 만나려나,
襟袖上, 空惹啼痕.　옷자락에 부질없는 눈물자국 가득할 뿐.
傷情處,　　　　　　상심에 한껏 젖어
高城望斷,　　　　　높은 성에 올라서 먼 곳을 바라보니
燈火已黃昏.　　　　등롱불 깜박이고 어느새 황혼 진다.

을 묶어 사랑의 정표로 삼곤 했는데, 이렇게 매듭지은 띠를 푸는 것은 곧 이별을 의미한다.

89. 만정방(滿庭芳)

진관(秦觀)

曉色雲開,	새벽이 밝을 무렵 구름 걷히고
春隨人意,	봄은 내 바람대로 잘 따라주어
驟雨纔過還晴.	소나기 지나더니 맑게 활짝 개었구나.
古臺芳榭,	고풍스런 누대와 향기로운 정자에
飛燕蹴紅英.	날아든 제비들은 붉은 꽃을 톡톡 찬다.
舞困榆錢自落,	춤에 지친 느릅 깍지 저절로 떨어지고
鞦韆外, 綠水橋平.	그네 너머 푸른 물이 다리 아래 잔잔하다.
東風裏,	살랑이는 봄바람 속
朱門映柳,	버들 사이 언뜻 비친 붉은 대문 집에선
低按小秦箏.	작은 쟁 타는 소리 나지막히 들려온다.
多情,	품은 정이 깊어서
行樂處,	나들이 터 향했나니,
珠鈿翠蓋,	진주 나전 수레에 비취빛깔 덮개 치고
玉轡紅纓.	옥 고삐에 붉은 끈 찬 준마 몰고 갔었다네.
漸酒空金榼,	갈수록 금 술잔의 술 비워지고
花困蓬瀛.	봉래산 영주산의 꽃은 시들어
豆蔲梢頭[1]舊恨,	두구꽃 가지 끝에 오랜 한이 서리는데

---

[1] 두구초두(豆蔲梢頭): 나뭇가지 끝에 핀 두구꽃. 젊고 아름다운 여인을 상징한다. 87. 「팔육자 (八六子)」의 '춘풍십리(春風十里)' 주 참조.

十年夢, 屈指堪驚.　　　꿈결 같던 십 년 세월 꼽아보니 놀랍구나.

憑闌久,　　　　　　　　난간에 한참동안 기대었다가

疏煙淡日,　　　　　　　엷은 안개 헤치며 흐린 볕 속에

寂寞下蕪城². 　　　　　쓸쓸히 양주성을 내려왔노라.

2 무성(蕪城): 양주(揚州). 포조(鮑照)가 「무성부(蕪城賦)」에서 전란으로 인해 황폐해진 남조(南朝) 송대(宋代)의 양주를 '잡초가 우거진 성'이라는 의미의 '무성'이라 표현한 데서 유래하였다.

90. 답사행(踏莎行)

진관(秦觀)

霧失樓臺,　　　　안개 짙어 누대는 모습을 감추었고

月迷津渡,　　　　달빛만 희미하게 나루터를 비추니

桃源[1]望斷無尋處.　저 멀리 내다봐도 도원 찾을 길 없어라.

可堪孤館閉春寒,　외딴 객잔 봄추위를 견딜 수 있을런가

杜鵑聲裏斜陽暮.　두견새 소리 속에 저녁 해가 지는구나.

驛寄梅花[2],　　　　역참에 매화꽃을 부쳐달라 했거늘

魚傳尺素,　　　　물고기에 편지글 전해달라 했거늘

砌成此恨無重數.　이루 못 다 헤아릴 한이 되고 말았구나.

郴江[3]幸自[4]遶繞郴山,　침강은 침산자락 그저 돌면 될 것을

爲誰流下瀟湘[5]去.　누굴 위해 소수와 상강까지 흐르느냐.

---

1 도원(桃源): 복사꽃이 떠 흐르는 개울. 이상향. 진관은 49세 때 호남(湖南) 침현(郴縣)에서 폄
　적 생활을 하던 중에 이 작품을 썼는데, 도연명(陶淵明)의 도화원(桃花源)이 있었다고 전해지
　는 상덕(常德) 역시 호남이었던 점을 상기할 때, 진관은 울적한 심사를 달래고자 도연명의 도화
　원을 찾고자 한 것으로 보인다.

2 역기매화(驛寄梅花): 역참을 통해 매화를 부치다. 즉, 나그네가 봄소식을 주고받다.

3 침강(郴江): 침주(郴州)의 동쪽에서 발원한 강으로, 상강(湘江)으로 흘러들어가는 지류이다.

4 행자(幸自): 본디. 원래대로라면.

5 소상(瀟湘): 소수(瀟水)와 상강(湘江). 소수는 상강 최대의 지류로, 소수와 상강 모두 호남의 주
　요한 물줄기이다.

91. 자고천(鷓鴣天)

진관(秦觀)

枝上流鶯和淚聞,　　가지 위 꾀꼬리소리 눈물 섞여 들리나니

新啼痕間舊啼痕.　　앞서 난 눈물자국에 새로 자국 또 나네요.

一春魚雁無消息,　　봄 내내 물고기도 기러기도 소식 없어

千里關山¹勞夢魂.　　천리 밖 관산까지 꿈 속 혼만 수고롭죠.

無一語,　　　　　말 한마디 하지 않고

對芳尊.　　　　　술잔을 마주하며

安排腸斷到黃昏.　　황혼까지 애끊는 아픔을 견디다가

甫能炙得燈兒了,　　이제 막 호롱 잔에 불심지를 밝혔지요,

雨打梨花深閉門.　　배꽃에 비 때리니 문 굳게 잠급니다.

---

1 관산(關山): 변새 지방의 관문과 산악. 여기서는 여성 화자가 그리워하는 남자가 있는 먼 곳. 이 구절은 떠나가 소식 없는 임이 그립다 못해 여인이 꿈속에서 그를 찾아 먼 길을 나섰다는 것을 말한 것이다.

92. 감자목란화(減字木蘭花)

진관(秦觀)

天涯舊恨,　　　　　하늘 끝 외딴 곳서 오래도록 슬픈 신세
獨自淒涼人不問.　　쓸쓸한 내 사연을 물어주는 이 없구려.
欲見回腸,　　　　　보고 싶은 마음에 뒤틀리던 애간장
斷盡金爐小篆香[1].　뚝뚝 죄다 끊어진 금화로의 향 같구려.

黛蛾長斂,　　　　　아리따운 먹눈썹엔 언제나 주름이 져
任是春風吹不展.　　봄바람이 불어와도 끝내 아니 펴지고
困依危樓,　　　　　높다란 누각에 힘없이 기댔자니
過盡飛鴻字字[2]愁.　나는 기러기마다 수심을 잣는구려.

---

1 소전향(小篆香): 소전체(小篆體)를 본떠 만든 향.

2 자자(字字): 글자마다. 여기서는 기러기떼가 'ㅅ'이나 'ㅡ' 등과 같은 글자 모양의 열을 지어 날아
　가는 것을 말한다.

93. 완계사(浣溪沙)

진관(秦觀)

漠漠輕寒上小樓,
曉陰無賴[1]似窮秋,
淡煙流水畫屛幽.

으슬으슬 봄추위가 누각으로 스미니
흥 안 나는 새벽이 꼭 늦가을을 닮았구나
안개 핀 강 그린 병풍 고즈넉하오외다.

自在飛花輕似夢
無邊雨絲細如愁,
寶簾閒挂小銀鉤.

맘껏 나는 꽃잎은 꿈결마냥 가볍고
가없는 가랑비는 시름처럼 가늘구나
보옥주렴 덧없이 은고리에 걸렸어라.

---

1 효음무뢰(曉陰無賴): 별다른 흥이 나지 않는 어둑한 새벽. '무뢰(無賴)'는 '무료(無聊)'와 같은 의
미로, 지루하다, 흥미가 없다, 시큰둥하다.

94. 완랑귀(阮郞歸)

진관(秦觀)

湘天風雨破寒初,　　　　추위 풀린 상강에 비바람이 몰려와
深沈庭院虛.　　　　　　고즈넉한 정원이 텅 비었다오.
麗譙吹罷小單于[1],　　　누각의 「소선우」곡 피리소리 멎더니
迢迢淸夜徂.　　　　　　느릿느릿 맑은 밤 흘러간다오.

鄕夢斷,　　　　　　　　고향땅 찾아가는 꿈에서 깨니
旅魂孤,　　　　　　　　떠돌이의 마음은 괴로운지고,
崢嶸歲又除.　　　　　　고생스런 일 년이 또다시 저문다오.
衡陽[2]猶有雁傳書,　　　형양까진 기러기가 소식을 전하더니
郴陽[3]和雁無.　　　　　침양에는 기러기가 오지도 않는다오.

---

1 소선우(小單于): 곡조 이름.
2 형양(衡陽): 오늘날 호남성 형양시(衡陽市). 남쪽을 향해 날아온 기러기들은 형양의 회안봉(回
　雁峰)까지 왔다가 비로소 방향을 틀어 다시 북쪽을 향해 날아간다는 말이 있었다.
3 침양(郴陽): 오늘날 호남성 침현(郴縣). 형양보다 남쪽에 있다.

95. 녹두압(綠頭鴨)

조원례(晁元禮)

晚雲收,

저녁 구름 걷히니

淡天一片琉璃.

맑디맑은 하늘은 한 조각 유리로세.

爛銀盤[1], 來從海底,

찬란한 은쟁반이 바다에서 솟아나니

皓色千里澄輝.

희게 물든 천 리가 밝고도 또 맑다네.

瑩無塵, 素娥[2]淡竚,

티 없이 맑은 달에 고운 항아 서 있고

靜可數, 丹桂參差.

우거진 계수나무 가만가만 셀 법하네.

玉露初零,

맑은 이슬 갓 맺히고

金風未凜,

가을바람 차지 않아

一年無似此佳時.

일 년 중 이 때만큼 좋은 시절 없으리.

露坐久, 疏螢時度,

노천에 쭉 앉았는데 가끔 반디 휙 지나고

烏鵲正南飛.

까막까치 때마침 남쪽으로 날아가네.

瑤臺冷,

서늘한 옥 누대에

闌干憑暖,

온기 배일 때까지 난간에 기대서서

欲下遲遲.

내려가려 하다가 머뭇머뭇 망설이네.

念佳人, 音塵別後,

생각건대 소식을 끊으셨던 고운 임도

對此應解相思.

이 달 보며 분명히 그리움을 품으실 터,

最關情, 漏聲正永,

이어지는 물시계에 정 더없이 깊어가고

---

1 난은반(爛銀盤): 찬란하게 빛나는 은 쟁반. 즉, 달의 비유. 노동(盧仝)의 시 「월식(月蝕)」에 "찬란한 은쟁반이 바다 밑바닥에서 솟아오르고(爛銀盤從海底出)"라는 구절이 있다.
2 소아(素娥): 전설 속 달의 미녀 항아(嫦娥).

暗斷腸, 花陰偷移.　　　옮겨가는 꽃그늘에 남몰래 애 끊으시리.

料得來宵,　　　　　　　아마 내일 밤에도

清光未減,　　　　　　　달빛 아니 줄겠지만

陰晴天氣又爭知.　　　　날 흐릴지 맑게 갤지 또 어떻게 알리오.

共凝戀, 如今別後,　　　사랑스런 저 달과 지금 이리 헤어지면

還是隔年期[3].　　　　　내년이나 되어야 다시금 만나리라.

人强健,　　　　　　　　우리 꼭 건강하게 잘 지내다가

清尊素影,　　　　　　　밝은 달빛 아래서 술잔 나누며

長願相隨.　　　　　　　함께 할 수 있기를 늘 기원하세.

---

3 격년기(隔年期): 일 년 뒤를 기약하다. 일 년이 지나야 만날 수 있다. 중추절의 보름달을 다시 보
　 는 것은 일 년 뒤에나 가능하다는 말이다.

96. 접련화(蝶戀花)

조령치(趙令畤)

欲減羅衣寒未去.　　　　옷 얇게 입으려다 한기 아니 가시어,

不捲珠簾,　　　　　　　주렴을 걷지 않고

人在深深處.　　　　　　깊디깊은 방 안에 앉았습니다.

紅杏枝頭花幾許,　　　　붉은 살구 가지 끝에 꽃 몇 송이 남았나요

啼痕止恨淸明雨.　　　　눈물 자국 젖은 채 청명 비만 탓합니다.

盡日沈煙香一縷,　　　　하루 종일 한 줄기 침향 연기 태웠지요

宿酒醒遲,　　　　　　　지난밤의 술기운은 더디도 깨는군요

惱破春情緒.　　　　　　봄날 품은 정 탓에 괴로움 참 깊습니다.

飛燕又將歸信誤[1],　　　임 오신단 편지를 제비는 또 잊었네요

小屛風上西江路[2].　　　병풍에는 서강 따라 길 벋어 있건마는.

---

1 귀신오(歸信誤): 돌아온다는 임의 편지가 제비의 잘못으로 인해 임을 기다리는 여인에게 전해
지지 않다. 제비는 편지를 전하는 역할로 문학작품에 자주 쓰였다.

2 서강로(西江路): 서강 따라 난 길. 여기서는 화자와 떠나간 임 사이에 놓인 먼 길의 일부.

97. 접련화(蝶戀花)

조령치(趙令畤)

捲絮風頭寒欲盡,　　　　버들개지 말아 올린 바람 따라 날 풀려
墜粉飄香,　　　　　　　꽃잎이 쏟아지며 향기가 흩날리며
日日紅成陣.　　　　　　날마다 붉은 꽃이 더미를 이루나니.
新酒又添殘酒困,　　　　남아있던 술기운에 새 술이 또 더해져
今春不減前春恨.　　　　올해 봄도 지난 봄의 슬픔 못지않네요.

蝶去鶯飛無處問,　　　　나비 꾀꼬리 날아간 곳 물어볼 데 없어서
隔水高樓,　　　　　　　강물 너머 높다란 누각에 올라
望斷雙魚信[1].　　　　　하염없이 내다보며 편지 기다렸거늘.
惱亂橫波秋一寸[2],　　　괴로움이 눈빛에 가득 차오르는데
斜陽只與黃昏近.　　　　해 기울며 황혼녘 가까워질 뿐이네요.

---

1 쌍어신(雙魚信): 물고기 두 마리 속에 들어 있는 편지. 즉, 먼 곳에서 부쳐 온 편지. 「고시(古詩)」
　에 "멀리서 오신 길손이 내게 잉어 두 마리를 주셨네. 아이를 시켜 잉어를 삶았더니 그 안에 편
　지가 들어 있었네(客從遠方來, 遺我雙鯉魚. 呼兒烹鯉魚, 中有尺素書)"라는 구절이 있다.
2 황파추일촌(橫波秋一寸): 여인의 아름다운 눈빛. 가을 물처럼 맑고 고운 여인의 눈빛을 일컬어
　'일촌추파(一寸秋波)'라 한다.

98. 청평악(淸平樂)

조령치(趙令畤)

春風依舊,　　　　　　봄바람은 예전처럼
著意隋隄柳[1].　　　　강둑 버드나무에 마음 써 주며
搓得鵝兒黃欲就,　　　노란 빛 감돌도록 어루만지니
天氣淸明時候.　　　　청명절 날씨 깃든 시절이로다.

去年紫陌靑門,　　　　작년에는 서울 거리 성문에서 놀았는데
今宵雨魄雲魂.　　　　오늘 밤은 꿈속에서 운우지정 나눌 뿐.
斷送一生憔悴,　　　　한평생 초췌하게 보내게 되리
只消[2]幾箇黃昏.　　　그저 몇 번 황혼을 지내고 나면.

---

1 수제류(隋隄柳): 수양제(隋煬帝)가 운하를 건설하며 제방을 따라 심었던 버드나무. 여기서는 일
　반적인 강둑의 버드나무를 말한다.
2 소(消): 소모하다, 쓰다. 이 구절은 쓸쓸히 보내는 황혼이 대단히 괴로움을 말한 것이다.

99. 풍류자(風流子)

장뢰(張耒)

亭皋¹木葉下,	물가 정자 너머로 낙엽이 지니
重陽近,	중양절이 곧이요
優勢搗衣秋.	옷 다듬이질하는, 때는 가을철.
奈愁入庾腸²,	유신의 가슴 속에 수심 깃들고
老侵潘鬢³,	반악의 귀밑머리 희게 세나니.
漫簪黃菊,	국화를 비녀 삼아 살짝 꽂는데
花也應羞.	꽃도 또한 분명히 부끄러우리.
楚天晚,	초 땅의 하늘 가득 어둠 내리고
白蘋煙盡處,	흰색 마름 꽃무리는 안개 갠 곳에
紅蓼水邊頭.	붉은 빛깔 여뀌꽃은 물가에 폈네.
芳草有情,	풀꽃들도 품은 정 있을 터인데
夕陽無語,	지는 해는 아무런 말이 없구나.
雁橫南浦,	기러기는 남쪽포구 향하여 날고
人倚西樓.	사람은 서쪽 누각 기대어 섰다.

---

1 정고(亭皋): 물가의 정자. '고(皋)'는 강이나 호수 등의 물가에 인접한 평지.

2 유장(庾腸): 유신(庾信)의 심회. 유신은 「수부(愁賦)」를 지은 바 있다. 이 구절은 화자의 마음이 시름겨워짐을 말한 것이다.

3 반빈(潘鬢): 반악(潘岳)의 귀밑머리. 반악은 「추흥부(秋興賦)」에서 "나는 서른두 살에 머리가 세기 시작하였다(余春秋三十有二, 始見二毛)"라고 하였다. 이 구절은 화자의 머리가 하얗게 변하며 나이가 들어감을 말한 것이다.

玉容⁴知安否,　　　　고운 그대 편안히 지내시는지

香箋共錦字,　　　　향기 밴 편지지에 몇 자 적는데

兩處悠悠.　　　　그곳과 이곳 서로 멀디멀구료.

空恨碧雲離合,　　　　푸른 빛 띤 구름의 일렁거림과

靑鳥⁵沈浮.　　　　파랑새 날갯짓에 괜한 원망만.

向風前懊惱,　　　　바람결 마주하는 심정 괴로워

芳心一點,　　　　향기롭고 진실된 마음 한 점과

寸眉兩葉,　　　　한 치쯤 되는 고운 눈썹 두 쪽은

禁甚閒愁.　　　　깊어가는 서러움 애써 견디네.

情到不堪言處,　　　　이 심정 차마 말로 할 수 없어서

分付東流.　　　　동쪽 흐르는 물에 부탁하려오.

---

4 옥용(玉容): 옥처럼 아름다운 얼굴. 즉, 사랑하는 이를 표현한 말.

5 청조(靑鳥): 파랑새. 그리운 이가 찾아올 것을 예고하였다는 전설이 있다. 『한무고사(漢武故事)』
　에는 이렇게 전한다. "7월 7일에 갑자기 파랑새가 왕의 전각 앞에 모여들자, 동방삭이 '이것은 서
　왕모가 곧 오신다는 것입니다.'라고 하였다. 잠시 후 서왕모가 도착하였는데, 파랑새 세 마리가
　그녀 옆에서 시중을 들었다(七月七日, 忽有靑鳥飛集殿前, 東方朔曰, 此西王母欲來. 有頃王母
　至, 三靑鳥侍王母旁)."

100. 수룡음(水龍吟)

조보지(晁補之)

임성여의 「봄이 아쉬워」에 차운하여

次韻林聖子**1**惜春

問春何苦恖恖,	봄에게 물을지니 무슨 일로 그리 바빠
帶風伴雨如馳驟.	비와 바람 이끌고 말 달리듯 가느냐.
幽葩細萼,	색 그윽한 꽃송이와 가냘픈 꽃받침을
小園低檻,	작은 뜰 안 나직한 울타리에 심어두고
壅培未就.	아직 채 오롯하게 키워내지 못했거늘.
吹盡繁紅,	바람 불어 붉은 꽃잎 어지러이 져버리니
占春**2**長久,	봄 오래 차지하는 것으로 보면
不如垂柳.	수양버들 나무가 더 나으리라.
算春長不老,	따져보면 봄은 본디 아니 저무는 것을
人愁春老,	사람이 봄 저문다며 시름겨워하나니
愁只是, 人間有.	그 시름은 오로지 사람만이 품는구나.

春恨十常八九,	열의 여덟아홉은 봄날 한스럽나니

---

1 임성여(林聖子): 구체적으로 누구를 지칭하는지 확실하지 않다.

2 점춘(占春): 봄을 차지하다. 봄을 누리다. 이 구절은 쉽게 져버리는 꽃보다는 수양버들이 봄을 더 오래 누린다는 점에서 낫다는 것을 말하고 있다.

忍輕孤[3], 芳醪經口.　　좋은 술 한 모금을 차마 아니 마시랴.

那知自是,　　　　　　　어찌 알리 본시에

桃花結子,　　　　　　　복사꽃은 씨앗 맺을 뿐이라는 걸,

不因春瘦.　　　　　　　봄 때문에 여위는 게 아니라는 걸.

世上功名,　　　　　　　세상의 공명이란

老來風味,　　　　　　　늙어가며 느낄지니

春歸時候.　　　　　　　봄 가는 때 같구나.

最多情猶有,　　　　　　다정한 마음만은 아직 있으니

尊前青眼[4],　　　　　　술자리서 반가운 눈빛 나누며

相逢依舊.　　　　　　　예전처럼 서로를 마주하련다.

---

3 인경고(忍輕孤): 차마 가벼이 저버리랴. 즉, 차마 쉽사리 내치지 못한다. '고(孤)'는 '고(辜)'와 같
다. 이 구절은 누구나 봄날이 한스러워 술을 마시지 않고는 견디지 못한다는 것을 말하고 있다.

4 청안(青眼): 정면을 응시하여 눈동자의 검푸른 기운이 많이 보이는 눈. 즉, 반가운 사람을 대하
는 눈빛.

101. 염각아(鹽角兒)

조보지(晁補之)

박사당에서 매화를 보다

亳社¹觀梅

開時似雪,　　　　피어날 때 눈과 같고

謝時似雪,　　　　저물 때도 눈과 같은

花中奇絶.　　　　꽃 중에도 빼어난 꽃.

香非在蕊,　　　　꽃술에 향 있지 않네

香非在萼,　　　　꽃대에 향 있지 않네

骨中香徹.　　　　향은 뼈 속 스며 있네.

占溪風,　　　　　개울 바람 차지하고

留溪月,　　　　　개울 달빛 붙드나니

堪羞損, 山桃如血.　산 속 핏빛 복사꽃도 못 당해내 수줍
　　　　　　　　은 듯.

直饒更疏疏淡淡,　더욱이 어릿어릿 맑고 맑아서

終有一般情別.　　종내 남다른 정을 빚어낸다오.

---

1 박사(亳社): 은(殷)대의 토지 관장 신을 모신 사당. 은나라의 수도가 '박(亳)'이었던 데서 유래하
였으며, 일명 은사(殷社)라고도 한다.

102. 억소년(憶少年)

조보지(晁補之)

역하를 떠나며
別歷下[1]

無窮官柳,　　　　끝이 없는 버드나무
無情行客,　　　　인정 없는 채색 쪽배
無根行客.　　　　뿌리 없는 떠돌이 객.
南山尙相送,　　　남산은 그래도 날 배웅하는데
只高城人隔.　　　높은 성이 임과 나를 가르는구나.

毫畫[2]園林溪紺碧,　그림 같은 원림과 짙고 푸른 개울물
算重來, 盡成陳迹.　다시 와 볼 무렵엔 다 옛 혼적 되었으리.
劉郞鬢[3]如此,　　　내 머리도 이렇게 세어가거늘
況桃花顏色.　　　복사꽃 닮은 그녀 어떠할런가.

---

1 역하(歷下): 오늘날의 산동성(山東省) 제남시(濟南市). 시내에 역하구(歷下區)가 있다.
2 엄화(罨畫): 여러 가지 색깔이 섞여 있는 그림.
3 유랑빈(劉郞鬢): 유우석의 머리카락. 유우석이 「원화 11년에 낭주에서 부름을 받고 장안으로 와, 꽃구경하는 여러 군자들에게 재미 삼아 지어드리다(元和十一年自朗州召至京戱贈看花諸君子)」 시에서 "현도관 안의 천 그루 복숭아나무, 모두 유랑이 떠난 후에 심은 것이라네(玄都觀裏桃千樹, 盡是劉郞去後栽)"라고 하여, '유랑'이라는 말로 자기 자신을 가리켰다. 조보지 역시 이 사에서 스스로를 '유랑'으로 칭하였다.

103. 동선가(洞仙歌)

조보지(晁補之)

사주에서 중추절에 짓다.

泗州**1**中秋作.

青煙冪處,	푸른 안개 자욱이 덮여 있는 곳
碧海飛金鏡,	파란 바다 너머 훌쩍 금 거울이 날아올라
永夜閒階臥桂影.	계수나무 그림자는 밤새 섬돌 위 누웠네.
露涼時,	이슬 차게 맺힐 무렵
零亂多少寒螿,	몇 마리 가을 매미 요란히도 운다네.
神京遠,	서울은 머나멀고
惟有藍橋路**2**近.	그저 남교 잇는 길만 가까이에 있다네.

水晶簾不下,	수정알 이은 주렴 내리지 않고
雲母屛開,	운모 두른 병풍을 둘러 펼친 곳
冷浸佳人淡脂粉.	화장 엷은 미인에 찬 달빛이 스민다네.
待都將, 許多明月,	저 가득한 달빛을 모조리 가져다가

---

1 사주(泗州): 오늘날 강소성(江蘇省) 사현(泗縣) 일대.

2 남교로(藍橋路): 남교로 이어지는 길. 즉, 신선 세계로 통하는 길. 남교는 오늘날 섬서성 남전(藍田) 동남쪽에 있었던 다리 이름이다. 당나라의 배항(裴航)이 남교에서 선녀 운영(雲英)을 만나, 부부의 연을 맺고 신선이 되었다는 전설이 있다.

付與金尊,　　　　　　　금 술잔에 한껏 부어

投曉共, 流霞[3] 傾盡.　　유하주 다 동나도록 새벽까지 함께 하세.

更攜取胡牀[4], 上南樓,　그리고 접는 걸상 들고 남루 올라가

看玉做人間,　　　　　　구경하세 옥빛 달이 인간세상을

素秋千頃[5].　　　　　　온통 가을 천지로 만드는 것을.

---

3 유하(流霞): 유하주. 신선의 술. 좋은 술의 미칭이다.

4 호상(胡牀): 이동용의 접이식 간이 의자.

5 소추천경(素秋千頃): 드넓은 가을 세상. 오방색(五方色)의 관점에서 가을의 색은 흰색이므로 '소추(素秋)'라고 한 것이다. '천경(千頃)'은 드넓은 면적.

104. 임강선(臨江仙)

조충지(晁沖之)

憶昔西池池上飲,　　　옛날 서지 언저리서 술 마신 일 그립나니
年年多少歡娛.　　　해마다 즐거움이 그 얼마나 많았던가.
別來不寄一行書,　　　헤어지고 난 뒤로는 편지 한 줄 없구려,
尋常¹相見了,　　　아무 일 없었던 듯 만난다 해도
猶道不如初.　　　처음의 그 시절만 못할 듯하오.

安穩錦衾今夜夢,　　　이부자리 편히 보고 오늘 밤 꿈에 들면
月明好渡江湖.　　　달 밝아 먼 물길을 건너가기 딱 좋으리.
相思休問定何如.　　　그리움 사무쳐도 안부 아니 물으리라,
情知²春去後,　　　잘 안다오 봄날 다 지나고 나면
管得³落花無.　　　낙화에 마음 쓴들 소용없단 걸.

---

1 심상(尋常): 평소와 똑같이. 보통 때처럼.

2 정지(情知): 분명하게 알고 있다. '정(情)'은 강조의 부사.

3 관득(管得): 마음에 두다. 신경 쓰다. 이 구절은 자연의 섭리대로 봄이 지나면 꽃은 지는 것이니 낙화를 슬퍼해도 소용이 없다는 한탄 섞인 깨달음을 담은 것이다. 이는 곧 떠나간 사랑에 연연하는 것은 부질없다는 비유이기도 하다.

105. 우미인(虞美人)

서단(舒亶)

芙蓉落盡天涵水,　　　　하늘 잠긴 물 속으로 연꽃이 다 지더니
日暮滄波起.　　　　　　해질녘 푸른 물결 넘실넘실 일어나오.
背飛雙燕貼雲寒,　　　　등 맞댄 쌍제비가 찬 구름 위 나는 것을
獨向小樓東畔, 倚闌看.　 누각 난간 동편에 홀로 기대 바라보오.

浮生只合尊前老,　　　　덧없는 인생 그저 술 앞에서 늙어갈 뿐
雪滿長安道.　　　　　　장안 가는 길에 흰 눈 가득히 쌓였구려.
故人早晚上高臺,　　　　오랜 벗은 조석으로 높은 누대 오르리니
寄我江南春色, 一枝梅1.　내게 강남 봄빛 품은 매화가지 보내주오.

---

1 일지매(一枝梅): 우정을 담아 보내는 매화꽃가지. 남조 송대에 강남에 있던 육개(陸凱)가 장안
에 있던 벗 범엽(范曄)에게 매화 가지를 부치며 이러한 시를 써 보냈다. "매화가지 꺾어들고 역참
파발꾼을 찾아갔노라, 먼 곳 있는 사람에게 보내달라고. 강남에는 딱히 보낼 것 없어, 그러저럭
가지 하나만큼의 봄을 보내노라(折花逢驛使, 寄與隴頭人, 江南無所有, 聊贈一枝春)."

106. 어가오(漁家傲)

주복(朱服)

小雨纖纖風細細,　　　이슬비 보슬대고 바람결 살랑인다

萬家楊柳靑煙裏.　　　푸른 안개 속 잠긴 마을 수양버들에.

戀樹濕花飛不起,　　　나무에 미련 맺혀 젖은 꽃 못 나는구나,

愁無際,　　　　　　　끝이 없는 시름을

和春付與東流水.　　　동쪽 향한 물결에 봄과 함께 띄우노라.

九十光陰¹能有幾,　　　봄날 구십 일이래야 그 얼마나 되겠나

金龜²解盡留無計.　　　금거북을 다 풀어도 붙잡아 둘 방법 없네.

寄語東陽³沽酒市,　　　동양의 주막집에 미리 전언 보내 두어

拚一醉,　　　　　　　맘껏 술에 취할지니

而今樂事他年淚.　　　오늘의 즐거움은 훗날 눈물 되리라.

---

1 구십광음(九十光陰): 구십 일의 세월, 즉, 봄의 석 달.

2 금귀(金龜): 금 거북 모양의 장신구. 고급 관리가 차는 것으로, 귀한 물건이다. 이 구절에서 금 거북을 푼다는 것은 비싼 값을 치르는 것을 아까워하지 않는다는 뜻이다.

3 동양(東陽): 오늘날 절강성(浙江省) 금화시(金華市).

107. 석분비(惜分飛)

모방(毛滂)

부양의 승방에서 작별의 말을 지어 기녀 경방에게 주다.

富陽¹僧舍作別語贈妓瓊芳

富陽¹僧舍作別語贈妓瓊芳

淚濕闌干²花著露,　　하염없는 눈물 흘러 이슬 젖은 꽃이로고
愁到眉峰碧聚.　　　봉긋 푸른 눈썹에 수심 잔뜩 서렸구나.
此恨平分取,　　　　이 한을 꼭 절반씩 나누어 가지고서
更無言語空相覷.　　아무런 말 못하고 서로 그저 바라본다.

斷雨殘雲無意緒,　　운우의 정 잃은 이래 마음 둘 곳이 없어
寂寞朝朝暮暮.　　　아침이나 저녁이나 늘 쓸쓸할 뿐이니.
今夜山深處,　　　　오늘 밤 깊디깊은 산 속에서 지내며
斷魂分付潮回去.　　부서진 꿈 속 혼을 강에 띄워 보내리라.

---

1 부양(富陽): 오늘날 항주(杭州) 남쪽.
2 난간(闌干): 눈물이 줄줄 흐르는 모양. 백거이(白居易)의 「장한가(長恨歌)」에 "옥처럼 고운 얼굴
　쓸쓸하고 눈물 줄줄 흐르니(玉容寂寞淚闌干)"이라는 구절이 있다.

108. 보살만(菩薩蠻)

진극(陳克)

赤闌橋盡香街直,　붉은 난간 다리 너머 향 고운 길 벋어
　　　　　　　　　있고

籠街細柳嬌無力.　그 길 덮은 실버들은 어여쁘게 살랑이네.

金碧[1]上青空,　　금빛 가지 파란 잎이 푸른 하늘 위로
　　　　　　　　　솟고

花晴簾影紅.　　　맑은 날 꽃덤불은 주렴 붉게 물들이네.

黃衫飛白馬,　　　황금 적삼 차려 입고 날렵한 백마 탄 이

日日青樓下.　　　매일매일 푸른 누각 아래를 찾아오네.

醉眼不逢人,　　　취한 눈빛 하고서는 찾는 이를 못 만나고

午香吹暗塵.　　　향기 서린 바람 따라 흙먼지만 흩날리네.

---

1 금벽(金碧): 버드나무에 금색과 푸른색이 어우러진 모양. 또는 울긋불긋 화려하게 장식한 건축물.

109. 보살만(菩薩蠻)

진극(陳克)

綠蕪牆繞青苔院,　　　　이끼 긴 뜰 빙 둘러 초록 풀이 우거진 담
中庭日淡芭蕉捲.　　　　안뜰 말간 햇빛에 파초 잎이 말려 있네.
蝴蝶上階飛,　　　　　　나비는 섬돌 위를 날아다니고
烘簾[1]自在垂.　　　　　온기 밴 휘장 살짝 찰랑거리네.

玉鉤雙語燕,　　　　　　옥빛 굽은 고리에 쌍제비가 지저귀고
寶甃楊花轉.　　　　　　보화 꾸민 벽돌담에 버들개지 나뒹구네.
處處簸錢聲,　　　　　　곳곳에서 동전놀이 짤랑 소리 들려오고
綠窗春睡輕.　　　　　　푸른 발 친 창 안에선 살짝 봄잠 빠져
　　　　　　　　　　　드네.

---

1 홍렴(烘簾): 실내 보온 목적으로 치는 휘장. 햇볕을 쬐어 따뜻하게 데워진 휘장.

110. 동선가(洞仙歌)

이원응(李元膺)

일 년 봄 경치 중에서 매화와 버드나무의 한갓진 분위기야말로 그 멋이 가장 깊다. 꾀꼬리와 꽃이 한창일 때면 봄은 이미 저물어, 더는 봄의 청신한 기운을 느낄 수 없게 된다. 내가 「동선가」를 지은 건 봄놀이하는 사람들이 이것을 노래하여 때늦은 후회가 없도록 하기 위해서이다.

一年春物, 惟梅柳閒意味最深, 至鸞花爛漫時, 則春已衰遲, 使人無復新意. 余作洞仙歌, 使探春者歌之, 無後時之悔.

雪雲散盡,	눈 뿌리던 먹구름 다 흩어지고
放曉晴庭院.	새벽빛 밝아오며 뜰 활짝 개었구나.
楊柳於人便青眼[1].	푸른 싹눈 낸 버들이 내게 눈짓 하는데
更風流多處,	한결 풍류 더한 건
一點梅心,	한 송이 매화로다,
相映遠,	멀리서 반짝이며
約略顰輕笑淺.	살짝 찡그린 듯도 웃는 듯도 하구나.
一年春好處,	일 년 봄 중 참 좋을 때라 한다면
不在濃芳,	꽃향기 짙게 풍길 때가 아니라

---

1 청안(青眼): 정면을 응시하여 눈동자의 검푸른 기운이 많이 보이는 눈으로, 본디 반가운 사람을 대하는 눈빛을 뜻한다. 여기서는 버드나무에 푸릇푸릇하게 돋아난 버들싹눈의 색채를 묘사하는 동시에, 그 싹눈이 화자를 반갑게 바라보고 있다고 중의적으로 표현하였다.

小豔²疏香最嬌軟.　　　작은 매화 엷은 향이 가장 고운 때일진저.

到淸明時候,　　　청명절 무렵 되어

百紫千紅,　　　울긋불긋 온갖 빛깔

花正亂,　　　요란하게 꽃 핀 때면

已失春風一半.　　　봄바람은 벌써 반이 사라졌나니.

早占取韶光, 共追游,　　　일찌감치 좋은 날을 받아서 함께 노세

但莫管春寒,　　　꽃샘추위쯤이야 상관 말게나

醉紅自暖.　　　붉게 취하면 절로 따뜻해질 터.

---

2 소염(小豔): 작고 아름다운 꽃송이. 여기서는 매화를 가리킨다.

111. 청문음(靑門飮)

시언(時彦)

胡馬嘶風,	호마의 울음소리 바람 따라 퍼지고
漢旗翻雪,	한나라 군영 깃발 눈 속에서 펄럭인다.
彤雲又吐,	붉게 물든 노을 구름 또 다시 피어나고
一竿殘照.	장대에는 저무는 석양빛이 드리웠다.
古木連空,	말라죽은 나무가 하늘에 이어졌고
亂山無數,	어지러운 산봉우리 그 수를 알 수 없고
行盡暮沙衰草.	여정 마친 밤 사막엔 시든 풀만 돋아 있다.
星斗橫幽館,	북두성은 외진 여관 위 어슷이 걸려 있고
夜無眠, 燈花空老.	불면의 밤 괜스레 등잔불만 태워낸다.
霧濃香鴨,	오리모양 향로에서 자욱한 향 피어나고
冰凝淚燭,	눈물 같은 촛농방울 싸늘하게 엉기는데
霜天難曉.	서리 내린 하늘은 새벽 더디 밝는다.
長記小妝纔老,	줄곧 기억하노니, 엷은 화장 갓 한 그녀
一杯未盡,	술 한 잔을 미처 다 비우기 전에
離懷多少.	이별 슬픔 어찌나 절절했던가.
醉裏秋波[1],	술 취해 바라보던 깊은 눈빛도
夢中朝雨,	꿈결 속에 맺었던 운우지정도

---

1 추파(秋波): 가을 물처럼 맑고 아름다운 여인의 눈빛.

都是醒時煩惱.　　　이 모두 술이 깨니 괴로움이 되는구나.

料²有牽情處,　　　이 정회 사무칠 때 분명 있을 터이니

忍思量,　　　　　어찌 차마 떠올리랴

耳邊曾道.　　　　귓가에 속삭인 말,

甚時躍馬歸來,　　"언제쯤 말을 달려 돌아와 주실지요,

認得迎門輕笑.　　그걸 알면 웃으면서 대문 마중 나갈래요"

---

2 료(料): 추측하건대 분명히 ~ 하다.

112. 사지춘만(謝池春慢)

이지의(李之儀)

殘寒消盡,	늦추위 다 물러가고
疏雨過, 淸明後.	가랑비 흩날리던 청명절도 지난 무렵.
花徑款餘紅,	남아있던 꽃들이 꽃길에 쌓여가고
風沼縈新皺.	바람 스친 연못에 새 물결이 일렁인다.
乳燕穿庭戶,	뜰 안을 가로질러 앳된 제비 날아가고
飛絮沾襟袖.	옷깃과 소매 가득 버들개지 들러붙는,
正佳時,	참으로 아름다운 이맘때건만
仍晚晝,	여전히 저녁 되고 날 밝을 때면
著人滋味,	내 안에 퍼져가는 이 기분이여
眞箇濃如酒.	정말로 술 취한 듯 짙기도 하다.
頻移帶眼[1],	허리띠 눈구멍을 이내 당겨 여미며
空只恁, 厭厭[2]瘦.	부질없이 시름시름 여위어 가는구나.
不見又思量,	만나지 못할 때면 자꾸만 그립다가
見了還依舊,	만나고 나도 역시 전처럼 그리우니
爲問頻相見,	묻자꾸나, 서로 자주 만난다고 하더라도
何似長相守.	늘 곁 지키는 것과 어찌 같다 하겠나.

---

1 이대안(移帶眼): 허리띠의 눈구멍을 바꾸어 당겨가며 허리띠를 여미다. 즉, 근심 등으로 인해 점점 여위어간다는 뜻이다.

2 염염(厭厭): 병들어 앓는 모양.

169

天不老,[3] 하늘이 영원토록 쇠하지 않듯
人未偶. 우리도 오래도록 짝 못 이루니,
且將此恨, 마음 속 맺혀버린 이 한스러움
分付庭前柳. 뜰 앞 버드나무에 맡겨두련다.

---

3 천불로(天不老): 하늘은 본디 쇠하거나 변하지 않으므로, 하늘이 쇠하지 않는 동안은 곧 영원을 가리킨다.

113. 복산자(卜算子)

이지의(李之儀)

我住長江頭,　　　　　내가 살고 있는 곳은 장강 저 위쪽

君住長江尾.　　　　　임이 살고 있는 곳은 장강 아래쪽.

日日思君不見君,　　　매일 임이 그리워도 임 못 만나고

共飮長江水.　　　　　장강 흐르는 물을 함께 마실 뿐.

此水幾時休,　　　　　이 물은 어느 무렵 멈추려는가

此恨何時已.　　　　　이 한은 어느 무렵 그치려는가.

只願君心似我心,　　　그대 맘이 내 맘 같길 바랄 뿐이니

定不負相思意.　　　　서로를 향한 마음 변치 않기를.

114. 서룡음(瑞龍吟)

주방언(周邦彦)

章臺路[1],   장대로 번화가에

還見褪粉梅梢,   다시 오니 보이는 건 빛깔 시든 매화요

試花[2]桃樹.   갓 꽃송이 피워낸 복사꽃 나무로고.

愔愔坊陌人家,   거리도 여염집도 조용조용한 동네

定巢燕子,   제비가 둥지 틀려

歸來舊處.   옛 살던 곳 돌아왔네.

黯凝竚,   말없이 우두커니 서있노라니

因念箇人癡小,   떠오른 건 그녀의 앳된 자태와

乍窺門戶.   때마침 문틈 너머 눈 마주친 일.

侵晨淺約宮黃[3],   새벽에 고운 화장 엷게 하고서

障風映袖,   옷소매 고이 들어 바람 가리며

盈盈笑語.   웃고 말하는 모습 아리따웠네.

前度劉郞[4]重到,   지난날의 유랑이 돌아와서는

---

1 장대로(章臺路): 한대(漢代) 장안(長安)의 번화가. 기녀들이 모여 있는 유흥가. 여기서는 북송대 (北宋代) 변경(卞京)의 화려한 번화가를 말한다.

2 시화(試花): 이제 갓 피어난 꽃.

3 천약궁황(淺約宮黃): 노란 분칠을 살짝 하다. '궁황(宮黃)'은 궁녀들이 쓰는 노란 화장분. '천약 (淺約)'은 살짝 바르다, 엷게 칠하다. 궁중의 화장법은 이렇게 민간에도 퍼져 유행이 되었다.

4 유랑(劉郞): 유우석(劉禹錫)이 자신을 칭했던 말. 이후 시가에서 작자 자신을 가리키는 표현으 로 자주 쓰였다.

訪鄰尋里,　　　　　동네 골목 다 다니며 찾아보지만

同時歌舞,　　　　　함께 노래 부르고 춤추었던 여인은

惟有舊家秋娘[5],　　오로지 옛 시절의 추낭만이 남아있어

聲價如故.　　　　　그 시절의 명성을 잇고 있구나.

吟箋賦筆,　　　　　곧잘 시 써 읊었나니,

猶記燕臺句[6].　　　'연대'의 시구절은 아직 기억난다만

知誰伴, 名園露飲,　누가 나를 짝하여 정원에서 술 마시고

東城閒步.　　　　　성 동쪽을 한가로이 거닐려는가.

事與孤鴻去,　　　　모든 것은 쓸쓸한 기러기와 떠나버려

探春盡是,　　　　　봄 풍경을 찾아서 나선들 온통

傷離意緖.　　　　　아픈 이별 상처만 가득한 것을.

官柳低金縷,　　　　금빛 버들 실가지 늘어진 아래

歸騎晚,　　　　　　말 탄 이 돌아오는 저녁 될 무렵

纖纖池塘飛雨.　　　부슬부슬 연못 가득 가랑비가 날아든다.

斷腸院落,　　　　　가슴이 미어지는 쇠락한 뜰 안

一簾風絮.　　　　　주렴 가득 바람에 버들솜 인다.

---

5 추낭(秋娘): 기녀의 이름. 본디 추낭은 당대(唐代)에 유명했던 가기로, 두목(杜牧)은 「두추낭(杜
秋娘)」이라는 시를 짓기도 하였다.

6 연대구(燕臺句): 유지(柳枝)라는 여인을 매료시켰던 이상은(李商隱)의 시. 유지가 이상은의
「연대시(燕臺詩)」를 읽고 그를 사모하게 되었으나, 둘의 사랑은 결국 이루어지지 못했다는 이
야기가 전한다. 여기에서 '연대구'는 화자가 전에 지어 여인과의 정을 싹틔우는 계기가 된 시구
를 가리킨다.

115. 풍류자(風流子)

주방언(周邦彦)

新綠小池塘,   작은 연못 둘러싼 신록이 곱고
風簾動,   지나가던 바람에 주렴 흔들려
碎影舞斜陽.   석양 속 그림자가 흩어지누나.
羨金屋去來,   부럽구나 그녀 집 맘껏 나들며
舊時巢燕,   예전처럼 둥지를 지은 제비야,
土花繚繞,   파란 이끼 빼곡히 둘러 돋아나
前度莓牆.   옛 모습 그대로인 선태 담장아.
繡閣裏,   고운 전각 안으로
鳳幃深幾許.   봉황 휘장 두른 곳 얼마나 깊을런가.
聽得理絲簧.   거문고 줄 고르는 소리가 들리는데
欲說又休,   몇 가락 타보려다 다시 그만두는 건
慮乖芳信,   임의 언약 깨어진 근심이 깊어서라.
未歌先噎,   노래하기 전부터 목이 먼저 메이고
愁近淸觴.   맑은 술잔 마주해 시름이 몰려든다.

遙知新妝了,   멀리서도 알겠구나 새로 화장 마친 그녀
開朱戶,   붉은 문을 열어두고
應自待月西廂.   분명 달을 마주하며 서쪽 곁채 지키리라.
最苦夢魂,   더없이 괴로운 건 꿈에서도 내 혼이
今宵不到伊行.   오늘 밤 그녀 있는 곳에 갈 수 없어서라.

問甚時說與,　　　언제쯤 되어서야 말해주려나,

佳音密耗,　　　　반가운 소식을 전하겠다고

寄將秦鏡[1],　　　진가의 거울을 부치겠다고

偸換韓香[2].　　　한수의 향낭을 몰래 준다고.

天便教人,　　　　하늘이여 우리를

霎時廝見何妨.　　잠시나마 만나게 해주시면 좋을 것을.

---

[1] 진경(秦鏡): 동한(東漢) 진가(秦嘉)의 거울. 진가가 벼슬을 받아 먼 임지로 떠나자, 병환으로 인해 동행하지 못했던 그 아내 서숙(徐淑)은 사랑의 징표 삼아 거울을 그에게 부쳤다는 고사가 있다.

[2] 한향(韓香): 진(晉) 한수(韓壽)의 향낭. 한수는 상관으로 모시던 가충(賈充)의 딸과 사랑에 빠지게 되었다. 가충의 딸이 가보로 내려오던 향낭을 훔쳐 한수에게 주자, 그 사실을 알게 된 가충은 두 사람을 혼인하도록 하였다. 진가의 거울이나 한수의 향낭 모두 사랑의 징표를 가리킨다.

116. 난릉왕(蘭陵王)

주방언(周邦彦)

柳陰直,	버드나무 그림자 곧게 벋었고
煙裏絲絲弄碧.	안개 속 실가지에 푸른 기운 일렁인다.
隋堤上, 曾見幾番,	강둑에서 몇 번이고 보곤 했노라
拂水飄緜送行色.	버들개지 물 스치며 길손 배웅 하는 것을.
登臨望故國.	높은 곳에 올라가 멀리 고향 보노라니
誰識,	그 누가 알아주랴
京華倦客.	서울살이 지쳐버린 나그네의 심정을.
長亭路[1], 年來歲去,	정처 없는 여로에서 세월을 보내면서
應折柔條[2]過千尺.	꺾은 버들가지가 천 자도 넘으렷다.
閒尋舊蹤迹.	지나왔던 옛 길을 가만히 되짚다가
又酒趁哀絃,	거문고 소리 슬퍼 또 술잔을 들게 되니
燈照離席,	일렁이는 등불 아래 이별하는 자리요
梨花楡火[3]催寒食.	배꽃 피고 불씨 받는 한식 이내 오는구나.
愁一箭風快,	괴롭게도 바람은 화살처럼 빠르고
半篙波暖,	반 잠긴 상앗대에 물결은 따뜻한데,

---

1 장정로(長亭路): 객사(客舍)와 여로. 즉, 정처 없는 방랑길.

2 절유조(折柔條): 부드러운 버드나무를 꺾다. '버드나무'(柳)와 떠나는 이를 못 가게 '만류하다'(留)의 한자 발음이 같아서 옛날에는 떠나는 이에게 이별 선물로 버드나무가지를 꺾어주며 아쉬움의 정을 전하는 풍습이 있었다.

3 유화(楡火): 느릅나무를 피워 얻는 불씨. 한식(寒食) 절기의 풍습이다. 한식이 되면 일반 백성들이 불을 피우는 것은 금지되었고, 대신 조정에서 새로 피운 불씨를 널리 나누어주었다.

回頭迢遞便數驛,　　　저 먼 곳 돌아보매 지나온 역 여럿이요
望人在天北.　　　　　내 그리운 사람은 북녘하늘 아래 있다.

悽惻,　　　　　　　　더없는 서글픔과
恨堆積.　　　　　　　한스러움 쌓여간다.
漸別浦縈回,　　　　　이별의 포구에서 서성이고 있노라니
津堠岑寂.　　　　　　나루터 돈대에는 적막함이 감돌고,
斜陽冉冉春無極.　　　끝없는 봄 풍경 속 뉘엿뉘엿 해가 진다.
念月榭攜手,　　　　　달빛 서린 정자에서 두 손 꼭 마주잡고
露橋聞笛.　　　　　　이슬 내린 다리에서 피리소리 듣곤 했던
沈思前事,　　　　　　지난 일들 곰곰이 생각해보면
似夢裏,　　　　　　　한바탕 꿈 속 있던 일만 같아서
淚暗滴.　　　　　　　남모르게 눈물을 떨구곤 한다.

117. 쇄창한(瑣窗寒)

주방언(周邦彦)

暗柳啼鴉,　　　　짙은 버들 사이로 까마귀 슬피 울 제

單衣竚立,　　　　홑겹옷 걸치고서 우두커니 선 곳은

小簾朱戶.　　　　작은 주렴 드리워진 붉은 문 앞이었네.

桐花半畝,　　　　오동나무 꽃송이로 절반쯤 뒤덮인 채

靜鎖一庭愁雨.　　고요히 닫힌 뜰엔 시름겨운 비가 내려

灑空階,　　　　　빈 섬돌을 적시며

夜闌未休,　　　　밤새 멎지 않나니,

故人翦燭西窗語1.　서창에 초 밝히고 벗과 얘기 나눴으면.

似楚江暝宿,　　　마치 초땅 강가의 여관방에서

風燈零亂,　　　　바람결에 등잔불 일렁거렸던,

少年羈旅.　　　　나그네로 떠돌던 젊은 날처럼.

遲暮,　　　　　　해 지는

嬉游處.　　　　　나들이터

正店舍無煙,　　　때마침 객사에서 연기 나지 않는 건

楚城百五2.　　　　궁성에서 한식절 맞이했기 때문이라.

旗亭喚酒,　　　　주점에서 큰 소리로 술을 불러 마시며

---

1 고인전촉서창어(故人翦燭西窗語): 이상은(李商隱)의 시「비 내리는 밤, 북으로 부치다(夜雨寄
北)」중 "언제 함께 서쪽 창가에서 촛불 심지 잘라가면서, 파산에 밤비 내리던 때를 이야기할까
(何當共翦西窗燭, 卻話巴山夜雨時)"에서 나온 표현으로, 벗과의 재회를 바라는 말이다.

2 백오(百五): 한식일(寒食日). 동지(冬至)로부터 105일째 오는 날이라는 데서 유래한 표현이다.

付與高陽儔侶3.　　　고양의 술벗에게 모든 것을 맡기련다.

想東園, 桃李自春,　　동쪽 뜰엔 복사꽃 오얏꽃 봄 한창인데

小脣秀靨今在否.　　입술 작고 보조개 팬 그녀 아직 있으려나.

到歸時, 定有殘英,　　돌아가면 분명히 끝물 꽃이 남아 있어

待客攜尊俎.　　　　술잔 든 나그네를 맞이하여 주리라.

---

3 고양주려(高陽儔侶): 함께 술 마시는 친구. 술벗. '고양(高陽)'은 오늘날 하남성(河南省) 기현(杞縣)이고, '주려(儔侶)'는 짝이라는 뜻으로, 한나라 역이기(酈食其)와 유방(劉邦)의 고사에서 나온 말이다. 역이기는 평소 자신의 능력을 숨긴 채 술을 크게 즐겨 미치광이 취급을 받다가, 민란이 빈발하자 정치적 뜻을 품고 유방을 찾아가 자신을 "고양의 술친구"로 소개하여 유방의 마음에 들었다. 이후 유방의 휘하에 들어가 활동하며 특히 외교 활동에서 큰 공을 세웠다.

118. 육추(六醜)

주방언(周邦彦)

장미가 시든 후에 짓다.
薔薇謝後作

正單衣試酒,	홑겹옷 차림으로 술맛 보고 있다가
悵客裏,	떠돌이 내 신세가 슬퍼지는 건
光陰虛擲.	헛되이 보내버린 세월 탓이라.
願春暫留,	봄날이 좀 더 여기 머물면 좋으련만
春歸如過翼,	가는 봄은 마치 새의 날갯짓과 같아서
一去無迹.	한 번 가고 난 뒤면 흔적조차 없어라.
爲問花何在,	물어보자 꽃들은 다 어디로 가버렸나
夜來風雨,	밤사이 거세게 들이닥친 비바람이
葬楚宮傾國[1].	초 궁중의 절세미녀 장사를 지냈으니
釵鈿墮處遺香澤.	그 비녀 졌던 곳에 향기만 남았구나.
亂點桃蹊,	복숭아나무 길에 어지러이 놓였다가
輕翻柳陌.	버드나무 거리에 가볍게 흩날린다.
多情爲誰追惜,	정 많은 어떤 이가 애도를 바칠런가,
但蜂媒蝶使,	그저 벌과 나비만
時叩窗槅.	가끔 창을 두드린다.

---

1 초궁경국(楚宮傾國): 초나라 궁궐의 경국지색의 미녀. 여기서는 아름다운 장미를 비유한 말이다.

東園岑寂,	쓸쓸한 동쪽 뜰에
漸蒙籠暗碧,	갈수록 푸른 잎이 짙어져가니
靜繞珍叢底.	장미 덤불 언저리 조용히 돌며
成嘆息.	깊은 탄식 쏟는다.
長條故惹行客,	긴 넝쿨 뻗어 짐짓 행인 끌어당기니
似牽衣待話,	마치 옷을 부여잡고 말 걸려는 것 같아
別情無極.	헤어지는 마음이 한없이 아쉽구나.
殘英小,	남은 작은 꽃송이를
强簪巾幘,	애써 두건 한 편에 꽂아보는데,
終不似,	아무래도 차라리
一朵釵頭顫嫋,	미인의 비녀 되어 하늘거리며
向人攲側.	사람에 기대 있는 편이 나으리.
漂流處,	물에 떠 흐르리니
莫趁潮汐,	밀물 썰물 드는 곳 가지 말거라,
恐斷紅[2],	붉은 낙화 꽃잎에
尚有相思字,	'그립노라' 새긴 글자 아직 남아 있다면
何由見得.	어떻게 보아낼 수 있단 말이냐.

---

2 단홍(斷紅): 떨어진 붉은 장미꽃잎. 이 부분은 떨어진 장미꽃잎에 누군가 새긴 그리움의 어구가
  남아 있을 법하므로, 훗날 그것을 보는 이의 마음이 몹시 괴로울 것이니 그러한 꽃잎이 흘러온
  물가로 가지 말라고 한 것이다.

119. 야비작(夜飛鵲)

주방언(周邦彦)

이별의 마음
別情

河橋送人處,	배웅했던 장소는 강 위 다리요,
涼夜何其,	서늘한 밤 몇 시쯤 된 때였던가.
斜月遠, 墜餘輝,	달은 멀리 기울며 남은 빛을 내쏟고
銅盤燭淚已流盡,	구리촛대 꽂은 초는 촛농 진즉 다 떨구고
霏霏涼露沾衣.	추적추적 찬 이슬은 옷자락을 적셨더라.
相將散離會,	송별연이 파하여 헤어질 무렵 되니
探風前津鼓,	나루터 북소리가 바람결에 실려 오고
樹杪參旗[1].	삼기성 별빛은 나무 끝에 빛났더라.
花驄會意,	총이말은 속마음 알아채고서
縱揚鞭, 亦自行遲.	채찍질해도 그저 더디 걷더라.
迢遞路回清野,	넓은 들 위 먼 길을 굽이돌아서
人語漸無聞,	사람 말소리 점차 들리지 않는,
空帶愁歸.	덧없이 시름 안고 돌아가는 길.
何意重經前地,	옛 적 그 곳 또 지날 줄 내 어찌 알았으랴,

---

1 삼기(參旗): 별자리 이름. 총 9개의 별로 이루어져 있으며, 삼성(參星)의 서쪽에 있다.

遺鈿不見,　　　잃어버린 비녀는 보이지 않고

斜徑都迷.　　　경사진 오솔길도 찾을 데 없이,

斜葵燕麥,　　　온갖 잡풀 덤불만

向斜陽, 欲與人齊.　사람 키와 나란히 석양 향해 돋았구나.

但徘徊班草,　　　난 그저 서성이다 풀 깔고 앉아

欲歔²酹酒,　　　슬픔에 젖어들며 술을 들고는

極望天西.　　　끝없이 서쪽 하늘 볼 뿐이어라.

---

2 희허(歔欷): 슬퍼하다. 양웅(揚雄)의 「방언(方言)」에 "슬퍼하면서도 눈물 흘리지 않는 것을 희허
라고 한다."라고 하였다.

120. 만정방(滿庭芳)

주방언(周邦彦)

여름날 율수 무상산에서 짓다.

夏日溧水無想山作

風老鶯雛,	바람은 꾀꼬리 어린 새끼 키워내고
雨肥梅子,	빗방울은 매실 열매 알 굵게 살찌우고
午陰嘉樹淸園.	큰 나무는 서늘한 낮 그림자 드리웠네.
地卑山近,	지대는 낮은데다 산이 바로 가까우니
衣潤費鑪煙.	옷이 곧잘 눅눅해져 향로를 피워두네.
人靜鳥鳶自樂,	인적 없이 고요하여 새들이 기뻐하고
小橋外, 新綠濺濺.	자그마한 다리 너머 푸른 봄물 졸졸대네.
憑闌久,	난간에 하염없이 기대 섰자니
黃蘆苦竹,	갈대며 대나무며 우거진 것이
擬泛九江[1]船.	구강 뱃전 풍경을 꼭 닮았구나.
年年,	해마다
如社燕[2],	제비 같은 신세로구나,

---

1 구강(九江): 오늘날 강서성(江西省) 구강시(九江市). 아홉 개의 물줄기가 합쳐졌다 하여 그러한
이름이 붙었으며, 수변의 경관이 수려하다.

2 사연(社燕): 춘사일(春社日) 무렵에 왔다가 추사일(秋社日) 즈음하여 떠나가는 제비. 이는 봄에
왔다가 가을에 떠나가는 제비의 일반적인 생태 습성이기도 하다. 춘사일과 추사일은 각각 입춘
과 입추 후의 다섯 번째 무일(戊日)로, 이 날 토지신에게 제사를 올리는 풍습이 있다.

漂流瀚海[3],　　　　　　사막 두루 헤매다가

來寄修椽.　　　　　　서까래로 와 깃든다.

且莫思身外,　　　　　이 한 몸 밖의 것은 생각지 말고

長近尊前.　　　　　　오래도록 술자리에 있을지어다.

憔悴江南倦客,　　　　강남에서 초라하게 지쳐버린 나그네라

不堪聽, 急管繁絃.　　흥겨운 음악소린 차마 듣지 못할지니,

歌筵畔,　　　　　　　노래 울려 퍼지는 자리 한 편에

先安枕簟,　　　　　　베개와 대자리를 먼저 펴 두리

容我醉時眠.　　　　　내 흠뻑 취해 바로 잘 수 있도록.

---

3 한해(瀚海): 오늘날 몽골 지역의 큰 사막지대. 『명의고(名義考)』에 "모래가 흩날리는 것이 파도
와 비슷하고, 사람과 말이 마치 물에 빠지듯이 사라져, 보기에는 바다 같으나 정말로 물이 있는
바다는 아니다(以飛沙若浪, 人馬相失若浪, 視猶海然, 非眞有水之海也)"라고 하였다. 여기서는
화자가 유랑했던 먼 지방을 가리킨다.

121. 과진루(過秦樓)

주방언(周邦彦)

水浴淸蟾¹,　　　　두꺼비 품은 달이 개울물에 미역 감고

葉喧涼吹,　　　　나뭇잎이 서늘한 바람결에 일렁이고

巷陌馬聲初斷.　　길거리에 말울음이 갓 그쳤던 그 무렵,

閑依露井,　　　　한가로이 우물가 곁에 기대어

笑撲流螢,　　　　웃으면서 반딧불 잡아보려다

惹破畫羅輕扇².　그림 고운 비단 부채 찢겼더랬지.

人靜夜久憑闌,　　고요한 이 밤늦게 난간에 기대선 건

愁不歸眠,　　　　시름겨워 잠자리로 돌아가지 못해서니,

立殘更箭³.　　　물시계 멎기까지 하염없이 서 있노라.

歎年華一瞬,　　　아아, 인생 좋은 때는 한 순간일 뿐

人今千里,　　　　나는 지금 천 리 밖 떨어져 있고

夢沈書遠.　　　　꿈에서도 소식은 멀기만 하다.

空見說, 鬢怯瓊梳⁴,　듣자하니 그녀는 머리빗질 꺼려하고

容消金鏡,　　　　거울 속 곱던 얼굴 다 여윈 채로

---

1 청섬(淸蟾): 맑은 달빛 속의 두꺼비. 예로부터 달에 두꺼비가 살고 있다는 전설이 있어, 이는 곧
밝은 달을 대신하는 표현이 되었다.

2 화라경선(畫羅輕扇): 울긋불긋한 그림이 그려져 있는 가벼운 비단 부채. 여성용이다. 이 구절은
화자가 과거에 여인과 행복하게 지냈던 한때를 회상한 것이다.

3 입잔경전(立殘更箭): 물시계의 눈금 화살이 멎을 때까지 서 있다. 옛날의 물시계는 담겨 있던 물
이 다 빠져나가는 한밤중이 되면 눈금 화살의 움직임이 멎었다.

4 빈겁경소(鬢怯瓊梳): 머리카락이 빗질을 겁낸다. 여인이 머리 빗질을 잘 하지 않다. 즉, 여인이
이별의 괴로움으로 인해 자신을 예쁘게 단장하지 않는다는 뜻이다.

漸懶趁時勻染.　　　유행 따른 화장도 통 아니 한다더라.

梅風地溽,　　　　　장마 비와 바람에 땅은 온통 질척이고

虹雨苔滋,　　　　　무지개 품은 비에 이끼가 무성하니

一架舞紅都變.　　　시렁 가득 춤추던 꽃들 다 지고 만다.

誰信無聊,　　　　　괴로운 내 심정을 누가 믿어줄거나

爲伊才減江淹⁵,　　그대로 인해 나는 강엄처럼 재기 잃고

情傷荀倩⁶.　　　　순봉천 못지않게 큰 슬픔에 빠진 것을.

但明河影下,　　　　다만 은하수 밝게 드리운 아래

還看稀星數點.　　　그저 성긴 별 몇 점 올려다본다.

---

5 재감강엄(才減江淹): 강엄처럼 재주가 줄어들다. 강엄은 남조시대의 문인으로, 젊은 시절에 꿈에서 곽박(郭璞)을 만나 오색 붓을 받은 후로 글솜씨가 좋아져 문재(文才)를 크게 떨쳤으나, 훗날 다시 곽박이 그 붓을 돌려받아 가는 꿈을 꾸고 난 뒤로는 필력이 전만 못하다고 스스로 말하였다. 이를 두고 사람들은 강엄의 재주가 다하였다고 하였다. 이 구절은 화자가 이별한 여인 때문에 괴로운 나머지 글재주가 줄어들 정도라고 말한 것이다.

6 정상순천(情傷荀倩): 순봉천처럼 슬퍼하다. 순봉천은 삼국시대 위(魏)나라의 선비 순찬(荀粲)으로, 봉천(奉倩)은 그의 자이다. 순봉천은 병약한 아내 조씨(曹氏)를 지극히 사랑하여 정성껏 돌보았으나, 결국 아내가 먼저 죽자 매우 상심하다가 이내 자신도 죽었다.

122. 화범(花犯)

주방언(周邦彦)

매화를 읊다.

詠梅

粉牆低,	흰 담장 곁 나직이
梅花照眼,	눈부시게 핀 매화
依然舊風味.	옛날의 멋스러움 그대로구나.
露痕輕綴,	살포시 방울 맺힌 이슬자국은
疑淨洗鉛華[1],	말끔히 화장 씻은 흔적일지니
無限佳麗.	견줄 바 없이 고운 자태로구나.
去年勝賞曾孤倚,	작년 매화 구경은 나 혼자 하다
冰盤[2]同燕喜.	보름달과 어울려 즐기었노라.
更可惜, 雪中高樹,	눈 덮인 매화나무 더욱이 좋았나니
香篝熏素被.	마치 흰 이불 씌운 향바구니 같았더라.

今年對花最恩恩[3],	올해 보는 매화는 유난히도 빠르구나
相逢似有恨,	만나 함께 있어도 여한 남는 듯하고

---

1 연화(鉛華): 눈썹먹이나 분가루 등의 화장품 류. 여기서는 인공적인 화장의 흔적을 뜻하는 말로 쓰였다.

2 빙반(冰盤): 얼음 쟁반. 즉, 희고 둥근 보름달.

3 총총(恩恩): 급한 모양. 여기서는 올해 매화가 피고 지는 것이 유달리 빠르다고 말한 것이다.

依依愁悴.
吟望久,
青苔上, 旋看飛墜.
相將見, 翠丸薦酒,
人正在, 空江煙浪裏.
但夢想, 一枝瀟灑,
黃昏斜照水.

헤어지기 아쉬워 슬픔으로 수척하다.
오래도록 읊조리며 바라보는데
이끼 위로 그 꽃잎 떨어져 나부낀다.
훗날 청매 굵게 익어 술상에 오를 때면
나는 한참 안개 핀 강물 위에 있으리니.
꿈에서나 보겠구나, 맑디맑은 매화가지
노을빛에 물들어 물에 비친 모습이여.

123. 대포(大酺)

주방언(周邦彦)

봄비
春雨

對宿煙收,	밤새 서린 안개가 사라질 무렵
春禽靜,	봄맞이한 새들도 영 고요한데
飛雨時鳴高屋.	빗방울만 이따금 지붕 위를 두드린다.
牆頭青玉旆[1],	담장 따라 늘어선 푸른 대나무
洗鉛霜都盡,	흰 가루를 봄비에 싹 씻어내고
嫩梢相觸.	여린 줄기 끝끼리 맞대었도다.
潤逼琴絲,	습기는 축축하게 거문고줄 적시고
寒侵枕障,	한기는 베갯머리 병풍 안에 스미고
蟲網吹黏簾竹.	날려 온 거미줄은 발 댓살에 붙어있다.
郵亭無人處,	인기척 하나 없는 객사에 머물면서
聽簷聲不斷,	처마 끝 끊임없는 낙숫물 소리 듣다
困眠初熟.	곤한 잠에 비로소 빠져드는데,
奈愁極頻驚,	시름이 워낙 깊어 깜짝 놀라 깨곤 하니
夢輕難記,	흐릿한 꿈 한 자락 기억 없구나
自憐幽獨.	쓸쓸한 내 신세가 가련한지고.

---

1 장두청옥패(牆頭青玉旆): 담장의 푸른 옥 깃발. 즉, 담장 따라 죽 늘어선 푸른 대나무를 가리킨다.

行人歸意速,	나그네는 하루빨리 돌아가고 싶은데
最先念, 流潦妨車轂.	웅덩이가 수레바퀴 막아설까 걱정이라.
怎奈向,	어찌하면 좋으냐
蘭成²憔悴,	수척해진 유신마냥
衛玠³淸羸,	파리해진 위개마냥
等閒時, 易傷心目.	늘 곧잘 마음이 아파오는걸.
未怪平陽客⁴,	이상할 것 없으리, 평양의 나그네는
雙淚落, 笛中哀曲.	슬픈 피리 곡조에 눈물 흘릴 법 했나니.
況蕭索, 靑蕪國,	더구나 쓸쓸히도 잡초는 무성하고
紅糝鋪地,	붉고 작은 낙화가 소복이 땅을 덮고
門外荊桃如菽.	문 밖 앵두 열매는 콩알만큼 커진 이 때
夜游共誰秉燭.	밤놀이를 뉘와 함께 촛불 들고 즐길거나.

---

2 난성(蘭成): 유신(庾信)의 어린 시절의 자. 유신은 남조 양(梁)나라의 신하로, 북조에 사신으로 갔다가 장기간 억류되어 지내면서 남쪽의 고향을 그리워하는 근심과 슬픔을 담아 「애강남부(哀江南賦)」, 「수부(愁賦)」 등의 작품을 남겼다. 이 구절은 화자가 먼 타지에서 고향이 몹시 그리운 나머지 갈수록 수척해짐을 말한 것이다.

3 위개(衛玠): 서진(西晉) 사람으로, 용모가 뛰어나 사람들이 늘 그를 구경하려 몰려드는 일상에 지친 나머지 시름시름 앓다가 27세로 요절하였다. 이 구절은 화자가 마음의 괴로움이 심하여 몸의 병세도 점점 깊어져감을 말한 것이다.

4 평양객(平陽客): 동한(東漢)의 마융(馬融). 평소 음악을 좋아하였고 악기 연주에도 능하였는데, 평양에서 나그네 생활을 하던 중에 객사에서 들려오는 피리 소리를 듣고는 크게 슬퍼하며 「적부(笛賦)」를 지었다.

124. 해어화(解語花)

주방언(周邦彦)

정월대보름
上元

風消焰蠟,	바람에 녹아드는 초의 불꽃도
露浥烘鑪,	이슬에 살짝 젖은 환한 연등도
花市光相射.	등 밝힌 거리에서 한껏 빛을 쏟아낸다.
桂華流瓦,	달빛은 기와 가득 흘러내리니
纖雲散,	엷은 구름 걷히면
耿耿素娥欲下.	눈부신 선녀가 곧 내려올 듯하구나.
衣裳淡雅,	어여쁜 옷 차려입은
看楚女[1], 纖腰一把.	초 여인을 보게나, 가는 허리 한 줌일세.
簫鼓喧,	북과 피리 우렁차고
人影參差,	인파는 넘실대고
滿路飄香麝.	거리 가득 사향내 짙게 퍼져 있구나.

因念都城放夜[2],   하여 도성 통금 풀린 대보름 밤 떠올리매

---

1 초녀(楚女): 초나라 여인. 몸매가 가느다란 여인을 가리키는 말이다. 초나라 영왕(靈王)이 가느
  다란 허리를 좋아하여, 그의 눈에 들고자 여인들이 밥을 굶다가 아사하기도 하였고, 그의 궁전
  '장화궁(章華宮)'은 일명 '세요궁(細腰宮)'이라 칭해지기도 하였다. 후로 허리가 가는 여인을 '초
  요(楚腰)'나 '초녀(楚女)' 등으로 부르게 되었다.
2 방야(放夜): 야간 통금을 풀다. "경성의 가도에는 거리를 지키는 집금오(執金吾)가 있어 새벽과

望千門如晝,	집마다 대낮처럼 불 밝혀두고
嬉笑游冶.	한껏 크게 웃으며 놀곤 하였지.
鈿車羅帕,	화려한 마차 탄 이, 비단 수건 두른 이
相逢處,	서로 만나던 곳엔
自有暗塵隨馬.	뽀얗게 먼지 일어 말 뒤를 따랐었지.
年光是也,	참 좋은 시절 바로 이 때이건만
惟只見,	다만 이제 알겠구나
舊情衰謝.	옛 흥취는 시들어 사라진 것을.
淸漏移3,	물시계 멎을 무렵
飛蓋歸來,	수레 타고 돌아온다,
從舞休歌罷.	모두들 가무 맘껏 즐기도록 그냥 두고.

밤에 야간 통행 금지를 알렸다. 오직 정월 대보름 밤에만 왕명에 의해 집금오는 길거리 통금을
하루 풀었으니, 이것을 '방야'라 하였다(京城街衢有金吾曉暝傳呼以禁夜行. 惟正月十五夜勅金
吾弛禁前後路一日, 謂之放夜)"라고 『신기(新記)』에 전한다.

3 청루이(淸漏移): 물시계의 눈금이 옮겨가다. 즉, 시간이 흘러 밤이 깊어가다. 또는 그 눈금이 다
옮겨가 물시계가 멎는 심야가 되다.

125. 정풍파(定風波)

주방언(周邦彦)

莫倚能歌斂黛眉[1],	이 노래를 부른다고 수심 젖지 말거라,
此歌能有幾人知.	이 노래 아는 이가 몇 명이나 되겠느냐.
他日相逢花月底,	먼 훗날 달빛 밝은 꽃밭에서 나 만나면
重理[2].	거듭 이 곡 타 보거라,
好聲須記得來時.	소리 좋은 이 곡을 얻던 때가 기억나리.
苦恨城頭傳漏永,	성 한 편 이어지는 경루 소리 괴롭나니
催起.	나더러 일어나라 채근하누나.
無情豈解惜分飛,	무정하니 솟구치는 아쉬움은 어찌 알리
休訴金尊推玉臂.	고운 손에 받쳐 든 금 술잔을 거절 않고
從醉,	맘껏 취해 보리라
明朝有酒倩誰持.	날 밝으면 고운 누가 술 받들어 줄 건가.

---

1 염대미(斂黛眉): 수심 때문에 눈썹먹으로 예쁘게 화장한 눈썹을 찌푸리다. 이 구절은 기녀가
헤어짐을 앞두고 이별의 노래를 부를 생각 때문에 수심에 젖는 장면을 묘사하며, 그러지 말
고 기녀를 달랜 것이다.

2 중리(重理): 거듭 연주하다. 다시금 악기로 반주하며 노래를 부른다. '리(理)'는 악기 등을 연주
한다는 뜻으로, 당대(唐代) 탁영영(卓英英)은 「생황을 연주하다(理笙)」 시에 "곧잘 은 병풍에
기대어 봉황 장식 생황을 연주하나니, 곡조의 그윽한 의취에 춘정이 일어납니다(頻倚銀屏理鳳
笙, 調中幽意起春情)"라고 하였다.

126. 접련화(蝶戀花)

주방언(周邦彦)

月皎驚烏棲不定,
更漏將闌,
轆轤牽金井.
喚起兩眸淸炯炯,
淚花落枕紅緜冷.

밝은 달에 까마귀 놀라 깨선 잠 못들고
물시계는 이내 곧 멈추려는데
삐걱삐걱 우물에서 도르래로 물 긷누나.
불러 보니 두 눈망울 초롱초롱 맑은 여인
꽃베개에 눈물 흘려 베개 솜이 차갑구나.

執手霜風吹鬢影,
去意徊徨,
別語愁難聽.
樓上闌干橫斗柄[1],
露寒人遠雞相應.

손잡고 서릿바람에 머리카락 나부끼며
헤어질 생각 탓에 서성대는데
작별의 말 서러워 들을 수가 없어라.
누각 위 난간으로 북두칠성 기운 무렵
찬 이슬, 닭 울음 속에 사람 점점 멀어
진다.

---

1 횡두병(橫斗柄): 북두칠성의 자루 부분이 가로로 기울다. 즉, 새벽이 되다.

127. 해련환(解連環)

주방언(周邦彦)

怨懷無託,	원망 가득 품은 마음 둘 곳 없어라,
嗟情人斷絶,	사랑하던 내 님은 소식 끊기어
信音遼邈.	짤막한 편지조차 감감한지고.
縱妙手, 能解連環[1],	솜씨 좋게 고리 꿰미 풀어낸대도
似風散雨收,	마치 바람 멎고서 비 갠 다음에
霧輕雲薄.	안개구름 엷게 낀 것만 같아라.
燕子樓[2]空,	연자루는 비었고
暗塵鎖,	먼지만이 가득히
一牀絃索.	평상과 거문고를 뒤덮었구나.
想移根換葉,	뿌리며 잎사귀며 다 바꾸고 싶어도
盡是舊時,	이 모두가 지난 날
手種紅藥.	손수 심고 가꾸었던 작약인 것을.
汀洲漸生杜若,	두약이 돋아나는 강가 모래톱
料舟依岸曲,	쪽배는 강 언덕에 기대어 있고

---

1 해련환(解連環): 줄줄이 이어진 고리 꾸러미를 풀다. 이러한 고리 꾸러미 풀기는 옛날의 놀잇감 중 하나로, 난제를 해결하고 나면 일반적으로 응당 기분이 말끔해지고 좋아지는 법이다. 그러나 화자는 이별의 슬픔과 원망이 깊다 보니 고리 꾸러미를 풀어내도 여전히 마음이 산뜻해지지 않는다는 것을 이후의 구에서 날씨에 비유하여 말하고 있다.

2 연자루(燕子樓): 백거이(白居易)의 시 「연자루(燕子樓)」의 배경이 되는 건물로, 외롭게 수절하는 여인의 거처이다. 당나라 서주(徐州)의 장건봉(張建封)은 반반(盼盼)이라는 기녀와 사랑하는 사이였으나 장건봉이 먼저 죽자 반반은 장건봉의 옛 집에 있는 연자루로 들어가 그를 그리워하며 홀로 10여 년을 살다가 죽었다.

人在天角.

漫記得, 當日音書,

把閒語閒言,

待總燒卻.

水驛春回,

望寄我, 江南梅萼,

拚今生, 對花對酒,

爲伊淚落.

그이는 하늘 저 끝 먼 곳에 있네.

그 때 주신 편지를 기억한들 부질없어

공허한 그 말들은

다 태워 버리려네.

강가의 역참에 또 봄이 깃들면

바라노니 강남 매화 한 가지만 보내주오.

이번 생은 그저 꽃과 술을 마주 대하며

그대로 인해 눈물 흘릴지어다.

128. 배성월(拜星月)

주방언(周邦彦)

가을 생각

秋思

夜色催更,　　　　　　　　　펼쳐진 밤 풍경에 시간 훌쩍 깊어가

淸塵收露,　　　　　　　　　살짝 앉은 먼지가 이슬에 젖는 무렵

小曲幽坊月暗.　　　　　　　좁고 굽은 골목집에 흐린 달빛 비치나니.

竹檻燈窗,　　　　　　　　　대나무 난간이며 연등 밝힌 창이며

識秋娘[1]庭院.　　　　　　　추낭의 정원인 줄 내 금방 알겠구나.

笑相遇,　　　　　　　　　　나를 만나 웃는데

似覺, 瓊枝玉樹相倚,　　　　그건 흡사 옥 나무가 마주 기댄 자태요

暖日明霞光爛.　　　　　　　햇살과 노을 닮은 눈부심이로구나.

水眄蘭情,　　　　　　　　　호수 같은 눈빛도 난초 같은 연정도

總平生稀見.　　　　　　　　한 평생을 살도록 보기가 드물진저.

畫圖中, 舊識春風面,　　　　그림에서 예전에 본 봄바람의 얼굴이

誰知道, 自到瑤臺[2]畔.　　　요대에 와 있을 줄 그 누가 알았으랴.

眷戀雨潤雲溫,　　　　　　　부드럽고 따스한 운우지정 나눴거늘

苦驚風吹散.　　　　　　　　괴롭게도 거센 바람 불어 끝내 사라졌다.

---

1 추낭(秋娘): 당대(唐代)의 유명한 기녀의 이름. 여기서는 기녀를 미화시켜 쓴 표현이다.

2 요대(瑤臺): 선계(仙界)에 있는 선녀의 거처. 여기서는 기녀의 거처를 미화시켜 쓴 표현이다.

念荒寒,   스산한지고
寄宿無人館,   인적 없는 객사에 머무노라니,
重門閉,   겹문 닫힌 채
敗壁秋蟲歎.   낡은 벽엔 가을벌레 구슬피 운다.
怎奈向, 一縷相思,   어이하나 긴 실가닥 닮은 이 내 그리움은
隔溪山不斷.   물과 산이 막아서도 끊어지지 않는구나.

129. 관하령(關河令)

주방언(周邦彦)

秋陰時晴漸向暝,　　　　　맑았던 가을날도 점차 해가 저무니
變一庭凄冷.　　　　　　　뜰 온통 스산하게 바뀌어 가는구나.
竚聽寒聲,　　　　　　　　우두커니 쓸쓸한 가을 소리 듣는데
雲深無雁影.　　　　　　　구름 짙어 기러기 떼 그림자도 없구나.

更深人去寂靜,　　　　　　밤은 깊고 그는 떠나 고요함만 감도나니
但照壁, 孤燈相映.　　　　다만 벽에 등잔불의 일렁임만 비추인다.
酒已都醒,　　　　　　　　술기운은 진즉에 깨져버린 터
如何消夜永.　　　　　　　긴긴 밤을 어떻게 지새울런가.

130. 기료원(綺寮怨)

주방언(周邦彦)

上馬人扶殘醉,　　　　　　술 취해 부축 받아 말 위에 올라타니
曉風吹未醒.　　　　　　　새벽바람 불어와도 술이 깨지 않는구나.
映水曲, 翠瓦朱檐,　　　　굽은 물에 비쳐진 푸른 기와 붉은 처마
垂楊裡, 乍見津亭.　　　　수양버들 사이로 문득 뵈는 나루 정자.
當時曾題敗壁,　　　　　　그 시절에 시 써뒀던 벽은 이미 허물어져
蛛絲罩, 淡墨苔暈青.　　거미줄로 뒤덮였고 먹자국엔 이끼뿐.
念去來, 歲月如流,　　　　생각하면 떠난 이래 세월이 유수 같아
徘徊久, 歎息愁思盈.　　한참을 서성이며 시름겨워 탄식한다.

去去倦尋路程,　　　　　　떠도는 나그네라 길 묻기도 고되구나,
江陵[1]舊事,　　　　　　　옛 사연 얽혀 있는 강릉 땅으로
何曾再問楊瓊[2].　　　　언제 다시 양경을 찾아간 적 있었던가.
舊曲凄清,　　　　　　　　구슬프고 청아한 옛 노랫가락
斂愁黛[3], 與誰聽.　　수심 젖은 그녀는 뉘와 함께 들을런가.
尊前故人如在,　　　　　　술잔 앞에 그 여인 만약 있다면
想念我, 最關情.　　　　나를 위해 깊은 정 쏟아 주리라.

---

1 강릉(江陵): 오늘날 호북성(湖北省) 형주시(荊州市). 아래 구절에 나오는 기녀 양경이 있던 곳이다.

2 양경(楊瓊): 당대(唐代)의 유명한 기녀의 이름. 여기서는 기녀를 미화시켜 쓴 표현이다. 이 구절은 예전에 사랑했던 여인과 함께 지냈던 곳을 지나다 보니 그녀가 더욱 그리운데 이별 후 그녀를 다시는 만나지 못했음을 말한 것이다.

3 염수대(斂愁黛): 시름이 깊은 탓에 먹으로 곱게 그린 여인의 눈썹이 찌푸려지다.

何須渭城⁴,

歌聲未盡處,

先淚零.

어이하여 굳이 꼭 「위성곡」인고,

노랫소리 미처 다 끝나기 전에

눈물 먼저 방울져 흘러내린다.

---

4 위성(渭城): 이별을 노래한 왕유(王維)의 시 「안서로 가는 원이를 전송하며(送元二使安西)」. 도입부가 "위성"으로 시작하기 때문에 그러한 별칭이 생겼으며, 시 전문은 이러하다. "위성에 아침 비가 내려 가벼운 먼지를 적시고, 객사에는 푸릇푸릇한 버들 색이 새롭구나. 술 한 잔 더 하라고 그대에게 권하노라, 서쪽으로 양관을 나서면 오랜 벗은 없으리니(渭城朝雨浥輕塵, 客舍青青柳色新. 勸君更進一杯酒, 西出陽關無故人)." 이 구절은 이별의 괴로움이 깊은 화자의 귀에 때마침 이별 노래 「위성곡」 선율이 들려오자 그 슬픔이 더욱 커진다고 말한 것이다.

131. 위지배(尉遲杯)

주방언(周邦彦)

隋堤路,　　　　　　　　　수 방죽길 따라서

漸日晩, 密靄生煙樹.　　　해 지더니 나무에 짙은 안개 피어난다.

陰陰淡月籠沙,　　　　　　어슴푸레 달빛은 모래밭을 뒤덮고

還宿河橋深處.　　　　　　난 오늘도 강 다리께 외진 곳에 묵노라.

無情畫舸,　　　　　　　　무정한 놀잇배는

都不管, 煙波隔前浦.　　　강 안개가 포구 앞을 막아서도 상관 않고

等行人, 醉擁重衾,　　　　나그네가 술에 취해 자리 눕길 기다렸다

載將離恨歸去.　　　　　　이별의 한 가득 싣고 뱃전 돌려 길 떠난다.

因思舊客京華,　　　　　　하여 도성 떠돌던 옛 시절이 생각나니

長偎傍, 疏林小檻歡聚.　　늘 원림 난간 가에 모여 흥껏 놀았고

冶葉倡條[1]俱相識,　　　이런 저런 가기들을 모두 다 잘 알아서

仍慣見, 珠歌翠舞.　　　　고운 노래 화려한 춤 실컷 보곤 했건만.

如今向, 漁村水驛,　　　　지금은 고기잡이 마을 근처 역참에서

夜如歲, 焚香獨自語.　　　일 년 같이 긴 밤 홀로 향 사르며 중얼
　　　　　　　　　　　　　댈 뿐.

有何人, 念我無聊,　　　　어느 누가 쓸쓸한 나를 생각해 주리,

夢魂凝想鴛侶.　　　　　　꿈에라도 짝 맺고픈 바람 간절하거늘.

---

1 야엽창조(冶葉倡條): 예쁘게 꾸민 나뭇잎과 노래하는 나뭇가지. 즉, 여러 기녀들.

132. 서하(西河)

주방언(周邦彦)

금릉의 회고
金陵懷古

佳麗地,	아름다운 이 고장
南朝[1]盛事誰記.	남조 시대 옛 번영을 기억할 이 누구런가.
山圍故國繞淸江,	산 휘감은 옛 도읍지, 굽이도는 푸른 강
髻鬟[2]對起.	구름머리 닮은 산이 마주하여 솟았구나.
怒濤寂寞打孤城,	성난 파도 쓸쓸히 외딴 성벽 철썩 치고
風檣遙度天際.	돛단배는 저 멀리 하늘 끝을 향해 간다.
斷崖樹,	절벽에 자란 나무
猶倒倚[3],	여전히 거꾸론데,
莫愁[4]艇子誰繫.	막수 아씨 타신 배를 묶어 둔 이 누구

---

1 남조(南朝): 남조의 송(宋)·제(齊)·양(梁)·진(陳)은 모두 금릉(金陵), 즉 오늘날의 남경(南京)
  을 수도로 삼았다.

2 계환(髻鬟): 크고 동그랗게 부풀린 여인의 머리 모양. 여기서는 산봉우리를 비유한 것이다.

3 도의(倒倚): 거꾸로 매달려 있다. 나무가 절벽에 거꾸로 매달려 자란 것으로, 여기서는 의구한
  금릉의 자연 풍경을 대변한다.

4 막수(莫愁): 고악부시에 등장하는 여인으로, 용모가 아름답고 노래를 잘 하여 모두가 그녀가 오
  기를 기다렸다는 이야기가 전해진다. 출신지명과 결부시켜 '석성(石城)의 막수'나 '금릉의 막수'로
  칭해진다. 고악부시 「막수악(莫愁樂)」의 가사에 "막수 아씨 어디 있나, 석성 서쪽 있다네. 배 양쪽
  노 저어라, 막수 아씨 빨리 오게(莫愁在何處, 莫愁石城西, 艇子打兩槳, 催送莫愁來)"라고 하였
  다. 이 구절은 금릉의 산천은 의구한데 사람은 그렇지 않다는 것에 대한 한탄을 담고 있다.

런가.

空餘舊迹鬱蒼蒼,　　덧없는 옛 유적엔 잡풀만 울창하고
霧沈半壘.　　성 보루는 안개에 태반이 잠겼구나.
夜深月過女牆[5]來,　　깊은 한밤 달빛이 성벽을 넘어올 제
傷心東望淮水.　　상심에 차 동쪽으로 회수를 바라본다.

酒旗戲鼓甚處市,　　주막 깃발 풍악놀이 요란했던 저잣거리
想依稀, 王謝鄰里[6].　　아마도 왕씨 사씨 마을이었으리라.
燕子不知何世,　　제비는 지금 어느 무렵인지 모르고
向尋常, 巷陌人家,　　평범한 골목길의 여염집에 찾아가
相對如說興亡,　　마치 흥망 얘기하듯 마주보고 있구나
斜陽裏.　　스러지는 노을에 한껏 물든 채.

---

5 여장(女牆): 성 위에 낮게 쌓은 담.

6 왕사린리(王謝鄰里): 왕씨와 사씨가 이웃해 살던 고을. 왕씨와 사씨 두 가문은 동진(東晉)의 호
   족으로, 모두 금릉의 오의항(烏衣巷)에 살았다. 유우석(劉禹錫)의 「오의항(烏衣巷)」에 "옛날에
   왕씨 사씨 집 앞을 날던 제비, 지금은 평범한 여염집에 날아드네(舊時王謝堂前燕, 飛入尋常百
   姓家)"라는 구절이 있다.

133. 서학선(瑞鶴仙)

주방언(周邦彦)

峭郊原帶郭,	고요한 들판 한 편 성벽을 따라
行路永,	끝없이 벋은 길로
客去車塵漠漠.	떠나가는 길손 따라 마차 먼지 자욱하다.
斜陽映山落,	해 기우니 산에 들던 햇빛도 지며
斂餘紅,	남아 있던 붉은 놀 거둬들이니,
猶戀孤城闌角,	아쉬워서 외딴 성 난간 위를 서성이는
凌波¹步弱.	고운 여인 발걸음 사뿐사뿐 여리도다.
過短亭, 何用素約²	스쳐가는 주점에서 무슨 약조 하리오만,
有流鶯勸我,	꾀꼬리 같은 여인 나에게 권하기를
重解繡鞍,	"말안장은 다시금 풀어두시고
緩引春酌.	천천히 이 봄 술 좀 드셔보세요."
不記歸時早暮,	기억나지 않는구나, 돌아온 때 언제며
上馬誰扶,	말 등에 올라탈 땐 누가 부축 했던가,
醒眠朱閣.	술에서 깨어보니 붉은 각루 안이로다.
驚飈動幕,	돌개바람 세게 불어 휘장을 뒤흔드니

---

1 능파(凌波): 아름다운 여인의 사뿐사뿐한 발걸음. 조식(曹植)의 「낙신부(洛神賦)」 중 "물결 위로 사뿐히 걸어가나니, 비단 버선 아래로 잔 먼지 인다(凌波微步, 羅襪生塵)"라는 구절에서 유래한 표현이다.

2 하용소약(何用素約): 약조가 무슨 소용이 있는가. 즉, 사랑의 약조를 한들 부질없다. '소약(素約)'은 흰 비단필에 약조를 쓰다.

扶殘醉, 繞紅藥.　　　　술 덜 깬 몸 일으켜 작약 밭을 배회한다.

歎西園,　　　　　　　아아 서쪽 정원에는
已是花深無地,　　　　이미 꽃잎 가득 쌓여 빈 땅 틈새 없는데
東風何事又惡.　　　　동풍은 어이하여 또 짓궂게 불어대나.
任流光過卻,　　　　　빠른 세월 제 맘껏 흘러가게 두련다
猶喜洞天³自樂.　　　　나는 그저 별세계의 즐거움을 누릴진저.

---

3 동천(洞天): 도가의 신선들이 지내는 곳. 인간계가 아닌 별세계. 여기서는 화자가 크게 흡족해하
  며 지내는 장소를 말한다.

134. 낭도사만(浪淘沙慢)

주방언(周邦彦)

晝陰重,	낮 그림자 겹겹이 드리워졌고
霜凋岸草,	강둑 풀은 서리에 시들어가고
霧隱城堞.	성곽 벽은 안개에 잠기었더라.
南陌脂車待發,	남쪽 길 위 마차는 떠나기만 기다리고
東門帳飮乍闋.	동문 곁 송별연이 이제 갓 끝난 즈음.
正拂面垂楊堪攬結[1],	얼굴 스친 버들로 임 매어 둘까 해서
掩紅淚,	여인은 맺힌 눈물 덮어 가리며
玉手親折.	고운 손에 버들을 꺾었었더라.
念漢浦離鴻去何許.	한수 포구 떠나간 기러기는 어디 갔나
經時信音絶.	한참 세월 지났거늘 소식 한 줄 없구나.
情切,	품은 정이 절절히 짙어지는 건
望中地遠天闊.	먼 땅 끝 넓은 하늘 바라보고 있어서라.
向露冷風淸,	이슬 차고 바람 맑은 곳을 향해 가보니
無人處,	인적 없는 곳에서
耿耿[2]寒漏咽.	울컹울컹 차가워진 물시계만 슬피 운다.
嗟萬事難忘,	세상만사 중에서도 가장 못 잊을 일은
惟是輕別.	바로 임과 쉽게도 헤어졌던 일이로다.

---

1 감람결(堪攬結): 따내어 묶을 만하다. 버들가지를 꺾어서 임을 매어 둘 만하다. 이 구절은 임이 멀리 떠나가지 못하도록 버들가지로 그를 묶어 두고 싶다는 여인의 심정을 말한 것이다.

2 경경(耿耿): 근심에 젖은 모양.

翠尊未竭,　　　　　비취 술잔 아직 다 비우지 않았나니

憑斷雲留取,　　　　잔구름에 부탁해 잡아두련다

西樓殘月.　　　　　서루 너머 기우는 저 조각달을.

羅帶光消紋衾疊,　　비단 띠는 빛바랬고 금침은 갠 그대로요

連環解, 舊香頓歇[3].　옥환은 풀어졌고 옛 향내는 그쳤으며

怨歌永, 瓊壺敲盡缺[4].　원망 담은 노래 길어 옥항아리 다 깨졌다.

恨春去, 不與人期,　아무런 기약 없이 한스런 봄 가는구나,

弄夜色,　　　　　　밤을 틈타

空餘滿地梨花雪.　　땅 가득히 흰 배꽃만 남겨둔 채.

---

3 연환해, 구향돈헐(連環解, 舊香頓歇): 연결되어 있던 옥고리가 풀어지고, 예전에 나던 향이 더 이상 나지 않는다. 모두 남녀의 사랑이 깨어진 것을 상징한다.

4 경호고진결(瓊壺敲盡缺): 옥 타호(唾壺, 침을 뱉는 용도의 항아리)의 이가 다 깨질 정도로 두드리다. 즉, 몹시 격앙되어 노래를 부르다. 진(晉)의 왕돈(王敦)은 술을 마시면 지팡이로 타호를 두드려 박자를 맞춰가며 비장한 노래를 불러, 나중에는 타호 가장자리의 이가 들쭉날쭉하게 다 깨졌다는 고사가 있다.

135. 응천장(應天長)

주방언(周邦彦)

條風布暖,	봄바람 따뜻하게 불어오더니
霏霧弄晴,	안개는 사라지고 날 맑게 개어
池臺遍暖春色.	연못 누대 가득히 봄빛이 든다.
正是夜堂無月,	때는 마침 집에 달빛 들지 않는 밤
沈沈暗寒食.	짙디짙은 어둠 스민 한식이로다.
梁間燕,	대들보의 제비는
前社客¹,	춘사 앞둔 객일런가,
似笑我,	마치 나를 비웃는 듯도 하구나
閉門愁寂.	문 걸고서 쓸쓸히 시름겨워한다고.
亂花過,	꽃잎 마구 흩날려
隔院芸香,	뜰 너머 향 풍기며
滿地狼籍.	땅 가득 나뒹군다.
長記那回時,	그 시절 기억 오래 생생한지고,
邂逅相逢,	반갑게 서로 만나
郊外駐油壁²,	교외 나가 수레를 세웠더랬지.
又見漢宮傳燭,	또다시 궁궐에선 한식 불씨 전하리니

---

1 전사객(前社客): 춘사일을 앞두고 찾아온 손님. 제비는 보통 봄의 춘사일을 전후하여 찾아와서 여름을 나고 추사일 즈음에 날아간다.

2 주유벽(駐油壁): 기름칠해 벽을 꾸민 수레를 세워 두다. '유벽(油壁)'은 벽에 기름을 발라 튼튼하고 예쁘게 꾸민 외출용 수레. 이 구절은 수레를 타고 멀리 교외에 나가 놀던 한식의 풍습을 말한 것이다.

飛煙五侯宅.　　　다섯 제후 집에서 연기 피어나리라.

靑靑草,　　　　푸릇푸릇 풀 자라

迷路陌,　　　　길을 알 수 없는데

强載酒, 細尋前迹.　애써 술병 들고서 옛 터를 찾아가니

市橋遠, 柳下人家,　저잣거리 다리 멀리 버드나무 아랫집

猶自相識.　　　아직도 나는 금방 알아볼 수 있구나.

136. 야유궁(夜游宮)

주방언(周邦彦)

葉下斜陽照水,　　　　　낙엽 지는 아래로 석양빛에 물든 강물
卷輕浪, 沈沈千里.　　　　잔물결 일으키며 넘실넘실 천 리 간다.
橋上酸風射眸子.　　　　　다리 위 찬바람은 눈 찌를 듯 매서운데
立多時,　　　　　　　　　한참을 가만 서서
看黃昏,　　　　　　　　　노을 보고 있노라니
燈火市.　　　　　　　　　거리 등이 밝아 온다.

古屋寒窗底,　　　　　　　낡은 집 웃풍 드는 창문 아래서
聽幾片, 井桐飛墜.　　　　우물가에 오동잎 지는 소리 거듭 듣다
不戀單衾再三起.　　　　　홑이불 밀쳐내고 두 번 세 번 일어나니
有誰知,　　　　　　　　　누가 알랴
爲蕭娘[1],　　　　　　　　그녀가 쓴
書一紙.　　　　　　　　　편지 한 장 탓인 것을.

---

1 소낭(蕭娘): 사랑하는 여인을 뜻하는 당송대(唐宋代)의 표현 중 하나. 이 구절은 양거원(楊巨源)의 시 「소낭(蕭娘)」중 "풍류재자 봄 생각 많고도 또 많은데, 여인 편지 한 장에 애간장 끊어진다(風流才子多春思, 斷腸蕭娘一紙書)"와 일맥상통한다.

137. 청옥안(青玉案)

하주(賀鑄)

凌波不過橫塘路[1],　　　횡당로로 오지 않는 그녀 고운 발걸음

但目送, 芳塵去.　　　사뿐사뿐 멀어지니 눈길로만 배웅할 뿐.

錦瑟華年誰與度,　　　꽃다운 그 젊음을 뉘와 함께 보내려나,

月橋花院,　　　달빛 깃든 다리일까 꽃 활짝 핀 정원일까

瑣窗朱戶,　　　무늬 새긴 창가일까 붉은 대문 곁일까

只有春知處.　　　오로지 봄날만이 그녀 있는 곳 알리라.

飛雲冉冉蘅皐暮,　　　둥실둥실 구름 날고 풀언덕에 해 저물 제

彩筆新題斷腸句.　　　애끊는 새 시구를 붓으로 써 내린다.

試問閒情都幾許.　　　깊은 정이 얼마쯤 되느냐고 묻는다면

一川煙草,　　　천변 가득 돋아난 안개 속 풀섶,

滿城風絮,　　　온 성 가득 바람을 탄 버들개지,

梅子黃時雨[2].　　　매실 익는 무렵의 빗줄기라오.

---

1 횡당로(橫塘路): 소주(蘇州) 부근의 지명으로, 당시에 작가가 지내던 곳이다. 고소반문(姑蘇盤門) 밖 10여 리에 하주의 별장이 있었다.

2 매자황시우(梅子黃時雨): 매실이 노랗게 될 무렵의 비. 매실은 음력 5월경에 노랗게 익는데 이때 장마비가 쏟아지곤 한다. 이 구절은 여인을 몹시 그리워하는 화자의 마음을 거센 장맛비에 비유하여 나타낸 것이다.

138. 경루자(更漏子)

하주(賀鑄)

上東門[1],	상동문
門外柳,	문 밖 버들
贈別每煩纖手.	헤어지는 임께 주려 고운 손은 분주했네.
一葉落,	온통 낙엽 떨어지는
幾番秋,	몇 번 가을 보내고서
江南獨倚樓.	강남 어느 누각에 쓸쓸히 기대 있네.
曲闌干,	굽이진 난간 곁에
凝佇久,	우두커니 섰노라니
薄暮更堪搔首[2].	엷은 어둠 깃들수록 괴로움 깊어가네.
無際恨,	더없이 슬퍼지며
見聞愁,	고요히 맺힌 시름
侵尋天盡頭.	하늘 저 먼 곳까지 퍼져 나가네.

---

1 상동문(上東門): 낙양(洛陽)에 있는 큰 문. 『하남군도경(河南郡圖經)』에 "동쪽에 세 개의 문이 있으니, 가장 북쪽에 있는 것을 상동문이라 한다(東有三門, 最北頭曰上東門)"라는 기록이 있다. 옛날에는 떠나가는 길손을 큰 문이나 포구까지 따라가 전송하는 경우가 많았다.

2 소수(搔首): 머리를 긁적이다. 근심이 있거나 괴로울 때 무심코 하는 행동이다.

139. 감황은(感皇恩)

하주(賀鑄)

蘭芷滿汀洲,　　　　향초가 가득 자란 물가 모래톱
游絲橫路.　　　　　아지랑이 한가득 피어난 길에
羅襪塵生步[1],　　　비단버선 발자국 새기며 오니,
迎顧,　　　　　　　반가이 맞이하여 바라보는데
整鬟顰黛,　　　　　올린 머리 매만지고 눈썹 살짝 찡그릴 뿐
脈脈兩情難語.　　　깊은 정을 품었어도 말로 차마 못하다가
細風吹柳絮,　　　　산들바람 불어 와 버들개지 나부낄 제
人南渡.　　　　　　강 건너 남쪽으로 떠난 사람아.

回首舊游,　　　　　고개 돌려 바라본 옛 놀던 곳엔
山無重數.　　　　　산 무수히 겹 지어 솟아 있나니
花底深朱戶[2].　　　우거진 꽃덤불 속 붉은문 그 집
何處.　　　　　　　어디쯤에 있을런가.
半黃梅子,　　　　　매실은 절반쯤 노랗게 익어가고
向晚一簾疏雨.　　　저녁 무렵 주렴 가득 성긴 비 오는구나.
斷魂分付與,　　　　부서진 혼 내어 주리,
春將去.　　　　　　봄아 데려가려무나.

---

1 나말진생보(羅襪塵生步): 비단 버선으로 잔 먼지를 일으키며 걷다. 아름다운 여인이 사뿐히 걸
　어왔다는 것을 말한 것이다.
2 화저심주호(花底深朱戶): 꽃이 만발한 곳에 있는 붉은 대문 집. 여기서는 여인과의 만남이 있었
　던 그리운 장소를 말한다.

140. 박행(薄倖)

하주(賀鑄)

淡妝多態,　　　　　　　엷은 화장 어여쁜 이
更的的**1**, 頻回眄睞.　　고운 눈빛 띠고서 물끄러미 바라보다
便認得, 琴心**2**先許,　　거문고에 실어 보낸 내 진심을 알고는
欲縮合歡雙帶.　　　　사랑 징표 쌍매듭을 함께 짓길 원했다네.
記畫堂, 風月逢迎,　　　바람과 달 어우러진 화려한 대청에서
輕嚬淺笑嬌無奈.　　　살포시 찡그렸다 살짝 웃던 애교라니.
向睡鴨鑪邊,　　　　　잠든 오리 모양 향로 피워두고서
翔鴛屛裏,　　　　　　나는 원앙 그림 병풍 펼쳐두고서
羞把香羅暗解.　　　　수줍게 비단옷을 가만가만 풀었다네.

自過了, 燒燈**3**後,　　　대보름밤 연등을 태운 후로는
都不見, 踏青挑菜**4**.　　풀 밟고 나물 캐는 그녀 볼 수 없었다네.
幾回憑雙燕,　　　　　짝 지은 제비에게 몇 번이고 부탁해
丁寧深意,　　　　　　깊은 내 맘 정성껏 전해달라 하였건만
往來卻恨重簾礙,　　　오고가다 되려 그만 겹주렴에 막혔으니

---

1 적적(的的): 아름답고 또렷한 모양.
2 금심(琴心): 거문고 연주로 내보인 진심. 한(漢)의 사마상여(司馬相如)가 뛰어난 거문고 솜씨로
탁문군(卓文君)의 마음을 사로잡은 고사를 이용한 것이다.
3 소등(燒燈): 등을 태우다. 정월 대보름에 연등놀이를 한 뒤 며칠 후에 연등을 모두 태워 버리
는 풍습이 있다.
4 답청도채(踏青挑菜): 푸르게 돋아난 풀을 밟고 나물을 캐다. 즉, 봄놀이를 즐기다. 답청절(踏青
節)은 음력 3월 3일, 도채절(挑菜節)은 음력 2월 2일이다.

約何時再,　　　　　　언제 다시 만날 것을 기약하리오,

正春濃酒困,　　　　　한참 봄빛 짙어지고 술기운은 노곤한데

人間晝永無聊賴.　　　우리 생의 긴긴 낮 무료할 뿐이어라.

厭厭**5**睡起,　　　　　뒤척이다 잠 깨보니

猶有花梢日在.　　　　여전히 꽃가지엔 햇빛 남아 있구나.

---

5 염염(厭厭): 병을 앓는 모양. 기운이 없는 모양.

141. 완계사(浣溪沙)

하주(賀鑄)

不信芳春厭老人,
老人幾度送餘春,
惜春行樂莫辭頻.

巧笑艷歌皆我意,
惱花顚酒¹抃君瞋²,
物情惟有醉中眞.

봄이 설마 늙은이를 미워하진 않으리라
늙은이가 남은 봄을 몇 번이나 보내겠나,
봄놀이가 잦다고 사양하지 말지어다.

예쁜 웃음 고운 노래 다 내 맘에 꼭 드니
꽃도 보고 술도 하리, 그대가 성을 내도.
모든 것은 취중에만 진실됨이 있을진저.

---

1 뇌화전주(惱花顚酒): 꽃을 보다가 번뇌에 빠지고 만취할 정도로 술을 많이 마시다. 즉 괴로움이
따르더라도 한껏 꽃을 구경하고 술을 마시다.
2 변군진(抃君瞋): 그대가 성내는 것도 무릅쓰고. 그대가 화를 내도 아랑곳 않고.

142. 완계사(浣溪沙)

하주(賀鑄)

樓角初消一縷霞,
淡黃楊柳暗棲鴉,
玉人和月摘梅花.

笑撚粉香歸洞戶[1],
更垂簾幕護窗紗,
東風寒似夜來些.

누각 너머 한 오라기 노을이 갓 지더니
노란 버들 사이 슬쩍 까마귀가 깃들고
고운 이는 달빛 아래 매화꽃을 꺾더라.

미소 띠며 매화 들고 집 안으로 들어가
휘장을 늘어뜨려 비단 창을 가리나니
봄바람이 밤중처럼 차가운 탓이어라.

---

1 동호(洞戶): 건물 안 깊숙한 곳.

143. 석주만(石州慢)

하주(賀鑄)

薄雨收寒,	가는 비 내리더니 추위 가시고
斜照弄晴,	노을 물들 무렵엔 하늘도 개어
春意空闊.	온 세상에 봄 정취 가득하여라.
長亭柳色纔黃,	객사 버드나무에 갓 노란빛 감도는데
倚馬¹何人先折.	말 기댄 어떤 이가 먼저 꺾어들런가.
煙橫水漫,	안개 널리 내려앉은 질펀한 물결 위에
映帶幾點歸鴻,	몇 마리 돌아가는 기러기가 비치고
平沙消盡龍荒²雪.	모래밭 위 쌓였던 변새 눈 다 녹았구나.
猶記出關來,	아직 기억하나니 관문 나선 건
恰如今時節.	분명히 꼭 이 무렵 즈음이었네.
將發,	출발 앞둔
畫樓芳酒,	누각의 술자리에서
紅淚清歌,	눈물 젖은 노래를 부른 그녀와
便成輕別.	결국은 쉬이 이별 하고 말았네.
回首經年,	돌아보면 긴 세월 흐르는 동안
杳杳音塵都絕.	아득히 소식 모두 끊기었나니

---

1 의마(倚馬): 말에 기대다. 즉, 말 주변에 있다. 이 구절은 새로 잎이 난 버들가지가 누군가를 전별
하는 사람들에 의해 언젠가는 꺾일 것이라고 말하고 있다.
2 용황(龍荒): 용사(龍沙)의 황량한 땅. 용사는 서북 변새의 지명으로, 여기서는 화자가 있는 멀
고 외진 지방을 가리킨다.

欲知方寸3,　　　　　　혹시 알고 싶은가, 내 마음 속에

共有幾許新愁.　　　　　얼마나 새 시름이 맺혀 있는지.

芭蕉不展丁香結4.　　　　돌돌 말린 파초요, 정향 망울이라네.

憔悴一天涯,　　　　　　초라한 모습으로 같은 하늘 양 끝에서

兩厭厭風月.　　　　　　두 사람 시름겹게 바람과 달 마주하네.

---

3 방촌(方寸): 속마음. 사람의 마음은 가슴 속의 사방 한 치 되는 곳에 깃들어 있다는 데서 나온 표현이다.

4 파초부전정향결(芭蕉不展丁香結): 펴지지 않은 파초 잎과 꽉 닫혀 맺힌 정향 봉우리. 즉, 마음 속에 수심이 가득 맺혀 풀리지 않는 것을 식물에 비유한 것이다.

144. 접련화(蝶戀花)

하주(賀鑄)

幾許傷春春復暮,　　　아무리 봄 아쉬워도 봄은 또 저무나니
楊柳淸陰,　　　　　　 말갛게 드리워진 버들 그늘이
偏礙游絲度.　　　　　 아지랑이 고운 올을 막아선다네.
天際小山桃葉[1]步,　　먼 하늘 끝 동산에 도엽아씨 거니는데
白蘋花[2]滿湔裙處.　　빨래하는 물가에 흰 마름꽃 가득하네.

竟日微吟長短句,　　　온종일 장단구를 나직히 읊조리다
簾影燈昏,　　　　　　 발 그림자 드리운 곳 어두운 등불 아래
心寄胡琴語.　　　　　 호금 가락 소리에 마음 실어 보내네.
數點雨聲風約住,　　　몇 방울 빗소리가 바람결에 그치더니
朦朧淡月雲來去.　　　은은한 달빛 아래 구름조각 오고 가네.

---

1 도엽(桃葉): 진(晉) 왕헌지(王獻之)가 사랑한 여인. 여기서는 아름다운 여인의 대명사로 쓰였다.
2 백빈화(白蘋花): 흰 마름꽃. 물 위에 떠서 개화하므로, 멀리 있는 연인에게 꽃이 흘러가기를 바라며 그리움과 애정을 기탁하는 소재로 많이 쓰였다.

145. 천문요(天門謠)

하주(賀鑄)

채석산의 아미정에 올라
登采石**1**蛾眉亭

牛渚天門**2**險,　　　　우저기와 천문산이 험준하게 놓인 곳

限南北, 七雄豪占**3**.　　남북 막는 요충지라 칠웅국이 다투었네.

清霧斂,　　　　　　　 맑게 안개 걷힐 무렵

與閒人登覽.　　　　　느긋한 이 함께 올라 둘러보았네.

待月上潮平波灩灩,　　강 위로 달이 뜨니 잔물결이 반짝이고

塞管輕吹新阿濫**4**.　　새 「아람퇴」 피리소리 경쾌하게 울려오네.

風滿檻,　　　　　　　 난간 가득 바람 불 제

歷歷數, 西州**5**更點**6**.　서주의 시보 소리 또렷하게 세었다네.

---

1 채석(采石): 안휘성(安徽省)에 있는 산. 『여지기승(輿地紀勝)』에 이러한 기록이 전한다. "채석산의 북쪽에는 장강에 임하여 큰 자갈밭이 있는데, 채석기라고도 하고 우저라고도 한다. 채석산 위에는 아미정이 있다(采石山北臨江有磯, 曰采石, 曰牛渚, 上有蛾眉亭)."

2 우저천문(牛渚天門): 우저기(牛渚磯)와 천문산(天門山). 모두 채석산 부근의 험준한 지형이다. '기(磯)'는 자갈밭을 말한다.

3 칠웅호점(七雄豪占): 일곱 나라가 호기롭게 점령하다. 즉, 일곱 왕조가 요충지인 채석산을 차지하려 다투다. 칠웅은 육조시대의 오(吳), 동진(東晉), 송(宋), 제(齊), 양(梁), 진(陳) 및 오대남당(五代南唐)이다.

4 신아람(新阿濫): 새로 변주한 「아람퇴(阿濫堆)」 곡조. 「아람퇴」는 당(唐) 현종(玄宗)이 여산(驪山)의 아람퇴라는 새가 호소하듯 우는 소리를 듣고 그것을 본떠 만든 곡조이다.

5 서주(西州): 금릉서주(金陵西州). 오늘날 남경시(南京市) 남부의 강녕구(江寧區) 부근으로, 채석산으로부터 약 85리 떨어져 있다. 거리상 실제로 종소리가 들리기는 불가능하므로, 이 구절은 작가가 상상하여 쓴 것으로 보인다.

6 경점(更點): 종루나 고루 등에서 시간을 알리기 위해 울리는 시보.

146. 천향(天香)

하주(賀鑄)

煙絡橫林,	넓은 숲에 안개가 자욱이 끼고
山沈遠照,	깊은 산 멀리까지 노을 들 무렵
迤邐黃昏鍾鼓.	황혼녘 종소리가 오래도록 이어진다.
燭映簾櫳,	촛불 밝힌 규방의 창문 휘장 너머로
蛩催機杼,	베 짜라고 재촉하는 귀뚜라미 울음 탓에
共苦淸秋風露.	바람 이슬 들어찬 가을 다들 괴롭구나.
不眠思婦,	그리움에 잠 못 드는 여인네들은
齊應和, 幾聲砧杵.	한 데 맞춰 다듬이질 소리를 내고,
驚動天涯倦宦,	외진 임지 고단한 벼슬아치 놀랄 만치
駸駸歲華行暮.	성큼성큼 빠르게도 좋은 시절 저문다.
當年酒狂自負,	한창이던 시절에는 주량 세다 뽐내었고
謂東君[1], 以春相付.	봄 신령이 내게 봄날 내맡겼다 자랑했지.
流浪征驂北道,	북녘 땅 천 리 길을 말에 올라 헤매고
客檣南浦,	남녘 땅 먼 포구를 배 타고 떠돌면서
幽恨無人晤語.	깊은 한을 털어놓을 사람 하나 없구나.
賴明月, 曾知舊游處,	마침 달은 우리 옛날 놀던 곳을 알 것이니
好伴雲來,	구름을 벗 삼아서 이리 왔다가
還將夢去.	꿈 한 자락 가지고 가주시게나.

---

1 동군(東君): 봄을 관장하는 신령. 이 구절은 젊은 시절에 호기롭게 봄날을 보냈던 일을 쓴 것이다.

147. 망상인(望湘人)

하주(賀鑄)

춘사
春思

厭鶯聲到枕,	베게 맡에 울려오는 꾀꼬리 소리 싫고
花氣動簾,	주렴에 진동하는 꽃향기도 싫어서
醉魂愁夢相半.	취한 혼이 반이요 시름 찬 꿈 반이어니.
被惜餘薰,	향 아직 배어있는 이불이 안타깝고
帶驚剩眼[1],	눈구멍 남아도는 허리띠에 놀라는데
幾許傷春春晚.	아무리 봄 아쉬운들 봄은 저물어간다.
淚竹痕[2]鮮,	눈물 젖은 대나무 얼룩무늬 또렷하고
佩蘭香老,	패옥 삼아 찬 난초 향 점차 다해 가는
湘天濃暖.	상강가의 날씨는 참으로 따뜻한데.
記小江, 風月佳時,	작은 강에 바람과 달 어우러진 좋은 때
屢約非煙[3]遊伴.	그녀와 함께 놀자 거듭 약속 맺었건만.

---

1 대경잉안(帶驚剩眼): 허리띠의 눈구멍이 남아돌아 놀라다. 즉, 근심으로 인해 깜짝 놀랄 정도로 허리둘레가 줄고 여위었음을 말한 것이다.

2 누죽(淚竹): 눈물자국으로 얼룩진 대나무. 순(舜)임금이 죽자 그의 두 비(妃)가 크게 슬퍼하며 흘린 눈물이 상강(湘江) 가의 대나무에 떨어져 반점이 생겼다는 전설이 있다.

3 비연(非煙): 당 전기소설 「보비연전(步非煙傳)」의 여주인공 이름. 여기서는 아름다운 여인을 칭하는 표현으로 쓰였다.

須信鸞絃⁴易斷,

奈雲和⁵再鼓,

曲中人遠.

認羅襪無蹤,

舊處弄波清淺.

青翰棹舸,

白蘋洲畔,

儘日臨皋飛觀.

不解寄, 一字相思,

幸有歸來雙燕.

난현도 잘 끊긴단 걸 믿어야만 하리라,

어이하나 운화 현을 다시금 울려 본들

노래하는 사이에 임은 더욱 멀어진다.

비단 버선 발자국은 자취 찾을 길 없고

옛날 놀던 곳에는 잔물결만 맑게 인다.

파랑새 본뜬 배를 대어 둔 곳은

흰 마름꽃 가득 핀 물녘이로고,

종일토록 연못가 누대에서 지내면서

'그립다'란 한 글자 부칠 방법 몰랐는데

다행히 쌍제비가 돌아와 주는구나.

---

4 난현(鸞絃): 난새뿔 성분의 아교를 바른 거문고 현. 이렇게 만든 난현은 잘 끊어지지 않는다고
하여, 남녀간의 변함없는 사랑을 상징하는 물체로 쓰였다.

5 운화(雲和): 머리 부분을 구름 모양으로 장식한 거문고 류의 현악기.

148. 녹두압(綠頭鴨)

하주(賀鑄)

玉人家,　　　　　　　고운 그녀 있던 곳은

醸樓珠箔臨津.　　　　나루터의 주렴 친 단청 누각이었더라.

托微風, 彩簫流怨,　　미풍 타고 실려 온 구슬픈 피리 소리

斷腸馬上曾聞.　　　　말 위에서 듣노라니 애간장이 다 끊겼
　　　　　　　　　　는데

燕堂開, 豔妝叢裏,　　잔치 자리 열리고 미인 무리 속에서

調琴思, 認歌響.　　　온 맘 담아 금 타는 그녀 알아보았나니.

麝蠟煙濃,　　　　　　사향초의 연기는 짙어져 갔고

玉蓮漏短,　　　　　　물시계는 빨리도 흘러갔더라.

更衣不待酒初醺.　　　술기운 돌기 전에 옷을 갈아입고는

繡屏掩, 枕鴛相就,　　자수병풍 둘러치고 원앙금침에 드니

香氣漸曛曛.　　　　　아찔한 향 갈수록 피어났더라.

回廊影, 疏鐘淡月,　　성긴 종성 엷은 달빛 회랑으로 들 무렵

幾許消魂.　　　　　　몇 번이고 넋 잃을 슬픔 사무쳤더라.

翠釵分[1], 銀箋封淚,　비취 비녀 분지르고 눈물로 편지 봉한

舞鞋從此生塵.　　　　그 후로는 춤꽃신에 먼지만 쌓이네요.

住蘭舟, 載將離恨,　　배 한가득 이별의 슬픔 싣고서

---

1 취차분(翠釵分): 푸른 비취 비녀를 부러뜨리다. 남녀 간에 이별할 때 비녀를 부러뜨려 정표 삼
아 한 부분씩 나누어 가졌다.

轉南浦, 背西曛.	남쪽 포구 돌면서 석양 등졌죠.
記取明年,	기억해요, 내년에
薔薇謝後,	장미꽃 지고 나면
佳期應未誤行雲.	운우지정의 약조 저버리지 마셔요.
鳳城²遠, 楚梅香嫩,	봉성은 멀다지만 강남 매화 향 고우니
先寄一枝春.	가지 하나만큼의 봄을 먼저 부쳐줘요.
青門³外,	청문 너머
祇憑芳草,	풀섶에서
尋訪郎君.	낭군님을 찾겠어요.

---

2 봉성(鳳城): 수도. 옛 장안(長安)에 단봉궐(丹鳳闕)이 있었으므로 장안을 '봉성(鳳城)'이라 하였다. 여기서는 북송의 수도 변경(汴京)을 가리킨다.

3 청문(青門): 옛 장안(長安)의 동남문(東南門). 여기서는 변경(汴京)의 여러 문 중 하나를 가리킨다.

149. 석주만(石州慢)

장원간(張元幹)

寒水依痕,	찬 물 얼었던 흔적 여전하여도
春意漸回,	봄기운이 조금씩 돌아오면서
沙際煙闊.	백사장엔 안개가 가득 피었다.
溪梅晴照生香,	개울가의 매화는 햇빛 받아 향을 내며
冷蕊¹數枝爭發.	서늘한 꽃송이를 다투어 피워낸다.
天涯舊恨,	세상 끝 떠돌면서 한 맺힌 지 오래이니
試看幾許消魂,	슬픔으로 넋 잃은 적 몇 번이나 되었던가.
長亭門外山重疊,	객사의 문 밖에는 산이 겹겹인지라
不盡眼中青,	눈앞의 푸르름은 끝이 없구나
是愁來時節.	바야흐로 시름의 계절이로다.
情切,	그리는 정 사무쳐
畫樓深閉,	단청 고운 누각을 굳게 닫고서
想見東風,	아마도 부드러운 봄바람 속에
暗消肌雪.	눈 같은 그 살결은 여위어 가리.
孤負²枕前雲雨,	내려두리, 베게 맡 운우지정도
尊前花月.	꽃과 달과 어울려 술 마시기도.
心期切處,	마음속의 바람이 간절할수록

---

1 냉예(冷蕊): 차가운 꽃술. 즉, 추위 속에 피는 매화를 말한다.

2 고부(孤負): 저버리다. 모처럼의 좋은 일을 즐기지 않고 버려두다. '고부(辜負)'와 같은 말이다.

更有多少淒涼,　　　　얼마나 쓸쓸함 또 사무칠런가.

殷勤留與歸時說.　　　고이 간직했다가 돌아가 말하리라,

到得再相逢,　　　　　다시 만날 수 있게 될 그날까지

恰經年離別.　　　　　오랜 이별의 세월 걸릴 테지만.

150. 난릉왕(蘭陵王)

장원간(張元幹)

卷珠箔,　　　　　　　주렴을 걷어 보니

朝雨輕陰乍閣.　　　　아침 비도 실구름도 모두 갓 개었다네.

闌干外,　　　　　　　난간 두른 너머로

煙柳弄晴,　　　　　　안개 서린 버들은 햇빛 아래 일렁이고

芳草侵階映紅藥.　　　섬돌에 난 향풀은 붉은 작약 빛 돋우네.

東風妒花惡,　　　　　봄바람은 꽃더러 밉다며 시샘하고

吹落梢頭嫩萼.　　　　가지 끝 꽃받침을 후우 불어 떨구네.

屛山掩, 沈水倦熏,　　병풍을 둘러친 곳 침향은 나른하고

中酒心情怯杯勺.　　　술기 오른 심회는 술잔이 두렵다네.

尋思舊京洛[1],　　　　변경에서 지냈던 옛 시절을 떠올리매

正年少疏狂,　　　　　한참 젊던 때인지라 거리낄 것 없었고

歌笑迷著.　　　　　　노래와 웃음 속에 맘껏 빠져 있었다네.

障泥油壁催梳掠,　　　말과 수레 갖춰 두고 몸단장을 재촉하여

曾馳道同載,　　　　　대로 위를 다 함께 내닫기도 하였고

上林[2]攜手,　　　　　상림원을 손잡고 거닐기도 하였다네.

燈夜初過早共約.　　　대보름에 만나자고 이른 약속 해뒀건만

又爭信飄泊.　　　　　멀리 떠돌게 될 줄 또 어찌 알았으리.

---

1 경락(京洛): 후한대의 수도 낙양(洛陽)의 별칭. 여기서는 북송대의 수도 변경(汴京)을 가리킨다.

2 상림(上林): 한대(漢代) 황제의 원림인 상림원(上林園). 여기서는 변경(汴京) 내 원림 명소를 가리킨다.

寂寞,	쓸쓸해지는지고,
念行樂.	즐거이 노닌 옛 일 생각해 보면.
甚粉淡衣襟,	이젠 옷깃 분향도 사그라들고
音斷絃索,	거문고 음악 소리 끊어졌나니
瓊枝璧月³春如昨.	아름답던 봄날은 어제 일이 되었구나.
悵別後華表⁴,	슬프구나, 헤어지고 화표주 위로
那回雙鶴.	다시금 되돌아온 한 쌍 학이여.
相思除是,	그리움은 오로지
向醉裏, 暫忘卻.	술 취할 때만 잠시 잊을 수 있으리라.

---

3 경지벽월(瓊枝璧月): 경옥으로 만들어진 나뭇가지와 벽옥으로 이루어진 달. 아름답고 화려한 풍경. 즉, 앞 단(段)에서 묘사했던 변경에서의 호화롭고 즐거웠던 생활을 말한다.

4 표주(華表): 화표주(華表柱). 52「천추세인(千秋歲引)」의 '화표어(華表語)' 주 참조.

151. 하신랑(賀新郎)

섭몽득(葉夢得)

睡起流鶯語.　　　　　꾀꼬리 지저귐에 잠 깨어 보니
掩蒼苔, 房櫳向晚,　　뒤덮인 이끼 위에 해 저무는 격자창에
亂紅無數.　　　　　　흩날린 붉은 꽃잎 수를 셀 수 없어라.
吹盡殘花無人見,　　　남은 꽃잎 다 지도록 봐주는 이 하나 없고
惟有垂楊自舞.　　　　오직 수양버들만 제 혼자 춤을 춘다.
漸暖靄, 初回輕暑.　　따스하던 봄기운이 첫 더위로 바뀌어
寶扇重尋明月影,　　　희고 둥근 달부채를 다시 찾아 들었나니
暗塵侵, 上有乘鸞女[1].　난새 탄 여인도에 먼지 짙게 덮였구나.
驚舊恨,　　　　　　　놀랍도다, 그 옛날에 맺혔던 한스러움
遽如許.　　　　　　　이렇게나 갑자기 되살아날 줄이야.

江南夢斷橫江渚.　　　강남 꿈 깨고 보니 길게 뻗은 강섬 따라
浪黏天, 葡萄漲綠,　　포도빛깔 푸른 물이 하늘까지 불어났고
半空煙雨.　　　　　　하늘엔 안개와 비 엇섞였구나.
無限樓前滄波意,　　　누각 앞에 끝없이 물결 이는데
誰采蘋花寄取.　　　　마름꽃 따 부칠 이 누구일런가.
但悵望, 蘭舟容與,　　한가로운 놀잇배를 그저 보고 있노라니
萬里雲帆何時到.　　　만 리 저편 돛단배는 언제 이리 올런가.

---

1 승란녀(乘鸞女): 난새에 올라탄 여인. 여기서는 그러한 미인도가 부채에 그려진 것을 말한다. 왕
　안석(王安石)의 시 「부채(題扇)」에 "옥도끼로 보배로운 달을 둥글게 깎아 만들었나니, 달 속에는
　분명 난새 탄 미녀가 있으렷다(玉斧修成寶月團, 月中應有女乘鸞)"라는 구절이 있다.

送孤鴻, 目斷千山阻.　　　외기러기 좇던 눈을 천 겹 산이 막는구나,
誰爲我,　　　　　　　　누가 나를 위해서
唱金縷².　　　　　　　　「금루곡」을 불러주리.

---

2 금루(金縷): 사패 「금루곡(金縷曲)」. 또는 훗날 당 헌종(憲宗) 대에 두비(杜妃)에 오른 두추낭(杜
秋娘)의 시 「금루의(金縷衣)」. "그대여 비단옷을 아끼지 마옵소서, 젊은 날이야말로 아끼옵소
서. 꽃은 꺾을 만할 때 꺾어야 하리니, 꽃 진 빈 가지를 꺾지 마소서(勸君莫惜金縷衣, 勸君須惜
少年時, 有花堪折直須折, 莫待無花空折枝)"라는 가사로, 젊은 시절을 헛되지 보내지 말라는 내
용이다.

152. 우미인(虞美人)

섭몽득(葉夢得)

비 온 후 간예, 재경과 함께 능금꽃 아래에서 술자리를 갖고서 이 사를 짓다.
雨後同幹譽, 才卿置酒來禽花[1]下作.

落花已作風前舞,　　　낙화는 바람 타고 춤 한바탕 추더니
又送黃昏雨.　　　　　황혼녘 내린 비를 배웅해 주네.
曉來庭院半殘紅,　　　태반이 붉은 잎에 뒤덮인 새벽 정원
惟有游絲,　　　　　　살랑이는 실버들만
千丈嫋晴空.　　　　　갠 하늘에 어여쁘게 긴 가지를 드리웠네.

殷勤花下同攜手,　　　꽃 활짝 핀 아래서 다정스레 손잡고
更盡杯中酒.　　　　　술잔에 담긴 술을 또 비우노라.
美人不用斂蛾眉,　　　고운이여 눈썹을 찡그리지 마시게,
我亦多情,　　　　　　나 또한 정이 많은 사람이어니
無奈酒闌時.　　　　　술자리 마칠 무렵 어이 하리오.

---

1 내금화(來禽花): 능금꽃. '임금화(林檎花)'라고도 한다.

153. 점강순(點絳脣)

왕조(汪藻)

新月娟娟,　　　　　곱디고운 초승달빛 두루두루 비친다네

夜寒江靜山銜斗.　　찬 밤공기, 고요한 강, 북두성을 품은 산에.

起來搔首,　　　　　일어나 머리 괴며 근심 젖어 있노라니

梅影橫窻瘦[1].　　　창에 누운 매화의 그림자도 줄었다네.

好箇霜天,　　　　　서리 내린 날씨는 좋기만 한데

閒卻傳杯手[2].　　　손으로 술잔 옮길 마음 없다네.

君知否,　　　　　　그대는 아실는지,

亂鴉啼後,　　　　　까마귀 어지러이 울고 난 후면

歸興濃如酒.　　　　귀향 소망 술만큼 짙어지는 걸.

---

1 매영횡창수(梅影橫窻瘦): 창에 가로로 드리워진 매화 그림자가 성기어지다. 즉, 매화가 점차 지는 것을 말한다.

2 한각전배수(閒卻傳杯手): 술잔 옮기는 손을 한가로이 두다. 즉, 술 마실 마음이 없다.

154. 희천앵(喜遷鶯)

유일지(劉一止)

새벽에 길을 나서다.
曉行

曉光催角,	새벽빛이 뿔나팔 채근할 무렵
聽宿鳥未驚,	숲 속 새가 미처 잠 못 깬 사이에
鄰雞先覺.	이웃 닭이 먼저 깨 울어 젖힌다.
迤邐煙村,	넘실넘실 안개가 자욱한 마을
馬嘶人起,	말은 울고 사람은 길을 나설 제
殘月尙穿林薄.	새벽달은 숲 속을 은은하게 비춘다.
淚痕帶霜微凝,	눈물은 된서리와 한데 섞여 엉겨 붙고
酒力衝寒猶弱.	술기운은 추위를 막기에는 약하구나.
歎倦客,	어이하나 고달픈 나그네 신세
悄不禁重染,	다시 더럽혀짐을 못 면하리라,
風塵京洛.	서울에는 풍진이 가득할 테니.
追念人別後,	임과 헤어지고서 그 훗일을 생각하면
心事萬重,	마음속엔 만 가지 심사가 복잡한데
難覓孤鴻託.	소식 전할 외기러기 하나 찾기 어렵구나.
翠幌嬌深,	아름답고 아늑한 비취휘장 두르고
曲屛香暖,	향기롭고 따스한 병풍 쳐둔 곳에선

爭念歲寒飄泊.   추위 속에 떠도는 내 사정을 어찌 알리.

怨月恨花煩惱,   달과 꽃을 원망하게 되는 괴로움

不是不曾經著.   예전도 겪은 적 없지 않나니.

者[1]情味,   이 기분

望一成消減,   사라지길 바랬었거늘,

新來還惡.   새로이 찾아오니 또 괴롭구나.

---

1 저(者): 이. 이러한. '저(這)'와 같다.

155. 연산정(燕山亭)

휘종(徽宗) 조길(趙佶)

북으로 가다가 살구꽃을 보고

北行[1]見杏花

裁翦冰綃,	매끈한 비단천을 곱게 오려서
輕疊數重,	사뿐히 여러 겹을 붙여 두고는
淡著燕脂勻注.	연지를 두루 엷게 펴발랐구나.
新樣靚妝,	새로운 화장법에
艷溢香融,	향내도 넘쳐나니
羞殺蕊珠[2]宮女.	하늘나라 선녀도 부끄러워하리라.
易得凋零,	시들기 쉬울텐데
更多少, 無情風雨.	비바람이 무정히 닥치면 또 어이하나.
愁苦,	괴로운 마음으로
問院落淒涼,	빈 뜨락에 묻는다
幾番春暮.	저무는 봄을 너는 몇 번이나 겪었느냐.
憑寄離恨重重,	이별 슬픔 가득히 써 부치고 싶지만

1 북행(北行): 북쪽으로 행차하다. 이 작품은 송 휘종이 금(金)의 포로가 되어 북행하던 중에 살구꽃을 보고 그 아름다움을 묘사하는 한편, 떠나온 고국에 대한 그리움과 안타까움을 노래한 것이다.

2 예주(蕊珠): 도가의 천계 궁궐. 『십주기(十洲記)』에 "옥신대도군은 예주패궐을 다스리신다(玉晨大道君治蕊珠貝闕)"라는 구절이 있다.

者雙燕何曾,　　　　　어찌 이곳 쌍제비

會人言語.　　　　　　사람 말을 알리오.

天遙地遠,　　　　　　천상과 지상처럼 멀리 떨어져

萬水千山,　　　　　　수많은 강과 산이 가로막아선

知他故宮何處.　　　　고국 궁궐 있는 곳은 어디쯤이 될런가.

怎不思量,　　　　　　그리움 어찌 아니 품을 수가 있으랴

除夢裏, 有時曾去.　　꿈속에서 말고는 언제 또 가볼 텐가.

無據,　　　　　　　　다른 수는 없거늘

和夢也, 新來不做.　　그 꿈조차 요즘엔 꾸어지지 않는구나.

156. 고양대(高陽臺)

한류(韓疁)

섣달 그믐
除夜

頻聽銀籤,　　　　　　물시계 은제 바늘 소리에 귀 기울이다

重燃絳蠟,　　　　　　다시금 붉은 초의 불꽃을 밝혀 두고

年華袞袞[1]驚心.　　　성큼성큼 흘러버린 세월에 놀라노라.

餞舊迎新,　　　　　　묵은해를 보내고 새해를 맞으려면

能消幾刻光陰.　　　　얼마쯤의 시간이 더 흘러야 할런가.

老來可慣通宵飲.　　　늙은 터라 밤새도록 술 마실 수 있으려나,

待不眠, 還怕寒侵.　　잠 안 들길 바란다만 추위 또한 두렵구나.

掩清尊.　　　　　　　술잔은 엎으련다

多謝梅花,　　　　　　매화야 고맙구나

伴我微吟.　　　　　　나직이 시구 읊는 나의 벗이 되어주니.

鄰娃已試春妝了,　　　이웃집 아가씨는 봄단장을 마치고서

更蜂腰簇翠[2],　　　　벌허리 장식물을 머리에 잔뜩 꽂고

---

1 곤곤(袞袞): 급하게 지나가는 모양.

2 봉요촉취(蜂腰簇翠): 벌 닮은 장신구를 검푸른 머리에 촘촘히 꽂다. '봉요(蜂腰)'는 벌의 몸통 모양처럼 허리가 잘록하게 들어간 머리용 장신구. '취(翠)'는 젊은 여인의 검푸르고 윤기 도는 머리카락.

燕股橫金.
勾引東風,
也知芳思難禁.
朱顏[3]那有年年好,
逞豔游, 贏取如今.
恣登臨, 殘雪樓臺,
遲日園林.

제비 다리 모양 낸 금비녀도 틀었구나.
봄바람을 한가득 끌어들이니
향기로운 봄 흥취 못 막으리라.
젊고 고운 그 얼굴 어찌 매년 좋겠는가
어여쁘게 맘껏 놀며 지금을 즐기시라.
잔설 남은 누대 올라 한껏 내다 보게나
해 길어진 뜰 안을 거닐어도 보게나.

---

157. 한궁춘(漢宮春)

이병(李邴)

瀟灑[1]江梅,　　　　　맑은 기상 피워 낸 강가 매화여
向竹梢疏處,　　　　　대나무숲 한 편의 성긴 곳 향해
橫兩三枝.　　　　　　두세 줄기 가지를 내벋었구나.
東君也不愛惜,　　　　봄신령은 매화를 아낄 맘이 없는 듯,
雪壓霜欺.　　　　　　눈으로 짓누르고 서리로 괴롭힌다.
無情燕子,　　　　　　무정한 제비들은
怕春寒, 輕失花期.　　봄추위 무섭다며 곧잘 개화 때 놓치고
卻是有, 年年塞雁,　　도리어 해마다 변새의 기러기가
歸來曾見開時.　　　　돌아와선 꽃 필 때를 지켜봐 주는구나.

淸淺小溪如練,　　　　맑고 옅은 시냇물이 꼭 흰 비단 같구나,
問玉堂[2]何似,　　　　그 어찌 보옥으로 한껏 꾸민 대저택이
茅舍疏籬.　　　　　　얼기설기 초가집의 울타리만 하겠는가.
傷心故人去後,　　　　친한 벗 떠난 뒤로 상심에 젖곤 하니
冷落新詩.　　　　　　새로 지은 시편도 버려진 채 쓸쓸하다.
微雲淡月,　　　　　　구름 엷게 서렸고 달빛 맑은데
對江天,　　　　　　　강과 하늘 마주해 섰을 뿐이니

---

1 소쇄(瀟灑): 씻어낸 듯 맑고 시원하다. 여기서는 매화의 그러한 정취를 말한다.
2 옥당(玉堂): 부귀한 자의 화려한 저택. 고악부시 「상봉행(相逢行)」에 "황금으로 그대의 문을 만들었고, 백옥으로 그대의 대청을 지었도다(黃金爲君門, 白玉爲君堂)"라고 하였다. 이 사구의 '옥당(玉堂)'과 아래 구의 '모사(茅舍, 초가집)'는 대를 이루며, 이 부분은 으리으리한 대저택보다는 초가집의 울타리 곁에 핀 매화가 더 좋다는 것을 말하고 있다.

243

分付他誰[3].   저 매화를 누구와 함께 할런가.

空自憶,   부질없이 나 홀로 그리워하리

淸香未減,   찾아들지 아니하는 맑은 향기를.

風流不在人知.   이 풍류는 사람들 알던 것이 아닐진저.

---

[3] 분부타수(分付他誰): 누구에게 그것을 나누어 줄 것인가. 즉, 매화의 정취를 나누며 함께 감상
할 이가 없다는 뜻이다.

158. 임강선(臨江仙)

진여의(陳與義)

高詠楚辭酬午日[1],　　　높게 초사 읊조리며 단오절을 지내노라
天涯節序忽忽.　　　　　천하 외진 곳에도 절기는 잘 돌아온다.
榴花不似舞裙紅,　　　　석류꽃은 무희 붉은 치맛단만 못한데
無人知此意,　　　　　　이런 나의 마음을 알아주는 이는 없고
歌罷滿簾風.　　　　　　노래 마치고 나니 주렴 가득 바람 분다.

萬事一身傷老矣,　　　　세상만사 거쳐 오며 이 몸 늙어 서러운데
戎葵凝笑牆東.　　　　　담장 동쪽 해바라기 방긋 잘도 웃는다.
酒杯深淺去年同,　　　　잔에 담긴 술 높이가 작년과 똑같구나,
試澆橋下水,　　　　　　다리 아래 강물에 잔술 부어 보노라
今夕到湘中[2].　　　　　오늘 밤엔 상수로 가 닿을 수 있기를.

---

1 오일(午日): 단오절. 음력 5월 5일은 굴원(屈原)의 기일이므로, 그를 기리기 위해 굴원의 초사를 읊조린다고 한 것이다.
2 상중(湘中): 상수(湘水). 굴원이 투신했던 멱라강(汨羅江)과 이어져 있다. 이 구절은 강물에 술을 부어 굴원을 추모한다는 뜻을 담고 있다.

159. 임강선(臨江仙)

진여의(陳與義)

밤중에 작은 누각에 올라 낙양에서 놀던 옛 일을 그리워하다.
夜登小閣憶洛中舊遊

憶昔午橋[1]橋上飲,　　오교에서 술 마셨던 옛 일이 그립구나,
坐中多是豪英.　　좌중에는 영웅호걸 숱하게 있었다오.
長溝流月去無聲,　　물결과 달빛은 소리 없이 흘렀고
杏花疏影裡,　　듬성한 살구꽃 그림자 아래에서
吹笛到天明.　　환히 동 틀 무렵까지 피리를 불었다오.

二十餘年如一夢,　　이십여 년 세월이 한바탕 꿈같은데
此身雖在堪驚.　　이 몸 아직 살아있어 놀라운 뿐이로고.
閒登小閣看新晴,　　천천히 누각 올라 달빛 맑은 풍경 보니
古今多少事,　　고금의 수많았던 일들이 스치는데
漁唱起三更.　　한밤중 고기잡이 뱃노래가 울리누나.

---

1 오교(午橋): 낙양에 있던 명물 다리.

160. 소무만(蘇武慢)

채신(蔡伸)

雁落平沙,	기러기 내려앉은 넓은 모래밭
煙籠寒水,	짙은 안개 뒤덮인 차가운 강물
古壘鳴笳聲斷.	피리소리 끊어진 낡은 성 보루.
靑山隱隱,	아득히 먼 푸른 산
敗葉蕭蕭,	우수수 지는 낙엽
天際暝鴉零亂.	저 하늘 끝자락의 어지러운 까마귀.
樓上黃昏,	누각에도 어느덧 황혼이 깃드나니
片帆千里歸程,	돛단배는 아직도 갈 길이 천 리인데
年華將晩.	때는 이미 거의 다 저물고 말았구나.
望碧雲空暮,	구름 서린 창공에 어둠이 내리는데
佳人何處,	고운 임 계신 곳은 어디쯤이 될런지
夢魂俱遠.	꿈 속 찾아 가려 해도 너무 먼 곳일런가.
憶舊遊,	옛 노닐던 추억 속
邃館朱扉,	그윽한 풍취 품은 붉은 대문집
小園香徑,	자그마한 정원의 꽃향 밴 길에
尙想桃花人面.	복사꽃을 꼭 닮은 그 얼굴이 떠오른다.
書盈錦軸[1],	비단 편지지 가득 글을 채워도

---

1 금축(錦軸): 비단 두루마리. 즉, 정성을 담은 편지지를 말한다.

恨滿金徽[2],　　　　거문고 금현 한껏 한을 담아도

難寫寸心幽怨.　　　마음 속 깊게 맺힌 원망 못 다 풀어내리.

兩地離愁,　　　　　서로 다른 곳에서 이별의 수심 품고

一尊芳酒,　　　　　술 한 잔을 들고서

淒涼,　　　　　　　슬픔에 젖어

危欄倚徧.　　　　　높은 누각 난간에 기대어 서 있나니.

儘遲留, 憑仗西風,　머뭇대며 서풍에 이 몸을 맡기는 건

吹乾淚眼.　　　　　바람에 눈물자국 말리려 함이라오.

---

161. 유초청(柳梢靑)

채신(蔡伸)

數聲鷉鴂,　　　두견새가 거듭 우니

可憐又是,　　　아쉽게도 또 왔구나

春歸時節.　　　봄 저무는 이 시절이.

滿院東風　　　뜰 가득한 봄바람에

海棠鋪繡[1],　　해당화의 융단이요

梨花飄雪.　　　배꽃잎의 눈발일세.

丁香露泣殘枝 ,　정향가지 끝 아롱진 이슬은 눈물일 터,

算未比,　　　　그러나 못 견주리

愁腸寸結.　　　깊게 맺힌 내 시름엔.

自是休文[2],　　나는 본시 심약처럼

多情多感,　　　다정다감해서라네

不干風月[3].　　풍경 탓이 아니라네.

---

1 포수(鋪繡): 바닥에 깔듯 수를 놓다. 즉, 해당화가 마치 바다에 자수 융단을 깔아 놓은 듯 가득 떨어졌다는 뜻이다.

2 휴문(休文): 남조(南朝) 양(梁)의 문인인 심약(沈約)의 자. 경릉팔우(竟陵八友)의 한 사람으로, 다정다감한 성격에 늘 시름이 많아 병약하였다.

3 불간풍월(不干風月): 바람과 달과는 상관이 없다. 즉, 자연 풍경 때문이 아니다.

162. 자고천(鷓鴣天)

주자지(周紫芝)

一點殘釭欲盡時,　　　　사그라든 등불이 꺼지려는 때

乍涼秋氣滿屛幃.　　　　마침 찬 가을 공기 방 안 채우고.

梧桐葉上三更雨,　　　　한밤중 오동잎에 떨어지는 비

葉葉聲聲是別離.　　　　잎마다 소리마다 이별이로다.

調寶瑟,　　　　　　　　거문고 연주하고

撥金猊[1].　　　　　　　금향로 향 피우던

那時同唱鷓鴣詞[2].　　　그 시절엔 「자고사」 곡조 함께 불렀는데.

如今風雨西樓夜,　　　　지금은 비바람이 몰아치는 서루의 밤

不聽淸歌也淚垂.　　　　슬픈 노래 안 들어도 절로 눈물 흐른다.

---

1 금예(金猊): 사자 모양의 고급 향로.

2 자고사(鷓鴣詞): 당대(唐代)의 교방곡(敎坊曲) 곡조명.

163. 답사행(踏莎行)

주자지(周紫芝)

情似游絲,　　　　　내 품은 정은 마치 버들가지 같은데

人如飛絮,　　　　　내 정 준 그 사람은 버들개지 같으니

淚珠閣定[1]空相覷.　눈물 애써 참으며 바라볼 수밖에요.

一溪煙柳萬絲垂,　　강 안개 속 버드나무 만 가닥 늘어져도

無因繫得蘭舟[2]住.　임 타신 배 가만히 잡아맬 길 없네요.

雁過斜陽,　　　　　기러기 지날 무렵 해는 기울고

草迷煙渚,　　　　　풀숲 덮는 물안개 피어오르니

如今已是愁無數.　　지금 벌써 슬픔을 헤아릴 수 없네요.

明朝且做莫思量,　　내일 아침 일이야 미리 생각 않는대도

如何過得今宵去.　　오늘 밤은 어떻게 보내면 좋을지요.

---

1 각정(閣定): 고정시키다. 여기서는 눈물을 참거나 멈추게 한다는 뜻이다.

2 난주(蘭舟): 아름다운 배. 배의 미칭. 즉, 임이 탄 배를 말한다.

164. 제대춘(帝臺春)

이갑(李甲)

芳草碧色,　　　　　　　푸른 빛 고운 풀은

萋萋徧南陌.　　　　　　남쪽 밭둑길 가득 무성히 자랐다오.

暖絮亂紅,　　　　　　　포근한 버들개지, 흩날리는 붉은 꽃

也似知人,　　　　　　　아마도 사람 마음 알고 있는 듯하오

春愁無力.　　　　　　　봄 시름에 잠겨서 기운 없는 마음을.

憶得盈盈[1]拾翠侶,　　그립구나 어여쁜 그녀와의 봄놀이

共攜賞, 鳳城[2]寒食.　봉성에서 한식날 손 잡고 놀았거늘.

到今來,　　　　　　　　이제는

海角逢春,　　　　　　　외진 세상 끝에서 봄맞이하며

天涯爲客.　　　　　　　머나먼 곳 떠도는 객이 되었소.

愁旋釋,　　　　　　　　시름 급히 달래도

還似織,　　　　　　　　다시 도로 맺히고,

淚暗拭,　　　　　　　　몰래 눈물 닦아도

又偸滴.　　　　　　　　또 어느새 흐른다.

漫倚徧危闌,　　　　　　높은 곳 난간 기대 하염없이 섰노라니

儘黃昏,　　　　　　　　노을 다 저물었고

也只是,　　　　　　　　이제 오직 남은 건

暮雲凝碧.　　　　　　　　짙푸르게 피어난 저녁 구름뿐이구나.

拼[3]則而今已拼了,　　　할 만한 것이라면 지금껏 다 했건만

忘則怎生便忘得.　　　　잊는단 건 대체 어찌 잊을 수 있는 게요.

又還問鱗鴻[4],　　　　　아무래도 물고기 기러기에게 물어

試重尋消息.　　　　　　다시금 임 소식을 찾아나서 보려오.

---

3 변(拼): 몸을 사리지 않고 필사적으로 하다. '변(拚)'과 같다.

4 인홍(鱗鴻): 물고기와 기러기. 옛날에 각각 물길과 하늘길을 다니며 사람들에게 서로의 소식을 전해 주었다는 고사가 전한다.

165. 억왕손(憶王孫)

이갑(李甲)

봄 노래
春詞

妻妻芳草憶王孫[1],　　무성해진 봄풀 탓에 임이 부쩍 그리워서
柳外樓高空斷魂.　　버들 밖 누대에서 부질없이 애태우죠.
杜宇[2]聲聲不忍聞.　　소쩍새 우는 소리 차마 듣지 못하는데
欲黃昏,　　노을 지려는 무렵
雨打梨花深閉門.　　굳게 잠긴 문가에 비가 배꽃 때리네요.

---

1 왕손(王孫): 왕손, 또는 귀한 신분의 사람. 이로부터 확대되어, 사랑하는 이를 높여 부른 말로 쓰였다. 회남소산(淮南小山)의 「초은사(招隱士)」에 "임께선 떠나더니 아니 돌아오시고, 봄풀만 푸릇푸릇 더욱 무성해지네(王孫遊兮不歸, 春草生兮妻妻)"라는 구절이 있다.

2 두우(杜宇): 소쩍새. 소쩍새가 '뿌루옥' 우는 소리는 중국문학작품에서 '불여귀(不如歸)'라고 표현되곤 하였는데, 이는 임이 '돌아오지 않는다'라는 의미를 연상시키므로 이 구절에서 그 소리를 차마 듣지 못한다고 한 것이다.

166. 삼대(三臺)

묵기영(万俟詠)

청명절에 어명을 받들어 짓다.

清明應制

見梨花初帶夜月,	배꽃은 지난밤의 달빛 살짝 띠었고
海棠半含朝雨.	해당화 절반쯤은 아침 빗물 머금었네.
內苑春, 不禁過靑門,	궁 안뜰의 봄기운이 성문 넘게 놔두니
御溝漲, 潛通南浦.	궐 도랑의 불어난 물 남포까지 이어지네.
東風靜,	봄바람 잦아드니
細柳垂金縷,	버들은 가느다란 금실가지 드리웠고
望鳳闕, 非煙非霧[1].	궁궐 널리 살펴봐도 연무의 낌새 없네.
好時代, 朝野多歡,	시절 좋아 조정 안팎 모두 기쁨 넘쳐나고
遍九陌, 太平簫鼓.	온 거리에 태평성세 음악소리 가득하네.
乍鶯兒百囀斷續,	꾀꼬리의 온갖 노래 끊어졌다 이어지고
燕子飛來飛去.	제비는 분주하게 날아왔다 날아가네.
近綠水, 臺榭映鞦韆,	푸른 물가 정자에 그네가 늘어섰고
鬪草聚, 雙雙游女.	단짝 이룬 여인들 풀씨름 놀이 하네.
餳香更, 酒冷踏靑路,	맛난 음식 시원한 술 챙겨 떠난 봄놀이길

---

1 비연비무(非煙非霧): 뿌연 연기나 안개가 끼어 있지 않다. 즉, 화창한 날씨를 말하는 동시에, 궁궐에 액운이 없다는 것을 상징하기도 한다.

會暗識, 夭桃朱戶².　　　붉은 문 집 복사꽃도 슬쩍 볼 수 있으리라.

向晚驟, 寶馬雕鞍,　　　저녁 무렵 치장한 준마 타고 내달리면

醉襟惹, 亂花飛絮.　　　취한 이 깃엔 꽃잎 버들개지 붙겠구나.

正輕寒輕暖漏永,　　　썩 춥거나 덥지 않은 기나긴 봄 밤

半陰半晴雲暮.　　　반쯤 맑고 반쯤 흐린 구름 낀 저녁.

禁火天, 已是試新妝,　　　불 금하는 한식날 이미 새 옷 차림이네

歲華到, 三分佳處.　　　한 해의 십분지삼 흐른 좋은 시절 왔네.

淸明看, 漢蠟傳宮炬³,　　　궁궐 불씨 전하기는 청명절에 보는 풍경

散翠煙, 飛入槐府⁴.　　　푸른 연기 퍼지더니 고관 집에 날아가네.

斂兵衛, 閭闔門開,　　　호위병을 물리고 궁궐 대문 열어 두며,

住傳宣, 又還休務.　　　조서 전달 멈추고 관청 업무 모두 쉬네.

---

2 요도주호(夭桃朱戶): 대문을 붉게 칠한 집의 복숭아나무에 핀 복사꽃. 즉, 여염집의 앳되고 예쁜 여인을 비유한 표현이다.

3 한랍전궁거(漢蠟傳宮炬): 한(漢) 왕실의 밀랍초로 궁궐의 불을 전파하다. 궁중에서 새로 지핀 불씨를 조정 대신들에게 나누어 주던 청명절의 풍습을 말한 것이다. 한굉(韓翃) 시 「한식(寒食)」의 구절 "해 질 무렵 한 궁실에서 밀랍초를 전파하니, 가벼운 연기가 다섯 제후 저택으로 흩어져 들어간다(日暮漢宮傳蠟燭, 輕煙散入五侯家)"를 참고할 만하다.

4 괴부(槐府): 고관대작의 집. 옛날에는 삼공(三公)의 관서나 저택 앞에 홰나무를 심었던 데서 유래한 표현이다.

167. 이랑신(二郎神)

서신(徐伸)

悶來彈鵲,	맘 답답해 탄궁 쏘아 쫓아버린 까치가
又攪碎, 一簾花影.	주렴 가득 드리워진 꽃그림자 또 흔들고.
漫試著春衫,	괜스레 봄 적삼을 걸쳐보고 있노라니
還思纖手,	그 곱던 손마디가 또다시 그리운데
薰徹金猊爐冷.	향불 다한 향로는 싸늘히 식었구려.
動是愁端如何向,	곧잘 시름 깊어지니 어찌해야 할런지
但怪得, 新來多病,	그저 요즘 병치레 잦아진 탓 할 수밖에.
嗟舊日沈腰[1],	저번엔 허리 부쩍 약해지더니
如今潘鬢[2],	지금은 머리 희게 변하였다오,
怎堪臨鏡.	어찌 차마 거울을 마주하리오.
重省,	거듭해 생각건대
別時淚濕,	헤어질 때 흘렸던 눈물에 젖어
羅衣猶凝.	그녀 비단옷자락 얼룩졌으리.
料爲我厭厭,	아마도 나 그리워 시름시름 앓으리라,
日高慵起,	해가 높이 솟도록 일어나려 하지 않고
長託春酲未醒.	봄 술기운 덜 깨었다 늘상 둘러대리라.

---

1 심요(沈腰): 심약(沈約)의 허리. 즉, 여위어 줄어든 허리. 심약의 「서면에게 주는 편지(與徐勉書)」에 "늙고 병들어 백 몇십일간 허리띠의 눈구멍을 줄곧 옮겨 여미어야만 했다(老病百日數旬, 革帶常應移孔)"라는 구절이 있다.

2 반빈(潘鬢): 반악(潘岳)의 귀밑머리. 즉, 희어진 머리. 반악의 「추흥부서(秋興賦序)」에 "나는 서른두 살에 머리가 세기 시작하였다(余春秋三十有二, 始見二毛)"라는 구절이 있다.

257

雁足³不來,	소식 한 번 오지 않고
馬蹄難駐⁴,	말굽 멎지 않으니
門掩一庭芳景.	봄빛이 가득한 뜰 문 굳게 닫혔으리.
空竚立,	우두커니 섰거나
盡日闌干倚徧,	종일 난간 기댔거나
晝長人靜.	긴 낮 내내 그녀는 말이 없으리.

---

3 안족(雁足): 편지를 매단 기러기 다리. 즉, 멀리서 보내오는 소식을 말한다.

4 마제난주(馬蹄難駐): 말굽은 좀처럼 멈추기 어렵다. 즉, 1인칭 화자가 타고 떠난 말이 여인으로
부터 점점 더 멀어지고 있다는 것으로, 여인이 느끼는 쓸쓸함이 더욱 깊어짐을 말하고 있다.

168. 강신자만(江神子慢)

전위(田爲)

玉臺挂秋月,	옥누대에 가을 달 걸려 있구나.
鉛素淺, 梅花傳香雪[1].	흰 피부에 매화꽃잎 엷게 그린 화장 곱고
冰姿潔,	빙설 같은 자태는 맑디맑으며
金蓮襪, 小小凌波羅襪.	금 연꽃잎 덧대 걷는 비단버선 사뿐하다.
雨初歇,	빗줄기 막 그친 무렵
樓外孤鴻聲漸遠,	누각 밖 외기러기 소리 점점 멀어지고
遠山外, 行人音信絶.	먼 산 너머 떠난 이는 소식이 끊겼나니.
此恨對語猶難,	이 한은 마주보며 말로 한들 다 못 풀 터
那堪更寄書說.	어떻게 편지글로 써낼 수가 있으리오.
教人紅消翠減,	아리땁던 얼굴은 시들어가고
覺衣寬金縷,	금실로 지은 옷은 헐렁해지니
都爲輕別.	모두 쉽게 이별한 탓이로구나.
太情切,	그 정한이 절절하여
消魂處,	넋 잃을 듯 슬프니
畫角黃昏時節.	나팔 우는 황혼녘 맞이할 무렵
聲嗚咽.	구슬피 흐느끼는 소리 퍼진다.
落盡庭花春去也,	마당 가득 꽃 지고 봄은 이미 떠났는데

---

1 매화부향설(梅花傳香雪): 향기롭고 눈처럼 흰 피부에 매화를 덧붙이다. 즉, 이마에 매화를 그려 넣는 화장법인 매화장(梅花粧)을 하다.

銀蟾2逈,　　　　　　밝은 달은 멀리서

無情圓又缺.　　　　무정히 차올랐다 다시 기운다.

恨伊不似餘香,　　　남은 향만 못한 그이 야속하여라,

惹鴛鴦結3.　　　　　원앙결에 배어 있는 향만도 못하구나.

---

2 은섬(銀蟾): 은빛의 밝은 달. 달에 두꺼비(蟾)가 산다는 전설이 있어 이러한 표현이 나왔다.

3 원앙결(鴛鴦結): 남녀 간의 깊은 애정을 기원하며 짠 장식용 매듭.

169. 맥산계(驀山溪)

조조(曹組)

매화
梅

洗妝眞態,　　　　화장기를 씻어 낸 참모습이여

不作鉛華御.　　　분가루로 꾸민 태 하나 없구나.

竹外一枝斜,　　　대나무숲 밖으로 벋은 그 가지

想佳人, 天寒日暮.　추운 날 해질녘의 미인인가 하노라.

黃昏院落,　　　　황혼 저문 뜰 안에

無處著淸香,　　　향기 둘 곳 없는데

風細細,　　　　　산들산들 바람 불고

雪垂垂,　　　　　사락사락 눈 내리는

何況江頭路.　　　강가 길엔 하물며 또 어떠하리.

月邊疏影,　　　　달빛 젖은 매화의 성긴 그림자

夢到消魂處.　　　꿈속에서 보아도 넋 잃겠구나.

結子欲黃時,　　　매실 알이 노랗게 익을 때쯤엔

又須作, 廉纖細雨.　맑고 가는 빗방울 내릴지어다.

孤芳一世,　　　　고결한 향긋함을 일세에 떨치나니

供斷有情愁,　　　정 품은 이 참으로 시름겹게 하는구나.

消瘦損,　　　　　몸 상해 여위고 만

東陽1也,　　　　　심약이 있었단 걸

試問花知否.　　　매화야 너는 아니.

---

1 동양(東陽): 심약(沈約). 동양태수(東陽太守)를 지낸 적이 있어 심동양(沈東陽)이라 칭해진다. 근심이 많고 병약하여 몸이 크게 여위었다는 고사가 전한다. 167. 「이랑신(二郎神)」의 '심요(沈腰)' 주 참조. 여기서는 작자 자신을 비유한 표현으로 볼 수도 있다.

170. 하신랑(賀新郎)

이옥(李玉)

篆縷消金鼎,	금향로에 실연기 스러질 무렵
醉沉沉,	깊디깊은 취기에 젖어 있는데
庭陰轉午,	한낮을 이미 훌쩍 넘긴 뜰 그늘
畫堂人靜.	대청은 인적 없이 고요하구나.
芳草王孫知何處,	봄풀과 임은 모두 어디 있는가
惟有楊花糝徑.	버들개지만 길에 흩어져 있다.
漸玉枕, 騰騰春醒,	베갯머리 흐릿한 봄꿈에서 깨어보니
簾外殘紅春已透,	주렴 밖 꽃 지는구나, 봄은 이미 다 갔구나.
鎭無聯, 孄酒厭厭病.	맥없이 술병 나서 시름시름 앓을 뿐,
雲鬒亂,	구름머리 늘어져도
未忺整.	손볼 마음 안 내킨다.
江南舊事休重省,	강남의 옛 일일랑 다신 생각 말지어다
遍天涯, 尋消問息,	하늘 끝 두루 돌며 임의 소식 찾고파도
斷鴻難倩[1].	외기러기에게는 부탁하기 어려우리.
月滿西樓憑闌久,	달 든 서루 난간에 한참 기대섰는데
依舊歸期未定.	임 돌아올 날 여전히 기약할 수 없어라.
又只恐,	오로지 두려운 건

---

1 천(倩): 부탁하다. '청(請)'과 같다.

瓶沉金井[2],　　　　　　　우물 아래 빠진 빈 병 신세 되는 것이어늘,

嘶騎不來銀燭暗,　　　　　임 탄 말은 오지 않고 은촛대는 꺼졌구나,

枉敎人, 立盡梧桐影.　　　헛되이 오동그림자 다하도록 섰을 뿐

誰伴我,　　　　　　　　　누가 나를 짝하여

對鸞鏡.　　　　　　　　　난새 거울 봐줄런가.

---

2 병침금정(瓶沉金井): 병이 우물에 가라앉다. 임에게 버림받은 신세를 말한다. 악부시 「장돌뱅이
(估客行)」에 "소식 있으면 여러 번 편지를 보낼 것이요, 소식 없으면 마음 참 괴로운지고. 우물에
떨어진 병 신세로 만들지 마오, 떠나고서 소식 끊지 마오(有信數寄書, 無信心相憶, 莫作瓶落井,
一去無消息)"라는 구절이 있다.

171. 촉영요홍(燭影搖紅)

요세미(廖世美)

안륙의 부운루를 읊다.
題安陸1浮雲樓

靄靄春空,　　　　　흰 구름 뭉게뭉게 피어난 봄 하늘에
畫樓森聳凌雲渚.　　구름 위로 단청누각 우뚝 솟아 있구나.
紫薇2登覽最關情,　올라서서 자미성을 바라보다 마음 일어
絶妙誇能賦.　　　　절묘한 어구 지어 솜씨를 뽐냈나니.
惆悵相思遲暮,　　　슬픔과 그리움 속 저녁 해가 저무는데
記當日, 朱闌共語.　그날 난간 기대어 나눴던 말 떠오른다.
塞鴻難問,　　　　　변새의 기러기는 소식 묻기 어려울 터,
岸柳何窮,　　　　　강가 버드나무는 언제쯤 다할런가
別愁紛絮.　　　　　이별의 시름이 꼭 버들개지 같구나.

催促年光,　　　　　　순식간에 세월은 흘러갔나니
舊來流水知何處,　　옛 흐르던 강물이 간 곳 알 수 있으랴.

---

1 안륙(安陸): 오늘날 호북성(湖北省) 안륙현(安陸縣).

2 자미(紫薇): 별이름. 북두성의 동북 쪽에 놓인 자미성(紫薇星). 또는 당대(唐代)의 시인 두목(杜牧). 두목은 일명 자미성(紫薇省)인 중서성(中書省)에서 벼슬을 지냈다 하여 두자미(杜紫薇)라고 칭해진다. 두목 또한 부운루에 오른 적이 있으며, 그 때 지은 시 「안주 부운사를 읊어 호주의 장낭 중에게 보낸다(題安州浮雲寺寄湖州張郞中)」가 전한다. '紫薇'를 두목으로 볼 경우, 이 사구의 의미는 "이곳 오른 두목은 깊은 감회 젖어서"이다.

斷腸何必更殘陽,
極目傷平楚[3].
晚霽波聲帶雨,
悄無人, 舟橫野渡.
數峰江上,
芳草天涯,
參差煙樹.

애끊는 때 어찌 꼭 석양마저 지는가,
눈 닿는 저 끝까지 초나라 터 둘러본다.
저녁 비 갠 물살에는 빗소리 실려 있고
인적 없는 나루터엔 쪽배만 놓였구나.
강물 위로 배죽배죽 봉우리가 솟은 곳
저 먼 하늘 끝까지 풀섶은 이어지고
크고 작은 나무는 안개에 젖었도다.

---

3 평초(平楚): 옛 초나라 터에 해당하는 평원.

172. 박행(薄倖)

여빈로(呂濱老)

青樓春晚,　　　　　　　청루에 깃든 봄은 저물어가고

畫寂寂, 梳勻又懶.　　　　낮 내내 쓸쓸하여 몸단장도 귀찮은데

乍聽得, 鴉啼鶯哢,　　　까마귀와 꾀꼬리의 울음소리 문득 들려

惹起新愁無限.　　　　　새 시름을 끝없이 자아내고 있구나.

記年時, 偸擲春心,　　　그 시절에 남몰래 임께 연정 품었나니

花前隔霧遙相見.　　　　안개 긴 꽃밭 너머 먼발치서 바라봤네.

便角枕¹題詩,　　　　　　이내 베개맡에서 시를 짓다가

寶釵貰酒,　　　　　　　금비녀를 잡히고 술을 사와선

共醉青苔深院.　　　　　이끼 긴 안뜰에서 함께 취했네.

怎忘得, 迴廊下,　　　　　내 어찌 잊으리오, 회랑 아래 거닐며

携手處, 花明月滿.　　　손잡던 때 그 곱던 꽃이며 보름달을.

如今但暮雨,　　　　　　지금은 그저 비가 내리는 저녁

蜂愁蝶恨,　　　　　　　벌, 나비도 시름과 한에 젖어선

小窗閒對芭蕉展.　　　창가 너머 펼쳐진 파초잎을 마주하네.

卻誰拘管².　　　　　　　대체 누가 이 한을 달래줄런가.

盡無言, 閒品秦箏,　　　하고픈 말 다 삼키고 쟁이나 타려 해도

---

1 각침(角枕): 뿔을 깎아 장식한 화려한 베개.

2 구관(拘管): 억누르다. 제압하다. 즉, 넓은 파초잎 아래에서 비를 맞는 벌과 나비에 빗댄 화자의
　시름과 한을 달래다.

涙滿參差雁[3].
腰肢漸小,
心與楊花共遠.

높낮은 기러기발 온통 눈물 투성이요,
내 허리는 갈수록 더 여위어만 가는데
그대 맘은 버들개지 따라 점점 멀어지네.

---

3 참치안(參差雁): 높이가 고르지 않은 기러기발.

173. 투벽소(透碧霄)

사치(査荎)

橫蘭舟,	뭍에 대둔 쪽배야
十分端是載離愁.	분명히 이별 시름 가득 실었으렷다.
練波送遠,	흰 물결이 저 멀리 널 보낼지니
屏山遮斷,	첩첩 산이 앞길을 막는다 해도
此去難留.	이렇게 떠나는 널 못 붙잡을 터.
相從爭奈,	나도 그 길 따라서 가면 어떨까
心期久要¹,	마음 속 오랜 약조 품고 있건만
屢變霜秋.	계절 거듭 바뀌어 가을이구나.
歎人生,	아아 우리 생이여
杳似萍浮.	막막함이 부평초 꼭 닮았구나.
又翻成輕別,	또다시 손 뒤집듯 쉬 이별하니
都將深恨,	깊이 맺힌 이 한을 모두 모아서
付與東流.	동쪽 흐르는 물에 실어 보내리.
想斜陽影裏,	기억하네, 노을이 쏟아져 내려
寒煙明處,	추운 안개 서려도 눈부셨던 곳
雙槳去悠悠.	쌍노 쪽배 느릿느릿 흘러갔었네.
愛渚梅, 幽香動.	물가에 핀 매화의 그윽한 향 좋아서

---

1 구요(久要): 오래된 약속. 오래 전에 맺은 약조. 이 사의 내용상, 그리운 이와 맺은 재회의 약속을 말한다.

須采掇, 倩纖柔².   가는 손가락으로 꽃을 따곤 했었네.

艷歌粲發,   또렷이 울려 퍼진 노랫가락은

誰傳餘韻,   누구의 울림 깊은 소리이기에

來說仙游.   선계 노니는 멋을 전하였던가.

念故人, 留此遐州.   그립구나 그 사람 먼 곳에 계시는데

但春風老後,   그저 봄날 바람 다 사그라들고

秋月圓時,   가을 달이 둥글게 들어찬 무렵

獨倚江樓.   나 홀로 강가 누각 기대 있노라.

---

2 천섬유(倩纖柔): 어여쁜 섬섬옥수를 부드럽게 놀리다. 즉, 여인이 꽃을 따는 장면을 묘사한 것이다.

174. 남포(南浦)

공이(孔夷)

風悲畫角,　　　　　　바람결 속 구슬픈 뿔피리 우는 소리

聽單于[1], 三弄[2]落譙門.　「선우곡」 곡조 세 번 성루에 퍼지더라.

投宿駸駸征騎,　　　　다급히 말 달리다 숙소에 들었을 제

飛雪滿孤邨.　　　　　외딴 마을 가득히 눈발이 날리더라.

酒市漸闌燈火,　　　　주막 밝힌 등불은 깜박깜박 사위고

正敲窓, 亂葉舞紛紛.　창 두드린 낙엽은 춤을 추듯 지더라.

送數聲驚雁,　　　　　기러기는 놀라서 우는 소리 내더니

乍離煙水,　　　　　　안개 낀 물가에서 갑자기 날아올라

嘹唳[3]度寒雲.　　　　차디찬 구름 위를 깍깍 울며 넘더라.

好在半朧淡月,　　　　희뿌연 달빛이야 좋긴 하다만

到如今,　　　　　　　지금에 이르도록

無處不消魂.　　　　　넋 잃을 듯 괴롭지 않은 적 없네.

故國梅花歸夢,　　　　매화 핀 고향으로 꿈에나마 돌아가면

愁損綠羅裙.　　　　　푸른 비단 치마 그녀 시름겨워 여위었네.

爲問暗香閑艶,　　　　물을지니, 그윽한 향 아름다운 매화는

也想思,　　　　　　　그리움에 사무쳐

萬點付啼痕.　　　　　만 방울 눈물 떨군 자국일런가.

---

1 선우(單于): 당(唐)의 곡조 이름. 「소선우(小單于)」. 군영(軍營)에서 뿔피리로 곧잘 연주되었다.

2 삼롱(三弄): 세 차례. '롱(弄)'은 곡조를 세는 단위.

3 요려(嘹唳): 새가 맑게 우는 소리.

算翠屏應是,　　　아마도 비취 병풍 두른 곳에서

兩眉餘恨倚黃昏.　해질녘 미간 가득 여한 깊어가리라.

175. 만강홍(滿江紅)

악비(岳飛)

怒髮衝冠,　　　　　　노기 품은 머리칼은 관을 한껏 찌르고

憑欄處, 瀟瀟雨歇.　　난간에 기대서매 거세던 비 그치었다.

抬望眼, 仰天長嘯,　　눈을 들어 하늘 보며 긴 휘파람 불자니

壯懷激烈.　　　　　　굳건히 다진 마음 세차게 요동친다.

三十功名塵與土,　　　삼십여 년 공명이야 흙먼지일 뿐이요

八千里路雲和月.　　　팔천 리 전장 길에 구름과 달 벗했노라.

莫等閒**1**,　　　　　　한가로이 있을 수 없을지어다

白了少年頭,　　　　　젊던 머리 하얗게 바래고 나면

空悲切.　　　　　　　부질없는 슬픔이 저며 오리라.

靖康恥**2**,　　　　　　정강년의 국치를

猶未雪,　　　　　　　아직 설욕 못했나니

臣子恨,　　　　　　　이 신하의 통한은

何時滅.　　　　　　　언제쯤 그치리오.

駕長車**3**踏破,　　　　큰 수레를 몰고 가 깨부수리라

賀蘭山**4**缺.　　　　　하란산 낮은 곳에 쳐진 요새를.

---

1 등한(等閒): 만사를 등한히 하다. 의욕 없이 세월을 보내다.

2 정강치(靖康恥): 정강(靖康) 2년(1127)에 금이 송의 변경(卞京)을 함락시키고 휘종(徽宗)과 흠종(欽宗)을 포로로 잡아 북송했던 사건을 말한다. '정강'은 송 흠종의 연호이다.

3 장거(長車): 군대용 대형 수레. 강한 군사력을 상징한다.

4 하란산(賀蘭山): 오늘날 영하(寧夏) 부근의 산. 즉, 금의 영토를 말한다.

壯志饑餐胡虜肉,
笑談渴飲匈奴血.
待從頭, 收拾舊山河,
朝天闕.

큰 뜻 세워 오랑캐 살 배불리 먹고
담소하며 흉노의 피 달게 마시리.
옛 산하를 남김없이 되찾은 후에
천자의 궁궐 향해 큰절 올리리.

176. 촉영요홍(燭影搖紅)

장륜(張掄)

대보름에 감회가 일어

上元有懷

雙闕¹中天,　　　중천에 높이 솟은 궁궐의 쌍누각

鳳樓十二春寒淺.　궁 안 열두 누대도 봄추위가 가시었다.

去年元夜奉宸游,　지난 해 대보름 밤, 놀이 납신 임금 모셔

曾侍瑤池²宴.　　　궁 연못가 잔치에서 시중을 들었나니,

玉殿珠簾盡捲,　　주렴 활짝 걷어 올린 궁궐의 전각마다

擁群仙, 蓬壺閬苑³.　봉호에서 낭원에서 뭇 선녀들 모여들고

五雲深處,　　　　다섯 빛깔 구름이 가득한 심처

萬燭光中,　　　　만 자루 촛불 밝힌 불빛 속에서

揭天絲管.　　　　하늘 높이 풍악이 울리었더라.

馳隙⁴流年,　　　말 내닫듯 세월 흘러

---

1 쌍궐(雙闕): 천자의 궁궐 문 옆에 쌍으로 지어 올린 누각.

2 요지(瑤池): 하늘나라 선계의 연못으로, 서왕모(西王母)가 산다는 전설이 있다. 여기서는 천자의 궁궐 내 부속시설을 미화하여 표현한 것이다.

3 봉호낭원(蓬壺閬苑): 선계의 지명으로, 여기서는 천자의 궁궐을 말한다. 봉호는 봉호산 또는 일명 봉래산(蓬萊山)으로, 도가에서 말하는 삼신산(三神山) 중 하나이다. 낭원은 곤륜산(崑崙山) 속 신선의 거처이다. 이 구절은 궁궐 각처에서 궁녀들이 모여드는 장면을 미화하여 묘사한 것이다.

4 치극(馳隙): 말이 좁은 틈새 위를 내달려 넘다. 즉, 매우 빠르다. 여기서는 세월의 빠름을 비유한 말이다.

恍如一瞬星霜**5**換.　　　눈 깜짝할 사이 문득 한 해가 흘렀구나.

今宵誰念泣孤臣,　　　오늘 밤 홀로 우는 내게 누가 마음 쓰랴

回首長安**6**遠.　　　　고개 돌려 보자니 장안 멀리 아득한데,

可是塵緣未斷,　　　　허나 세상 인연을 여태 끊지 못하고

漫凋悵, 華胥夢**7**短.　　　즐거웠던 꿈 깨어 부질없이 슬프도다.

滿懷幽恨,　　　　　　가슴 속에 깊은 한 들어차는데

數點寒燈,　　　　　　추위 속에 불 밝힌 갓등불 너머

幾聲歸雁.　　　　　　돌아가던 기러기 몇 마디 운다.

5　성상(星霜): 1년. 별이 1년을 주기로 회전하고 서리도 가을마다 매년 내린다는 점에서, 한 해를
　　의미한다. 이 구절은 지난 날 변경에서 화려하게 대보름 행사를 치른 때로부터 1년이 지났음을
　　말하고 있다.

6　장안(長安): 번영했던 수도, 즉 북송대의 변경(汴京)을 가리킨다. 이 구절은 금의 침략을 당해
　　나라가 패퇴한 상황에서 북송의 수도였던 변경을 그리워하는 것이다.

7　화서몽(華胥夢): 화서국에서 놀았던 꿈. 즉, 즐거운 꿈. 『열자(列子)』에 황제가 "낮에 잠이 들었
　　는데 꿈에 화서국에서 즐겁게 놀았다(晝寢而夢遊於華胥之國)"라는 기록이 있다.

177. 수룡음(水龍吟)

정해(程垓)

夜來風雨恩恩,　　　　지난 밤 비바람이 거세었나니

故園定是花無幾.　　　정든 뜰엔 남은 꽃 얼마 없으리.

愁多怨極,　　　　　　시름 많고 원망도 사무치기에

等閒孤負,　　　　　　맥없이 그냥 흘려보내었구나,

一年芳意.　　　　　　일 년 중 꽃 만발한 좋은 시절을.

柳困桃慵,　　　　　　생기 없는 버들이며 쳐진 복사꽃이며

杏青梅小,　　　　　　빛깔 푸른 살구며 알 작은 매실이며

對人容易¹.　　　　　사람에게 참으로 소홀히도 대하누나.

算好春長在,　　　　　가만 보면 좋은 봄은 늘 있어 왔고

好花長見,　　　　　　좋은 꽃도 늘 볼 수 있는 것인데

原只是, 人憔悴.　　　본시 그저 사람만 초췌해질 뿐이어니.

回首池南²舊事,　　연못 남쪽 옛 일들을 돌이켜 보노라니

恨星星³, 不堪重記.　백발이 서글퍼져 다신 못 되새기리.

如今但有,　　　　　　지금 가진 건 그저

看花老眼,　　　　　　꽃송이 바라보는 늙은 두 눈과

---

1 용이(容易): 쉽게 대하다. 소홀하게 굴다. 즉, 떠나가는 봄을 아쉬워하는 사람들을 위해 딱히 마음을 써주지 않고 무정하게 버들, 복사꽃, 살구, 매실 등이 변해버린다는 것이다.

2 지남(池南): 연못의 남쪽. 옛 추억이 서린 곳. 소식(蘇軾)의 「왕안석의 서태일궁 벽에 쓴 시에 화운하여(和王安石題西太一宮壁)」에 "이제 검문 밖으로 돌아가 밭을 갈지니, 누가 나를 연못 남쪽으로 배웅하리오(從此歸耕劍外, 何人送我池南)"라는 구절이 있다.

3 성성(星星): 희끗희끗하게 센 머리카락.

傷時淸淚.　　　　　　　세월을 슬퍼하는 맑은 눈물뿐.

不怕逢花瘦,　　　　　　꽃 시드는 것쯤은 두려울 것 없으리,

只愁怕, 老來風味[4].　　늘그막의 신산함이 다만 정녕 두려울 뿐.

待繁紅亂處,　　　　　　알록달록 꽃들이 흐드러져 피거든

留雲借月,　　　　　　　구름을 곁에 두고 달도 빌려와

也須拚醉.　　　　　　　기필코 술에 흠뻑 취할지어다.

---
4 노래풍미(老來風味): 늙어가며 느끼는 감정. 인생 늘그막의 신산함.

178. 육주가두(六州歌頭)

장효상(張孝祥)

長淮¹望斷,	기나긴 회수줄기 아득한 끝 보아라
關塞莽然平.	변새의 무성한 숲 드넓기도 한지고.
征塵暗,	정벌대 흙먼지에 어둠이 들고
霜風勁,	서릿발 품은 바람 세게 불어도
悄邊聲².	변새는 고요할 뿐 소리가 없다.
黯銷凝,	짙은 슬픔 품고서
追想當年事³,	그 해 일을 되새기매,
殆天數,	아마도 하늘께서 정한 것이리
非人力,	사람 힘 써 될 일이 아니었으리.
洙泗上,	수수와 사수 물길 흘러가는 곳
絃歌地⁴,	거문고 노랫소리 울리던 곳도
亦羶腥.	고약한 누린내만 진동해댄다.
隔水氈鄉,	물줄기 건너 저편 털가죽의 고장에선
落日牛羊下⁵,	해 기우니 소양 떼가 산 아래로 내려오고

---

1 장회(長淮): 길게 벋은 회수(淮水). 소흥(紹興) 11년(1141)에 남송과 금이 맺은 화의에 따라 회수는 두 나라의 경계가 되었다.

2 초변성(悄邊聲): 변새가 조용하다. 즉, 두 나라의 경계인 변새임에도 불구하고 군사적 움직임이 없다는 뜻으로, 남송과 금의 화의 상태가 지속되고 있음을 말한 것이다.

3 당년사(當年事): 정강(靖康) 2년(1127)에 금이 송의 변경(汴京)을 함락시키고 휘종(徽宗)과 흠종(欽宗)을 포로로 잡아 북송했던 사건을 말한다.

4 현가지(絃歌地): 거문고와 노래가 울리던 곳. 문화적 수준이 높은 고장. 윗 구절의 "수수와 사수물길 흘러가는 곳(洙泗上)"과 더불어, 북송의 옛 영토를 가리킨다.

5 우양하(牛羊下): 소와 양의 무리가 산에서 내려오다. 즉, 북방족의 유목을 묘사한 것이다. 『시경·왕풍·군자우역(詩經·王風·君子于役)』에 "해가 지니 소와 양이 내려오네(日之夕矣, 牛羊下

區脫6縱橫.	오랑캐의 초소가 여기저기 서 있다.
看名王宵獵,	보아하니 그 왕초가 밤 사냥에 나섰구나
騎火一川明,	말 탄 자들 횃불로 강 일대가 다 환한데
笳鼓悲鳴,	피리소리 북소리가 구슬피 울어 젖혀
遣人驚.	사람을 문득 흠칫 놀라게 하는구나.
念腰間箭,	허리춤 화살에도
匣中劍,	칼집 속 장검에도
空埃蠹,	먼지와 좀 가득할 뿐
竟何成.	무슨 공적 이뤘던고.
時易失,	때 놓치기 십상인데
心徒壯,	마음만 비장하고,
歲將零,	올해 이내 저물텐데
渺神京7.	변경(汴京)은 아득하다.
干羽8方懷遠,	방패춤 깃털춤이 오랑캐를 회유하여
靜烽燧,	봉화가 잦아들고
且休兵.	병란이 그치었다.
冠蓋使,	관모 쓴 사신들은
紛馳騖9,	급히 말을 달리는데

來)"라는 구절이 있다.

6 구탈(區脫): 북방족이 방어기지 용도로 짓는 흙집.

7 신경(神京): 천자가 있는 수도. 여기서는 금의 침략을 받기 이전의 북송의 수도 변경(汴京). 이 부분은 북송의 영토를 수복하지 못한 채 한 해가 저물어 가는 데 대한 안타까움을 담고 있다.

8 간우(干羽): 나무 방패와 깃털 깃발. 즉, 그러한 소도구를 들고 추는 춤. 이는 무력보다는 문화로 이민족을 회유하고 교화하려는 송의 문치(文治) 정책을 말한다.

9 분치무(紛馳騖): 분주하게 말을 달리다. 송과 금이 화의를 맺어 각 사신들이 바쁘게 오가는 장면을 묘사한 것이다.

若爲情[10].　　　　　　　이 내 심정 어이할꼬.

聞道中原遺老,　　　　　듣자니 중원 땅에 남아있는 백성들은

常南望, 翠葆霓旌.　　　천자 군대 기다려 늘 남쪽을 본다더라.

使行人到此,　　　　　　사람들아 이곳에 와볼지어다

忠憤氣塡膺,　　　　　　충정과 의분 가득 가슴에 차고

有淚如傾.　　　　　　　쏟아지듯 눈물이 흐를 것이다.

---

10 약위정(若爲情): 심정을 어떻게 할 것인가. 즉, 울분에 찬 마음을 풀 수 없다. '약(若)'은 어찌. 장
효상은 금의 침공에 무력으로 맞서야 함을 주장했던 주전파(主戰派)로, 송의 유약한 화의책에
불만과 울분을 품어 이러한 표현을 한 것이다.

179. 염노교(念奴嬌)

장효상(張孝祥)

동정호를 지나며

過洞庭

洞庭青草[1],	동정호와 청초호
近中秋, 更無一點風色.	중추절을 앞두고 바람 한 점 없구나.
玉界瓊田三萬頃,	온통 옥을 두른 듯한 호수 수면 삼만 경
著我扁舟一葉.	나를 태운 조각배만 넘실넘실 떠 있나니.
素月分輝,	흰 달 밝게 빛나고
銀河共影,	은하수도 드리워져
表裏俱澄澈.	호수 안팎 두루 맑고 깨끗한지고.
怡然心會,	즐겁구나 이 마음
妙處難與君說.	절묘함을 그대에게 말로 하기 어렵도다.

應[2]念嶺海[3]經年,	그리하여 영남에서 보낸 세월 떠올리며
孤光自照,	홀로 밝게 빛나는 달빛 받고 있노라니

---

1 동정청초(洞庭青草): 동정호(洞庭湖)와 청초호(青草湖). 호남성(湖南省) 악양(岳陽)에 있으며, 청초호는 동정호 남쪽으로 물길이 통해 있다.

2 응(應): ~로 인하여. ~로 말미암아. 여기서는 상단(上段)에서 묘사한 호수의 풍경과 즐거움을 말한다.

3 영해(嶺海): 영남(嶺南) 지방. 남방오령(南方五嶺)의 남쪽으로, 오늘날의 광동(廣東)·광서(廣西)·해남(海南) 일대를 말한다. 장효상은 전에 광남서로경략안무사(廣南西路經略安撫使)를 지냈으므로 이러한 표현을 한 것이다.

肝膽皆冰雪.　　　　온 몸속이 얼음처럼 눈처럼 맑아진다.

短髮蕭騷襟袖冷,　　짧은 머리 나부끼고 옷에 냉기 스미어도

穩泛滄浪空闊.　　　드넓은 물결 따라 배 호젓이 탈지어다.

盡挹⁴西江,　　　　서강 물을 다 떠다 술을 빚어서

細斟北斗,　　　　북두칠성 국자로 살짝 따르니

萬象爲賓客.　　　만물이 다 귀하신 손님이로다.

扣舷獨嘯,　　　　뱃머리 치며 홀로 휘파람 부니

不知今夕何夕⁵　　오늘 어떤 밤이기에 이리 좋은가.

---

4 진읍(盡挹): (액체류를) 다 퍼내다. 아래 구에서 '북두칠성 국자로 술을 따른다'라고 하였으므로, 여기에서 서강 물을 다 퍼낸다 함은 곧 그 물을 이용해 술을 빚는 것을 호방하게 표현한 것이다.

5 부지금석하석(不知今夕何夕): 오늘 밤은 대체 어떤 밤이기에. 즉, 아름다운 밤, 좋은 일이 있는 밤 등에 감탄조로 쓰는 표현이다. 『시경(詩經)·당풍(唐風)·주무(綢繆)』에 "오늘 밤은 어떤 밤이기에 이 좋은 사람을 만났나(今夕何夕, 見此良人)", "오늘 밤은 어떤 밤이기에 이렇게 만났나(今夕何夕, 見此邂逅)", "오늘 밤은 어떤 밤이기에 이 아름다운 사람을 만났나(今夕何夕, 見此粲者)" 등의 구절이 있다.

180. 육주가두(六州歌頭)

한원길(韓元吉)

복사꽃
桃花

| 東風著意, | 봄바람이 뜻을 품고 |

東風著意,　　　　　봄바람이 뜻을 품고

先上小桃枝.　　　　복사꽃 핀 가지로 먼저 갔구나.

紅粉膩,　　　　　　홍조 어린 화장은 윤기가 돌고

嬌如醉,　　　　　　마치 술에 취한 듯 예쁜 자태로

倚朱扉.　　　　　　붉게 칠한 문 곁에 기대 있구나.

記年時,　　　　　　그 해 그 시절 기억 되새기나니

隱映新妝面,　　　　새로이 단장 마친 그 얼굴이 떠오르네.

臨水岸,　　　　　　물가 언덕 따라서

春將半,　　　　　　봄 한참 깊어가던

雲日暖,　　　　　　구름 낀 따뜻한 날,

斜橋轉,　　　　　　경사진 다리 돌아

夾城西.　　　　　　성 서쪽에 이르렀네.

草軟莎平,　　　　　부드러운 봄풀 가득 돋아난 초원 지나

跋馬垂楊渡,　　　　수양버들 나루터에 말을 달려 도착하니

玉勒爭嘶.　　　　　고삐 채운 말들이 울음소리 뽑내었네.

認蛾眉凝笑,　　　　미소 함빡 머금은 예쁜 자태 보았나니

臉薄拂燕脂.　　　　살포시 뺨에 바른 연지 빛깔 고왔네.

繡戶曾窺,	수놓은 창호 너머 엿보았다네
恨依依[1].	여한이 길디길게 이어졌다네.
共攜手處,	두 사람이 손 내어 맞잡았던 곳,
香如霧,	꽃향기가 안개인 양 짙게 퍼지고
紅隨步,	걸음마다 붉은 꽃잎 밟히곤 하니
怨春遲,	다해가는 봄날을 원망하다가
消瘦損,	갈수록 수척하게 여위었다네.
憑誰問,	누구에게 소식을 물어볼거나
只花知,	오로지 꽃송이만 알고 있겠지
淚空垂.	눈물이 부질없이 흘러내리네.
舊日堂前燕,	지난 날 대청 앞을 날던 제비들
和煙雨,	안개비와 어우러져
又雙飛.	또 짝지어 날곤 하네.
人自老,	사람이야 자연히 늙어가는 법,
春長好,	봄날은 길이길이 좋을 테지만
夢佳期.	아름답던 시절은 꿈이었구나.
前度劉郎[2],	그 시절의 유랑은
幾許風流地,	풍류 즐긴 이곳을 몇 번이나 찾았던고,
花也應悲.	꽃도 분명 슬픔에 빠져 있으리.
但茫茫暮靄,	그저 점점 물드는 저녁노을 속

---

1 한의의(恨依依): 여한이 아쉽게 남다. '의의(依依)'는 아쉬워하는 모양. 윗 구에서 말한 "수놓은 창호 너머 엿본(繡戶曾窺)" 아름다운 여인과 결국 다시는 만나지 못해 아쉽다는 것이다.

2 유랑(劉郎): 유우석(劉禹錫). 옛날에 놀던 곳을 훗날 다시 찾아가 금석지감에 젖었다는 고사 및 관련 작품이 있다. 여기서는 작가 자신을 비유한 말이다.

目斷武陵溪,　　　　저 멀리 무릉계곡 바라보나니

往事難追.　　　　　지난 일은 되쫓기 어려우리라.

181. 호사근(好事近)

한원길(韓元吉)

변경의 잔치에서 교방악을 듣고 감회가 일어

汴京賜宴¹聞教坊樂有感

凝碧舊池²頭,　　　　　웅벽지의 오래된 연못가에서

一聽管絃淒切.　　　　관현 연주 듣노라니 슬픔이 사무친다

多少梨園³聲在,　　　이원의 소리라면 제법 남아 있건만

總不堪華髮⁴.　　　　희게 센 머린 차마 볼 수 없구나.

杏花無處避春愁,　　살구꽃도 봄 시름 피할 길 없어

也傍野煙發.　　　　들녘의 안개 속에 꽃 피웠는데

惟有御溝聲斷,　　　오직 궁 개울물만 소리 끊기어

似知人嗚咽.　　　　목메어 우는 나를 알아주는 듯.

---

1 변경사연(汴京賜宴): 변경에서 베풀어진 잔치. 여기서는 금이 변경을 차지한 후 그곳에서 벌인 금 왕실 일원의 생일잔치를 말한다. 한원길은 남송의 축하 사신으로 이 연회에 참석하여, 조국의 옛 수도에 아직 남아 있는 교방악을 들으며 망국의 한에 젖어 이 사를 지었다.

2 응벽구지(凝碧舊池): 옛 응벽지. 응벽지는 본래 낙양(洛陽)의 궁궐 정원에 있던 연못으로, 여기서는 변경(汴京)에 남아 있는 북송의 궁궐을 상징한다.

3 이원(梨園): 당대(唐代)에 궁녀들이 가무를 연습하던 기관. 왕실 내 가인(歌人), 악공(樂工), 무희(舞姬) 등의 집단. 여기서는 금 치하의 변경에 남은 북송의 교방악단을 말한다.

4 불감화발(不堪華髮): 악공들이 희게 센 머리를 하고 교방악을 연주하는 것을 차마 견디지 못하다. 또는, 희게 센 머리의 작자 자신이 망국의 한이 실린 교방악을 견디지 못하다.

182. 서학선(瑞鶴仙)

원거화(袁去華)

郊原初過雨,　　　　　　　이제 막 비 지나간 교외 들판에

見數葉零亂,　　　　　　　나뭇잎이 떨어져 흩날리더니

風定猶舞.　　　　　　　　바람 잦아들어도 줄곧 춤춘다.

斜陽挂深樹,　　　　　　　우거진 숲 너머로 석양이 지고

映濃愁淺黛[1],　　　　　　수심 깊은 여인의 엷은 눈썹 꼭 닮은

遙山媚嫵.　　　　　　　　봉긋한 먼 산 모습 곱기도 하다.

來時舊路,　　　　　　　　이곳 올 제 옛 길엔

尚巖花, 嬌黃半吐.　　　　바윗가 꽃 노랗게 반쯤 피어 있었건만

到而今, 惟有溪邊流水,　　지금은 그저 졸졸 흐르는 시냇물만

見人如故.　　　　　　　　옛 모습 그대로인 날 지켜본다.

無語.　　　　　　　　　　말소리 하나 없는

郵亭深靜,　　　　　　　　고즈넉한 역참 한 편,

下馬還尋,　　　　　　　　말을 내려 찾아 갔네

舊曾題處.　　　　　　　　옛적 시 쓴 곳으로.

無聊倦旅,　　　　　　　　뜻대로 되지 않는 고달픈 여정

傷離恨,　　　　　　　　　아프게 저며 오는 이별의 한에

最愁苦.　　　　　　　　　더없이 시름겹고 괴로운지고.

---

1 천대(淺黛): 엷은 빛깔의 눈썹먹으로 그린 눈썹. 푸르스름한 색의 봉긋한 모양으로, 여기서는
　해질 무렵의 산을 비유한 말이다.

縱收香藏鏡2,　　　그녀의 향과 거울 넘겨받아 지녔다만

他年重到,　　　　훗날 다시 갔을 때도

人面桃花在否.　　복사꽃 닮아 고운 그 얼굴이 있을런가.

念沉沉, 小閣幽窗,　창 깊던 작은 누각 그립고도 그리워

有時夢去.　　　　때때로 꿈속에서 찾아가노라.

---

2 수향장경(收香藏鏡): 향을 받아 지니고 거울을 간직하다. 향과 거울은 모두 애정의 징표이다.

183. 검기근(劍器近)

원거화(袁去華)

夜來雨,　　　　　　　　간밤의 빗줄기는

賴倩得, 東風吹住.　　　다행히 동풍 불어 그치었나니.

海棠正妖嬈處,　　　　　해당화가 때마침 어여쁜지고,

且留取.　　　　　　　　좀 더 여기 머물런.

悄庭戶,　　　　　　　　고요한 정원에서

試細聽, 鶯啼燕語,　　　꾀꼬리 제비소리 가만 들어보자니

分明共人愁緖,　　　　　분명 사람과 함께 수심에 젖어

怕春去.　　　　　　　　떠나는 봄 걱정을 하고 있구나.

佳樹,　　　　　　　　　아름다운 나무가

翠陰初轉午.　　　　　　갓 정오 넘긴 그늘 드리운 무렵,

重簾未捲,　　　　　　　겹휘장도 아니 걷고

乍睡起,　　　　　　　　막 잠에서 깨어나선

寂寞看風絮.　　　　　　흩날리는 버들개지 말없이 바라보네.

偸彈淸淚寄煙波,　　　　안개 서린 강에 몰래 눈물 뿌려 부치나니

見江頭故人,　　　　　　강가에서 그 사람 보게 되거든

爲言憔悴如許.　　　　　내 이리 말랐더라 말 전해주렴.

彩箋無數,　　　　　　　편지야 많지마는

去卻寒暄[1],　　　　　　춥고 덥단 말 빼면

1　한훤(寒暄): 날씨가 추운지 더운지 등을 묻는 말. 예사로운 인사말.

到了渾無定據².　　　미더운 소식 한 줄 끝내 없구나.

斷腸落日千山暮.　　　해 저문 저녁 산에 애간장 끊어진다.

---

184. 안공자(安公子)

원거화(袁去華)

弱柳千絲縷,	하늘하늘 춤추는 여린 실버들
嫩黃勻徧鴉啼處.	연노란 물 든 사이로 까마귀가 슬피 운다.
寒入羅衣春尚淺,	추위가 비단옷을 파고드는 이른 봄
過一番風雨.	한바탕 비바람이 지나갔구나.
問燕子來時,	제비야 묻자꾸나 여기 올 적에
綠水橋邊路,	푸른 물 위로 놓인 다리 옆 길가
會畫樓, 見箇人人[1]否.	누각에 계신 내 님 혹시 보지 못했느냐.
料靜掩雲窗,	아마도 고운 창은 굳게 닫혔고
塵滿哀絃危柱.	거문고엔 먼지만 가득할게야.
庾信[2]愁如許,	아마 꼭 이러했을 유신의 시름,
爲誰都著眉端聚[3].	누구 탓에 미간에 잔뜩 모여 있는가.
獨立東風彈淚眼,	봄바람 속 홀로 서서 눈물방울 떨구다
寄煙波東去.	안개 속 동쪽 가는 강물결에 부친다.
念永晝春閒,	긴긴 낮 나른한 봄
人倦如何度.	지쳐 어찌 보낼런가.

---

1 인인(人人): 친밀한 이를 지칭하는 말. 연인. 구양수(歐陽修)의 「접련화(蝶戀花)」에 "지난 봄이
  그립나니, 임과 함께 보냈었네(憶得前春, 有箇人人共)"라는 구절이 있다.

2 유신(庾信): 남조 양(梁) 출신의 문인. 123. 「대포(大酺)」의 '난성(蘭成)' 주 참조.

3 착미단취(著眉端聚): (시름이) 미간에 모여 붙어 있다. 시름으로 인해 자신도 모르게 미간이 찌
  푸려진 것을 말한 것이다.

閒傍枕,　　　　　나른히 베개에 기댔노라니

百囀黃鸝語.　　　꾀꼬리 떼 재잘재잘 잘도 지저귀누나.

喚覺來厭厭,　　　문득 정신 들고 보니 기운 하나 없는데

殘照依然花塢.　　노을빛은 아직도 꽃밭에 남았어라.

185. 서학선(瑞鶴仙)

육송(陸淞)

臉霞紅印枕,
노을빛 띤 붉은 뺨엔 베개 자국 나 있고

睡覺來, 冠兒還是不整.
잠 깼어도 머리장식 아직 손질 않는다.

屏間麝煤[1]冷,
병풍 친 방 향숯은 싸늘히 식은 채요,

但眉峰壓翠,
봉긋한 눈썹 가득 수심 서렸고

淚珠彈粉.
화장 고운 뺨 위로 눈물 흐른다.

堂深[2]畫永,
안채에는 낮 점점 길어지면서

燕交飛, 風簾露井.
주렴과 우물가에 제비가 넘나든다.

恨無人說與,
말 나눌 사람 없어 가슴 아프고

相思近日,
그리움 더 짙어진 요즘인지라

帶圍寬盡.
허리띠가 온통 다 느슨해졌다.

重省,
거듭해 되새긴다

殘燈朱幌,
꺼져가는 등불이 붉은 막에 일렁이고

淡月紗窻,
맑고 고운 달빛이 비단 창을 비추던

那時風景.
그 즈음의 풍경을.

陽臺[3]路迴.
양대 가는 길은 멀고

---

1 사매(麝煤): 좋은 향을 넣어 만든 숯. 이 숯이 싸늘히 식었다는 것은 외롭고 처량한 여인의 심경을 반영한 것이다.

2 당심(堂深): 집 안 가장 깊은 곳에 있는 건물로, 부녀자의 거처이다.

3 양대(陽臺): 운우지정(雲雨之情)의 배경이 되는 장소. 62. 「목란화(木蘭花)」의 '조운(朝雲)' 주 참조.

雲雨夢,	운우지정 꿈만 같아
便無準.	기약할 수 없으리라.
待歸來,	임이 돌아오시거든
先指花梢教看,	꽃가지를 보십사 가리키고는
欲把心期細問.	속마음 조근 조근 물어보리라.
問因循[4], 過了靑春,	"어영부영 헛되이 청춘 다 보냈거늘
怎生意穩[5].	어찌 마음 평온히 계셨나이까."

---

4 인순(因循): 꾸물거리다. 적당히 세월을 보내다.

5 의온(意穩): 마음이 평온하다. 마음 편하게 잘 지내다. 이 구절은 오랜 세월을 만나지 못한 연인에게 애교 어린 원망을 쏟는 것이다. 혹은 '의온(意穩)'의 주체를 1인칭 화자로 보아, "제가 어찌 평온히 지냈겠나요"라는 반문으로 풀이할 수도 있다.

186. 복산자(卜算子)

육유(陸游)

매화를 읊다.

詠梅

驛外斷橋邊,　　　　　역참 밖 끊긴 다리 언저리쯤에
寂寞開無主[1].　　　　쓸쓸히 피어 있어 보는 이 없네.
已是黃昏獨自愁,　　　황혼녘 이미 홀로 시름 잠겨 있는데
更著風和雨.　　　　　게다가 비바람도 휘몰아치네.

無意苦爭春[2],　　　　굳이 봄을 앞다툴 생각이 없고
一任群芳妒.　　　　　온갖 꽃의 시샘도 내버려 두네.
零落成泥碾作塵,　　　떨어져 진흙 되고 눌려 티끌 되어도
只有香如故.　　　　　오직 그 향기만은 변함이 없네.

---

1 무주(無主): 주인 노릇 하는 사람이 없다. 즉, 매화를 보아 주고 즐기는 사람이 없다.

2 무의고쟁춘(無意苦爭春): 애써 봄날을 앞다툴 생각이 없다. 즉, 매화는 매우 이른 봄에 피나, 이
　는 굳이 일부러 다른 꽃보다 앞서고자 해서가 아니라는 것이다.

187. 어가오(漁家傲)

육유(陸游)

중고께 부치다.

寄仲高**1**

東望山陰**2**何處是,　　　동쪽 멀리 어디쯤에 산음이 있을까요,
往來一萬三千里.　　　오가는 길 헤아리니 만 삼천 리 되는군요.
寫得家書空滿紙,　　　집에 쓰는 편지 가득 덧없이 채우고서
流淸淚,　　　맑은 눈물 흘리나니
書回已是明年事.　　　답장 받는 건 그새 내년 일이 되겠지요.

寄語紅橋橋下水,　　　홍교 아래 강물에 띄워 보낸 혼잣말,
扁舟何日尋兄弟.　　　언제 쪽배 타고서 형제 찾아 갈런지요.
行遍天涯眞老矣.　　　천하 두루 떠돌다 잔뜩 늙고 말았나니
愁無寐,　　　시름겨워 잠 못 들고
鬢絲幾縷茶煙裏.　　　차 끓이는 연기 속에 흰 머리가 느네요.

---

1 중고(仲高): 육승지(陸升之)의 자. 육유의 종형(從兄)이다.
2 산음(山陰): 절강성(浙江省) 소흥(紹興). 육유의 고향이다.

188. 수룡음(水龍吟)

진량(陳亮)

춘한
春恨

鬧花深處層樓,	꽃송이 흐드러져 그윽한 층층 누대
畫簾半捲東風軟.	반쯤 걷은 주렴에 봄바람이 부드럽다.
春歸翠陌,	푸르른 길목 따라 봄 돌아오니
平莎茸嫩,	평원에 돋은 풀은 결 보드랍고
垂楊金淺.	수양버들 가지는 금빛 엷도다.
遲日催花,	해는 한결 길어져 꽃 피길 채근하고
淡雲閣雨,	엷어진 구름 따라 빗줄기 그쳤나니
輕寒輕暖.	살짝 춥기도 하고 살짝 따뜻도 하다.
恨芳菲世界,	아아 이 향기롭고 아름다운 꽃세상을
游人未賞,	봄놀이 하는 이는 아직 못 다 즐겼건만
都付與[1], 鶯和燕.	꾀꼬리와 제비에게 다 내주고 마는구나.
寂寞憑高念遠,	머나먼 곳 그리며 쓸쓸하게 기대서니
向南樓, 一聲歸雁.	기러기 떼 울음소리 남루 가득 채운다.

---

1 부여(付與): 넘겨주다. 이 부분은 봄의 즐거움을 충분히 누리지 못했다는 아쉬움을 표현한 것이다.

298

金釵鬪草[2],	금비녀 차림으로 풀싸움하고
靑絲勒馬,	푸른 실 고삐 매어 말을 달렸던
風流雲散.	풍류는 구름 따라 흩어졌구나.
羅綬分香[3],	향기 밴 비단 띠를 나눠 갖고서
翠綃封淚,	푸른 비단 수건에 눈물 적시며
幾多幽怨.	그 얼마나 애절한 원망 품었나.
正消魂,	절절한 슬픔 탓에 넋을 잃는데
又是疏煙淡月,	다시금 엷은 안개 맑은 달빛 퍼지고
子規聲斷.	소쩍새 우는 소리 이따금 들려온다.

---

2 투초(鬪草): 풀싸움. 캐낸 풀의 종류와 양 등을 겨루는 봄철의 놀이. 『형초세시기(荊楚歲時記)』
에 "각종 약초 캐기를 겨루는데, 독기를 제거하는 각종 약초를 말한다. 그래서 세간에는 풀싸움
놀이가 있다(競採百藥, 謂百草以蠲除毒氣, 故世有鬪草之戱)"라고 하였다.

3 나수분향(羅綬分香): 비단 띠에 배인 향을 나누다. 즉, 남녀가 이별할 때 향이 밴 비단 띠를 나
누어 가져 정표로 삼았다는 것이다.

189. 억진아(憶秦娥)

범성대(范成大)

樓陰缺,　　　　　　　누대의 그림자가 듬성한지고

闌干影臥東廂月.　　　난간 자취 누웠구나, 동결채 든 달빛 아래.

東廂月,　　　　　　　동결채 든 달빛 아래

一天風露,　　　　　　천지 가득 바람과 이슬 차 있고

杏花如雪.　　　　　　살구꽃은 흰 눈을 닮아 있구나.

隔煙催漏金虯咽[1],　안개 저편 급한 경루 금룡이 크게 울고

羅幃黯淡燈花結.　　　비단 휘장 어스름 속 등잔 불똥 맺히누나.

燈花結,　　　　　　　등잔 불똥 맺히누나

片時春夢,　　　　　　잠깐 사이 꾼 봄 꿈

江南天闊.　　　　　　강남 하늘 드넓구나.

---

1 금규열(金虯咽): 뿔 있는 금룡이 울다. '금규(金虯)'는 물시계에 딸린 장식으로, 이것이 운다는 것은 곧 물시계 작동 소리가 밤중에 매우 크게 들린다는 뜻이다.

190. 안아미(眼兒媚)

범성대(范成大)

평향으로 가던 도중에 갑자기 날씨가 개었다. 가마 안에만 있자니 심히 고단하여 버드나무가 우거진 연못가에서 잠시 쉬었다.

萍鄉[1]道中乍晴, 臥輿中, 困甚, 小憩柳塘.

酣酣日脚紫煙浮,	고운 햇살 아래 핀 자줏빛 아지랑이
妍暖破輕裘.	따스하니 외투는 벗을지어다.
困人天氣,	노곤해지는 날씨
醉人花氣,	취기 핑 도는 꽃내
午夢扶頭[2].	술에 취해 낮꿈 꾼다.

春慵恰似春塘水,	봄날의 나른함은 봄 연못물 닮았나니
一片縠紋愁.	한 조각 잔물결에 시름이 인다.
溶溶曳曳[3],	잔잔히 일렁인다,
東風無力,	힘이 없는 봄바람
欲避還休.	피하려다 그만둔다.

---

1 평향(萍鄉): 오늘날 강서성(江西省) 평향시(萍鄉市).
2 부두(扶頭): 어지러워 머리를 받치다. 또는 술에 취하다. 이 부분은 아름답고 향기로운 봄 풍경에 도취되어 몽롱해진 기분이 마치 술을 마시고 낮잠을 자는 듯하다고 말한 것이다. 혹은 봄 풍경을 즐기며 실제로 술을 마시다가 잠에 빠진 것을 말한 것으로 볼 수도 있다.
3 용용예예(溶溶曳曳): 수면이 잔잔히 일렁거리는 모양. 잔물결 치는 모양.

191. 상천효각(霜天曉角)

범성대(范成大)

매화
梅

晚晴風歇,   저녁 하늘 맑게 개며 바람 잦아들더니
一夜春威¹折.   하룻밤 새 봄추위도 한풀 크게 꺾였구나.
脈脈²花疏天淡,   성긴 꽃과 맑은 하늘 끝없이 펼쳐졌고
雲來去,   흘러오고 흘러가는 구름 아래로
數枝雪³.   매화가지 몇 줄기에 흰 꽃 피었다.

勝絶,   풍광이야 더없이 아름답건만
愁亦絶,   수심 또한 더없이 깊어만 가니
此情誰共說.   이 정회를 누구와 더불어 말할런가.
惟有兩行低雁,   나지막이 두 줄 지어 날아가는 기러기만
知人倚, 畫樓月.   달빛 젖은 누각에 기댄 내 맘 알리라.

---

1 춘위(春威): 봄추위. 온정균(溫庭筠)의 「양춘곡(陽春曲)」에 "주렴 밖에 봄추위가 스산하여 비단 장막을 달았노라(簾外春威著羅幕)"라는 구절이 있다.

2 맥맥(脈脈): 끝없이 이어진 모양.

3 수지설(數枝雪): 하얀 매화가 마치 눈꽃처럼 피어난 것을 비유한 표현이다.

192. 호사근(好事近)

채유학(蔡幼學)

日日惜春殘,　　　　줄어드는 봄날이 하루하루 아쉬운 건
春去更無明日.　　　봄 다 가면 이튿날엔 봄이 없기 때문이요.
擬把醉同春住,　　　술잔 잡고 한껏 취해 봄 붙들어 두려 해도
又醒來岑寂[1].　　　다시 술 깨고 나면 쓸쓸함만 남으리라.

明年不怕不逢春,　　내년 봄이 아니 올 걱정이야 없겠지만
嬌春怕無力.　　　　고운 봄날 힘없이 지낼 일이 걱정이요.
待向燈前休睡,　　　등잔 앞을 지키련다 잠들지 않으련다
與留連今夕.　　　　오늘 밤을 오래도록 아끼고 누리련다.

---

1 잠적(岑寂): 고요하고 쓸쓸하다.

193. 하신랑(賀新郞)

신기질(辛棄疾)

아우 무가와 작별하다.

別茂嘉[1]十二弟

綠樹聽鵜,	초목에서 소쩍새 울음 들리니
更那堪,	또 어찌 견딜런가,
鷓鴣聲住,	자고새 우는 소리 멎고 난 뒤엔
杜鵑聲切[2].	두견새 우는 소리 절절하여라.
啼到春歸無尋處,	다 지난 봄 되찾을 곳 없는 데서 우짖나니
苦恨芳菲都歇.	꽃이 죄다 시들어 괴로운 탓인 게지.
算未抵, 人間離別,	허나 분명 사람 간의 이별에는 못 견주리,
馬上琵琶[3]關塞黑,	칠흑 같은 변새에선 말 위 비파 뜯었고
更長門[4], 翠輦辭金闕.	궁궐 떠난 마차는 장문궁을 향했다네.

---

1 무가(茂嘉): 신무가(辛茂嘉). 신기질의 족제(族弟)로, 금(金)에 맞서 항쟁할 것을 주장하다가 계림(桂林)으로 좌천당하였다. 이 작품은 그 때 신기질이 신무가를 떠나보내며 지은 것이다.

2 두견성절(杜鵑聲切): 두견새 우는 소리가 처절하다. 이 서두 부분은 소쩍새, 자고새, 두견새 등 여러 새가 봄날에 번갈아가면서 구슬피 우는 것을 말하여, 작별의 슬픈 분위기를 더욱 고조시키고 있다.

3 마상비파(馬上琵琶): 말 위에서 비파를 타다. 한(漢)의 왕소군(王昭君)이 왕궁을 떠나 이역만리를 향해 말을 타고 가면서 비파를 탔다는 고사가 있다. 이 구절은 신무가가 좌천지로 떠나가는 장면을 비유한 것이다.

4 장문(長門): 장문궁. 한(漢)의 진황후(陳皇后)가 무제(武帝)의 총애를 잃고 유폐된 궁이다. 여기서는 신무가가 가야 할 좌천지를 말한다.

看燕燕[5],　　　　　　　쌍제비를 바라보며
送歸妾.　　　　　　　　그녀 떠나보냈다네.

將軍百戰身名裂,　　　숱한 전쟁 치르며 몸과 명성 축난 장군
向河梁[6], 回頭萬里,　다리에서 고개 돌려 만 리 길 돌아보곤
故人長絶.　　　　　　벗과 길이 이별을 하였다더라.
易水[7]蕭蕭西風冷,　쇄아 쇄아 가을바람 차게 부는 역수에서
滿座衣冠似雪.　　　　좌중 가득 눈처럼 흰 의관 갖춘 사람들 앞
正壯士, 悲歌未徹.　　장사의 슬픈 노랜 끝 못 맺었다더라.
啼鳥還知如許恨,　　　우는 새가 만약에 이 통한을 안다면
料不啼, 淸淚長啼血.　맑은 눈물 아니라 피 흘리며 울리라.
誰共我,　　　　　　　그 누가 나와 함께
醉明月.　　　　　　　달빛 아래 취하리오.

---

5 간연연(看燕燕): 쌍제비를 바라보다. 『시경(詩經)·패풍(邶風)』의 「쌍제비(燕燕)」에 "쌍제비가
날아가네, 앞서거니 뒷서거니 날갯짓 하네. 그 사람 떠나가나니, 멀리 들에서 배웅하네. 멀리 바
라봐도 보이지 않으니 눈물이 비 오듯 하네(燕燕于飛, 差池其羽. 之子于歸, 遠送于野. 瞻望弗及,
涕泣如雨)"라고 하였다. 이 부분은 사이좋게 어울려 노는 쌍제비를 바라보면서 더욱 마음 아프
게 작별하였다는 것을 말하고 있다.

6 하량(河梁): 강 위 다리. 이릉(李陵)이 소무(蘇武)를 떠나보낸 장소이다. 이릉의 「소무에게 주는 시
(與蘇武詩)」에 "손 잡고 강 위 다리에 오르니, 떠나가는 그대는 저녁 무렵 어디를 지나갈런가(攜
手上河梁, 遊子暮何之)"라고 하였다.

7 역수(易水): 강 이름. 연(燕) 태자 단(丹)의 무리가 형가(荊軻)를 떠나보낸 장소이다. 형가가 진
시황(秦始皇)을 시해하고자 길을 나설 때 태자 단과 빈객들은 흰 옷을 차려입고 역수로 와서 그
를 전송했다. 형가는 "바람은 쇄아쇄아 불고 역수는 차갑구나, 장사가 떠나가나니 다시는 아니
돌아오리(風蕭蕭兮易水寒, 壯士一去兮不復還)"라고 노래하였다.

194. 하신랑(賀新郞)

신기질(辛棄疾)

비파 소리를 듣다.

聽琵琶

鳳尾龍香[1]撥,　　　　봉황 꼬리 새겨진, 용향채로 타는 비파

自開元, 霓裳曲罷,　　　개원년 예상곡이 멎고 난 뒤로부터

幾番風月.　　　　　　　몇 번이나 바람과 달 바뀌었던가.

最苦潯陽江頭客[2],　　　심양 강가 나그네는 더없이 괴로운데

畫舸亭亭待發.　　　　　큰 배는 우뚝 서서 출발을 기다린다.

記出塞, 黃雲堆雪.　　　변새 길 나선 앞엔 구름과 눈 가득하고

馬上離愁三萬里,　　　　말 타고 온 삼만 리엔 이별 시름 가득

　　　　　　　　　　　하며,

望昭陽[3],　　　　　　　아득히 먼 소양궁 바라보는데

宮殿孤鴻沒.　　　　　　궁 향해 외기러기 사라져 간다.

絃解語,　　　　　　　　비파줄이 말 할 줄 안다고 한들

---

1 봉미용향(鳳尾龍香): 화려한 고급 비파. 봉황 꼬리 모양의 장식을 하고, 용향목 재질의 채로 연주하는 비파. 당(唐) 개원(開元) 연간에 양귀비(楊貴妃)가 이러한 비파를 탔다는 기록이 『명황잡록(明皇雜錄)』에 전한다.

2 심양강두객(潯陽江頭客): 심양강가의 나그네. 백거이(白居易)의 「비파행(琵琶行)」에 "심양강가에서 밤에 나그네를 배웅하네(潯陽江頭夜送客)"라는 구절이 있다. 여기서는 작자 자신을 가리킨다.

3 소양(昭陽): 한(漢) 성제(成帝)가 지은 소양궁(昭陽宮). 여기서는 작자가 그리워하는 곳을 가리킨다.

恨難說.　　　　　　　내 깊은 한은 말로 못할지어다.

遼陽[4]驛使音塵絶,　　　요양역 파발꾼의 편지도 끊겼나니
瑣窗寒, 輕攏慢撚,　　　한기 서린 창가에서 가만히 비파 탈 제
淚珠盈睫.　　　　　　눈가에 눈물 가득 맺히곤 한다.
推手含情還卻手,　　　정을 담뿍 머금어 비파줄을 뜯으니
一抹梁州[5]哀徹.　　　「양주곡」 타낸 선율 애닯기 그지없다.
千古事,　　　　　　　천고의 일들 모두
雲飛煙滅.　　　　　　구름처럼 안개처럼 날아 사라졌구나.
賀老[6]定場無消息,　　하회지가 비파 타는 솜씨 들을 길 없고
想沈香[7], 亭北繁華歇.　침향정의 화려함도 이제 자취 없나니.
彈到此,　　　　　　　예까지 비파 타곤
爲嗚咽.　　　　　　　목메어 흐느긴다.

---

4 요양(遼陽): 오늘날 요녕성(遼寧省) 중부의 요양시(遼陽市). 먼 북방의 타지를 지칭한다.

5 양주(梁州): 비파곡명. 범성대(范成大)의 「어제 좌중에서 이야기한 것과 조씨 댁 비파의 빼어남에 관하여 다시 운자를 써서 기록하다(復用韻記昨日坐中劇談及趙家琵琶之妙)」에는 그 정식 명칭이 「양주역통박미(梁州歷統薄媚)」로 나와 있다.

6 하로(賀老): 당(唐)의 하회지(賀懷智). 비파를 잘 타 현종(玄宗)의 칭찬을 들었다. 원진(元稹)의 「연창궁사(連昌宮詞)」에 "하회지의 비파가 장내에 울려퍼지도다(賀老琵琶定場屋)"라는 구절이 있다.

7 침향(沈香): 침향정(沈香亭). 당(唐)의 궁궐 건물 중 하나.

195. 염노교(念奴嬌)

신기질(辛棄疾)

동류마을 벽에 쓰다.

書東流村壁

野塘花落,	들녘에도 연못에도 꽃이 진다네
又恩恩,	또다시 성큼 성큼
過了淸明時節.	청명절 좋은 시절 지나간다네.
剗地東風欺客夢,	휘몰아친 봄바람에 나그네 단꿈 깨니
一枕雲屛¹寒怯.	병풍 두른 침상 가득 추위가 사무치네.
曲岸持觴,	굽이진 강둑에서 술잔을 들고
垂楊繫馬,	수양버들 기둥에 말 매어 둔 채
此地曾經別.	이곳에서 지난 날 이별했는데.
樓空人去,	누각은 텅 비었고 사람은 떠났으니
舊遊飛燕能說.	노닐던 옛 추억은 제비가 말해주리.

聞道綺陌東頭,	듣자하니 비단꽃길 동쪽 어느 귀퉁이서
行人長見,	길 가던 이가 본 적 있다 하더라,
簾底纖纖月².	주렴 아래 곱디고운 달을 닮은 그녀를.
舊恨春江流不盡,	묵은 한은 끝없이 흘러가는 봄 강이요

---

1 운병(雲屛): 광물의 일종인 운모(雲母)를 얇게 잘라 만든 고급 병풍.

2 섬섬월(纖纖月): 초승달처럼 작고 가느다란 미인의 발. 여기서는 미인의 대칭이다.

新恨雲山千疊.　　　　새 한은 구름 서린 겹겹의 산일지니.

料得明朝,　　　　　혹여 내일이라도

尊前重見,　　　　　술자리서 또 만난들

鏡裏花³難折.　　　　거울 속의 꽃이니 꺾기는 어려우리.

也應驚問,　　　　　그녀도 분명 놀라 내게 물으리,

近來多少華髮.　　　　요즘 들어 흰 머리 어찌 그리 늘었는지.

---

3 경리화(鏡裏花): 거울 속의 꽃. 인연을 이어갈 수 없게 된 여인을 비유한 표현이다. 『원각경(圓覺經)』에 "마치 덧없는 꽃과 같으니, 다시 결실을 맺어도 덧없는 열매일 뿐이다(猶如空華, 復結空果)"라는 구절이 있다.

196. 한궁춘(漢宮春)

신기질(辛棄疾)

입춘
立春

春已歸來,	봄은 벌써 와 있나니
看美人頭上,	미인 머리 보시게나,
裊裊春幡[1].	살랑이는 봄꾸밈을.
無端風雨,	마구 닥친 비바람에
未肯收盡餘寒.	늦추위는 좀처럼 아니 가셔도
年時燕子,	매년 이 때 오는 제비
料今宵, 夢到西園.	오늘 밤 서원 가는 꿈을 꾸리라.
渾未辨, 黃柑薦酒,	준비 미처 못했구나, 상에 올릴 황감주도
更傳靑韭堆盤[2].	그리고 부추 담아 내어 드릴 소반도.
卻笑東風從此,	생각하면 웃음 난다 봄바람은 지금부터
便熏梅染柳,	매화에 향을 넣고 버들에 물들이며
更沒些閒.	짬날 틈이 없겠구나.

---

1 춘번(春幡): 입춘 때의 여인용 머리 장식. 『형초세시기(荊楚歲時記)』에 "입춘에는 모두 비단을 제비 모양으로 오려서 머리에 얹는다(立春日悉翦綵爲燕子以戴之)"라고 하였다.

2 청구퇴반(靑韭堆盤): 부추 등의 채소를 담은 소반. 부추, 파, 마늘, 여뀌, 갓의 다섯 가지 향신 채소로 만든 '오신반(五辛盤)'은 입춘의 절기 음식이다. 『준생팔전(遵生八牋)』에 "입춘일에 오신반을 만들고 황감주를 빚는다(立春日作五辛盤, 以黃柑釀酒)"라고 하였다.

閒時又來鏡裏,　　　　　짬이 나면 또다시 거울 안에 들어와

轉變朱顏[3].　　　　　　발그레한 젊은 얼굴 바꾸어 놓을 테지.

淸愁不斷,　　　　　　　근심은 끝없나니

問何人, 會解連環[4].　물어본들 누가 그 얽힌 고리 풀리오.

生怕見, 花開花落,　　　꽃이 피고 지는 모습 지켜보기 두렵구나

朝來塞雁先還.　　　　아침 되면 기러기는 먼저 돌아가리라.

3　전변주안(轉變朱顏): '주안(朱顏)'은 발그레한 얼굴, 즉 젊고 아름다운 얼굴이다. 이 구절은 거
울에 비친 젊고 앳된 얼굴도 이번 봄을 나면서 나이 든 얼굴로 변해갈 것이라고 말한 것이다.

4　회해련환(會解連環): 마음속에 얽혀 있는 고리를 풀 수 있다. 즉, 마음의 근심거리를 해소할 수
있다.

197. 수룡음(水龍吟)

신기질(辛棄疾)

건강의 상심정에 오르다.

登建康[1]賞心亭

楚天千里清秋,	넓은 강남 하늘 가득 가을 공기 맑디맑고
水隨天去秋無際.	하늘 따라 강물 흘러 이 가을 끝없구나.
遙岑遠目,	눈길 닿는 먼 산은
獻愁供恨,	수심과 한 자아내는
玉簪螺髻.	옥비녀로 틀어 올린 여인 머리 닮았구나.
落日樓頭,	해질녘 누각에서
斷鴻聲裏,	외기러기 울음 속에
江南游子.	강남땅의 떠돌이는
把吳鉤[2]看了,	오구검을 손에 쥐고 살펴보다가
欄干拍徧,	난간을 이곳저곳 두드리는데,
無人會,	알아줄 이 없구나
登臨意.	이곳 오른 마음을.
休說鱸魚堪膾,	농어로 횟감 한다 말하지 마오

---

1 건강(建康): 오늘날의 남경(南京).
2 오구(吳鉤): 옛 오(吳) 지역에서 나던 굽은 모양의 칼 이름.

儘西風3, 季鷹4歸未.	서풍 분들 계응처럼 귀향하진 못하리니.
求田問舍,	땅 구하랴 집 얻으랴 다니다 보면
怕應羞見,	분명히 뵈옵기가 부끄러우리
劉郎5才氣.	재기가 뛰어나신 유비 선생을.
可惜流年,	흘러가는 세월이 아쉬운지고
憂愁風雨,	근심스런 비바람 맞아가면서
樹猶如此,	나무는 이만치나 자라났구나.
請何人,	누구에게 청할까
喚取,	좀 불러다 주게나,
紅巾翠袖,	알록달록 고운 옷 입은 여인이
搵英雄淚.	영웅의 눈물을 좀 닦아주도록.

---

3 서풍(西風): 가을바람. '추풍(秋風)'과 같은 말이다.

4 계응(季鷹): 진(晉) 장한(張翰)의 자. 『세설신어(世說新語)·식감(識鑑)』에 낙양에서 벼슬살이를 하던 장한은 "가을바람이 불자 고향인 오 지방의 고채나물과 순채국과 농어회가 그리워져, (중략) 수레를 준비시켜 고향으로 돌아갔다(見秋風起, 因思吳中菰菜蓴羹鱸魚膾, ……遂命駕便歸)"라는 기록이 있다.

5 유랑(劉郎): 유비(劉備). 『삼국지(三國志)』에 허범(許汜)이 사사로이 논밭과 집을 늘릴 궁리만 하고 있자 유비가 "그대는 국사라는 이름을 가졌으면서도 세상을 구도하는 데 마음을 쓰지 않고 논밭과 집을 늘리고 계시며 말씀에는 받아들일 만한 것이 없으니 진원룡은 이러한 점을 싫어했던 것입니다(君有國士名, 而不留心救世, 乃求田問舍, 言無可采, 是元龍所諱也)"라고 비판하였다는 기록이 있다.

198. 모어아(摸魚兒)

신기질(辛棄疾)

순희 기해년(1179)에 호북에서 호남으로 옮겨가게 되자 동료 관원 왕정지가 소산정에서 술자리를 마련해주어 이것을 사로 짓다.
淳熙己亥, 自湖北移湖南, 同官王正之置酒小山亭, 爲賦.

更能消, 幾番風雨,	몇 번 더 비바람을 견딜 수 있으려나
悤悤春又歸去.	성큼성큼 봄은 또 저물어 간다.
惜春長怕花開早,	봄 아까워 이른 개화 늘 걱정하였는데
何況落紅無數.	하물며 이루 못 셀 꽃 다 지는 모습이란.
春且住.	봄이여 조금만 더 머물러 주련.
見說道, 天涯芳草無歸路.	하늘 끝 풀들이 더 갈 데 없다 하는데
怨春不語.	아무 말 없는 봄이 원망스러운지고.
算只有殷勤,	봄은 다정한 마음 조금쯤은 있으려나,
畫檐蛛網,	단청 끝 거미줄이
盡日惹飛絮.	온종일 버들개지 잡아두고 있구나.
長門¹事,	장문궁의 사연이여
準擬佳期又誤,	좋은 기약 맺으려도 틀어지고 말았구나

---

1 장문(長門): 장문궁(長門宮). 한(漢) 무제(武帝) 때 진황후(陳皇后)가 지나친 투기로 인하여 폐위되어 유폐된 곳이다. 후에 그녀는 무제의 마음을 돌리고자 사마상여(司馬相如)를 시켜서 자신의 처지와 심정을 담은 「장문부(長門賦)」를 지어 퍼뜨리게 하였으나, 무제의 총애를 되찾지는 못하였다.

蛾眉曾有人妒.	눈썹 고운 미모로 남들 시기 샀구나.
千金縱買相如賦²,	천금 주고 사마상여 부 한 편을 산다 해도
脈脈此情誰訴.	가없는 이 심정을 누구에게 호소하나.
君莫舞,	그대여 춤 추지 마오,
君不見,	그대 보지 않았는가
玉環飛燕³皆塵土.	옥환과 비연 모두 흙먼지가 되었음을.
閒愁最苦.	고요히 이는 수심 너무 괴로워
休去倚危闌,	높은 난간 기대지 않을지어다.
斜陽正在,	석양은 마침 한참
煙柳斷腸處.	안개 젖은 버들숲 애끊는 곳 비추누나.

---

2 상여부(相如賦): 사마상여의 「장문부(長門賦)」. 이 부분은 봄이 더 오래 머물러 주기를 바라는 마음을 문학작품으로 호소한다 해도 누구도 그러한 바람을 이루어 주지 못한다는 것을 말하고 있다.

3 옥환비연(玉環飛燕): 당(唐)의 양귀비(楊貴妃)와 한(漢)의 조비연(趙飛燕). 모두 한때 황제의 총애를 받았으나, 비참하게 생을 마감하였다. '옥환(玉環)'은 양귀비의 아명이다. 이 구절은 아름답지만 곧 지게 될 봄꽃을 고사 속 영욕(榮辱)의 미인에 비유하여 표현한 것이다.

199. 영우락(永遇樂)

신기질(辛棄疾)

경구 북고정에서 옛 일을 그리다.

京口¹北固亭²懷古

千古江山,	천 년 세월 흐른 강산
英雄無覓,	영웅 찾을 길 없는
孫仲謀³處.	손권의 옛 터로다.
舞榭歌臺,	가무 즐긴 누대마다
風流總被,	넘쳐나던 풍류 모두
雨打風吹去.	비바람에 씻기어 사라졌도다.
斜陽草樹,	노을 물든 풀숲 터와
尋常巷陌,	흔한 골목길을 두고
人道寄奴⁴曾住.	사람들은 송 무제의 옛 집터라 말하누나.
想當年, 金戈鐵馬,	생각건대 그 무렵, 쇠창 들고 철마 달려
氣吞萬里如虎.	호랑이처럼 만 리 집어삼켰으리라.

---

1 경구(京口): 오늘날 강소성(江蘇省) 진강시(鎭江市). 오(吳)의 가장 오랜 수도였다.

2 북고정(北固亭): 진강시 동북쪽의 북고산(北固山)에 있는 정자.

3 손중모(孫仲謀): 손권(孫權). '중모(仲謀)'는 그의 자이다. 손권은 강동(江東)의 맹주로 활약하며 오(吳)의 개국황제가 되었고, 경구를 수도로 삼았다.

4 기노(寄奴): 남조(南朝) 송(宋) 무제(武帝)인 유유(劉裕). '기노(寄奴)'는 그의 아명이다. 경구 출신으로, 북벌에 성공하며 세력을 키워 남조 송을 세웠다.

元嘉草草⁵,	원가년에 섣불리
封狼居胥⁶,	낭거서산 올라서 봉선제를 지내려다
嬴得倉皇北顧.	허둥지둥 쫓겨와 북쪽 돌아보았더라.
四十三年⁷,	사십 년 하고도 또 삼 년이 지났어도
望中猶記,	먼 곳 바라볼 때면 아직 기억 또렷한
烽火揚州路.	봉홧불 활활 타던 양주의 큰길이여.
可堪回首,	차마 고개 돌리어 볼 수 있으랴
佛狸祠⁸下,	불리사 사당에는
一片神鴉社鼓⁹.	까마귀와 북 소리가 경내에 가득하다.
憑誰問,	누구 편에 물을런가,
廉頗¹⁰老矣,	염파장군 늙었어도
尙能飯否.	여직 밥을 잘 먹는지.

---

5 원가초초(元嘉草草): '원가(元嘉)'는 남조 송 문제(文帝)의 연호(424~454). '초초(草草)'는 경솔한 모양, 섣불리 행동하는 모양. 이 구절은 원가 27년(450)에 송 무제의 아들 문제가 북벌을 추진하다 실패했던 사실을 말하고 있다.

6 봉낭거서(封狼居胥): 낭거서산(狼居胥山)에서 봉선제를 올리다. 즉, 북벌을 하다. 낭거서산은 오늘날 내몽골 지역에 있는 산으로, 한(漢)의 장수 곽거병(霍去病)이 흉노와의 전투에서 승리를 거두고 봉선제를 올린 곳이다.

7 사십삼년(四十三年): 신기질이 1162년에 표(表)를 올리고 의병들을 인솔하여 양주(揚州)를 거쳐 남하한 뒤로 43년이 흘렀다는 것이다. 이 사를 지은 1204년에 신기질은 진강(鎭江)의 지부(知府)를 지내고 있었다.

8 불리사(佛狸祠): 현 남경시(南京市)의 장강 바로 이북인 과부(瓜阜)에 있는 사당. 금의 군대가 이곳에 진을 치고 장강 이남으로 남송을 침공할 준비를 한 바 있다.

9 신아사고(神鴉社鼓): 제수 음식을 먹는 까마귀 소리와 사일(社日)에 제를 올릴 때 치는 북소리. 즉, 제사를 지내는 소리. 불리사는 한때 금의 남송 침략 진지였던 곳이건만, 이제 남송의 조정과 백성은 그러한 치욕의 역사는 망각한 채 그곳에서 태평스럽게 사일 제사를 올리고 있다고 비판한 것이다.

10 염파(廉頗): 조(趙)의 장수. 나이가 든 후에도 '쌀밥 한 되와 고기 열 근(一飯斗米, 肉十斤)'을 거뜬히 먹으며 장수로서의 건장함을 보였다는 고사가 『사기(史記)·염파인상여열전(廉頗藺相如列傳)』에 전한다. 이 구절은 신기질 스스로를 염파 장군에 빗대어, 상부에서 자신의 능력을 알아주기를 바라는 뜻을 피력한 것이다.

200. 목란화만(木蘭花慢)

신기질(辛棄疾)

저주에서 범부관을 전송하다

滁州**1**送范倅

老來情味減,　　　　　늙을수록 살아가는 재미도 줄어들고

對別酒,　　　　　　　이별의 술잔을 대하노라니

怯流年.　　　　　　　흘러가는 세월이 두렵구나.

況屈指中秋,　　　　　더구나 손가락을 꼽아보니 때는 중추,

十分好月,　　　　　　더없이 좋기만 한 달빛이건만

不照人圓.**2**　　　　　만난 이들 비추지 아니하나니.

無情水, 都不管,　　　무정한 강물결은 조금도 상관 않고

共西風, 只管送歸船.　서풍과 함께 그저 배만 밀어 보낸다.

秋晚蓴鱸**3**江上,　　　늦가을 강가에서 순채 농어 맛보시고

夜深兒女燈前.　　　　깊은 밤 등 앞에서 가족과 정 나누게나.

征衫,　　　　　　　　길손 복장 잘 챙기고

---

1 저주(滁州): 오늘날 안휘성(安徽省) 저주시(滁州市). 작사 당시 신기질은 지주(知州)를 지내고
　있었으며, 그 부관은 범앙(范昻)이었다.

2 부조인원(不照人圓): 헤어졌다 다시 만나 대단원(大團圓)을 이룬 사람들을 비추지 아니하다.
　즉, 보름달이 중추절을 맞이하여 반가운 만남을 이룬 이들은 비추지 않고 곧 헤어질 자신들만
　비추고 있다는 원망이 섞인 표현이다.

3 순로(蓴鱸): 순채국과 농어회. 오중(吳中) 지역의 별미. 197.「수룡음(水龍吟)」의 '계응(季鷹)'
　주 참조.

便好去朝天,　　　　천자께 절 올리게나,

玉殿正思賢.　　　　조정에서 어진 선비 찾는다 하이.

想夜半承明[4],　　　그대는 밤 깊도록 승명려에서

留教視草,　　　　　머물며 어명 조서 꾸밀 것이요

卻遣籌邊.　　　　　변방 계책 다루는 일을 하리라.

長安[5],　　　　　　장안의

故人問我,　　　　　벗님들이 나에 대해 묻거든

道愁腸, 殢酒只依然.　말해 주게, 시름겨워 자꾸 술만 마신다고.

目斷秋霄落雁,　　　가을 하늘 날아가는 기러기를 보다가

醉來時響空弦.　　　술기운에 때때로 빈 활시위 울린다고.

---

4 승명(承明): 승명려(承明廬). 한대(漢代)에 궁궐 관리들이 야근을 하던 곳이다. 여기서는 범앙
　이 영전되어 가게 된 중앙 관직을 말한 것이다.

5 장안(長安): 여기서는 남송의 조정이 있는 임안(臨安)을 말한다.

201. 축영대근(祝英臺近)

신기질(辛棄疾)

늦봄

晩春

寶釵分,　　　　　비녀 둘로 쪼갰던

桃葉渡¹,　　　　　도엽의 나루터요,

煙柳暗南浦².　　　안개 젖은 버들로 그늘진 남포로고.

怕上層樓,　　　　층층누각 오르기가 두려운 것은

十日九風雨.　　　열흘 중 아홉 날은 비바람이 불어서라.

斷腸片片飛紅,　　조각조각 붉은 꽃잎 애끊도록 흩날려도

都無人管,　　　　마음을 써주는 이 하나 없는데

更誰勸, 啼鶯聲住.　꾀꼬리 우는 소린 또 누가 멎게 하나.

鬢邊覷,　　　　　귀밑머리 살피다가

應把花卜歸期,　　꽃을 들어 임께서 돌아올 날 점쳐 보곤

纔簪又重數.　　　머리에 꽂았다간 다시 또 셈을 꼽네.

---

1 도엽도(桃葉渡): 도엽이 떠나간 나루터. 즉, 남녀가 이별하는 나루터. 도엽은 진(晉) 왕헌지(王
　獻之)의 애첩으로, 왕헌지는 도엽과 작별하면서 다음과 같은 「도엽가(桃葉歌)」를 지었다. "도엽
　아 도엽아, 강 건널 제 힘겨운 노질 말거라, 강만 건너면 괴로울 일 없으리니, 내 친히 너를 마중
　나가리라(桃葉復桃葉, 渡江不用楫. 但渡無所苦, 我自迎接汝)."

2 남포(南浦): 남쪽 물가. 강엄(江淹)의 「별부(別賦)」에 "남쪽 물가에서 임을 떠나 보내나니, 어이
　하여 이다지도 슬픈가(送君南浦, 傷如之何)"라는 구절이 있다. '도엽도'와 마찬가지로 이별의 장
　소라는 함의를 가지고 있다.

羅帳燈昏,　　　　　　휘장 치고 등불도 흐릿한 방 안
哽咽夢中語.　　　　　흐느끼듯 꿈속에서 중얼거리네.
是他春帶愁來,　　　　이 봄은 시름 가득 몰고 오더니
春歸何處,　　　　　　봄만 어느 곳으로 돌아간 게냐
卻不解, 帶將愁去.　　시름 되가져 갈 줄 알지 못하고.

202. 청옥안(靑玉案)

신기질(辛棄疾)

대보름
元夕

東風夜放花千樹[1],	봄바람은 한밤중에 천 그루 꽃 피우더니
更吹落, 星如雨.	다시 불어 별비처럼 쏟아지게 한다오.
寶馬雕車香滿路,	예쁜 마차 오가는 길 채운 향이 좋구려,
鳳簫聲動,	퉁소 소리 힘차고
玉壺光轉,	둥근 옥병 빛나고
一夜魚龍舞[2].	밤새도록 어룡은 춤을 춘다오.
蛾兒雪柳黃金縷[3],	장신구 한껏 달고 곱게 꾸민 여인들
笑語盈盈暗香去.	웃으며 말하는데 살짝 향내 스쳤다오.
衆裏尋他千百度,	사람들 속 그녀를 백 번 천 번 찾는데
驀然回首,	문득 고개 돌린 곳에
那人卻在,	그녀가 있었다오,
燈火闌珊處.	등불 어슴푸레한 곳이었다오.

---

1 화천수(花千樹): 천 그루의 나무에 핀 꽃. 정월 대보름, 즉 원소절의 화려한 꽃등을 말한다. 원소절에는 각양각색의 등을 만들어 달고 밤새 불을 밝혀 노는 풍습이 있다. 아래 구의 '성여우(星如雨)', '옥호(玉壺)', '어룡(魚龍)' 등도 모두 다양한 모습의 등을 말한 것이다.

2 어룡무(魚龍舞): 물고기나 용 모양으로 만든 등이 마치 춤을 추듯 흔들리다.

3 아아설류황금루(蛾兒雪柳黃金縷): 여인이 원소절에 머리에 꽂는 장식물. 여기서는 아아, 설류, 황금루 등으로 한껏 꾸미고 등불놀이를 하는 여인을 말한다.

203. 자고천(鷓鴣天)

신기질(辛棄疾)

아호산에서 돌아온 후 병석에서 일어나 짓다.
鵝湖**1**歸病起作.

枕簟溪堂冷欲秋,　　대자리 깐 초당 차니 가을 들려나 보이

斷雲依水晚來收.　　저녁 무렵 물가에 조각구름 모였구나.

紅蓮相倚渾如醉,　　홍련은 옹기종기 술에 취한 듯하고

白鳥無言定自愁.　　백조가 말 없는 건 분명 시름겨워서라.

書咄咄**2**,　　　　'아아'라고 쓰노라

且休休**3**,　　　　물러나서 쉬련다,

一邱一壑也風流.　　언덕마다 골짝마다 운치 가득하구나.

不知筋力衰多少,　　내 기력이 얼마나 쇠했는지 몰라도

但覺新來懶上樓.　　누각에 오르기는 이제 아니 내킨다.

---

1 아호(鵝湖): 오늘날 강서성(江西省) 연산현(鉛山縣) 동북쪽에 있는 아호산(鵝湖山).

2 서돌돌(書咄咄): 탄식하는 소리를 글자로 쓰다. 진(晉)의 대신이었던 은호(殷浩)가 파면된 후, 온종일 허공에 "아아, 괴이한 일이로다(咄咄怪事)"라는 글자를 썼다는 고사가 『진서(晉書)·은호전(殷浩傳)』에 전한다. 이는 송의 남도 후 낮은 벼슬자리로 떠돌다가 결국 관직에서 물러나게 된 신기질의 울분을 기탁한 표현이다.

3 휴휴(休休): 관직에서 물러나다. 당(唐)의 사공도(司空圖)는 관직에서 물러나 중조산(中條山)에 휴휴정(休休亭)을 짓고 은거하였으며, 「휴휴정기(休休亭記)」를 남겼다.

204. 보살만(菩薩蠻)

신기질(辛棄疾)

강서 조구의 벽에 쓰다.
書江西造口[1]壁.

鬱孤臺[2]下淸江水,	울고대 아래쪽에 넘실대는 맑은 강물
中間多少行人淚.	그 중에 얼만큼이 나그네 눈물인가.
西北是長安[3],	서북쪽 방향 필시 장안이거늘
可憐無數山.	무수히 산 들어차 안타깝도다.

靑山遮不住,	청산도 강을 막지 못하는지라
畢竟東流去.	결국은 동쪽으로 강물 흐른다.
江晩正愁余,	저녁 강가 내 시름 깊어 가는데
山深聞鷓鴣.	깊은 산 속 자고새 울음 들린다.

---

1 조구(造口): 지명. 오늘날 강서성(江西省) 만안현(萬安縣)에 부근이다. 이 사는 신기질이 강서제
점형옥(江西提點刑獄)을 지내며 임지에서 지은 것이다.

2 울고대(鬱孤臺): 오늘날 강서성(江西省) 감현(贛縣) 서쪽에 있는 누대. 이 구절에서 울고대 아래
의 '맑은 강물(淸江水)'이란 곧 감수(贛水)를 말한다.

3 장안(長安): 수도의 대칭(代稱). 여기서는 금나라의 통치 하에 들어간 변경(汴京)을 상징한다.

205. 점강순(點絳脣)

강기(姜夔)

정미년(1187) 겨울에 오송을 지나며 짓다.
丁未冬, 過吳淞[1]作.

雁燕無心,　　　　　무심한 기러기는

太湖西畔隨雲去.　　태호 서쪽 물가에서 구름 따라 날아가고

數峰淸苦,　　　　　쓸쓸한 뭇 산에는

商略黃昏雨.　　　　황혼녘 빗방울이 쏟아질 듯하여라.

第四橋[2]邊,　　　　제사교 언저리서

擬共天隨[3]住.　　　천수자와 더불어 살고팠거늘

今何許.　　　　　　지금 어디 계실런가

憑欄懷古,　　　　　난간 기대 옛 일을 되새기는데

殘柳參差舞.　　　　시든 버들 멋대로 춤추는구나.

---

1 오송(吳淞): 오늘날 강소성(江蘇省) 오강시(吳江市)에 해당하며, 태호(太湖)에 접해 있다.

2 제사교(第四橋): 다리 이름. 일명 감천교(甘泉橋). 『소주부지(蘇州府志)』에 "감천교는 일명 제사교로, 샘물 맛이 네 번째로 좋다(甘泉橋一名第四橋, 以泉品居第四也)"라는 기록이 있다.

3 천수(天隨): 천수자(天隨子). 당(唐) 육구몽(陸龜蒙)의 호. 『오군도경속지(吳郡圖經續志)』에 "육구몽의 집은 송강 상류 물가에 있다(陸龜蒙宅在松江上浦里)"라는 기록이 있다.

206. 자고천(鷓鴣天)

강기(姜夔)

대보름 밤에 꿈을 꾸다.
元夕有所夢.

肥水¹東流無盡期,	동쪽으로 흐르는 비수 다할 날 없겠지
當初不合種相思.	애초에 그리움도 품지 말 걸 그랬지.
夢中未比丹靑²見,	꿈이라서 그림보다 덜해 보이더라만
暗裏忽驚山鳥啼.	어둠 속 산새 울어 문득 놀라 깨었노라.

春未綠,	봄은 아직 덜 푸른데
鬢先絲,	머리 먼저 희게 세고
人間別久不成悲.	이별이 오래되면 슬프지 않다던데
誰教歲歲紅蓮³夜,	누구 탓에 해마다 꽃등 밝힌 대보름 밤
兩處沈吟各自知.	함께 못하는 슬픔 저마다 품고 있나.

---

1 비수(肥水): 강 이름. 『태평환우기(太平寰宇記)』에 "여주 합비현으로부터 비수가 흘러나와 서남
  방면 80리에 있는 남가산 동남쪽의 소호로 흘러든다(廬州合肥縣, 肥水出縣西南八十里藍家山
  東南, 流入於巢湖)"라는 기록이 있다.
2 단청(丹靑): 붉은 색과 푸른 색 등의 안료를 써서 그린 그림. 이 구절은 작자가 꿈속에서 모처럼
  본 장면이 화공의 그림보다도 덜 선명하였다는 것을 아쉬운 어조로 말한 것이다.
3 홍련(紅蓮): 붉은 연꽃 모양의 등. 대보름 밤에는 각양각색의 등을 밝히는 풍습이 있다.

207. 답사행(踏莎行)

강기(姜夔)

면주에서 동쪽으로 오던 길에 정미년(1187) 새해 첫 날 금릉 강가에 도착했는데, 기억에 깊이 남는 꿈을 꾸어 이 사를 짓다.

自沔[1]東來, 丁未元日, 至金陵江上, 感夢而作.

燕燕[2]輕盈,　　　　　연연처럼 사뿐한 그 몸짓하며

鶯鶯[3]嬌軟,　　　　　앵앵처럼 어여쁜 그 자태하며

分明又向華胥[4]見.　　또렷이 또 꿈에서 보게 됐나니.

夜長爭得薄情知,　　　"박정한 이가 어찌 밤 긴 것을 알겠어요

春初早被相思染.　　　초봄부터 저는 진작 그리움에 젖었건만."

別後書辭,　　　　　　이별 후에 보내 온 편지 글 따라

別時針線,　　　　　　이별하며 지어 준 옷 솔기 따라

離魂暗逐郎行遠.　　　그 혼백이 임을 몰래 좇아 멀리 온 것일 터.

淮南皓月冷千山,　　　회남의 흰 달빛이 추운 뭇 산 비출 제

冥冥歸去無人管.　　　어둠 속에 저 홀로 돌아가고 말았구나.

---

1 면(沔): 면주(沔州). 오늘날 섬서성(陝西省) 약양현(略陽縣).

2 연연(燕燕): 미인의 이름.

3 앵앵(鶯鶯): 미인의 이름. 이 부분의 '연연'과 '앵앵' 모두 강기가 사랑했던 한 여인을 비유하고 있다. 강기는 과거에 사랑했던 연인을 지난 밤 꿈에서 만나고 이 사를 지었다.

4 화서(華胥): 꿈속. 황제(黃帝)가 꿈속에서 화서국(華胥國)이라는 이상향에서 노닐었다는 고사가 있다

208. 경궁춘(慶宮春)

강기(姜夔)

소희 신해년(1191) 섣달 그믐 저녁에 석호거사 범성대와 작별하고 오흥으로 돌아오던 길이었다. 눈이 그친 뒤 수홍교를 지나며 이런 시를 지었다. "드넓은 태호에 기러기 그림자 희미하고, 눈 쌓인 겹겹의 봉우리에 구름 서려 있구나. 쓸쓸한 다리에 봄추위 머무는 밤, 시인 태우고 돌아가는 배 한 척 있을 뿐이로다." 5년 후 겨울에 다시 유상경, 장평보, 섬박옹과 함께 봉우에서 배를 타고 양계를 향했다. 길은 오송을 지나는데, 산은 추위가 한창이었고 하늘은 멀리까지 뻗어 있었으며 구름은 사방에서 넘실거렸다. 깊은 밤중에 서로를 불러내어 수홍교를 거닐었다. 호수면에 드리워진 별빛은 고기잡이 등불과 뒤섞여 반짝거렸고, 몰아치는 삭풍은 한두 잔 술로는 견딜 수 없을 만큼 추웠다. 섬박옹은 이불을 푹 뒤집어 쓰고서도 우리와 함께 거닐며 시사 구절을 읊조렸다. 그래서 나도 이 사를 짓고 열흘 넘게 다듬어 완성했다. 섬박옹은 내가 쓸데없이 그리 하였다고 타박하였으나, 내가 좋아서 하는 일이니 그만 둘 수 없었다. 장평보, 유상경, 섬박옹 모두 시에 능하여 작품이 다들 뛰어나다. 나 역시 애써 그들을 따르고 싶어서 이번 기행에서 돌아온 뒤 각각 50여 수를 지었다.

紹熙辛亥除夕, 予別石湖[1]歸吳興[2], 雪後, 夜過垂虹, 嘗賦詩云, "笠澤[3]茫茫雁影微, 玉峰重疊護雲衣. 長橋寂寞春寒夜, 只有詩人一商歸." 後五年冬, 復與兪商卿, 張平甫, 銛朴翁[4]自封禺同載, 詣梁溪, 道經吳松, 山寒天迥, 雲浪四合, 中夕相呼步垂虹, 星斗下垂, 錯雜漁火. 朔吹凜凜, 厄酒不能支. 朴翁以衾自纏, 猶相與行吟. 因賦此闋, 蓋過旬塗稿乃定. 朴翁咎予無益, 然意所耽, 不能自已也. 平甫, 商卿, 朴翁皆工於詩, 所出奇詭. 予亦强追逐之. 此行旣歸, 各得五十餘解.

---

1 석호(石湖): 석호거사(石湖居士), 범성대(范成大)의 호.

2 오흥(吳興): 절강성(浙江省) 호주시(湖州市)의 옛 이름.

3 입택(笠澤): 태호(太湖)의 다른 이름.

4 유상경(兪商卿), 장평보(張平甫), 섬박옹(銛朴翁): 각각의 본명은 유호(兪灝), 장감(張鑑), 갈천민(葛天民)이다. 모두 강기의 친구들이다.

雙槳蒪波,	순채 자란 강물 따라 노 저어 가노라니
一簑松雨,	솔잎향 밴 빗방울은 도롱이를 적시고
暮愁漸滿空闊.	늦저녁의 시름은 호수 가득 들어찬다.
呼我盟鷗[5],	약조 맺은 갈매기를 소리 내어 불렀나니
翩翩欲下,	퍼덕퍼덕 날갯짓해 내려올 듯하다가
背人還過木末.	날 등지고 나뭇가지 끝 너머로 날아간다.
那回歸去,	지난 날 이곳 떠나 돌아갈 적에
蕩雲雪,	자욱이 긴 구름과 눈발 헤치며
孤舟夜發.	밤중에 쓸쓸히 배 떠났었더라.
傷心重見,	또 와보매 맘 더없이 아파오는 건
依約眉山,	여인 눈썹 닮은 산 아스라하게
黛痕低壓.	눈썹 먹빛 나직이 드리웠기에.
采香徑[6]裏春寒,	봄추위가 쌀쌀한 채향경 시내 따라
老子婆娑[7],	이리저리 한가히 걷는 늙은이
自歌誰答.	홀로 부른 노래에 누가 답하리.
垂虹西望,	서쪽의 수홍교를 바라보면서
飄然引去,	배는 둥실 가볍게 흘러가나니
此興平生難遏.	이 흥취는 평생토록 그만두기 어렵구나.
酒醒波遠,	질펀한 태호의 물 위에서 술을 깨니

---

5 맹구(盟鷗): 강호에서 더불어 살기로 약조를 맺은 갈매기. 은거를 상징하는 말이다. 육유(陸游)의 「비 내리는 밤에 당안을 그리워하며(夜雨懷唐安)」에 "안개 낀 너른 호숫가에서 이미 갈매기와 약조하였노라(平湖煙水已盟鷗)"라는 구절이 있다.

6 채향경(采香徑): 시내 이름. 『소주부지(蘇州府志)』에 "채향경은 향산 옆에 있으며, 작은 시내이다(采香徑在香山之旁, 小溪也)"라는 기록이 있다.

7 파사(婆娑): 일정 범주 내의 장소를 돌아다니다. 배회하다.

政凝想, 明璫素襪8.   마음 깊이 떠오르는 아리따운 여인이여.

如今安在,   지금은 어딜 가고

惟有闌干,   그저 난간 기둥만이

伴人一霎.   잠시 내 곁 지키는가.

---

8 명당소말(明璫素襪): 반짝이는 귀걸이와 흰 버선. 즉, 그러한 차림새로 꾸민 미인을 말한다.

209. 제천락(齊天樂)

강기(姜夔)

병진년(1196) 장자(張鎡)와 더불어 장달가(張達可)의 집에 모여 술을 마셨다. 담장 사이에서 귀뚜라미 우는 소리가 들려오자 장자는 나와 함께 귀뚜라미에 대한 가사를 써서 노래꾼에게 주기로 약조하였다. 장자가 먼저 완성하였는데 가사가 참으로 아름다웠다. 나는 말리화가 가득 핀 꽃밭 사이를 거닐며 가을 달을 우러러 보다가 문득 깊은 생각이 떠올라 이내 이 사를 썼다. 귀뚜라미는 수도 임안에서는 '촉직'이라고도 부르는데, 싸움을 곧잘 한다. 어떤 호사가들은 귀뚜라미 한 마리에 이삼십만 전이나 주고 사서는 상아로 깎은 누각 모형 집에 그것을 넣어 기르곤 한다.

丙辰歲, 與張功甫[1]會飮張達可[2]之堂. 聞屋壁間蟋蟀有聲, 功甫約余同賦, 以授歌者. 功甫先成, 詞甚美. 余徘徊末利花間, 仰見秋月, 頓起幽思, 尋亦得此. 蟋蟀, 中都[3]呼爲促織[4], 善鬪. 好事者或三二十萬錢致一枚, 鏤象齒爲樓觀以貯之.

庚郎[5]先自吟愁賦,	유신이 먼 옛날에 「수부」를 읊고부터,
凄凄更聞私語.	귀뚜라미 우는 소리 한결 슬피 들렸더라.
露濕銅鋪,	이슬 젖은 동 문고리
苔侵石井,	이끼 자란 돌우물가

---

1 장공보(張功甫): 장자(張鎡)의 자(字).

2 장달가(張達可): 생애 미상. 양만리(楊萬里)의 『성재집(誠齋集)』에는 장자(張鎡)의 옛 자가 '시가(時可)'로 되어 있고 그 옆에 '달가(達可)'도 나란히 적혀 있는 점으로 미루어, 장달가(張達可)는 장자(張鎡)의 형제이거나 동일 항렬의 인물로 추측된다.

3 중도(中都): 수도. 남송의 임안(臨安)으로, 오늘날의 항주(杭州).

4 촉직(促織): 귀뚜라미의 별칭. '길쌈을 재촉하다'라는 의미를 가진다.

5 유랑(庚郎): 남조 양(梁) 출신의 문인 유신(庚信). 「수부(愁賦)」의 저자이다. 여기서는 강기에 앞서 귀뚜라미를 소재로 사를 완성한 장자(張鎡)를 지칭한다고 볼 수도 있다.

都是曾聽伊處.　　이 모두 그 소리가 들려오던 곳.

哀音似訴,　　서글픈 소리가 꼭 하소연 하는 듯해

正思婦無眠,　　임 그리운 여인은 잠을 못 이루다가

起尋機杼.　　일어나 베틀 북을 찾아드나니

曲曲屛山,　　겹겹이 둘러쳐 둔 병풍 안에서

夜涼獨自甚情緖.　　쌀쌀한 밤 외로이 어떤 마음 품을런가.

西窻又吹暗雨,　　또 밤비 들이치는 서쪽 창가에

爲誰頻斷續,　　뉘 들으라 자꾸만 맺고 이으며

相和砧杵.　　다듬이질 소리에 화답하느냐.

候館迎秋,　　객사에서 가을을 맞이하다가

離宮弔月,　　행궁에서 달 슬피 바라보다가

別有傷心無數.　　마음 아파한 이들 수 없으리라.

豳詩6謾與7,　　빈풍의 「칠월」 시는 내키는 대로

笑籬落呼燈,　　울타리에 등 걸고 즐겁게 웃던

世間兒女.　　여염집 아녀자가 쓴 것이렷다.

寫入琴絲,　　이 소리를 거문고 줄로 타보면

一聲聲最苦.　　소절 하나하나 참 괴롭거늘.

---

6 빈시(豳詩): 『시경(詩經)』 빈풍(豳風) 편의 시. 구체적으로는 빈풍 편의 수록 시 중 귀뚜라미를 노래한 「칠월(七月)」 시를 말한다.

7 만여(謾與): 마음 내키는 대로. 제멋대로. 이 부분은 『시경』 빈풍의 「칠월」 시는 흥이 나는 대로 지은 것이라 귀뚜라미 소리의 서글픈 느낌을 제대로 표현하지 못하였다고 말한 것이다.

210. 비파선(琵琶仙)

강기(姜夔)

「오도부」에는 "건물들이 안개 낀 물가에 늘어섰고 집집마다 화려한 배를 갖추고 있다."라고 하였다. 오직 오흥만이 그러하니, 봄놀이의 성대함으로 보자면 서호도 오흥을 능가하지는 못한다. 기유년(1189)에 나는 소시보와 함께 술을 싣고 성의 남쪽에서 놀다가 감흥이 일어 이 사를 지었다.

吳都賦[1]云, 戶藏煙浦, 家具畫船. 唯吳興爲然, 春游之盛, 西湖未能過也. 己酉歲, 余與蕭時父載酒南郭感遇成歌.

雙獎來時,	삿대 저어 다가올 제
有人似, 舊曲桃根桃葉[2].	옛 노래 속 도근도엽(桃根桃葉) 꼭 닮은 이 있구나.
歌扇輕約飛花,	부채로 흩날리는 꽃잎 살짝 막는데
蛾眉正奇絶.	굽은 눈썹 참으로 곱기도 하다.
春漸遠,	봄은 점점 깊어가고
汀洲自綠,	녹음 짙은 물가에는
更添了, 幾聲啼鴂.	두견새 우는 소리 몇 마디 또 더해진다.
十里揚州[3],	십 리 벋은 양주에서

---

1 오도부(吳都賦): 서진(西晉) 좌사(左思)의 「삼도부(三都賦)」 중 하나. 그러나 이 서문에서 인용된 구절은 실제로는 당(唐) 이유(李庾)의 「서도부(西都賦)」로, 강기의 착오가 있었던 듯하다.

2 구곡도근도엽(舊曲桃根桃葉): 옛 노래 속의 도엽과 도근. 여기서는 강가에서 만난 미인의 대칭(代稱)으로 쓰였다. 옛 노래란 진(晉) 왕헌지(王獻之)가 애첩 도엽을 총애하여 지은 「도엽가(桃葉歌)」를 말한다.

3 십리양주(十里揚州): 두목(杜牧)의 애정담의 배경이 된 곳. 두목은 「증별(贈別)」에서 "어여쁘고 가녀린 열세 살 아가씨, 봄날 가지 끝에 피어난 두구꽃을 닮았구나. 봄바람 부는 양주 십 리 길,

三生杜牧,⁴

前事休說.

두목으로 또 산다만

옛 일은 말 않으련다.

又還是, 宮燭分煙.

奈愁裏, 恩恩換時節.

都把一襟芳思,

與空階楡莢.

千萬縷, 藏鴉細柳,

爲玉尊, 起舞回雪.

想見西出陽關,

故人初別.

궁중 불씨 나눠 받는 한식날 또 되었구나

어이하나 시름 속에 때는 잘도 바뀐다.

가슴 가득 들어찬 봄의 심사(心思)는

빈 섬돌 위 느릅나무 깍지에 다 내주리라.

천만 가닥 실버들에 까마귀가 숨어 들고

술잔엔 버들개지가 눈꽃마냥 춤을 춘다.

눈앞에 선하구나, 양관 서쪽 나서며

그 사람과 이제 갓 작별했던 순간이.

주렴 걷고 봐도 모두가 그녀만 못하다네(娉娉裊裊十三餘, 豆蔲梢頭二月初. 春風十里揚州路, 捲
上珠簾總不如)"라고 하였다.

4 삼생두목(三生杜牧): 환생하여 세 번을 사는 두목. 삼생(三生)의 개념은 불가(佛家)에서 유래
한 것으로, 전생(前生), 현생(現生), 내세(來世)의 생을 말한다. 이 구절은 화자 자신이 바로 환생
한 두목이라는 것을 말하고 있다.

211. 팔귀(八歸)

강기(姜夔)

상강가에서 호덕화를 전송하며

湘中**1**送胡德華**2**

芳蓮墜粉,　　　　향기롭던 연꽃은 꽃씨 떨구고

疏桐吹綠,　　　　푸른 잎 진 오동엔 찬바람 불고

庭院暗雨乍歇.　　뜰 적시던 저녁 비는 이제 막 그쳤다네.

無端抱影銷魂處,　그림자 끌어안고 우두커니 넋 놓은 곳

還見篠牆螢暗,　　울타리의 반딧불은 제 빛을 잃어 가고

蘚階蛩切.　　　　이끼 낀 섬돌 아래 귀뚜라미 슬피 우네.

送客重尋西去路,　길손을 전송하려 서쪽 길 또 나섰나니

問水面, 琵琶誰撥.　강가에서 비파 타 줄 사람은 누구런가.

最可惜, 一片江山,　슬프게도 이 강산을

總付與啼鴃**3**.　　두견에게 다 내줬네.

長恨相逢未款,　　만난 동안 아직 진심 못 다 전해 아쉬
　　　　　　　　　운데

---

1 상중(湘中): 상강(湘江)가. 상강은 호남성(湖南省) 최대의 하천으로, 동정호(洞庭湖)를 거쳐 장
강(長江)으로 들어간다.

2 호덕화(胡德華): 인명. 구체적인 생평은 미상이나, 이 작품의 내용상 강기의 친구인 듯하다.

3 총부여제결(總付與啼鴃): (강산을) 우는 두견새에게 다 주다. 즉, 슬프게 우는 두견새의 소리가
온 강산에 가득하다는 의미이다.

而今何事,

又對西風離別.

渚寒煙淡,

棹移人遠,

飄渺行舟如葉.

想文君[4]望久,

倚竹愁生步羅襪[5].

歸來後, 翠尊雙飲,

下了珠簾,

玲瓏閒看月.

지금 무슨 사연으로

또 갈바람 맞으며 헤어지는가.

추운 강가 뒤덮은 엷은 안개 속

노 저으며 자네는 멀어지나니

아스라이 떠난 배는 나뭇잎을 닮았구나.

지어미는 오랫동안 기다리고 있었으리,

대울 곁에 시름겹게 버선발을 옮겼으리.

돌아가면 푸른 술잔 둘이서 기울이다

주렴을 내려 두고

영롱한 달빛 감상 한가로이 즐기시게.

---

4 문군(文君): 탁문군(卓文君). 본디 한대(漢代) 사마상여(司馬相如)의 아내이나, 여기서는 친구 호덕화의 아내를 가리키는 표현으로 쓰였다.

5 보나말(步羅襪): 비단 버선을 신고 걷다. 이 구절은 호덕화의 아내가 근심스럽게 대울타리 곁을 서성이며 남편을 기다리고 있는 장면을 묘사한 것이다.

212. 염노교(念奴嬌)

강기(姜夔)

나는 무릉에서 객으로 지낸 적이 있다. 무릉은 호북의 제점형옥이 설치된 곳으로, 오래된 성과 강이 있으며 교목은 하늘까지 뻗어 있다. 나는 친구 두세 명과 어울려 날마다 그곳에서 뱃놀이를 즐기고 연꽃 사이에서 술을 마셨는데, 그윽하고 한적한 느낌이 마치 인간 세상이 아닌 것 같았다. 마침 가을 물이 말라서 연잎이 땅으로부터 한 길 높이쯤 되게 솟아 있었다. 그 아래에 옹기종기 앉아 있으면 위로는 해가 보이지 않았고, 맑은 바람이 살랑살랑 불면 초록 구름 같은 연잎이 절로 흔들렸으며, 잎 사이로 화려한 놀잇배가 슬쩍슬쩍 보였으니 그것도 하나의 즐길 거리였다. 오흥으로 와서도 자주 연잎 사이에서 노닐고 또 밤에는 서호에서 배를 타고 즐기는데, 그 풍광이 빼어나기에 이 사를 짓는다.

余客武陵[1], 湖北憲治[2]在焉. 古城野水, 喬木參天. 余與二三友, 日蕩舟其間, 薄荷花而飮, 意象幽閑, 不類人境. 秋水且涸, 荷葉出地尋丈, 因列坐其下, 上不見日, 淸風徐來, 綠雲自動, 間於疏處, 窺見游人畫船, 亦一樂也. 揭來吳興, 數得相羊[3]荷花中, 又夜泛西湖, 光景奇絶, 故以此句寫之.

鬧紅一舸,	배를 타고 진분홍빛 연꽃무리 지나노라
記來時,	옛적에도 여기 와서
嘗與鴛鴦爲侶.	원앙새를 벗 삼아 노닐곤 했더랬지.
三十六陂[4]人未到,	서른여섯 연못에 인기척 하나 없이

---

1 무릉(武陵): 오늘날 호남성(湖南省) 상덕시(常德市). 당시 강기는 호북참의(湖北參議) 소덕조(蕭德藻)의 집에서 객으로 지내고 있었다.

2 헌치(憲治): 송대 각 지방 최고의 사법 기구인 제점형옥(提點刑獄).

3 상양(相羊): 노닐다, 배회하다. '상양(徜徉)'과 같다.

4 삼십육피(三十六陂): 서른여섯 개의 연못. 이는 많은 수의 연못을 뜻하는 관용적인 표현이다.

水佩風裳無數.　　　　　물과 바람 어우러진 연꽃만 가득하네.

翠葉吹涼,　　　　　　　푸른 잎에 시원한 바람이 불면

玉容消酒,　　　　　　　고운 얼굴 사르르 술기운 깨고

更灑菰蒲雨.　　　　　　물풀 위로 후두둑 빗방울 들면

嫣然搖動,　　　　　　　방긋방긋 웃으며 살랑이나니

冷香飛上詩句.　　　　　서늘한 향이 풀썩 시구로 날아드네.

日暮,　　　　　　　　　해 기울어 간다네

青蓋亭亭,　　　　　　　푸른 양산 닮은 연잎 우뚝 솟은 너머로.

情人不見,　　　　　　　정든 임을 못 보고서

爭忍凌波去.　　　　　　어찌 차마 사뿐히 물결 밟고 떠나리오.

只恐舞衣寒易落,　　　　고운 꽃이 추위에 이내 질까 걱정이요,

愁入西風南浦.　　　　　서풍 부는 남포에 시름 들까 두렵다네.

高柳垂陰,　　　　　　　높이 뻗은 버들은 그늘을 드리우고

老魚吹浪,　　　　　　　물고기는 물결을 출렁이며 다가와

留我花間住.　　　　　　연꽃 사이 머물라며 나를 붙잡아 두네.

田田⁵多少,　　　　　　　빼곡히 자란 연잎 또 어찌나 많은지

幾回沙際歸路.　　　　　몇 번이고 모래펄서 돌아갈 길 망설이네.

왕안석(王安石)의 「서태일궁 벽에 쓰다(題西太一宮壁)」에도 "서른여섯 연못에 봄물 찰랑이고 (三十六陂春水)"라는 구절이 있다.

5 전전(田田): 연잎이 무성하게 자란 모양. 연잎이 빽빽하게 들어찬 모양. 고악부시(古樂府詩)에 "강 남은 연을 딸 만하구나, 연잎이 어찌나 가득 자라 있는지(江南可采蓮, 蓮葉何田田)"라는 구절 이 있다.

213. 양주만(揚州慢)

강기(姜夔)

순희 병신년(1176) 동짓날, 나는 양주를 지나고 있었다. 저녁 무렵 눈발이 그치면서 멀리까지 냉이와 보리가 돋아난 풍경이 보였다. 성 안에 들어서니 사방은 온통 쓸쓸했고 차가운 수면은 파랗게 펼쳐져 있었으며, 차츰 번지는 땅거미 사이로 군영 나팔 소리가 구슬프게 울려왔다. 나는 슬픈 마음이 들면서 금석지감이 느껴져 이 사를 지었다. 소덕조 어르신께서는 이 사에 망국지탄의 슬픔이 담겨 있다고 하셨다.

淳熙丙申至日, 予過維揚1. 夜雪初霽, 薺麥彌望. 入其城則四顧蕭條, 寒水自碧, 暮色漸起, 戌角悲吟. 予懷愴然, 感慨今昔, 因自度此曲. 千巖老人2以爲有黍離之悲3也.

淮左4名都,   회수 동쪽 이름난 도읍지 양주

竹西5佳處,   죽서정 멋진 풍광 빼어난 곳에

解鞍少駐初程.   말안장 풀고 잠시 초행길을 멈추었네.

過春風十里6,   봄바람 솔솔 불던 십 리 길에는

盡薺麥靑靑.   냉이와 보리만이 푸릇푸릇 들어찼네.

---

1 유양(維揚): 양주(揚州)의 다른 이름.

2 천암노인(千巖老人): 소덕조(蕭德藻)의 자호(自號).

3 서리지비(黍離之悲): 나라가 망하여 옛 궁실이 황폐한 기장밭으로 변한 슬픔. 『시경·왕풍(詩經·王風)』에 그러한 내용을 노래한 「서리(黍離)」시가 있다.

4 회좌(淮左): 회수의 동쪽. '좌(左)'는 방위상 동쪽을 가리킨다.

5 죽서(竹西): 양주성(揚州城)에 있는 정자의 이름.

6 과춘풍십리(過春風十里): 봄바람 부는 십 리 양주 길. 즉, 금의 침공을 당하기 전에 화려했던 양주의 옛 번화가. 두목(杜牧)의 「증별(贈別)」에, "봄바람 부는 십 리 양주 길(春風十里揚州路)"이라는 구가 있다.

自胡馬, 窺江去後,	오랑캐 말무리가 장강을 넘본 후로
廢池喬木,	황폐해진 연못도 웃큰 나무도
猶厭言兵.	전쟁 얘기 꺼내면 치를 떤다네.
漸黃昏,	황혼 점차 기울 무렵
淸角吹寒,	뿔피리 맑은 소리 찬바람 타고
都在空城.	텅 빈 성 안 가득히 들어찬다네.
杜郞俊賞,	두목은 이곳 생활 즐겼다던데
算而今, 重到須驚.	지금 다시 온다면 분명 깜짝 놀라리.
縱豆蔲詞[7]工,	두구꽃 읊은 구절 잘 썼다 한들
靑樓夢[8]好,	청루몽 노래한 시 좋다고 한들
難賦深情.	깊은 이 내 심정은 못 다 써내리.
二十四橋[9]仍在,	지금껏 남아 있는 이십사교엔
波心蕩, 冷月無聲.	찬 달빛만 소리 없이 물결 따라 넘실댄다.
念橋邊紅藥,	다리 곁에 피어난 붉은 작약꽃
年年知爲誰生.	해마다 누굴 위해 피어나느냐.

---

7 두구사(豆蔲詞): 두구꽃을 읊은 노래. 즉, 두목의 시를 말한다. 두목의 「증별(贈別)」에 "봄날 가지 끝에 피어난 두구꽃을 닮았구나(豆蔲梢頭二月初)"라는 구절이 있다.

8 청루몽(靑樓夢): 청루, 즉 기루(妓樓)에서 보냈던 일장춘몽 같은 생활을 노래한 시. 이 역시 두목의 시를 말한다. 두목의 「마음을 털어놓다(遣懷)」에 "십 년의 양주 일장춘몽에서 깨어나 보니, 청루에서 박정한 사람이라는 이름만 얻었구나(十年一覺揚州夢, 嬴得靑樓薄幸名)"라는 구절이 있다.

9 이십사교(二十四橋): 당대(唐代)에 양주 서쪽에 있던 24개의 다리. 심괄(沈括)의 『보필담(補筆談)』 주에 북송대에는 그 중 7개의 다리만 남았다고 전하며, 이후 전란을 거치며 그 수는 더욱 줄어들게 되었다. '지금껏 남아있는 이십사교'라는 구절은 그 중 남송 말까지 남아 있던 것들을 말한다.

214. 장정원만(長亭怨慢)

강기(姜夔)

나는 직접 작곡하기를 즐기는데, 처음에 마음 가는 대로 사구를 지은 다음에 음률에 맞춘다. 그러므로 전과 후로 작품이 달라지는 경우가 많다. 환온은 이런 말을 하였다. "옛날에 심은 버드나무가 한수 남쪽에서 한들한들거렸거늘, 이제 그 잎이 흩날려 떨어지는 것을 보며 강가에서 슬픔에 젖노라. 나무도 이러한데, 사람이 어찌 견디랴." 나는 이 말이 참 좋다.

余頗喜自制曲, 初率意爲長短句, 然後協以律, 故前後闋多不同. 桓大司馬[1]云, "昔年種柳, 依依漢南. 今看搖落, 悽愴江潭. 樹猶如此, 人何以堪." 此語余深愛之.

漸吹盡,	바람에 실려 죄다 날아갔구나
枝頭香絮,	가지 끝 향긋했던 버들개지야.
是處人家,	이곳에는 사람들 사는 집마다
綠深門戶.	문 앞으로 녹음이 깊어 가는데
遠浦縈回,	멀리 포구 물결이 휘감기는 곳
暮帆零亂,	해 질 무렵 돛단배 바삐 오가니
向何處.	모두 다 어디로들 향하는 게냐.
閱人多矣,	사람 많이 본 걸로 친다고 하면
誰得似, 長亭[2]樹.	장정 나무만한 이 누가 있으랴.

---

1 환대사마(桓大司馬): 동진(東晋) 시대의 환온(桓溫). 『진서·환온전(晋書·桓溫傳)』에 환온이 예전에 심었던 버드나무가 훗날 크게 자란 것을 보고 탄식하였다는 고사가 전한다.

2 장정(長亭): 나그네가 묵는 곳. 시초는 공무차 출장길에 오른 관원들을 위한 휴게처였으나, 차츰 일반적인 숙소로 그 의미가 확대되었다. 나그네가 잠시 묵었다가 떠나가는 곳이므로 '이별의 장

樹若有情時,　　　　　　나무가 만약 정이 있었더라면

不會得, 靑靑如許.　　　　이토록 푸르지는 못할 듯싶다.

日暮,　　　　　　　　　　해 기울어 가는데

望高城不見,　　　　　　　한껏 멀리 내다봐도 높은 성은 뵈지 않고

只見亂山無數.　　　　　　그저 마구 솟아오른 뭇 산만 보이누나.

韋郞[3]去也,　　　　　　　위고가 떠난 뒤로

怎忘得, 玉環分付.　　　　옥가락지 주며 맺은 약속 어찌 잊었으리.

第一是, 早早歸來,　　　　하루빨리 돌아감이 제일이리라

怕紅萼, 無人爲主.　　　　붉은 꽃 즐길 이가 없을 듯하니.

算空有幷刀[4],　　　　　　잘 드는 병주 가위 있다고 한들

難翦離愁千縷.　　　　　　이별 시름 천 가닥 못 잘라내리.

소'라는 함의도 지니고 있다.

3 위랑(韋郞): 위고(韋皋) 고사의 주인공. 『운계우의(雲溪友議)』에 그 이야기가 전한다. "위고가
  강하에서 유람하던 중에 옥소라는 기녀와 정을 맺었다. 7년 후에 다시 만나기로 약속하고 옥가
  락지를 주었는데, 8년이 되어도 위고가 돌아오지 않자 옥소는 식음을 전폐하고 죽었다. 후에 위
  고가 한 가기를 만났는데 생김새가 옥소와 꼭 닮았고 가운데 손가락은 마치 옥가락지를 낀 것처
  럼 살이 불룩하였다(韋皋游江夏, 與靑衣玉簫有情, 約七年再會, 留玉指環, 八年, 不至, 玉簫絶
  食而歿. 後得一歌妓, 眞如玉簫, 中指肉隱如玉環)." 여기서 위고는 여인과 맺었던 약조를 지키지
  못하는 강기 자신을 가리킨다.

4 병도(幷刀): 가위의 명산지인 병주(幷州)에서 만든 가위. 잘 드는 가위.

215. 담황류(淡黃柳)

강기(姜夔)

합비성 남부의 적란교 서쪽에서 객으로 머물고 있다. 처량한 거리 모습이 강남과는 사뭇 다른데, 다만 버드나무가 길 양쪽에 늘어서서 하늘거리는 모습은 어여쁘다. 이에 이 사를 지어서 나그네의 마음을 달랜다.

客居合肥南城赤闌橋之西, 巷陌凄涼, 與江左異, 唯柳色夾道, 依依可憐. 因度此闌, 以紓客懷.

空城曉角,　　　　　텅 빈 성을 울리는 새벽의 나팔 소리

吹入垂楊陌.　　　　수양버들 늘어선 큰길에도 들려오네.

馬上單衣寒惻惻.　　말 오르니 홑겹 옷이 으슬으슬 추운데

看盡鵝黃嫩綠,　　　연노란빛 연두빛의 버들잎이 보이누나

都是江南舊相識.　　모두 전에 강남에서 보던 풍광이로다.

正岑寂,　　　　　　쓸쓸한 기분 한참 짙어지는데

明朝又寒食.　　　　내일이면 또다시 한식이 돌아오네.

強攜酒, 小橋[1]宅.　 기운 내 술병 들고 그녀 집에 가련만

怕梨花, 落盡成秋色.　배꽃 다 져 가을처럼 쓸쓸해진 않을는지.

燕燕飛來,　　　　　제비 떼가 푸드득 날아오나니

問春何在,　　　　　봄은 어디 있는지 물어볼거나,

---

1 소교(小橋): 인명. 아름다운 여인. 『삼국지(三國志)·오서(吳書)』「주유(周瑜)」편에 "교현(橋玄) 공에게는 두 딸이 있었으니 모두 미모가 뛰어났다(橋公兩女, 皆國色也)"라는 구절이 있다. 여기서는 작자가 사랑했던 여인을 가리킨다.

343

惟有池塘自碧.　　　연못물만 파랗게 변해가고 있구나.

216. 암향(暗香)

강기(姜夔)

신해년(1191) 겨울에 나는 눈을 맞으며 석호거사 범성대를 찾아갔다. 한 달을 그곳에서 머물렀는데, 그가 내게 종이를 주며 사를 써 달라하고 새 곡조도 지어달라기에 이 두 작품을 지었다. 석호거사는 한참을 감상하다가 악공과 가기에게 연습을 시켰더니, 음정과 박자가 아름답게 잘 어우러졌다. 이에 「암향」과 「소영」이라는 제목을 붙였다.

辛亥之冬, 予載雪詣石湖. 止旣月, 授簡索句, 且徵新聲, 作此兩曲. 石湖把玩不已, 使工妓肄習之, 音節諧婉, 乃名之曰暗香, 疏影.

舊時月色.	그 옛날 밝은 달은
算幾番照我,	몇 번이고 이 몸을 비췄더랬지
梅邊吹笛.	매화나무 옆에서 피리 불 때면.
喚起玉人,	아름다운 그녀를 일으켜 세워
不管清寒與攀摘.	추위쯤은 상관 않고 매화를 땄더랬지.
何遜[1]而今漸老,	이제는 하손도 다 늙어버려서
都忘却,	모두 잊고 말았구나,
春風詞筆.	봄바람에 사(詞) 읊던 옛 추억들을.
但怪得,	다만 참 이상하다 여길 뿐이네,

---

[1] 하손(何遜): 남조 양(梁) 사람. 일찍이 양주(揚州)의 법조(法曹)로 있으면서 관청 옆에 있던 매화나무를 매우 좋아하여 종종 그 아래에서 시를 읊으며 즐겼다. 후에 낙양(洛陽)으로 옮겨간 뒤에도 그 매화를 그리워하다가 결국 양주를 다시 찾아갔다. 마침 매화는 만개하여 있었고, 하손은 하루 종일 매화나무 옆을 맴돌았다. 여기서 하손은 곧 매화에 얽힌 추억을 품고 있는 작가 자신을 빗댄 말이다.

竹外疏花,　　　　　　대울 너머 듬성한 꽃송이에서
香冷入瑤席**2**.　　　　서늘한 그 향기가 옥자리로 풍긴다고.

江國,　　　　　　　　강가 풍경
正寂寂.　　　　　　　참으로 쓸쓸한지고.
歎寄與路遙,　　　　　아아, 매화 부치기엔 길이 먼 데다
夜雪初積.　　　　　　밤 되며 내린 눈이 쌓여 가누나.
翠尊易泣,　　　　　　비취 술잔에 이내 눈물 흘리고
紅萼無言耿相憶.　　　붉은 매화 말없이 그리움을 나누나니.
長記曾攜手處,　　　　그녀와 나 손잡고 거닐던 그곳
千樹壓**3**, 西湖寒碧.　　매화 가득 들어찬, 차고 푸른 서호여.
又片片, 吹盡也,　　　다시금 한 잎 한 잎 꽃이 다 지면
幾時見得.　　　　　　이 모습 언제쯤 또 볼 수 있을까.

---

2 요석(瑤席): 옥조각을 이어 짠 깔개. 옥자리.
3 천수압(千樹壓): 천 그루의 나무가 호수를 내리누르다. 즉, 울창한 매화 숲이 호수의 맑은 수면에 거꾸로 비친 장관을 묘사한 것이다.

217. 소영(疏影)

강기(姜夔)

苔枝綴玉.	이끼 덮인 가지의 옥조각 매화
有翠禽小小,	작디작은 비취새가 그 사이에서
枝上同宿.	가지 위에 정답게 깃들었구나.
客裏相逢,	낯선 객지 떠돌다 마주했나니
籬角黃昏,	울타리 구석에서 노을에 젖어
無言自倚修竹.	말없이 대나무에 홀로 기대 있구나.
昭君[1]不慣胡沙遠,	왕소군이 사막 땅에 끝내 정 못 붙이고
但暗憶, 江南江北.	강남강북 정든 산천 몰래 그리워하다
想珮環, 月夜歸來,	달밤에 패옥 단장 곱게 하고 돌아와
化作此花幽獨.	그윽하고 쓸쓸한 이 꽃으로 피었구나.
猶記深宮舊事,	기억하고 있다네, 깊은 궁궐 옛 이야기
那人正睡裏[2],	수양공주님 한참 잠들었는데
飛近蛾綠.	고운 미간에 살짝 꽃잎 졌다지.
莫似春風,	봄바람처럼 해선 안되는 게야

---

1 소군(昭君): 왕소군(王昭君). 한(漢)의 궁녀 출신으로 흉노 호한야선우(呼韓邪單于)의 비(妃)
가 되었다.

2 나인정수리(那人正睡裏): 그 분이 한참 잠에 빠져 있다. 여기서 '나인(那人)'은 남조(南朝) 송
(宋) 무제(武帝)의 딸인 수양공주를 가리킨다. 수양공주가 함장전(含章殿) 처마 아래에서 잠을
자던 중에 마침 매화꽃이 날아와 이마에 붙었는데 잠에서 일어나도 꽃이 한동안 떨어지지 않
았다. 그 모습이 고와서 궁녀들 사이에는 화장으로 이마에 꽃을 그려넣는 매화장(梅花粧)이 퍼
지게 되었다.

不管盈盈,　　　　　그 고운 꽃송이를 그냥 두어선,
早與安排金屋[3].　　일찌감치 금집 지어 애지중지 해줘야지.
還敎一片隨波去,　　물결 일어 한꺼번에 꽃잎 다 쓸려가면
又卻怨, 玉龍哀曲[4].　구슬픈 피리곡만 되려 원망케 될 터.
等恁時, 再覓幽香,　 그때 매화 깊은 향을 다시 찾으려 한들
已入小窗橫幅.　　　이미 창가 그림폭에 들어가 있으리라.

---

3 금옥(金屋): 금으로 지은 집. 애지중지하며 잘 보관하는 장소이다. 한(漢) 무제(武帝)가 교동왕
(膠東王)이던 시절, 금으로 집을 지어 사랑하는 여인을 살게 하겠다고 말한 데서 나온 표현이다.
4 옥룡애곡(玉龍哀曲): 구슬픈 피리곡. '玉龍(옥룡)'은 피리의 이름이다. 구슬픈 피리곡이란 '매화
가 지다'라는 의미의 「매화락(梅花落)」 곡조를 지칭한 듯하다.

218. 취루음(翠樓吟)

강기(姜夔)

순희 병오년(1186) 겨울에 무창의 안원루가 준공되었다. 나는 유거비 등 여러 친구들과 어울려 그 낙성식에 참석하고 사를 지어 내 감회를 전하였다. 내가 무창을 떠나고 10년이 지나, 친구 하나가 앵무주에 배를 대고 묵던 중에 어느 가기가 이 사를 노래하는 것을 듣게 되어 어떤 노래인지 물어보자 그 때의 일을 줄줄 이야기하더라며, 오흥으로 돌아와 내게 말해 주었다. 나는 옛 시절에 노닐었던 추억이 그립기도 하고, 지금의 쓸쓸한 처지가 슬프기도 하였다.

淳熙丙午冬, 武昌[1]安遠樓成, 與劉去非[2]諸友落之, 度曲見志. 余去武昌十年, 故人有泊舟鸚鵡洲者, 聞小姬歌此詞, 問之, 頗能道其事, 還吳, 爲余言之, 興懷昔游, 且傷今之離索也.

月冷龍沙[3],	달빛 차게 비치는 변새의 사막
塵淸虎落[4],	진지에는 고요한 평화 감돌고
今年漢酺初賜[5].	왕실은 잔치 음식 갓 내리셨네.
新翻胡部曲[6],	서역 풍의 곡조를 새로 변주해

---

1 무창(武昌): 오늘날 호북성(湖北省) 무창(武昌).

2 유거비(劉去非): 강기의 지인. 생평은 알려져 있지 않다.

3 용사(龍沙): 본디 신강(新疆) 지역에 있는 백룡퇴(白龍堆) 사막을 가리켰으나, 후에 의미가 확대되어 변새 지역 전반을 뜻하게 되었다.

4 진청호락(塵淸虎落): 진지에 먼지가 맑다. 방어 기지에 전란의 어지러움이 없다. 즉, 전세가 안정되어 변새 지역이 평화롭다는 의미이다. '호락(虎落)'은 군대의 방어용 울타리.

5 한포초사(漢酺初賜): 왕실의 잔치음식이 갓 하사되다. '한포(漢酺)'는 한나라의 왕실에 경사가 있을 때 백성에게 베풀던 잔치이다. 이 구절은 사가 지어지던 해(1186)에 고종(高宗)의 팔순을 맞아 변새의 군사들에게 잔치음식이 내려진 일을 말하고 있다.

6 호부곡(胡部曲): 변새 주변의 서역에서 들어왔거나 그 영향을 받은 음악.

聽氈幕元戎歌吹.　　　　군막의 장수들은 흥겹게 즐긴다네.

層樓高峙.　　　　층층 높게 우뚝 선 안원루에서

看檻曲縈紅,　　　　보이는 건 굽이진 붉은 난간과

檐牙飛翠.　　　　날듯이 들려 올린 푸른 처마네.

人姝麗,　　　　여인들은 참으로 어여쁘나니

粉香吹下,　　　　분향기가 잔잔히 퍼져나가고

夜寒風細.　　　　밤기운 쌀쌀해도 바람 잘다네.

此地,　　　　이런 곳엔

宜有詞仙,　　　　시구 읊는 신선이 있어야 하리,

擁素雲黃鶴7,　　　　흰 구름 끌어안고 황학 타고 와

與君游戲.　　　　그대들과 어울려 놀아야 하리.

玉梯凝望久,　　　　층계 올라 물끄러미 먼 곳을 바라보니

但芳草萋萋千里.　　　　향 짙은 풀숲만이 천리에 가득하네.

天涯情味,　　　　세상천지 떠도는 내 깊은 정회

仗酒祓淸愁,　　　　술기운을 빌려서 시름을 풀고

花消英氣.　　　　꽃구경을 하면서 호기 삭히네.

西山外,　　　　서산의 저편으론

晚來還捲,　　　　저녁 무렵 다시금 걷어 올려 본

一簾秋霽.　　　　주렴 너머 가을의 하늘 맑다네.

---

7 황학(黃鶴): 이 구절은 최호(崔顥)의 「황학루(黃鶴樓)」를 연상시켜, 안원루 또한 황학루 못지않게 경치가 뛰어나고 신비롭다는 것을 말하고자 하였다.

219. 행화천영(杏花天影)

강기(姜夔)

병오년(1186) 겨울에 면구를 출발하여 정미년(1187) 정월 2일에 금릉을 지나던 중, 북쪽으로 바라본 회하 일대의 풍광이 맑고 아름다워, 작은 배에 돛을 달고 물결 흘러가는 대로 타고 놀았다.

丙午之冬, 發沔口[1], 丁未正月二日, 道金陵, 北望淮楚, 風月淸淑, 小舟掛席, 容與波上.

綠絲低拂鴛鴦浦,	푸른 버들 드리워진, 원앙새 노는 포구
想桃葉[2],	도엽이
當時喚渡.	그때 예서 뱃사공을 불렀으리.
又將愁眼與春風,	수심에 찬 눈빛으로 또 봄바람 맞으며
待去,	떠나가려다 말고
倚蘭橈, 更少駐.	뱃전에 기대 좀 더 머물렀으리.
金陵[3]路,	금릉 길엔
鶯吟燕舞.	고운 새들 노래와 춤 한창인데,
算潮水, 知人最苦.	강 물결은 사람의 괴로움을 알리라.

---

1 면구(沔口): 한수(漢水)가 장강(長江)으로 흘러드는 어귀의 송대 지명. 오늘날 호북성(湖北省) 무한(武漢) 부근.

2 도엽(桃葉): 아름다운 여인. 동진(東晉)의 왕헌지(王獻之)와 나루에서 작별하고 배를 타고 떠나갔다. 201. 「축영대근(祝英臺近)」의 '도엽도(桃葉渡)' 주 참조.

3 금릉(金陵): 현재 남경(南京)으로, 동진(東晉)의 수도였다. 작가는 금릉의 어느 나루터에서 왕헌지와 도엽의 이별을 떠올린 것이다.

滿汀芳草不成歸,   풀 가득한 물가로는 돌아갈 수 없는데

日暮,   해 지는 저녁 무렵

更移舟, 向甚處.   다시 배를 움직여 어디로 가야 하나.

220. 일악홍(一萼紅)

강기(姜夔)

순희 병오년(1186) 정월 초이레에 나는 장사 통판의 관정당에 객으로 지내고 있었다. 관정당 아래쪽에 구불구불한 연못이 있고 연못 서쪽으로는 낡은 성벽이 맞닿아 있었으며, 금귤나무 덤불과 대나무 숲이 우거진 사이로는 굽이진 오솔길이 있었다. 오솔길을 따라 남쪽으로 가보니 관청에서 가꾼 매화나무 수십 그루가 있었다. 산초 같기도 하고 콩알 같기도 한 꽃망울이 가득했는데, 간혹 붉게 벌어진 꽃잎 사이에 이슬이 맺혀 있기도 하였다. 나뭇가지와 그림자는 무성하게 얽혀 있었다. 나막신을 신고 푸른 이끼 핀 자갈길을 걷다 보니 대자연에 대한 흥취가 한껏 일어, 급하게 수레를 준비시켜 정왕대에 오르기로 하였다. 상강을 가로질러 건너가 녹산에 올라서서 보니, 상강의 구름은 위아래로 요동치고 강 물결은 넘실거렸다. 흥은 사라지고 슬픔이 밀려와, 술에 취하여 이 사를 지었다.

丙午人日, 予客長沙別駕1之觀政堂. 堂下曲沼, 沼西負古垣, 有盧橘幽篁, 一徑深曲. 穿徑而南, 官梅數十株, 如椒如菽, 或紅破白露, 枝影扶疏. 著屐蒼苔細石間, 野興橫生, 亟命駕登定王臺2. 亂湘流, 入麓山, 湘雲低昂, 湘波容與, 興盡悲來, 醉吟成調.

古城陰,	옛 성의 그림자가 드리워진 곳
有官梅幾許,	늘어선 매화나무 몇 그루런가
紅萼未宜簪.	붉은 꽃 따 머리 꽂긴 아직 이르리.
池面冰膠,	연못 수면 가득히 살얼음 얼고

---

1 장사별가(長沙別駕): 당시 호남(湖南) 장사(長沙)에서 통판(通判)을 지내고 있던 소덕조(蕭德藻).

2 정왕대(定王臺): 한대(漢代) 장사(長沙) 정왕(定王)이 쌓은 누대로, 이후 장사의 명승지가 되었다.

牆腰雪老, 　　　　담장 곁에 아직도 눈 남았는데
雲意還又沉沉. 　　먹구름이 다시 또 뭉게뭉게 밀려오네.
翠藤共, 　　　　　푸른 등나무 구경 함께 하다가
閒穿徑竹, 　　　　대나무 늘어선 길 같이 거니네.
漸笑語, 　　　　　우리 웃는 소리가 울려 퍼지니
驚起臥沙禽. 　　　모래펄에 쉬던 물새 깜짝 놀라 날아가네.
野老林泉, 　　　　시골 늙은이 사는 숲속 샘물가
故王臺榭, 　　　　역사 깊은 정왕대 정자에 올라
呼喚登臨. 　　　　크게 외쳐 부르며 둘러보노라.

南去北來何事, 　　무슨 일로 남북을 그리도 오갔던가
蕩湘雲楚水, 　　　한없이 일렁이는 상강 구름 초땅 강물
目極傷心. 　　　　바라보고 있자니 서글픔이 깊어가네.
朱戶黏鷄3, 　　　　붉은 문에 닭 그림 내다 붙이고
金盤簇燕4, 　　　　금 쟁반에 제비 잔뜩 올려 두면서
空歎時序侵尋. 　　세시절기 빠르다고 부질없이 탄식하네.
記曾共, 西樓雅集, 　서루에 모여 놀던 옛 일 기억하노라,
想垂楊, 還嬝萬絲金. 　수양버드나무에는 금실 여직 살랑대리.
待得歸鞍到時, 　　말을 달려 그곳에 닿을 즈음엔
只怕春深. 　　　　아마 봄은 너무나 깊어 있으리.

---

3 주호점계(朱戶黏鷄): 붉은 대문에 닭 그림을 붙이다. 정월 초이레인 인일(人日)의 풍속으로, 대문에 닭 그림을 붙이고 액운을 막아주는 새끼줄과 부적을 건다.

4 금반족연(金盤簇燕): 금 쟁반에 제비 여러 마리를 올려두다. 입춘(立春)의 풍속으로, 넓은 접시에 채소를 제비 모양으로 꾸며서 올려놓는다.

221. 예상중서제일(霓裳中序第一)

강기(姜夔)

병오년(1186)에 장사에 머물던 중, 축융산에 올랐다가 사당에서 제를 올릴 때 쓰는 곡조인 「황제염」과 「소합향」을 얻게 되었다. 아울러 악공의 고서에서 '상'조의 「예상곡」 18곡도 얻었는데, 모두 빈 곡보만 전할 뿐 가사는 없다. 심괄의 악률서에 의하면 예상곡은 '도'조라고 하는데 이것은 '상'조이고, 백거이의 시에는 "서곡 여섯 편"이라 하였는데 이것은 두 편뿐이니, 어느 쪽이 옳은지 알 수 없다. 그러나 곡조 마디마디가 우아하여, 지금의 곡조와는 다르다. 나는 18곡을 다 지을 여력이 없어서 「중서」 1곡만 지어 세간에 전하는 바이다. 한참 타지를 떠돌아다니는 중에 이 옛 음조에 한껏 감명을 받은 터라, 어쩌면 가사에 원망이나 억울함이 담겨 있을지도 모르겠다.

丙午歲,留長沙,登祝融[1],因得其祠禪之曲,曰, 黃帝鹽, 蘇合香. 又於樂工故書中得商調霓裳曲十八闋, 皆虛譜無詞. 按沈氏樂律[2]霓裳道調,此乃商調. 樂天詩云散序六闋[3],此特兩闋, 未知孰是. 然音節閑雅,不類今曲. 余不暇盡作,作中序一闋傳於世. 余方覊游,感此古音,不自知其詞之怨抑也.

亭皐[4]正望極,	물가 평지에 서서 먼 곳 바라보노라
亂落江蓮歸未得.	연꽃잎 다 지도록 고향에 못 돌아가고
多病況無氣力.	병 잔뜩 앓은 탓에 기운 하나 없어라

---

1 축융(祝融): 호남성(湖南省) 장사(長沙)의 형산(衡山) 72봉 중 최고봉.

2 심씨악률(沈氏樂律): 심괄(沈括)의 『몽계필담(夢溪筆談)』 중 「악률(樂律)」 편을 말한다.

3 산서육결(散序六闋): 백거이(白居易)의 「예상우의가(霓裳羽衣歌)」에 "서곡 여섯 편이 흐르도록 옷자락에 움직임이 없고, 양대에 깃든 구름은 나른하여 날지 않네(散序六奏未動衣, 陽臺宿雲懶不飛)"라는 구절이 있다.

4 정고(亭皐): 물가에 땅이 넓게 평평하게 돋우어진 곳.

況紈扇漸疏,　　　　　더구나 흰 부채는 점점 더 쓸모없고
羅衣初索.　　　　　　비단옷을 한 겹 더 찾아 입을 때일지니.
流光過隙[5],　　　　　세월은 참 빨리도 흐르는구나
歎杏梁雙燕如客.　　　들보 위 쌍제비도 나그네 신세로다.
人何在,　　　　　　　그 사람 어디 있나
一簾淡月,　　　　　　주렴 가득 비치는 잔잔한 달빛
彷彿照顔色.　　　　　고운 얼굴 환하게 비출 듯하다.

幽寂,　　　　　　　　더없이 고요한데
亂蛩吟壁,　　　　　　담장의 귀뚜라미 어지러이 우는 소리
動庾信[6]淸愁似織.　　유신의 맑은 시름 한가득 자아낸다.
沉思年少浪迹,　　　　가만히 돌아보면 젊어서 유랑하며
笛裏關山,　　　　　　피리 선율 속에서 관산 누볐고
柳下坊陌.　　　　　　버들 아래 번화가 오갔었건만.
墜紅無信息,　　　　　붉은 꽃이 지고 나니 소식 한 줄 아니 오고
漫暗水涓涓溜碧.　　　푸른 물만 출렁출렁 부질없이 흘러간다.
飄零久,　　　　　　　떠돌이 신세 된 지 오래인지라
而今何意,　　　　　　이제 와서 그 무슨 즐길 맘 있어
醉臥酒壚側.　　　　　술 취해 주막 곁에 뻗어 누우리.

---

5 과극(過隙): 좁은 틈을 휙 지나다. 즉, 매우 빠르게 지나가다.
6 유신(庾信):「수부(愁賦)」의 저자. 여기서는 시름겨운 작자 자신을 가리킨다.

222. 소중산(小重山)

장양능(章良能)

柳暗花明春事深,　　　　버들 짙고 꽃 고운 봄풍경 깊어 가네,

小闌紅芍藥,　　　　　　자그마한 난간의 붉은 작약도

已抽簪[1].　　　　　　　비녀 닮은 꽃대를 길게 내었네.

雨餘風軟碎鳴禽,　　　　비 갠 뒤 미풍 불고 새들은 지저귀고

遲遲日,　　　　　　　　길어진 봄 햇살은

猶帶一分陰.　　　　　　여직 그늘 한 뼘을 드리웠다네.

往事莫沈吟,　　　　　　지나간 일은 깊이 생각 말아라,

身閒時序好,　　　　　　신세가 한갓지고 시절 좋으니

且登臨.　　　　　　　　높은 곳에 올라서 둘러 보세나.

舊游無處不堪尋,　　　　예전 놀던 곳이야 못 찾을 데 없건만

無尋處,　　　　　　　　찾을 수가 없는 건

惟有少年心.　　　　　　오직 젊던 시절의 마음이로고.

---

1 추잠(抽簪): 비녀를 뽑아내다. 즉, 작약의 꽃대가 길게 삐져나온 것을 비유한 것이다.

223. 당다령(唐多令)

유과(劉過)

안원루에서 열린 어느 조촐한 모임에서, 술도 권하고 노래도 부르는 황씨 성의 기녀가 나에게 사를 지어달라고 청하여 이것을 지었다. 유부지, 유거비, 석민첨, 주가중, 맹동삼, 맹용도 그 자리에 함께하였다. 때는 8월 5일이었다.

安遠樓小集, 侑觴歌板之姬黃其姓者, 乞詞于龍洲道人**1**, 爲賦此. 同柳阜之, 劉去非, 石民瞻, 周嘉仲, 陳孟參, 孟容. 時八月五日也.

蘆葉滿汀洲,　　　　　　　갈대잎이 강펄에 빼곡히 들어차고

寒沙帶淺流.　　　　　　　찬 모래밭 빙 둘러 얕은 강물 흐르는 곳,

二十年, 重過南樓**2**.　　　이십 년 만에 거듭 남루를 지나노라.

柳下繫船猶未穩,　　　　　버들 아래 배 대고 잠시 머물다 가세

能幾日, 又中秋.　　　　　며칠만 더 지나면 다시 중추절일세.

黃鶴斷磯頭,　　　　　　　황학산 깎아지른 절벽에 섰네

顧人曾到否.　　　　　　　오랜 벗들 지금도 살아 있는가,

舊江山, 渾是新愁.　　　　옛 강산이 새 시름을 가득히 잣는구나.

欲買桂花同載酒,　　　　　계화나무 꽃 사고 함께 술도 하고파도

終不似, 少年游.　　　　　끝내는 젊어 놀던 시절 같진 않으리.

---

1 용주도인(龍洲道人): 작자 유과(劉過)의 호.

2 남루(南樓): 안원루를 말한다. 안원루는 무창(武昌) 서남쪽의 황학산(黃鶴山)에 있었다.

224. 목란화(木蘭花)

엄인(嚴仁)

春風只在園西畔[1],
봄바람은 정원의 서편에만 불고요

薺菜花繁胡蝶亂.
우거진 냉이꽃밭 나비가 어지럽죠.

冰池晴綠照還空,
차고 맑은 푸른 연못 훤히 비쳐뵈고요

香徑落紅吹已斷.
향기로운 꽃길엔 꽃잎 벌써 다 졌네요.

意長翻恨遊絲短[2],
그리움이 깊어 되레 짧은 버들 싫고요

盡日相思羅帶緩.
종일 그립다보니 허리끈이 헐겁네요.

寶匳[3]如月不欺人,
거울은 달과 같아 사람 아니 속이지요

明日歸來君試看.
훗날 돌아오시거든 그대도 보시어요.

---

1 원서반(園西畔): 정원의 서쪽 언저리. 춘풍은 동풍이라고도 하므로, 이 구절은 동쪽에서 불어오던 봄바람이 이제 정원의 서쪽에만 있다고 하여, 봄도 거의 막바지라는 것을 말하고 있다.

2 유사단(遊絲短): 버들가지가 짧아지다. 옛날에는 작별할 때 버들가지를 꺾어 상대에게 주는 풍습이 있었다. 이 구절에서 짧아진 버들가지가 싫다는 표현은 그것이 이별을 상기시켜 괴로움이 깊어진다는 것을 함축적으로 말한 것이다.

3 보렴(寶匳): 보옥 등으로 장식한 거울. 이 구절은 차고 기우는 주기에 거짓이 없는 달처럼 거울도 거짓 없이 사람의 모습을 보여 준다는 의미로, 윗 구절에서 말한 허리와 더불어 자신의 얼굴도 분명히 많이 여위었음을 말하였다.

225. 풍입송(風入松)

유국보(俞國寶)

一春長費買花¹錢,　　　봄 내내 꽃 사느라 늘 돈 치르고
日日醉湖邊.　　　　　　날마다 호숫가서 술에 취하네.
玉驄慣識西湖路,　　　　백마는 서호 길을 훤하게 잘 알아서
驕嘶過, 沽酒樓前.　　　뽐내듯 히힝 울며 술집 앞을 지나네.
紅杏香中簫鼓,　　　　　붉은 살구 꽃향기 속 퉁소와 북 울려오고
綠楊影裏秋韆.　　　　　푸른 버들 그늘에선 그네 타기 한창이네.

暖風十里麗人天,　　　　춘풍 부는 십 리 길, 미인들 천하일세
花壓鬢雲偏.　　　　　　꽃 장식에 눌려서 구름머리 기울었네.
畫船載取春歸去,　　　　한껏 꾸민 배 가득 봄을 싣고 떠나가니
餘情付, 湖水湖煙.　　　남은 정은 호수 물과 안개에 맡기리라.
明日重扶殘醉,　　　　　내일은 숙취 남은 몸을 다시 일으켜
來尋陌上花鈿².　　　　　길에 떨군 꽃 비녀를 찾으러 가볼거나.

---

1 매화(買花): 여기서는 봄놀이를 즐기며 꽃, 술, 여인 등에 돈을 쓰는 것을 말한다.
2 맥상화전(陌上花鈿): 길 위의 꽃비녀. 이 구절은 전날 함께 하였던 여인의 자취를 찾아가 그녀
　를 다시 만나고 싶다는 의미이다.

226. 만정방(滿庭芳)

장자(張鎡)

귀뚜라미
促織兒

月洗高梧,　　　　달빛은 오동나무 말갛게 씻고

露薄幽草,　　　　이슬은 우거진 풀 함뿍 적시며

寶釵樓外秋深.　　보차루 저 너머로 가을이 깊어간다.

土花沿翠,　　　　이끼가 푸릇푸릇 덮어 두른 곳

螢火墜牆陰.　　　반딧불이 담 그늘에 떨어져 있다.

靜聽寒聲斷續,　　멎고 잇는 귀뚜라미 소리에 귀 기울이니

微韻轉,　　　　　여린 소리 바꾸어

淒咽悲沈.　　　　슬픔 깊은 울음으로 터져 버린다.

爭求侶,　　　　　다투어 짝 찾는 소리

殷勤勸織,　　　　길쌈 하라는 소리

促破曉機心.　　　새벽까지 베틀 앞의 여심을 채근한다.

兒時曾記得,　　　어렸을 적 기억을 떠올리나니

呼燈灌穴,　　　　등 밝히고 귀뚜라미 구멍으로 물 붓고는

歛步隨音.　　　　발 멈추고 귀뚜라미 우는 소리 좇곤 했네.

任滿身花影,　　　온 몸에 꽃물 얼룩 스며들 만치

獨自追尋.　　　　나 홀로 귀뚜라미 찾아다녔고,

攜向華堂戲鬥,　　　대청에서 귀뚜라미 싸움 붙여 노는데

亭臺小, 籠巧[1]妝金.　　작은 누대 본뜬 장 금박이 참 예뻤다네.

今休說,　　　　　이젠 아무 말 않고

從渠[2]床下,　　　평상 밑의 녀석을 그냥 두련다

涼夜伴孤吟.　　　외로운 사람 짝해 밤새 울도록.

---

1 농교(籠巧): 절묘한 솜씨로 만든 대나무 용기. 여기서는 사치스럽게 꾸민 귀뚜라미 보관용 집을 말한다.

2 종거(從渠): 그가 원하는 대로 마음껏 하도록 내버려 두다. '거(渠)'는 대명사로, 여기서는 귀뚜라미를 가리킨다.

227. 연산정(燕山亭)

장자(張鎡)

幽夢初回,　　　　　　깊은 꿈을 꾸다가 갓 잠 깬 무렵

重陰未開,　　　　　　짙은 어둠은 아직 덜 개었더니

曉色催成疏雨.　　　　새벽 동이 트면서 성긴 비가 내리더라.

竹檻氣寒,　　　　　　대나무 난간에는 공기 차갑고

蕙畹聲搖,　　　　　　향기로운 꽃밭은 사각거리고

新綠暗通南浦.　　　　신록은 소리 없이 남포에 닿았더라.

未有人行,　　　　　　길 위를 오가는 이 아직 없는데

纔半啟, 回廊朱戶.　　회랑의 붉은 문을 반쯤 열어 보나니.

無緒,　　　　　　　　마음 둘 곳 없구나,

空望極霓旌[1],　　　　먼 하늘을 아득히 바라다본들

錦書難據.　　　　　　임 소식 기대하긴 어려우리라.

苔徑追憶曾游,　　　　이끼 낀 길 걸으며 옛 놀던 일 추억하니

念誰伴鞦韆,　　　　　이제 누구와 함께 그네를 뛰리

綵繩芳柱.　　　　　　밧줄과 기둥만이 남아 있구나.

犀簾黛捲,　　　　　　무소뿔 검은 주렴 걷어 올리면

鳳枕雲孤,　　　　　　봉황 베개 구름이 쓸쓸해 보여

應也幾番凝佇.　　　　몇 번이나 우두커니 멈춰섰던가.

怎得伊來,　　　　　　어찌 하면 그이를 오게 하려나

---

1 예정(霓旌): 신선이 마치 깃발인양 휘두른 구름과 노을. 즉, 그러한 구름이나 노을이 낀 하늘.

花霧繞, 小堂深處.　　꽃 안개가 감싸 두른 아늑한 이 집으로.

留住,　　　　　　　힘껏 붙잡아 두리,

直到老, 不教歸去.　　늙도록 떠나가지 못하게 하리.

228. 기라향(綺羅香)

사달조(史達祖)

봄비
春雨

做冷欺花,	추위로 꽃송이를 못살게 굴고
將煙困柳,	안개로 실버들을 지치게 하며
千里偷催春暮¹.	천 리 봄 저물라고 남몰래 채근하네.
盡日冥迷,	온종일 아스라이
愁裏欲飛還住.	수심 속에 흩날리다 다시금 멎곤 하네.
驚粉重,	날개 젖어 무겁다고 부산떨더니
蝶宿西園.	나비는 서쪽 뜰에 깃들어 자고,
喜泥潤,	진흙펄 고와졌다 기뻐하면서
燕歸南浦.	제비는 남쪽 물가 되돌아가네.
最妨他, 佳約風流,	무엇보다 그르친 건 우리의 멋진 가약
鈿車不到杜陵²路.	한껏 꾸민 꽃마차가 두릉길을 못 가네.
沈沈江上望極,	어둑한 강가에서 내다보나니
還被春潮晚急,	저녁 무렵 급해진 봄 물살 탓에

---

1 투최춘모(偷催春暮): 봄이 어서 저물도록 봄비가 남몰래 재촉하다. 즉, 봄비가 몰고 온 추위와
  안개 탓에 꽃이나 실버들 등이 고운 모습을 빨리 잃는 것을 말하였다.
2 두릉(杜陵): 일명 낙유원(樂遊原). 당대(唐代) 장안(長安)에 있던 명승지였다.

難尋官渡[3].　　　　　　나루 찾기 어렵다네.

隱約遙峯,　　　　　　　어렴풋한 먼 산은

和淚謝娘[4]眉嫵.　　　　눈물 젖은 미녀의 고운 눈썹 닮았네.

臨斷岸,　　　　　　　　절벽에 임해 서니

新綠生時,　　　　　　　새로이 푸른 봄물 불어난 이 때

是落紅,　　　　　　　　떨어진 붉은 꽃은

帶愁流處.　　　　　　　시름을 가득 안고 흘러만 가네.

記當日,　　　　　　　　문득 떠오른 그날

門掩梨花,　　　　　　　문 굳게 닫아걸고 배꽃 아래서

翦燈[5]深夜語.　　　　　등 밝히며 밤새도록 도란거린 추억이여.

---

3 관도(官渡): 관청에서 공공으로 설치한 나루터. 이 부분은 위응물(韋應物)의 시 「저주 서쪽의 시내(滁州西澗)」 중 "봄 물살은 빗물로 불어 저녁 될 무렵 빨라지는데, 거친 나루터에 사람은 없고 배만 가로놓였구나(春潮帶雨晚來急, 野渡無人舟自橫)"라는 구절을 끌어 쓴 것이다.

4 사낭(謝娘): 사씨 여인. 본디 당대(唐代) 이덕유(李德裕)의 가기였으나, 후에 미인 혹은 기녀의 범칭으로 확대되었다.

5 전등(翦燈): 등잔 심지를 자르다. 즉, 계속해서 등불을 밝히다.

229. 쌍쌍연(雙雙燕)

사달조(史達祖)

제비
燕

過春社[1]了,　　　　　춘사가 지나고서

度簾幕中間,　　　　　주렴 사이 비집고 들어온 제비

去年塵冷.　　　　　　작년 묵은 먼지가 차가우리라.

差池欲住,　　　　　　파닥파닥 날갯짓 접으려더니

試入舊巢相並.　　　　옛 둥지에 나란히 들어가 보고,

還相雕梁藻井.　　　　대들보와 천정도 둘러보면서

又軟語, 商量不定.　　지지배배 저들끼리 의논 끝이 없구나.

飄然快拂花梢,　　　　날아올라 경쾌히 꽃가지를 스치고

翠尾分開紅影.　　　　비취빛 꼬리깃은 꽃송이를 가른다.

芳徑,　　　　　　　　향기로운 꽃길도

芹泥雨潤[2],　　　　　미나리 심은 밭도 비에 젖어 촉촉한데,

愛貼地爭飛,　　　　　땅 스칠 듯 다투어 날기를 즐기면서

---

1 춘사(春社): 입춘(立春)이 지난 후 다섯 번째 무일(戊日). 이날 토지신에게 제사를 지내는 풍습이 있다. 절기상 춘분 전후이며, 대략 제비가 돌아오는 때이기도 하다.

2 우윤(雨潤): 비로 촉촉해지다. 비를 머금어 부드러워진 진흙은 제비가 둥지를 짓는 데 꼭 필요한 재료이다.

競誇輕俊.　　　　　　날렵하고 잘 생긴 모습 한껏 뽐낸다네.

紅樓歸晚,　　　　　　홍루에 느지막이 돌아와서는

看足柳昏花暝.　　　　어둠 잠긴 버들과 꽃을 한참 보다가

應自棲香正穩,　　　　향기로운 둥지에서 편히 쉬는 건 분명

便忘了天涯芳信3.　　　먼 곳에서 부쳐온 소식 잊어서겠지.

愁損翠黛雙蛾,　　　　시름에 상해버린 고운 얼굴은

日日畫闌獨凭.　　　　날마다 난간 홀로 기대섰거늘.

---

3 천애방신(天涯芳信): 먼 하늘 끝에서 임이 보낸 반가운 편지. 옛날에는 제비가 편지를 전한다
　고 믿었다.

230. 동풍제일지(東風第一枝)

사달조(史達祖)

봄눈
春雪

巧沁蘭心,	난초의 속줄기를 함뻑 적시고
偸黏草甲,	풀싹눈 위에 슬쩍 들러붙으며
東風欲障新暖.	봄바람 따순 기운 막으려 드는구나.
漫疑碧瓦難留,	푸르게 언 기와빛 오래 가지 않으리니
信知暮寒猶淺.	늦추위도 끝물인 걸 내 정말로 알겠노라.
行天入鏡,	하늘 두루 떠다니다 거울못에 드니니
做弄出, 輕鬆纖軟.	은은한 풍경 한 폭 고이 빚어내누나.
料故園¹, 不捲重簾²,	정든 그 집 아마도 겹휘장 걷지 않아
誤了乍來雙燕.	갓 날아온 쌍제비는 어리둥절하리라.
靑未了,	푸른 잎 덜 났거늘
柳回白眼,	버들은 흰 싹눈을 산들거리고
紅欲斷,	붉은 빛을 잃은 듯

---

1 고원(故園): 오랫동안 드나들어 정든 집과 뜰. 또는 고향.
2 중렴(重簾): 추위를 막는 용도의 두터운 겹휘장. 봄눈이 내려 그 추위를 막으려고 겹휘장을 쳐
 두었는데, 벌써 와 있는 봄 제비가 그것을 보고 계절을 잘못 알고 찾아온 줄 여기고 어리둥절하
 리라는 것이다.

杏開素面.

살구꽃은 흰 얼굴 펼쳐 보이네.

舊遊憶著山陰³,

산음에서 지난 날 노닌 추억 있었다네,

後盟遂妨上苑⁴.

상원 모임 늦어지게 방해도 했었다네.

寒鑪重熨,

차게 식은 화로를 다시 덥히고

便放漫, 春衫針線.

봄옷 짓던 바느질 잠시 멈추네.

怕鳳靴⁵, 挑茶歸來,

비단 신발 걱정이네, 나물 캐고 오는 길에

萬一灞橋⁶相見.

어쩌면 파교에서 봄눈 맞게 될지도.

3 산음(山陰): 오늘날의 절강성(浙江省) 소흥(紹興). 이 구절은 진(晉)나라 산음(山陰)의 왕휘지 (王徽之)가 눈 내리는 날 문득 흥이 일어 멀리 사는 벗을 찾아갔다는 고사를 끌어 쓴 것이다.

4 상원(上苑): 좋은 원림. 황제의 정원. 이 구절은 한(漢)나라 왕효왕(梁孝王)이 눈 내린 왕실 원림 에 손님들을 초대했는데 사마상여(司馬相如)가 늦게 도착하였다는 고사를 끌어 쓴 것이다.

5 봉화(鳳靴): 봉황 장식을 한 신발. 여인의 신발.

6 파교(灞橋): 장안성(長安城) 밖에 있던 다리.

231. 희천앵(喜遷鶯)

사달조(史達祖)

月波疑滴,   달빛 물결 방울져 뚝뚝 듣는 듯하고,

望玉壺天¹近,   옥항아리 지척에 뵈는 하늘 가깝나니,

了無塵隔.   어디도 티끌 한 점 묻어있지 않구나.

翠眼圈花,   푸른 꽃눈 싸맨 꽃등,

冰絲織練,   은실로 짠 비단 갓등,

黃道²寶光相直.   대로 따라 죽 걸려 환히 빛을 뿜는도다.

自憐詩酒瘦,   아쉽게도 시와 술로 여윈 이 몸은

難應接,   마주 대하고 있기 어려운지고,

許多春色.   한껏 가득 펼쳐진 봄의 풍경을.

最無賴,³   그 중 가장 견디기 괴로운 것은

是隨香趁燭,   향기를 따라가며 등불 좇으며

曾伴狂客.   왁자하게 어울렸던 옛 일이로다.

蹤迹,   흘러간 옛 자취를

漫記憶,   부질없이 떠올리다

老了杜郎,   늙은 시인 두목(杜牧)의 신세가 되어

---

1 옥호천(玉壺天): 둥근 옥항아리가 떠 있는 하늘. '옥호(玉壺)'는 보름달 또는 대보름 등불을 비유한 표현이다.

2 황도(黃道): 황제가 다니는 길. 수도의 대로.

3 무뢰(無賴): 마구잡이로 굴다. 또는 근심이 있어 마음이 편하지 않다. 이 구절은 과거에 대보름을 즐겁게 보냈던 추억이 걷잡을 수 없이 떠올라 괴롭다는 것을 말하고 있다.

忍聽東風笛.　　　　동풍 속 피리소리 애써 견뎌 듣노라.

柳院燈疎,　　　　버드나무 뜨락엔 등불이 흐려지고

梅廳雪在,　　　　매화 핀 대청가엔 잔설이 남았는데

誰與細傾春碧4.　　누구와 봄 술잔을 가만히 기울이나.

舊情拘未定,　　　옛 시절의 마음을 억누를 수 없나니

猶自學, 當年游歷.　그 때 놀던 가락대로 흉내 내어 볼거나.

怕萬一,　　　　근심은 만에 하나,

誤玉人夜寒,　　혹여나 고운 여인 추위에 밤새 떨며

窗際簾隙.　　　주렴 친 창가에서 서성이면 어쩌나.

---

4 춘벽(春碧): 봄에 푸르스름하게 익은 술. 좋은 술.

232. 삼주미(三姝媚)

사달조(史達祖)

煙光搖縹瓦,　　　아지랑이 피어나 옥기와에 어른대고

望晴簷多風,　　　날 맑은데 처마에 세찬 바람 가득 불어

柳花如灑.　　　버들개지 점점이 흩뿌리듯 쏟아지네.

錦瑟橫牀,　　　상 위에 덩그러니 거문고 놓였나니

想淚痕塵影,　　　그녀는 눈물자국 흥건히 젖어서는

鳳絃常下[1].　　　언제나 거문고줄 늘어뜨려 두었으리.

倦出犀帷[2],　　　휘장 밖 나서기를 아니 내켜하면서

頻夢見, 王孫[3]驕馬.　　종종 꿈에 준마 탄 내 모습을 보았으리.

諱道相思,　　　그리움 깊다고는 채 말 못하고

偸理綃裙,　　　가만히 비단치마 손질하다가

自驚腰衩[4].　　　허릿단 옆트임에 퍽 놀랐으리.

惆悵南樓遙夜,　　남루의 길었던 밤 생각하면 슬프나니,

記翠箔張燈,　　　비취색 휘장 안에 등불을 밝혀 두고

枕肩歌罷.　　　어깨 마주 기대고서 노래를 마쳤었네.

---

1 봉현상하(鳳絃常下): 거문고 줄을 늘 아래로 쳐지게 늘어뜨리다. '봉현(鳳絃)'은 봉황 장식이 있는 고급 거문고의 줄. 거문고 줄이 팽팽하게 당겨져 있어야 연주가 가능한데, 이것을 아래로 늘어뜨렸다는 것은 곧 거문고를 타지 않았다는 것이다.

2 서유(犀帷): 무소 뿔 장식이 있는 휘장. 여인의 거처에 다는 고급 휘장.

3 왕손(王孫): 귀한 신분의 남자. 임을 높여 부른 말. 여기서는 작가 자신을 가리킨다.

4 요차(腰衩): 치마의 허릿단과 장식용 옆트임. 이 구절은 여인이 비단치마 각 부분의 치수가 달라질 만큼 몸이 많이 여윈 것을 알고 놀란다는 것이다.

又入銅駝5,　　　　　다시금 동타거리 돌아와서는

遍舊家門巷,　　　　옛 집과 골목길을 두루 다니며

首詢聲價.　　　　　가장 먼저 소식을 물어봤건만.

可惜東風,　　　　　참으로 애석하다, 봄바람 불어

將恨與, 閑花俱謝6.　　정한도 꽃송이도 모두 지고 말았구나.

記取崔徽7模樣,　　　곱던 그녀 모습을 떠올리면서

歸來暗寫.　　　　　돌아와서 가만히 그려보노라.

---

5 동타(銅駝): 낙양의 대로 이름. 즉, 번화한 수도의 넓은 길.

6 구사(俱謝): 모두 시들어 떨어지다. 이 구절에서 꽃이 졌다는 것은 곧 여인이 죽었다는 것을 말한 것이다.

7 최휘(崔徽): 당대(唐代) 기녀의 이름. 연인 배경중(裴敬中)과 헤어지게 되자 한을 품고 죽으면서 자신의 초상화를 배경중에게 전달해 달라는 말을 남겼다는 고사가 있다. 여기서는 옛 연인을 가리킨다. 화자는 오랜만에 찾아간 곳에서 듣게 된 옛 연인의 사망 소식에 애도하며 그녀의 초상화를 그린 것이다.

233. 추제(秋霽)

사달조(史達祖)

江水蒼蒼,	강물의 푸른 물결 넘실댄다오
望倦柳愁荷,	지쳐 뵈는 버들에도 시름겨운 연꽃에도
共感秋色.	모두 다 가을빛이 느껴진다오.
廢閣光涼,	굳게 닫힌 누각엔 추위만이 감돌고
古簾空暮,	낡은 주렴 너머로 어둠이 내리나니
雁程最嫌風力.	먼 길 나선 기러기는 강풍이 참 싫겠구려.
故園信息,	고향 소식 접하니
愛渠入眼南山碧.	남산의 푸르름이 눈에 든 듯 기쁜지고.
念上國¹,	변경(汴京)이 그립구나
誰是,	누구일런가
膾鱸²江漢未歸客³.	농어 먹는 강한에서 못 돌아간 나그네는.
還又歲晚,	다시 또 한 해가 곧 저물려는데
瘦骨臨風,	앙상해진 몸으로 바람 맞으며
夜聞秋聲,	한밤중 가을소리 듣고 있자니

---

1 상국(上國): 수도. 즉, 북송의 수도 변경(汴京). 사달조의 고향이다.

2 회로(膾鱸): 농어 회. 강한 지방의 별미이다. 197. 「수룡음(水龍吟)」의 '계응(季鷹)' 주 참조.

3 강한미귀객(江漢未歸客): 강한 지방에서 돌아가지 못하는 나그네. '강한(江漢)'은 장강(長江)과 한수(漢水) 사이로, 현재 작자가 유랑하는 곳이다. 이 구절은 두보(杜甫)의 「강한(江漢)」 중 "강한에서 돌아갈 생각을 하는 나그네요(江漢思歸客)"라는 구절을 끌어 쓴 것으로 보인다. '미귀객(未歸客)'은 바로 작자 자신으로, 농어회로 유명한 강한 지방에 있어도 역시 고향 변경(汴京)이 그립다는 것이다.

吹動岑寂.　　　　　　쓸쓸함이 한가득 휘몰아친다.

露蛩悲,　　　　　　이슬 맞은 귀뚜라미 슬피 울 적에

青燈冷屋,　　　　　　푸른 등불 밝혀 둔 추운 방에서

翻書愁上鬢毛白.　　책장 넘기노라니 시름으로 머리 센다.

年少俊游渾斷得,　　젊고 멋지던 벗들 모두 소식 끊겼나니

但可憐處,　　　　　그저 가련하여라

無奈苒苒[4]魂驚,　　어찌하지 못하고 놀라 떠는 내 혼이여.

采香南浦,　　　　　남쪽 물가에 돋은 향초를 캐고

翦梅煙驛.　　　　　안개 낀 역참에서 매화 꺾노라.

----

4 염염(苒苒): 정도가 심한 모양.

234. 야합화(夜合花)

사달조(史達祖)

柳鎖鸎魂,　　　　　　　버들은 꾀꼬리의 혼을 잡아 가두고

花翻蝶夢,　　　　　　　꽃덤불은 나비의 꿈을 마구 흔드나니

自知愁染潘郎[1].　　　　시름겨워 내 머리 희게 센 걸 알겠구려.

輕衫未攬,　　　　　　　가벼운 봄옷으로 아니 갈아입은 건

猶將淚點偸藏.　　　　　남몰래 눈물자국 감추려 함이라오.

忘前事,　　　　　　　　지난 일을 가만히 떠올리고는

怯流光,　　　　　　　　유수 같은 세월을 두려워하다

早春窺, 酥雨池塘.　　　이른 봄 보슬비 온 연못을 보았다오.

向消凝裏,　　　　　　　우두커니 서 있는 곳을 향하여

梅開半面,　　　　　　　매화가 얼굴 반쯤 열어 보이니

情滿徐妝[2].　　　　　정 가득한 서비의 화장이로고.

風絲一寸柔腸,　　　　　가는 실바람처럼 마음결 고운 그녀

曾在歌邊惹恨,　　　　　노래마디 언저리엔 정한이 배어 있고

燭底縈香.　　　　　　　촛불 밝힌 아래로 향 감돌았었더라.

芳機瑞錦,　　　　　　　베틀에 걸려 있는 비단 폭에다

---

1 반랑(潘郎): 반악(潘岳). 젊은 나이에 머리가 희게 세었다는 고사가 있다. 99.「풍류자(風流子)」
의 '반빈(潘鬢)' 주 참조. 여기서는 작자 자신을 지칭한다.

2 서장(徐妝): 서비(徐妃)의 화장. 서비는 남조 양(梁) 원제(元帝)의 비 서소패(徐昭佩)로, 원제가
한쪽 눈이 멀었다는 이유로 그를 만날 때 얼굴 반쪽에만 화장을 하였다가 원제의 노여움을 샀
다는 고사가 있다. 여기서는 매화가 절반 정도로 개화한 것을 비유한 것이다.

如何未織鴛鴦[3].	어이하여 원앙을 다 짜 넣지 못했던고.
人扶醉,	우리는 술에 한껏 취해 있었고
月依牆,	달빛은 담장 가득 기대왔거늘,
是當初, 誰敢疏狂.	애당초 그 누구도 선뜻 말을 못했나니.
把閒言語,	찬찬히 하고픈 말 속에 담은 채
花房夜久,	꽃향 고운 방에서 밤이 늦도록
各自思量.	저마다 그리움은 깊어만 간다.

---

3 미직원앙(未織鴛鴦): 천에 원앙을 짜 넣지 못했다. 즉, 남녀 간에 사랑의 연을 맺지 못한 것을 상징적으로 표현한 것이다.

235. 옥호접(玉蝴蝶)

사달조(史達祖)

晚雨未摧宮樹,　　　늦저녁의 비에도 궁 안 나무 낙엽 덜 져

可憐閒葉,　　　　　가련히 남아 있는 성긴 잎새는

猶抱涼蟬.　　　　　아직도 가을 매미 감싸는구나.

短景歸秋,　　　　　햇빛이 짧아지며 깊어진 가을

吟思又接愁邊.　　　시 읊으며 생각노니 시름이 또 이어진다.

漏初長[1], 夢魂難禁,　밤 시간이 길수록 꿈은 막기 어렵고

人漸老, 風月俱寒.　　사람이 늙을수록 풍광은 스산하다.

想幽歡,　　　　　　크고도 깊던 기쁨 그리운지고,

土花庭甃,　　　　　뜰 우물엔 돌이끼 잔뜩 끼었고

蟲網闌干.　　　　　난간엔 거미줄이 걸려 있구나.

無端[2].　　　　　　시작도 끝도 없이

啼蛄攪夜,　　　　　늦도록 땅강아지 슬피 우는 밤

恨隨團扇,　　　　　둥근 부채 따라서 한 피어나니

苦近秋蓮[3].　　　　가을 연밥만치나 쓴 맛이로고.

一笛當樓,　　　　　누각에 피리소리 들려올 즈음

---

1 누초장(漏初長): 물시계 소리가 길어지다. 즉, 가을이 깊어감에 따라 물시계 소리가 크게 울리는 밤도 점점 길어진다는 의미이다.

2 무단(無端): 시작이나 끝 등의 경계가 없이. 또는 무심히.

3 고근추련(苦近秋蓮): 쓸쓸한 가을 밤의 괴로움(苦)을 가을 연밥의 쓴 맛(苦)에 비유한 표현이다.

謝娘懸淚立風前.	눈물 젖은 그녀는 바람 맞고 섰을 터.
故園晚,	뜰에 저녁 들 무렵
强留詩酒,	시와 술은 억지로 남겨 두리라,
新雁遠,	날아온 기러기는 멀어지는데
不致寒暄[4].	추위 더위 안부도 못 전했구나.
隔蒼煙,	희뿌연 안개 저편
楚香羅袖,	초향 밴 비단옷을 갖추어 입은
誰伴嬋娟.	고운 그녀 곁 누가 함께 할런고.

---

4 한훤(寒暄): 추위와 따뜻함. 즉, 날씨 등을 비롯한 안부.

236. 팔귀(八歸)

사달조(史達祖)

秋江帶雨,	가을이 깃든 강에 비가 내리고
寒沙縈水,	싸늘한 모래밭에 물살 휘도니
人瞰畫閣愁獨.	누각에서 내다보며 홀로 시름 젖는다.
煙蓑散響驚詩思,	도롱이가 바스락대 시상 흠칫 흩어지고
還被亂鷗飛去,	게다가 갈매기도 푸드득 날아가니
秀句難續.	좋은 시구 이어 짓기 어려운지고.
冷眼盡歸圖畫上,	가만 보면 이 모두 그림이 되는구나
認隔岸, 微茫雲屋.	강 저편 구름 속의 아스라한 집들은
想半屬, 漁市樵邨,	어부와 나무꾼이 모여 사는 동네리라
欲暮競然竹¹.	저녁 되니 대죽 땔감 태운 연기 피어난다.
須信風流未老,	풍류 아직 안 늙었다 믿을지어다,
憑持尊酒,	술 담은 잔을 들고
慰此淒涼心目.	이 처량한 마음을 위로하노라.
一鞭陌南,	채찍질로 말 달린 남쪽 길에도
幾篙官渡,	상앗대 저어 건넌 나루터에도
賴²有歌眉舒綠³.	때마침 고운 여인 노랫가락 있었노라.

---

1 연죽(然竹): 대나무를 땔감으로 태우는 것. 즉, 밥 짓는 연기 등. '연(然)'은 '연(燃)'과 같다.

2 뢰(賴): 마침. 다행히.

3 가미서록(歌眉舒綠): 가기(歌妓)가 푸른 눈썹을 펴다. 즉, 아름다운 가기가 즐겁게 노래하다. '가미(歌眉)'는 가기의 아름다운 눈썹. '서록(舒綠)'은 푸른 먹으로 그린 눈썹을 펴다. 이 부분은

只恩恩殘照,　　　　　　노을은 그저 바삐 저물어가니
早覺閒愁挂喬木.　　　　나무에 걸린 시름 진작부터 사무친다.
應難奈,　　　　　　　　어찌하지 못하고
故人天際,　　　　　　　그리운 이가 있는 먼 하늘 저 끝
望徹淮山,　　　　　　　회산 너머 아득히 바라보나니
相思無雁足.[4]　　　　　더없이 그립거늘 소식 한 줄 없구나.

지난 날 유랑 중에 즐겼던 풍류에 대해 회상한 것이다.

4 안족(雁足): 기러기 발에 매단 편지. 흉노국에 억류되어 있던 소무(蘇武)가 기러기 발에 편지를 묶어 한(漢)의 천자에게 소식을 전했다는 고사가 있다.

237. 생사자(生查子)

유극장(劉克莊)

정월대보름 밤에 진경수에게 재미삼아 써 주다.

元夕戲陳敬叟[1]

繁燈奪霽華[2],	달빛을 가로채는 눈부신 등불
戲鼓侵明發[3].	동트도록 울리는 북놀이 소리.
物色舊時同,	만물이야 옛 시절 그대로건만
情味中年別[4].	마음은 한참 때와 달라졌구나.

淺畫鏡中眉,	거울 속 고운 눈썹 살짝 그리고
深拜[5]樓中月.	누각에서 달 향해 한껏 절하네.
人散市聲收,	인파와 거리 소음 잦아들 무렵
漸入愁時節.	시름겨운 시간에 접어들리라.

---

1 진경수(陳敬叟): 인명. '경수(敬叟)'는 호이며, 본명은 진이장(陳以莊).

2 제화(霽華): 밝게 빛나는 보름달. 또는 그러한 달빛.

3 명발(明發): 새벽빛이 밝아오다. 동이 트다.

4 중년별(中年別): 중년의 나이가 되어 그 전과 달라지다. 또는, 노년이 되어 중년과는 달라지다. 모두 진경수가 나이 먹은 것을 재미삼아 놀리는 표현이다.

5 심배(深拜): 깍듯이 절하다. 정월대보름에 여인들이 보름달에 절하고 소원을 비는 풍습이 있다. 윗 구에서 눈썹을 그리거나 이렇게 절을 하는 주체는 모두 여성으로, 흥겨운 정월대보름임에도 불구하고 박정한 진경수 때문에 시름에 빠진 여인도 있을 것이라고 그를 놀린 것이다.

238. 하신랑(賀新郎)

유극장(劉克莊)

단오

端午

深院榴花吐,	정원 깊은 곳 활짝 석류꽃이 피었네
畫簾開, 綀衣執扇,	휘장 걷고 베옷 입고 비단부채 부치며
午風淸暑.	한낮의 바람결에 말끔히 더위 쫓네.
兒女紛紛誇結束[1],	아녀자들 맵시를 자랑하기 바쁘니
新樣釵符艾虎[2],	단오 장식 새로이 만들어 달았구나.
早已有, 遊人觀渡[3].	일찌감치 용선 경주 구경 온 이 있거늘
老大逢場慵作戱,	늙은이는 놀이마당 함께 하기 안 내키니
任陌頭,	길거리 가득 그저 가만 두련다
年少爭旗鼓[4],	젊은이들 제 맘껏 깃발과 북 다투도록.
溪雨急,	물살은 빗물처럼 급히 흐르고
浪花舞.	파도는 꽃잎 되어 춤을 추노라.

---

1 결속(結束): 옷에 묶고 매단 것. 꾸밈.

2 차부애호(釵符艾虎): 단오에 하는 장식. 『포박자(抱朴子)』에 "단오에 비단을 오려 작은 부적을 만들어서 쪽머리에 다는데, 이것을 비녀부적이라고 한다(五月五日剪綵作小符, 綴髻鬢爲釵頭符)"라고 하였다. 『형문기(荊門記)』에 "단오에 사람들은 모두 쑥을 따서 호랑이와 사람 모양으로 만들어 문에 걸어 둠으로써 액운을 물리친다(午節人皆采艾爲虎爲人, 掛於門以辟邪氣)"라고 하였다.

3 관도(觀渡): 강 건너는 것을 지켜보다. 즉, 단오절의 풍습인 용선(龍船) 경주를 구경하다.

4 쟁기고(爭旗鼓): 깃발과 북을 다투다. 용선 경주의 모습을 묘사한 것이다.

靈均[5]標致高如許,	굴원 선생 기상은 이토록 고매하여
憶生平, 旣紉蘭佩,	평생토록 난초를 허리에 둘러찼고
更懷椒醑[6].	정성스레 제물도 품었다 하였더라.
誰信騷魂[7]千載後,	누가 곧이 믿으랴, 천 년 후 그의 혼이
波底垂涎角黍[8].	강물 아래 경단에 군침을 흘린다고.
又說是, 蛟饞龍怒[9].	탐내 날뛴 교룡이 있다고도 하였더라.
把似而今醒到了,	만약에 지금 그가 깨어난다면
料當年,	아마도 그 옛날에
醉死差無苦[10],	술 취해 죽은 편이 고통 없다 여기리라.
聊一笑[11],	쓴웃음 잠시 짓고
弔千古.	천 년 세월 애도한다.

---

5 영균(靈均): 굴원(屈原)의 소자(小字).

6 회초서(懷椒醑): 신을 위한 향과 술 등의 제물을 품다. 즉, 정성껏 제사 준비를 하다. '초(椒)'는 강신을 위한 향. '서(醑)'는 흠향을 위한 술. 굴원의 「이소(離騷)」에 "향과 술을 품고 신을 영접하네(懷椒醑而要之)"라는 구절이 있다.

7 소혼(騷魂): 「이소(離騷)」를 지은 굴원의 혼백.

8 수연각서(垂涎角黍): 경단에 침을 흘리다. 즉, 굴원의 혼이 경단을 먹고 싶어 하다. 굴원이 멱라 강(汨羅江)에 투신한 날인 음력 5월 5일에 그 혼을 위로하기 위해 찹쌀로 경단을 만들어 강물에 던지는 풍습이 있다. 이 부분에서 작가는 이것은 풍습일 뿐 실제로 굴원의 혼이 경단 때문에 침을 흘릴 리 없다고 말하고 있다.

9 교참룡노(蛟饞龍怒): 교룡이 먹을 것을 탐하여 성내고 날뛰다. 단오 경단에 관한 또 하나의 유래로 강 속의 탐욕스러운 교룡이 굴원을 괴롭히지 않게 하기 위해서라는 설도 있다고 말하고 있다.

10 차무고(差無苦): 아마도 괴로움이 없을 것이다. 즉, 굴원이 깨어나 작금의 세태를 보게 된다면 차라리 옛날에 술에 취해 물에 빠져 죽은 편이 덜 괴롭다고 여겼으리라는 것이다. 작가가 살고 있는 시대에 대한 비판이 담겨 있다.

11 요일소(聊一笑): 잠시 한 번 웃다. 굴원이 살았던 시대보다 작가가 사는 당대(當代)가 더 못하다는 데 대한 쓴웃음을 짓는 것이다.

239. 하신랑(賀新郎)

유극장(劉克莊)

중양절

九日

湛湛¹長空黑,	너울너울 넓은 하늘 어둠에 물드는데
更那堪,	게다 어찌 견디랴
斜風細雨,	비껴 부는 바람과 가는 빗물을,
亂愁如織.	시름이 올 맺히듯 마구 엉킨다.
老眼平生空四海,	평생토록 사해도 눈에 차지 않았는데
賴有高樓百尺².	때마침 까마득한 백 척 누각 올라서니
看浩蕩, 千崖秋色.	가을 물든 높은 산에 가슴이 탁 트이누나.
白髮書生神州淚³,	백발서생은 중원 일로 피눈물 흘릴진대
儘淒涼, 不向牛山滴⁴.	서럽다며 우산 향해 여린 눈물 안 떨군다.
追往事,	지나간 일들 다시 떠올려 본들
去無迹.	흔적도 없이 모두 사라졌구나.

---

1 잠잠(湛湛): 깊은 모양. 색깔이 짙은 모양.

2 고루백척(高樓百尺): 높이가 백 척 되는 높다란 누대. 중양절에는 높은 곳에 올라가 경치를 즐기고 술을 마시며 노는 풍습이 있다.

3 신주루(神州淚): 중원 때문에 흘리는 눈물. 나라를 걱정하는 대의의 눈물. '신주(神州)'는 천자가 있는 수도, 또는 중원. 여기서는 금 치하로 넘어간 옛 영토를 말한다.

4 우산적(牛山滴): 우산(牛山)을 향해 흘리는 눈물. 개인적인 감개로 흘리는 유약한 눈물. 우산은 산동성(山東省) 임치(臨淄)에 있다. 제(齊) 경공(景公)이 우산에 올라 제나라 도성을 내려다보며 "이런 곳을 두고 죽어야 하다니 어쩌나 눈물이 가득 흐르는지(若何滂滂, 去此而死乎)!"라며 장생불로를 못하는 것이 안타까워 눈물을 흘렸다는 고사가 『안자춘추(晏子春秋)』에 전한다.

少年自負凌雲筆[5],　　젊을 적엔 걸출한 글솜씨를 뽐냈거늘

到而今,　　오늘이 되고 보니

春華落盡,　　화려했던 봄꽃은 다 떨어지고

滿懷蕭瑟.　　가슴엔 쓸쓸함만 가득하구나.

常恨世人新意少,　　아쉽게도 사람들은 새 시의(詩意)가 적은지라

愛說南朝狂客[6].　　남조 맹가 이야기만 말하기 좋아하고

把破帽, 年年拈出.　　못쓰게 된 모자 고사 매년 꺼내 쓰는구나.

若對黃花孤負酒,　　만약 국화 마주하며 술을 아니 마신다면

怕黃花, 也笑人岑寂.　　아마도 국화 또한 쓸쓸한 날 비웃으리.

鴻去北,　　기러기는 북으로 사라져가고

日西匿.　　저녁 해는 서쪽에 숨어드누나.

---

5 능운필(凌雲筆): 빼어난 필력.

6 남조광객(南朝狂客): 남조의 술 취한 손님. 중양절 관련 고사의 대표적 인물인 동진(東晉)의 맹가(孟嘉)를 말한다. 중양절에 환온(桓溫)이 용산(龍山)에서 잔치를 베풀었는데 좌중의 손님이었던 맹가가 술에 크게 취해 모자가 바람에 날려 떨어져도 알지 못했다는 이야기가 『진서(晉書)·맹가전(孟嘉傳)』에 전한다.

240. 목란화(木蘭花)

유극장(劉克莊)

임추관에게 재미삼아 지어주다
戲林推[1]

年年躍馬長安市,	몇 년이고 말을 몰아 저잣거리 쏘다니니
客舍似家家似寄.	객사가 곧 집이요 집이 곧 여관일세.
靑錢換酒日無可,	엽전으로 술 마실 뿐 매일 딱히 별 일 없고
紅燭呼盧宵不寐.	촛불 아래 노름할 뿐 밤엔 잠도 안자네.
易挑錦婦[2]機中字[3],	비단 짜는 아내의 회문시는 쉬 얻어도
難得玉人[4]心下事.	기녀의 참마음은 가지기 어렵다네.
男兒西北有神州[5],	사내여 서북쪽에 중원 땅이 있다네
莫滴水西橋畔[6]淚.	수서교 언저리서 눈물 쏟지 마시게.

---

1 임추(林推): 임씨 성의 추관(推官). 추관은 형옥(刑獄)을 담당하는 관리이다.

2 금부(錦婦): 비단 짜는 여인. 여기서는 임추관의 아내를 가리킨다.

3 기중자(機中字): 베틀로 천에 짜 넣은 글씨. 전진(前秦)의 소혜(蘇蕙)가 절절한 회문시를 천에 짜 넣어 멀리 있는 남편에게 소식을 전했다는 고사가 있다. 여기서는 아내가 바치는 정성을 가리킨다.

4 옥인(玉人): 옥처럼 아름다운 여인. 여기서는 기녀를 가리킨다.

5 신주(神州): 중원. 239. 「하신랑(賀新郞)」의 '신주루(神州淚)' 주 참조.

6 수서교반(水西橋畔): 수서교 부근. 두 구 위의 '옥인(玉人)'이 사는 곳. 이 부분은 임추관에게 기녀와의 사랑 놀음은 그만두고 시급한 공무에 힘을 보태라고 말하고 있다.

241. 강성자(江城子)

노조고(盧祖皐)

畫樓簾幕捲新晴,　　누각 휘장 걷어보니 상쾌히 갠 날씨로다
掩銀屏,　　은박 세공 병풍을 둘러친 곳엔
曉寒輕.　　새벽 추위 살짝 서려 있구나.
墜粉飄香,　　떨어지는 꽃잎도 나부끼는 향기도
日日喚愁生.　　날마다 시름 가득 불러일으키나니.
暗數十年湖上路,　　가만히 세어보면 십 년 동안 호수길서
能幾度, 著娉婷.　　고운 이와 함께 한 적 몇 번이나 되었던가.

年華空自感飄零,　　세월 속에 시든 처지 부질없이 깨닫고는
擁春酲[1],　　봄 술 한껏 마시며 취하였나니
對誰醒.　　누구를 마주하며 술을 깨리오.
天闊雲閑,　　한가로운 구름 뜬 드넓은 하늘
無處覓簫聲.　　퉁소 소리 나는 곳 찾을 길 없네.
載酒買花年少事,　　술 싣고 가 꽃 사기를 젊어 일삼았거늘
渾不似, 舊心情.　　도통 옛 적 품었던 마음 같지 않구나.

---

1 옹춘정(擁春酲): 봄의 취기를 끌어안다. 즉, 봄날에 술을 마시고 취하다.

242. 연청도(宴淸都)

노조고(盧祖皐)

春訊飛瓊管,	옥피리를 타고서 날아온 봄소식에
風日薄,	바람결도 햇살도 가벼워지고
度牆啼鳥聲亂.	담장 너머 오가는 새 요란히도 지저귀네.
江城次第,	강가 따라 둘러선 성에는 차례차례
笙歌翠合**1**,	생황 불고 노래하는 비취새들 모이나니,
綺羅香暖.	비단결 옷자락은 향기롭고 따뜻하네.
溶溶澗漾冰泮.	콸콸대며 계곡물 얼음 녹아 흐르더니
醉夢裏,	꿈결에 취한 동안
年華暗換.	세월 문득 바뀌었네.
料黛眉**2**, 重鎖隋隄**3**	여인들은 제방에 겹 지어 섰을 테요
芳心還動梁苑**4**.	춘심은 온 도성을 흔들고 있으리라.

新來雁闊雲音,	요즘은 기러기의 소식도 뜸한지고

---

1 취합(翠合): 비취새가 모여들다. 여럿이 어울려 봄놀이 나온 여인 혹은 기녀를 비유적으로 표현한 것이라 볼 수도 있다.

2 요대미(料黛眉): 아마도 여인들이 ~할 것이다. '요(料)'는 생각하다, 예상하다. '대미(黛眉)'는 눈썹먹으로 그린 눈썹. 즉 여성을 가리킨다.

3 중쇄수제(重鎖隋隄): 제방을 겹겹이 에워싸다. '수제(隋隄)'는 본디 수(隋) 양제(煬帝)가 변경(汴京) 주변에 운하를 건설하며 쌓은 제방으로, 이후 일반적인 강둑이나 방죽 등으로 의미가 확대되었다. 수제를 따라 늘어선 버드나무 '수제류(隋隄柳)'가 유명하다. 이 구절은 봄이 되어 달라진 장면의 하나로 제방 위에 여인들이 가득 늘어선 장면을 묘사하였다. 이들은 떠나갈 임을 배웅하거나 돌아올 임을 맞이하기 위해 제방에 나와 있는 것이다.

4 양원(梁苑): 양(梁)의 수도 대량(大梁). 또는 한(漢) 양효왕(梁孝王)의 정원. 모두 변경(汴京) 또는 그 인근이다. 이 구절은 봄을 맞아 온 도성에 봄기운이 확연히 짙어진 것을 말하고 있다.

鸞分鑑影⁵,　　　　　　난새 거울 쪼개어 헤어진 뒤론

無計重見.　　　　　　　다시금 만날 길이 없는 듯하니.

春啼細雨,　　　　　　　봄날의 가는 비는 흐느껴 울고

籠愁淡月,　　　　　　　휘영청 맑은 달에 시름 이는데

恁時庭院.　　　　　　　이때마다 정원에 서 있노라면

離腸未語先斷,　　　　이별 겪은 애간장은 말에 앞서 끊어지네.

算猶有, 憑高望眼.　　높이 올라 한껏 멀리 바라본다고 한들

更那堪,　　　　　　　　그 어찌 견딜런가

衰草連天,　　　　　　　하늘 닿은 먼 곳까지 시든 풀만 가득하고

飛梅弄晚.　　　　　　　저물녘 제멋대로 매화꽃잎 날릴텐데.

---

5 난분감영(鸞分鑑影): 난새로 장식한 거울을 반으로 가르다. 이별의 정표로 삼고자 거울을 나누
다. 즉, 남녀 간에 이별하다.

243. 남향자(南鄕子)

반방(潘牥)

남검주의 기루에 쓰다.

題南劍州[1]妓館

生怕倚闌干,	난간에 기대 서기 두려운 것은
閣下溪聲閣外山.	누각 아래 물소리와 누각 너머 산 탓이라.
惟有舊時山共水,	오직 옛 산과 물은
依然,	그대로건만
暮雨朝雲[2]去不還.	운우지정 나눈 이는 가더니 아니 온다.
應是躡飛鸞[3],	분명히 난새 타고 훨훨 멀리 날아가
月下時時整佩環.	달빛 아래 이따금 패옥 고쳐 묶으리라.
月又漸低霜又下,	달 지고 서리 피며
更闌,	밤 다해갈 제
折得梅花獨自看.	매화 꺾어 쓸쓸히 들여다볼 뿐이어라.

---

1 남검주(南劍州): 오늘날 복건성(福建省) 북부의 남평시(南平市).

2 모우조운(暮雨朝雲): 저녁 비와 아침 구름이 되어 연인을 수호하기로 약조한 여인. 운우지정을 나눈 여인. 62.「목란화(木蘭花)」의 '조운(朝雲)' 주 참조.

3 섭비란(躡飛鸞): 날아가는 난새에 올라타다. 난새를 타고 떠나다. 떠나간 여인을 아름다운 선녀에 비유한 것이다. 이 구절은 그녀가 죽었다는 것을 상징적으로 표현한 것이라고 볼 수도 있다.

244. 서학선(瑞鶴仙)

육예(陸叡)

濕雲黏雁影,	비구름이 기러기에 바로 붙어 가는구나
望征路愁迷,	임 떠난 아득한 길 볼수록 시름겨워
離緒難整.	이별 겪은 마음을 가눌 길이 없구나.
千金買光景[1],	천금 내어 살 법한 귀한 풍광이건만
但疏鐘催曉,	희미한 종소리가 새벽 오길 재촉하고
亂鴉啼暝.	시끄러운 까마귀는 저녁 맞아 우는구나.
花悰[2]暗省,	꽃다웠던 시절 기쁨 가만히 떠올리면
許多情,	품었던 정 얼마나 지극했던가
相逢夢境.	만남은 곧 그대로 꿈결이었네.
便行雲, 都不歸來,	스쳐가는 구름이라 돌아오지 못한대도
也合寄將音信.	소식 한 통 정도야 보내줄 법 하건만.
孤迴,	쓸쓸함은 끝없어라
盟鸞[3]心在,	난경으로 맺은 약속 내 맘속에 그대론데
跨鶴程高,	학 타고 떠난 이는 높은 곳에 오르느라

---

1 천금매광경(千金買光景): 천금으로 풍광을 사다. 소식(蘇軾)의 「봄밤(春夜)」 중 "봄밤의 일각은 천금 값이로다(春宵一刻值千金)"구의 영향을 받은 표현이라 본다면, 여기서 풍광은 곧 봄의 풍광을 말한다. 이 부분은 천금 값이 나갈 만큼 귀한 풍광과 세월을 속절없이 홀로 보내는 안타까움을 말하고 있다.

2 화종(花悰): 꽃의 기쁨. 즉, 꽃다운 옛 시절에 연인과 함께 하였던 즐거움.

3 맹란(盟鸞): 난새(중국 전설에 나오는 상상의 새) 장식 거울을 정표로 삼으며 맺은 맹서. 남녀 간의 사랑의 약조.

後期無準.　　　　　　　홋날의 기약 따위 지키지 않는구나.

情絲⁴待剪,　　　　　　실타래 닮은 정을 싹둑 끊어내려다

翻惹得,舊時恨.　　　　도리어 옛 시절의 회한만 피어난다.

怕天教何處,　　　　　걱정이라, 하늘엔 어느 곳 할 것 없이

參差雙燕,　　　　　　쌍제비 어지러이 날갯짓하리

還染殘朱賸粉⁵.　　　　그것도 작년 지분 아직 묻은 채.

對菱花⁶,　　　　　　　능화 새긴 거울을 마주하면서

與說相思,　　　　　　그리운 임에 대해 얘기 나누다

看誰瘦損.　　　　　　누가 더 여위었나 살펴볼거나.

---

4 정사(情絲): 마음 속에 품은 정이 복잡하게 엉킨 긴 실타래 같다고 비유한 것이다.

5 잔주잉분(殘朱賸粉): 아직 묻어있는 연지와 화장분. 즉, 제비가 작년에 여인의 처소에서 묻혀 간 지분(脂粉)의 흔적을 띠고 돌아와 쌍쌍이 노닌다는 것이다. 이 구절은 외로운 여인이 작년에 왔던 제비를 올해 다시 보면서 행복했던 옛 시절을 떠올리고 더욱 쓸쓸함을 느낀다는 것을 말하고 있다.

6 능화(菱花): 능화경. 능화장식을 한 여인용 거울.

245. 상천효각(霜天曉角)

소태래(蕭泰來)

매화
梅

千霜萬雪,　　　　　　서리와 눈 가득히 내려 쌓여도

受盡寒磨折.　　　　　꽃잎 에는 추위를 견뎌낸다네.

賴是**1**生來瘦硬,　　　마침 본디 마르고 야무진 천성이라

渾不怕, 角吹徹**2**.　　　꽃 지도록 불어대는 나팔 아니 두렵네.

情絶,　　　　　　　　정취가 절묘하고

影也別,　　　　　　　모습 또한 남다른데

知心惟有月.　　　　　마음을 알아준 건 오로지 달뿐이네.

原沒春風情性,　　　　애초에 봄바람에 마음 있지 아니하니

如何共, 海棠**3**說.　　어떻게 해당화와 같이 놓고 말하리오.

---

1 뇌시(賴是): 다행히. 마침.

2 각취철(角吹徹): 뿔나팔을 불어 꽃잎을 지게 하다. 뿔나팔 소리가 울려 퍼지는 가운데 마침 매화가 지는 것을 그렇게 표현한 것이다.

3 해당(海棠): 해당화. 일반적인 봄꽃의 대표 격으로 쓰였다. 이 구절은 매화는 보통의 봄꽃과는 다르므로 똑같은 수준으로 취급해서는 안 된다고 말하고 있다.

246. 도강운(渡江雲)

오문영(吳文英)

서호의 청명절
西湖淸明

羞紅顰淺恨,	수줍어 붉은 꽃이 한을 품고 찡그리며
晚風未落,	저녁 부는 바람에도 지지 않고 있더니
片繡點重茵.	조각조각 흩날려 풀밭 고이 수놓는다.
舊隄分燕尾[1],	둘로 갈린 옛 제방은 제비꼬리 닮았고
桂棹輕鷗,	노 저어 가는 배는 갈매기를 닮았구나.
寶勒倚殘雲.	말고삐 움켜쥐고 새털구름 기대어
千絲怨碧,	늘어선 실버들의 푸르름을 원망하며
漸路入, 仙塢迷津.	한 걸음씩 신선세계 들어서다 길 잃노라.
腸漫回,	애간장이 꼬일 듯 괴로운지고
隔花時見, 背面楚腰身[2].	꽃 너머로 언뜻 보인 뒤태 낭창하였더라.
逡巡.	한참 서성이노라,

---

1 분연미(分燕尾): 제비꼬리를 나누다. 즉, 제비꼬리처럼 두 갈래로 갈라지다. 서호(西湖) 안에 있는 두 개의 둑 백제(白隄)와 소제(蘇隄)가 어슷하게 맞닿은 모양을 형용한 것이다. 백제(白隄)와 소제(蘇隄)는 각각 백거이(白居易)와 소식(蘇軾)이 축조한 것으로 전해진다.

2 초요신(楚腰身): 초나라 여인처럼 가느다란 허리를 가진 여인. 아름다운 여인. 이 구절은 청명절을 맞아 서호로 유람 나온 아름다운 여인을 멀리서 언뜻 보고 스쳐 지나갔다는 의미이다.

題門3惆悵,　　　　문에 글귀 남길 뿐 못 만나서 슬프고,

墮履4牽縈5,　　　　떨어뜨린 신짝에 마음이 괴롭나니

數幽期難準.　　　　거듭 굳게 맺은 기약 못 지켜질 듯하구나.

還始覺, 留情緣眼,　　비로소 깨닫나니 그 눈빛에 정든 게요

寬帶因春.　　　　　봄 되며 허리띠가 헐렁해져 버렸구나.

明朝事與孤煙冷,　　날 밝으면 이 모든 건 찬 연무와 더불어

做滿湖, 風雨愁人.　　서호 가득 풍우 되어 날 시름에 빠뜨릴 터.

山黛暝,　　　　　　고운 눈썹 닮은 산에 어둠이 지고

塵波澹綠無痕.　　　푸른 물결 일더니 자취 없이 사라진다.

---

3 제문(題門): 문에 글귀를 쓰다. 원래 만나고자 했던 사람을 만나지 못하고 대신 문에 글귀만 남기다. 여안(呂安)이 혜강(嵇康)을 만나러 갔으나 혜강이 집에 없자 기다리지 않고 대신 대문에 '봉(鳳)'이라는 글자만 쓰고 떠났다는 고사가 『세설신어(世說新語)·간오(簡傲)』에 전한다.

4 타리(墮履): 떨어뜨린 신. 잃어버린 옛 물건이나 사랑을 비유한다. 나은(羅隱)의 「선주 두상서의 편지를 읽고 부치다(得宣州竇尙書書因投寄)」에 "잃어버린 비녀와 떨어뜨린 신을 응당 마음에 품어야 하리니(遺簪墮履應留念)"라는 구절이 있다.

5 견영(牽縈): 마음을 옭아매다. 괴롭다.

247. 야합화(夜合花)

오문영(吳文英)

백학강을 따라 임안으로 가다가 봉문에 배를 대고 묵는 중 감회가 일어
白鶴江[1]入京, 泊葑門[2], 有感.

柳暝河橋,	강물 위 다리에는 짙은 버들 그림자
鶯淸臺苑,	누대와 정원에는 꾀꼬리 맑은 노래
短策頻惹春香.	말채찍 따라 곧잘 풀썩 피는 봄 향기.
當時夜泊,	꼭 이맘때 밤중에 배 대고 묵었나니
溫柔便入深鄕.	보드라운 온기 속에 깊은 꿈결 들었다오.
詞韻窄,	노랫말 쓰려 하니 운자 폭 좁아
酒杯長.	오래도록 술잔을 기울였었고
翦燭花, 壺箭催忙[3].	촛불 환히 밝힌 밤 빠르게도 흘렀다오.
共追游處,	둘이 서로 좇으며 노닐었던 곳
凌波翠陌,	물결이 부서지던 푸른 둑방길
連棹橫塘.	노 젓는 배 늘어선 연못길이여.

十年一夢凄涼,	십 년의 한바탕 꿈 서글플 뿐일지니
似西湖燕去,	서호의 제비들이 떠나간 뒤론

---

1 백학강(白鶴江): 소주(蘇州) 서북쪽의 강.

2 봉문(葑門): 소주(蘇州)에 있는 지명.

3 호전최망(壺箭催忙): 물시계의 눈금 화살이 바삐 움직이다. 즉, 시간이 빠르게 흐르다.

吳館⁴巢荒.　　　　　　　오 궁궐의 둥지는 황량하여라.

重來萬感,　　　　　　　다시 오니 만감이 가득 차올라

依前喚酒銀罌.　　　　　예전처럼 술을 시켜 은 술잔에 채우노라.

谿雨急,　　　　　　　　비 내려 물살 급한 시냇가에는

岸花狂,　　　　　　　　강둑 가득 핀 꽃들 나풀거리다

趁殘鴉, 飛過蒼茫.　　　저녁 까마귀 따라 저 멀리 날아간다.

故人樓上,　　　　　　　그 사람 누각 올라

憑誰指與,　　　　　　　뉘와 함께 가리키나

芳草斜陽.　　　　　　　고운 풀을, 지는 해를.

---

4 오관(吳館): 오나라 궁궐. 오나라 왕 부차(夫差)가 총애하던 서시(西施)를 위해 지은 관왜궁(館娃宮)이 소주에 있다.

248. 상엽비(霜葉飛)

오문영(吳文英)

중양절
重九

斷煙離緖,	뚝뚝 끊긴 실연기가 이별의 심정 같아
關心事,	마음 자꾸 쓰이누나,
斜陽紅隱霜樹.	서리 내린 나무 뒤로 붉은 석양 숨어든다.
半壺秋水薦黃花,	가을 물 반병을 떠 국화에 바치나니
香噀西風雨.	서풍과 비 들이쳐도 짙은 향기 뿜어낸다.
縱玉勒, 輕飛迅羽.	고삐 풀고 가뿐히 날듯 말을 달려간 곳,
淒涼誰弔荒臺古[1].	허물어진 옛 누대서 누가 슬퍼하는가.
記醉踏南屛[2],	술 취해 남병산을 거닐던 기억 속에
綵扇咽寒蟬,	꽃부채며 매미 울던 소리며 다 또렷한데
倦夢不知蠻素[3].	꿈속에서 만난 그녀 있는 곳을 모르겠다.
聊對舊節傳杯,	오랜 이 절기 맞아 잠시 술을 마시리라

---

1 수조황대고(誰弔荒臺古): 누가 황폐해진 누대에서 지난날을 돌아보며 슬퍼하는가. 여기서 '누
  가'는 작자 자신을 가리킨다. 말을 달려 옛 추억이 서린 누대로 와서는 과거를 회상하며 슬퍼하
  는 것이다.

2 남병(南屛): 남병산. 서호(西湖) 옆에 있다.

3 만소(蠻素): 기녀. 사랑하는 여인. 백거이(白居易)가 노래를 잘하는 번소(樊素)와 춤을 잘 추
  는 소만(小蠻)이라는 두 여인을 사랑하였다는 데서 유래하였다. 여기서는 작자의 옛 연인을 가
  리킨다.

塵箋蠹管,　　　　　종이에 먼지 앉고 붓에 좀이 슬도록

斷闋經歲慵賦.　　　못 다 맺은 노랫말은 해 넘겨도 짓기 싫다.

小蟾⁴斜影轉東籬,　덜 찬 달이 동쪽 울을 돌아 어슷하게 비출 무렵

夜冷殘蛩語.　　　　밤 추위 속 귀뚜라미 우는 소리 잦아든다.

早白髮, 緣愁萬縷.　시름 탓에 이른 백발 만 가닥이 되었는데

驚飆從捲烏紗⁵去.　거센 돌풍 불어 제쳐 오사모를 벗겨낸다.

漫細將, 茱萸看⁶,　덧없이 수유가지 들여다보다

但約明年,　　　　　그저 내년 이 날을 기약하노니

翠微高處.　　　　　푸른 산 높은 봉에 오를지어다.

---

4 소섬(小蟾): 작은 달. 아직 덜 찬 중양절의 달. 섬(蟾)'은 본디 두꺼비로, 달에 두꺼비가 산다는 전설에 따라 달을 가리키기도 한다.

5 오사(烏紗): 오사모. 검은 실로 짠 모자. 동진(東晉)의 맹가(孟嘉)가 중양절 잔치에서 술에 크게 취해 모자가 바람에 날려 떨어져도 알지 못했다는 고사가 있다. 239. 「하신랑(賀新郞)」의 '남조 광객(南朝狂客)' 주 참조.

6 수유간(茱萸看): 수유꽃을 들여다보다. 중양절에는 수유꽃으로 몸을 장식한다. 두보(杜甫)의 「중양절에 남전 최씨의 별장에서(九日藍田崔氏莊)」에 "취하여 수유를 손에 들고 자세히 들여다본다(醉把茱萸仔細看)"라는 구절이 있다.

249. 연청도(宴淸都)

오문영(吳文英)

가지로 이어진 해당화
連理海棠

繡幄鴛鴦柱**1**,	원앙 새긴 기둥 따라 자수 휘장 두른 곳
紅情密,	붉은 빛이 풍정을 짙게 내뿜는
膩雲低護秦樹**2**.	진중의 해당화에 구름 낮게 서렸도다.
芳根兼倚,	뿌리는 비익조가 기댄 듯하고
花梢鈿合,	꽃가지는 나전을 꼭 맞춘 듯 해
錦屛人妬.	비단병풍 곁 여인이 시샘을 한다.
東風睡足交枝,	마주 이은 가지가 봄바람 속 푹 잠드니
正夢枕,	한참 꿈에 빠져드는 모습은 바로
瑤釵燕股**3**.	옥비녀에 제비 다리 장식 새긴 듯하구나.
障灩蠟,	둘러 밝힌 촛불이
滿照歡叢,	기쁨 겨운 해당화를 가득 비출 제
嫠蟾**4**冷落羞度.	외톨이 달 쓸쓸히 수줍은 빛 내리라.

---

1 수악원앙주(繡幄鴛鴦柱): 자수로 장식한 비단 장막과 원앙을 새긴 기둥. 부잣집에서 해당화를 보호하기 위해 호화롭게 설치한 구조물로, 이 해당화가 그만큼 귀하다는 것을 나타내고 있다.

2 진수(秦樹): 진중(秦中)의 해당화. 오늘날 섬서성(陝西省) 일대인 진중 지방에 '줄기가 두 개인 해당화(雙柱海棠)'가 있었다는 기록이 『열경여록(閱耕餘錄)』에 전한다.

3 요차연고(瑤釵燕股): 끝부분을 제비의 갈라진 다리 모양처럼 장식한 옥비녀. 미끈하게 쭉 벋은 해당화 가지를 비유한 표현이다.

4 이섬(嫠蟾): 과부 신세의 달. 외톨이 달. 달에 사는 선녀 항아(嫦娥)에게는 짝이 없으므로 '이(嫠)',

人間萬感幽單,　　　　사람은 만감 얽혀 외로움이 깊은데

華清5慣浴,　　　　　화청지서 말끔히 목욕단장 마치고서

春盎風露.　　　　　봄날의 바람 이슬 가득 쐬는 해당화여.

連鬟並暖,　　　　　쪽머리 곱게 틀고

同心共結,　　　　　동심결 함께 엮어

向承恩6處.　　　　　승은 입는 처소로 향했었거늘.

憑誰爲歌長恨7,　　　누구더러 「장한가」를 불러 달라 할거나

暗殿鎖,　　　　　　어두운 전각의 문 닫혀 있나니

秋燈夜語.　　　　　가을밤 등 밝히고 담소하던 곳이구나.

敍舊期,　　　　　　되뇌는 옛 기약,

不負春盟,　　　　　봄날 약속 저버리지 말자고 하였건만

紅朝翠暮.　　　　　아침저녁 붉고 푸른 해당화만 함께 한다.

　　즉 과부라고 한 것이다. '섬(蟾)'은 달에 사는 두꺼비로부터 의미가 확대되어 달을 가리킨다.

5 화청(華淸): 화청지(華淸池). 양귀비(楊貴妃)가 목욕을 한 곳. 작자는 해당화를 양귀비에 비유
　하여, 작품 내에 그녀와 관련된 고사를 많이 썼다.

6 승은(承恩): 황제의 승은을 입다. 양귀비가 당 현종(玄宗)의 총애를 받듯 해당화가 사람들의 사
　랑을 듬뿍 받다.

7 장한(長恨): 「장한가(長恨歌)」. 백거이(白居易)가 당 현종과 양귀비의 애정을 제재로 지은 시.

250. 제천락(齊天樂)

오문영(吳文英)

煙波桃葉[1]西陵路,	안개 물결 넘실대는 도엽 나루 서릉 길
十年斷魂潮尾.	십 년 전의 애달픔이 물결 따라 흐른다.
古柳重攀,	옛 시절의 버들을 다시금 휘어잡고
輕鷗聚別,	모였다간 흩어지는 갈매기도 바라보며
陳迹危亭獨倚.	옛 자취 밴 정자에 홀로 기대섰노라.
涼颸乍起,	서늘하게 한 줄기 바람 문득 일더니
渺煙磧飛帆,	먼 자갈밭 너머로 돛배 날듯 지나가고
暮山橫翠.	날 저무는 산에는 짙푸른 빛 드리웠다.
但有江花,	오로지 강가에 핀 꽃송이만이
共臨秋鏡照憔悴.	나와 함께 가을 물에 초라히 비춰진다.
華堂燭暗送客,	대청 촛불 사윌 무렵 객도 돌려보내곤
眼波回盼處,	살포시 돌아서서 나를 보던 눈빛은
芳豔流水.	어여쁘게 흐르는 물 같았더라.
素骨凝冰,	얼음 얼려 만든 듯 희고 맑은 몸
柔蔥蘸雪,	눈으로 빚은 듯 섬섬옥수로
猶憶分瓜[2]深意.	참외 가른 깊은 뜻 나 홀로 기억한다.

---

1 도엽(桃葉): 이별의 나루터. 201. 「축영대근(祝英臺近)」의 '도엽도(桃葉渡)' 주 참조.

2 분과(分瓜): 참외를 반으로 가르다. '파과(破瓜)'와 같다. '과(瓜)'자를 가르면 '팔(八)'자가 두 번 나온다 하여, 16세의 풋풋한 여성을 뜻한다. 혹은 그러한 여성이 처음으로 남자와 동침하는 것을 상징적으로 나타내기도 한다.

清尊未洗,　　　　술잔을 아직 못 다 비워 내고서
夢不濕行雲,　　　꿈 속 운우지정에 젖어들지 못하고
漫沾殘淚.　　　　못 다 흘린 눈물로 흠뻑 적실뿐이구나.
可惜秋宵,　　　　가을밤은 참으로 안타깝구나
亂蛩疏雨裏.　　　희미한 빗소리 속 귀뚜라미 한껏 운다.

251. 화범(花犯)

오문영(吳文英)

곽희도가 수선화를 보내고 사를 청하여
郭希道[1]送水仙索賦

小娉婷,	작고 어여쁘도다
淸鉛素靨[2],	희고 고운 살결에 패인 볼우물
蜂黃[3]暗儘暈,	살짝 발라 은은한 노란 화장결
翠翹[4]敧鬢.	살쩍에 어슷하게 꽂힌 비취새 깃털.
昨夜冷中庭,	어젯밤 추운 뜰 안
月下相認,	달빛 아래 보았나니,
睡濃更苦淒風緊.	잠이 깊어질수록 강풍 더욱 괴로워
驚回心未穩,	소스라쳐 꿈 깬 마음 가라앉지 않더라.
送曉色, 一壺蔥蒨,	새벽 기운 걷히고 본 화분 속 수선화여
纔知花夢準.	비로소 꽃 본 꿈이 꼭 맞은 걸 알았노라.
湘娥[5]化作此幽芳,	상강의 두 신녀가 이 고운 꽃 되었다네,

---

1 곽희도(郭希道): 인명. 생평은 미상이다.
2 소엽(素靨): 흰 보조개. 혹은 그런 보조개가 있는 볼. 수선화의 흰 꽃잎을 비유한 것이다.
3 봉황(蜂黃): 이마에 노란 동그라미를 그려 넣는 화장법. 수선화 중심부의 노란 꽃술 부분을 비유한 것이다.
4 취요(翠翹): 비취새의 길쭉한 꼬리깃털. 수선화의 푸른 잎을 비유한 것이다.
5 상아(湘娥): 상강(湘江)의 아름다운 여인. 순(舜)임금이 죽자 그의 두 비 아황(娥皇)과 여영(女英)이 스스로 상강으로 뛰어들어 상강의 신녀가 되었다는 전설이 있다.

凌波路,　　　　　　　　　사뿐한 발걸음에 물결 일던 길 따라

古岸雲沙遺恨.　　　　　　강둑 구름 모래밭엔 옛 한이 남았다네.

臨砌影,　　　　　　　　　섬돌 위로 그림자 드리우고는

寒香亂,　　　　　　　　　서늘한 그 향기를 피워내나니

凍梅藏韻.　　　　　　　　눈 속에 핀 매화도 그 운치를 숨기리라.

熏鑪畔,　　　　　　　　　향로 가에 두었다가

旋移傍枕,　　　　　　　　베개 맡에 옮겨두고

還又見, 玉人垂紺鬢⁶.　　　머리 검푸른 미인 거듭 두루 보노라.

料喚賞, 淸華池館⁷,　　　만약에 청화지서 관상회를 열거든

臺杯須滿引.　　　　　　　모름지기 술잔 가득 채워 마실지어다.

6　옥인수감진(玉人垂紺鬢): 검푸른 머리숱을 늘어뜨린 아름다운 여인. 수선화를 미인에 비유한
　　것이다.

7　청화지관(淸華池館): 아름다운 연못이 있는 호화로운 집. 혹은, 오문영의 사「바라문인(婆羅門
　　引)」에 "곽청화의 연석상에서(郭淸華席上)"라는 제서(題序)가 있다는 것에 근거하여 '청화(淸
　　華)'를 곽희도의 호나 사저 이름으로 볼 수도 있다.

252. 완계사(浣溪沙)

오문영(吳文英)

門隔花深夢舊遊,　　　　꽃 활짝 핀 대문 밖, 옛 꿈결 속 놀던 풍경
夕陽無語燕歸愁,　　　　말 없는 노을 속에 깃든 제비 시름겨워
玉纖香動小簾鉤[1].　　　향 고운 섬섬옥수는 주렴 고리 옮기누나.

落絮無聲春墮淚,　　　　고요히 진 버들개지, 봄이 흘린 눈물인가
行雲有影月含羞,　　　　뜬 구름에 그늘진 건 수줍은 달 탓일
　　　　　　　　　　　테지
東風臨夜冷於秋.　　　　밤 되며 봄바람 부니 가을보다 춥구나.

---

1 향동소렴구(香動小簾鉤): 고운 향을 풍기며 주렴 건 갈고리를 옮기다. 즉, 여인이 주렴을 드리
우다. 임은 돌아오지 않고 제비만 돌아온 것이 시름겨워 제비를 보지 않으려고 주렴을 치는 것
이다.

253. 완계사(浣溪沙)

오문영(吳文英)

波面銅花¹冷不收,
玉人垂釣理纖鉤²,
月明池閣夜來秋.

江燕話歸成曉別,
水花紅減³似春休.
西風梧井葉先愁.

찬 기 아니 가시는 거울 같은 수면에
고운 이가 낚시 바늘 잘 다듬어 드리웠네
달 밝은 연못 누각에 밤 사이 가을 드네.

돌아간단 강 제비는 새벽 되니 떠나가고
붉던 연꽃 시드니 봄의 끝을 꼭 닮았네
서풍 부는 우물가 오동잎이 먼저 시름
품네.

---

1 동화(銅花): 꽃장식이 있는 동제 거울. 동경(銅鏡). 고요한 수면을 비유한 말이다.

2 섬구(纖鉤): 가느다란 갈고리. 여인이 드리운 낚싯바늘. 혹은 수면에 비친 초승달을 비유한 말이다.

3 수화홍멸(水花紅減): 연꽃의 붉은 빛이 시들다. 즉, 연꽃이 지다. 이 구절은 가을이 깊어가며 연꽃이 진 모습이 마치 봄꽃이 졌을 때의 풍경과 비슷하다는 것이다.

254. 점강순(點絳脣)

오문영(吳文英)

대보름 전날 밤에 비가 갓 개어
試燈夜**1**初晴

捲盡愁雲,	근심 서린 구름이 모두 걷히니
素娥**2**臨夜新梳洗.	달나라의 항아는 밤 단장을 새로 했네.
暗塵不起,	티끌 먼지 한 점도 날리지 않는
潤凌波**3**地.	보드랍게 젖은 땅에 발걸음 사뿐하네.

輦路**4**重來,	서울 널찍한 길에 다시 와보니
彷彿燈前事.	연등 구경 즐겼던 그 시절 그대로네.
情如水,	고이 품은 정은 꼭 물과 같다네,
小樓熏被,	소루에서 향기로운 이불을 덮고
春夢笙歌裏.	생황 노랫가락 속 봄꿈에 드네.

---

1 시등야(試燈夜): 대보름 연등을 시험 삼아 미리 밝혀보는 밤. 대보름 전날 밤.

2 소아(素娥): 전설 속 달의 미녀 항아(嫦娥)의 다른 이름. 이 구절은 비구름이 갠 것을 항아가 새로 몸단장을 하였다고 표현한 것이다. 또는, 아름다운 여인들이 대보름 연등놀이를 즐길 준비를 하는 것으로 볼 수도 있다.

3 능파(凌波): 물 위를 걷듯 사뿐한 여인의 발걸음. 이 구절은 빗물로 촉촉이 젖은 땅에 달빛이 비치는 것을 묘사한 것이다. 또는, 아름다운 여인들이 거리를 걷는 장면으로 볼 수도 있다.

4 연로(輦路): 제왕의 수레가 다니는 길. 즉, 수도의 번화한 대로.

255. 축영대근(祝英臺近)

오문영(吳文英)

제야를 보내고 입춘을 맞이하다.
除夜立春.

翦紅情,　　　　　　붉은 연정 오려내고

裁綠意,　　　　　　푸른 마음 잘라내어

花信¹上釵股.　　　　꽃소식을 사뿐히 비녀 위에 올렸네.

殘日東風,　　　　　기우는 저녁 해와 살랑이는 동풍은

不放歲華去.　　　　떠나가는 한 해를 놓아주지 아니하네.

有人添燭西窗,　　　사람들은 서창에 촛불 환히 밝히며

不眠侵曉,　　　　　새벽까지 잠들지 아니하는데

笑聲轉, 新年鶯語.　웃음 속에 꾀꼬리의 새해 노래 섞여드네.

舊尊俎,　　　　　　예전에 술과 음식 차려두고서

玉纖曾擘黃柑,　　　섬섬옥수 그녀는 노란 감귤 갈랐나니

柔香繫幽素².　　　　부드러운 향기가 흰 살결에 스미었네.

歸夢湖邊,　　　　　꿈결의 호숫가로 돌아가려도

---

1 화신(花信): 꽃소식. 입춘 맞이 꽃장식. 입춘이 되면 여인들은 화려한 색채의 종이나 비단을 잘
라서 꽃 장식을 만들어 머리에 꽂는 풍습이 있었다. 위의 첫째 구와 둘째 구 역시 이 입춘 장식
을 나타낸 것이다.
2 유소(幽素): 여인의 곱고 흰 살결. 혹은, 여인의 깊은 연정과 참된 마음.

411

還迷鏡中路3.   거울호수 가는 길 잃고 말았네.

可憐千點吳霜4,   불쌍타, 내 머리는 흰 서릿발 투성이요

寒消不盡,   추위 아니 가시는데

又相對, 落梅如雨.   또다시 빗물처럼 지는 매화 마주하네.

---

3 경중로(鏡中路): 거울로 난 길. 즉, 거울처럼 맑은 호숫가로 가는 길. 이 구절은 아름다운 여인과의 추억이 있었던 과거로 돌아갈 수 없다는 뜻이다.

4 오상(吳霜): 오 땅에 내린 서리. 즉, 서리 내린 듯 흰 머리. '오(吳)'는 현재 작자가 있는 지방.

256. 축영대근(祝英臺近)

오문영(吳文英)

봄날 구계의 나그네로 지내던 중 쇠락한 정원을 거닐다.

春日客龜溪[1]遊廢園.

采幽香,	향 그윽한 풀꽃을 꺾어 따면서
巡古苑,	오래된 정원 두루 거니노라니
竹冷翠微路.	푸른 오솔길 따라 대숲 바람 차구나.
鬪草溪根,	풀싸움 하며 놀던 시냇가에는
沙印小蓮步[2].	모래 위 작고 고운 발자국이 패였도다.
自憐兩鬢淸霜,	흰 서리 내려앉은 내 양 살쩍 가여운데
一年寒食,	올해 한식날에도
又身在, 雲山深處.	이 몸은 또 구름 덮인 깊은 산에 있노라.

晝閒度,	낮 내내 한가로이 보내노라니
因甚天也慳春[3],	왜 하늘은 봄날을 베풀기에 인색한지
輕陰便成雨.	엷게 구름 끼더니 결국 빗물 뿌린다.

---

1 구계(龜溪): 강 이름. 절강성(浙江省) 덕청현(德淸縣) 소재.
2 소련보(小蓮步): 작은 연꽃 모양의 발자국. 미인의 발자국. 『남사(南史)·제기하(齊紀下)·폐제
동혼후(廢帝東昏侯)』에 "금판에 연꽃을 새겨 바닥에 붙인 뒤 반비에게 그 위로 걸으라 하고는
'여기에 걸음걸음마다 연꽃이 피어나는구나'(鑿金爲蓮花以貼地, 令潘行其上, 曰, 此步步生蓮華
也)라고 말했다"라는 기록이 있다.
3 간춘(慳春): 봄을 아끼고 감추어 두다. 즉 봄다운 날씨가 펼쳐지지 않는 것을 말한다.

綠暗長亭,　　　　　녹음 짙은 객사에서
歸夢趁風絮.　　　　버들개지 따라서 고향 가는 꿈꾸련다.
有情花影闌干,　　　정겹게 꽃 우거진 누각 난간도
鶯聲門徑,　　　　　꾀꼬리 노래하는 대문 앞길도
解留我, 霎時凝佇.　금새 나를 우두커니 붙들어 맨다.

257. 조란향(澡蘭香)

오문영(吳文英)

회안의 단오절
淮安¹重午

盤絲²繫腕,	다섯 색 실타래는 팔목에 묶고
巧篆³垂簪,	전서로 쓴 부적은 비녀에 달고
玉隱紺紗睡覺.	미인은 감색 휘장 아래 숨어 잠들었네.
銀瓶露井,	탁 트인 우물가에 은병 술상 차리고
彩箑⁴雲窗,	구름무늬 창가에서 색부채를 놀리니
往事少年依約.	지나간 젊은 날과 언뜻 닮아 있건만.
爲當時, 曾寫榴裙,	그 때 시를 써넣었던 석류 빛깔 치마는
傷心紅綃褪萼⁵.	붉은 비단 꽃무늬가 퇴색되어 슬프구나.
炊黍夢, 光陰漸老,	한바탕 꿈결 같은 세월이 흘러가매
汀洲煙蒻.	강모래펄 덮었던 부들싹도 쇠해간다.

---

1 회안(淮安): 지금의 강소성(江蘇省) 회안시(淮安市).

2 반사(盤絲): 둘둘 감은 실. 단오절에 액운(厄運)을 막는 뜻으로 다섯 색깔의 실을 손목에 감아 차는 풍습이 있다.

3 교전(巧篆): 전서체로 쓴 부적. 단오절에 벽사(辟邪)를 기원하며 부적을 써서 비녀에 매다는 풍습이 있다.

4 채삽(彩箑): 울긋불긋한 무늬의 부채. 가기가 노래할 때 쓰는 소품으로, 즉 이 구절은 미인이 창가에서 노래를 하였다는 의미를 담고 있다.

5 홍초퇴악(紅綃褪萼): 붉은 비단치마가 바래다. 예전에 함께 풍류를 즐겼던 여인의 붉은 치마가 이제 변색되었을 만큼 오랜 세월이 지났다는 뜻이다. 혹은 석류꽃이 시들어 가는 것에 대한 묘사로도 볼 수 있다.

莫唱江南古調[6],　　　　　강남의 옛 노래를 부르지 말지어니

怨抑難招,　　　　　　　　원망과 억울함을 노래해도 초혼 못 할,

楚江沈魄.　　　　　　　　초강 깊이 잠겨든 혼백이 있어서라.

薰風燕乳,　　　　　　　　따스한 바람 속에 제비새끼 커가고

暗雨槐黃,　　　　　　　　살포시 내린 비에 홰 열매 익는 무렵

午鏡澡蘭[7]簾幕.　　　　　휘장 너머 거울 보며 향탕에 몸 적시리라.

念秦樓[8], 也擬人歸,　　　　진루에서 임 다시 돌아올 날 꿈으며

應翦菖蒲[9]自酌.　　　　　창포 잘라 띄운 술을 홀로 따라 마시리라.

但悵望, 一縷新蟾,　　　　그저 슬피 바라본 실낱같은 초승달

隨人天角.　　　　　　　　임 따라 하늘 저 끝 한구석에 걸렸구나.

---

6 강남고조(江南古調): 강남의 옛 노래. 여기서는 문맥상 송옥(宋玉)의 「초혼(招魂)」을 가리킨다. 혼탁한 세상에 절망하며 멱라강(汨羅江)에 투신한 굴원(屈原)을 추모하는 초사(楚辭) 작품이다.

7 조란(澡蘭): 난초 향기가 밴 물에 목욕하다. 단오절에 여인들이 향탕(香湯)에 몸을 담그는 풍습이 있다.

8 진루(秦樓): 여인의 거처. 48. 「미신인(迷神引)」의 '진루(秦樓)' 주 참조.

9 전창포(翦菖蒲): 창포를 자르다. 창포주를 빚는 것을 말한다. 단오절에 창포주를 마시는 풍습이 있다.

258. 풍입송(風入松)

오문영(吳文英)

聽風聽雨過清明,	빗소리 바람소리 듣다 보니 청명 지나
愁草瘞花銘[1].	꽃잎무덤 묘비명을 시름겹게 짓노라.
樓前綠暗分攜路,	누각 앞 녹음 짙게 드리워진 갈림길
一絲柳, 一寸柔情.	버들 한 줄기마다 정 한 마디 배었구나.
料峭春寒中酒,	알싸한 봄추위 속 술에 취해 있노라니
交加曉夢啼鶯.	새벽꿈과 꾀꼬리울음 엇갈려 섞여든다.
西園日日掃林亭,	서원에서 날마다 숲 속 정자 비질하며
依舊賞新晴.	옛날 그 시절처럼 맑은 날을 즐기노라.
黃蜂頻撲鞦韆索,	꿀벌이 그네 줄에 자꾸만 부딪히니
有當時, 纖手香凝.	그때의 섬섬옥수 향기가 배어서라.
惆悵雙鴛[2]不到,	슬픈지고, 쌍원앙신 신은 이는 안오고
幽階一夜苔生.	쓸쓸한 섬돌 밤새 이끼만 돋는구나.

---

1 예화명(瘞花銘): 떨어진 꽃을 장사지낸 무덤에 바치는 묘비명(墓碑銘). 낙화를 애도하는 글. 유신(庾信)의 칠언고체시 중에도 「예화명」이 전한다.
2 쌍원(雙鴛): 쌍원앙을 새긴 신발. 여기서는 그것을 신은 여인.

259. 앵제서(鶯啼序)

오문영(吳文英)

늦봄에 감회가 일어
春晚感懷

殘寒正欺病酒,　　　늦추위가 술병 앓는 이 몸을 괴롭히니

掩沈香繡戶.　　　　침향 문살 비단창을 꼭 닫아 두었노라.

燕來晚, 飛入西城,　　느직이 온 제비가 성 서쪽에 날아들며

似說春事遲暮.　　　봄이 다 저물었다 말하는 듯하구나.

畫船載, 淸明過卻,　　놀잇배 꽉 차더니 청명절도 지나가고

晴煙冉冉吳宮¹樹.　　맑은 날 안개 탓에 오궁 나무 희뿌옇다.

念羈情遊蕩,　　　　이리저리 떠도는 나그네의 마음은

隨風化爲輕絮.　　　바람 따라 날리는 한 점 버들개지로다.

十載西湖,　　　　　십 년을 서호에서

傍柳繫馬,　　　　　버들에 말 묶어두고

趁嬌塵軟霧².　　　여인의 고운 자취 뒤좇았노라.

遡紅漸, 招入仙溪,　　꽃물 든 강 거슬러 선녀계곡 들어가니

---

1 오궁(吳宮): 옛 오 땅의 궁궐. 임안(臨安)은 남송의 도읍지이자, 오대(五代) 오월(吳越)의 도읍
지이기도 하였다.

2 교진연무(嬌塵軟霧): 곱고 부드러운 먼지 안개. 아름다운 여인이 일으키는 먼지. 이 구절은 미녀
들을 쫓아다니며 즐겼다는 것을 에둘러 표현한 것이다.

錦兒[3]偸寄幽素.	시녀 편에 깊고 참된 그녀 마음 보내왔고,
倚銀屛, 春寬夢窄,	은병풍 안 긴 봄날 짧은 꿈을 깨고 나니
斷紅[4]濕, 歌紈金縷.	부채와 금실 옷에 그녀 눈물 흘렀더라.
暝隄空,	텅 빈 저녁 강둑에서
輕把斜陽,	이 노을은 미련 없이
總還鷗鷺.	갈매기와 백로에게 전부 내어 주런다.
幽蘭旋老,	무성했던 난초가 어느새 지고
杜若還生,	두약 잎새 또다시 돌아났어도
水鄕尙寄旅.	수향에서 여전히 떠돌이로 지내노라.
別後訪,	이별 후 다시 가본
六橋[5]無信,	육교엔 그녀 소식 하나 없나니,
事往花委,	모두 옛 일 되었고 꽃도 시들어
瘗玉埋香,	꽃잎 향이 땅 속에 묻히고 난 뒤
幾番風雨.	몇 번이나 비바람 몰아쳤던고.
長波妬盼,	반짝이는 물결은 샐쭉이는 눈빛이요
遙山羞黛,	멀리 솟은 봉우리는 수줍음 밴 눈썹이리.
漁燈分影春江宿.	고깃배 등불 밝힌 봄 강가에 묵노라니
記當時, 短楫[6]桃根渡[7].	그 때 작은 배 떠난 나루터가 떠오르고

---

3 금아(錦兒): 시녀. 본디 전당(錢塘)의 기녀 양애애(楊愛愛)의 시녀의 이름이었으나, 이후 의미가 확대되었다.

4 단홍(斷紅): 연지를 엷게 바른 화장. 또는 그러한 담장(淡粧)을 한 여인.

5 육교(六橋): 서호(西湖)에 있는 여섯 개의 다리. 소식(蘇軾)이 축조하였다고 전해진다.

6 단즙(短楫): 짧은 노. 즉, 그러한 노를 쓰는 작은 배.

7 도근도(桃根渡): 도엽과 도근 자매가 떠나간 나루터. 이별의 나루터. 201. 「축영대근(祝英臺近)」의 '도엽도(桃葉渡)' 주 참조.

靑樓彷彿[8].	아스라한 청루 기억 피어오른다.
臨分敗壁題詩,	헤어지며 낡은 벽에 써두었던 시구절
淚墨慘淡塵土.	눈물 섞인 먹글씨가 흙먼지에 빛바랬다.
危亭望極,	높은 정자 올라서 바라본 먼 곳
草色天涯,	초원의 빛 맞닿은 하늘이로다,
歎鬢侵半苧[9].	아아 내 귀밑머리 반백이 되었구나.
暗點檢, 離痕歡唾,	가만히 살펴보니 울고 웃은 흔적들
尙染鮫綃,	아직도 비단수건 얼룩으로 남았건만,
辭鳳[10]迷歸,	날개 쳐진 봉황은 돌아갈 길 잃었고
破鸞[11]慵舞.	짝을 잃은 난새는 춤사위가 안 내킨다.
殷勤待寫,	정성스런 마음을 고이 써내어
書中長恨,	편지에 깊은 한을 가득 담아도
藍霞遼海沈過雁[12],	푸른 하늘 먼 바다로 기러기 잠겨드니
漫相思, 彈入哀箏柱.	부질없는 그리움만 슬픈 쟁에 담는다.
傷心千里江南,	천 리 강남 떠돌며 마음이 아려
怨曲重招,	원망 어린 노래를 거듭 부르니
斷魂在否.	떠나간 혼백이여 와주었는가.

---

8 방불(彷彿): 어렴풋하다. 모습이 확실하지 않다.

9 빈침반저(鬢侵半苧): 귀밑머리 절반에 모시풀이 돋다. 즉, 머리가 희어지다. 모시풀의 아랫면은 흰 털로 덮여 있다.

10 타봉(辭鳳): 날개를 늘어뜨린 봉황. 실의한 사람을 비유한 것이다.

11 파란(破鸞): 짝을 잃은 난새. 이별한 연인을 비유한 것이다.

12 침과안(沈過雁): 윗 구에서 쓴 편지를 전하기 위해 하늘과 바다를 가로질러가던 기러기가 물에 빠지다. 즉, 편지가 전해지지 않다.

260. 석황화만(惜黃花慢)

오문영(吳文英)

오강에 배를 대고 묵어가게 되었다. 밤에 절집에서 석별의 정을 나누는 술자리가 열려, 이 고장 사람 조부가 어린 가기를 데려와서 술시중을 들게 하였다. 가기는 노래 몇 곡을 연달아 불렀는데 모두 주방언의 사였다. 술자리가 파하니 이미 사경이었다. 이 사를 지어 윤매진과 전별하였다.

次吳江, 小泊, 夜飮僧窓惜別. 邦人趙簿攜小妓侑尊, 連歌數闋, 皆淸眞詞. 酒盡, 已四鼓, 賦此詞餞尹梅津**1**.

送客吳皐,	나그네 떠나보낸 오강 언덕엔
正試霜夜冷,	첫서리 마침 내려 밤공기 차고
楓落長橋.	다리 위로 단풍잎 떨어지더라.
望天不盡,	바라다본 하늘은 끝 뵈지 않고
背城漸杳,	배는 성곽 등지고 멀어지는데,
離亭黯黯,	헤어졌던 정자에 어둠 내리며
恨水迢迢.	한 서린 강 아득히 출렁이더라.
翠香零落紅衣老,	푸른 향초 시들고 붉은 꽃도 빛바래니
暮愁鎖, 殘柳眉梢.	남은 버들 줄기 끝에 저녁 시름 얽히누나.
念瘦腰,	걱정 탓에 허리 여윈
沈郎**2**舊日,	심약도 옛날

---

1 윤매진(尹梅津): 윤환(尹煥). 자는 유효(惟曉)이고, 호는 매진산인(梅津山人)이다. 순우(淳祐) 6년(1246)에 양절전운판관(兩浙轉運判官)을 지낸 기록 등이 있으나, 자세한 생평은 미상이다.

2 심랑(沈郎): 심약(沈約). 근심이 많고 병약하여 몸이 크게 여위었다는 고사가 전한다. 167. 「이랑

曾繫蘭橈.　　　　　　배를 여기 댄 적이 있었다더라.

仙人鳳咽瓊簫,　　　　선녀의 옥퉁소와 고운 노래 소리에
悵斷魂送遠,　　　　　슬프게도 혼백은 빠져나가 멀어지니
九辯[3]難招.　　　　　 「구변」 곡을 불러도 초혼 어려우리라.
醉鬟留盼,　　　　　　술에 취한 여인이 아쉬운 눈빛으로
小窗翦燭,　　　　　　작은 창 난 곁에서 등불심지 잘라가며
歌雲載恨,　　　　　　불렀던 노래들은 한 실은 구름 되어
飛上銀霄.　　　　　　하늘 위 은하수로 둥실 높이 떠오른다.
素秋[4]不解隨船去,　　가을은 배 따라서 떠나갈 줄 모르고
敗紅趁, 一葉寒濤.　　 시든 꽃만 찬 물결 위 일엽편주 좇는구나.
夢翠翹[5],　　　　　　머리장식 어여쁜 그녀 꿈을 꿀 즈음
怨鴻[6]料過南譙.　　　원망스런 기러기는 남쪽 망루 지나리라.

신(二郎神)」의 '심요(沈腰)' 주 참조.

3 구변(九辯): 초사 작품명. 송옥(宋玉)이 굴원(屈原)의 비통한 넋을 달래기 위해 지은 것이다. 이 부분은 작자가 기녀의 애절한 퉁소 선율과 노랫소리를 듣고 넋을 잃을 정도로 큰 슬픔에 빠졌으며 그 슬픔은 좀처럼 달래기 어렵다는 것을 말하고 있다.

4 소추(素秋): 가을. 오방색 중 가을의 색이 흰 색인 데서 나온 표현이다.

5 취교(翠翹): 물총새의 꼬리로 만든 머리 장신구. 여기서는 그것을 머리에 꽂은 여인을 가리킨다.

6 원홍(怨鴻): 원망스러운 기러기. 기러기가 편지를 전해주지 않고 남쪽 망루를 그냥 지나가므로 원망스럽다고 한 것이다.

261. 고양대(高陽臺)

오문영(吳文英)

매화가 지다.

落梅

宮粉雕痕,	고운 궁녀 화장에 얼룩 번지듯
仙雲墮影,	신선이 탄 구름에 그늘이 지듯
無人野水荒灣.	인적 없는 너른 들에 스산한 물굽이에
古石埋香,	그 향기는 옛 돌밭 아래 묻히고
金沙鎖骨連環**1**.	그 꽃잎은 모래에 덮이었나니.
南樓不恨吹橫笛**2**,	남루 피리 소리야 한스럽지 않아도
恨曉風, 千里關山**3**.	천 리 관산 새벽에 부는 바람 한스럽다.
半飄零,	매화 반쯤 진 무렵
庭上黃昏,	뜰에는 황혼빛이 드리우더니
月冷闌干.	달빛 이내 난간에 싸늘하더라.

---

1 쇄골연환(鎖骨連環): 고리처럼 이어진 뼈. 즉, 불가에서 관음보살의 현신이라 일컫는 쇄골보살
(鎖骨菩薩). 죽어서도 아름다운 모습을 간직한 정결한 여인. 여기서는 땅에 떨어진 매화 꽃잎
을 가리킨다.

2 취횡적(吹橫笛): 피리의 일종인 횡적을 불다. 이 구절은 피리곡 「매화락(梅花落)」이 들려와도 개
의치 않는다는 뜻이다.

3 천리관산(千里關山): 천 리에 펼쳐진 관산. 끝 모를 변새 지방. 이 구절은 변새의 새벽 찬바람에
매화가 질까 걱정이라는 뜻이다.

壽陽⁴空理愁鸞,　　　　　거울 앞 수양공주 부질없이 걱정하며

問誰調玉髓⁵,　　　　　　물었다지 그 누가 옥 수액을 만들어

暗補香瘢⁶,　　　　　　　고운 뺨에 난 자국 살포시 메워줄지.

細雨歸鴻,　　　　　　　가는 비를 맞으며 기러기 돌아가고

孤山無限春寒.　　　　　고산에는 가없는 봄추위가 사무친다.

離魂⁷難倩招淸些,　　　　멀리 떠난 혼백은 되부르기 어렵나니

夢縞衣, 解佩⁸溪邊.　　　꿈 속 흰 옷 선녀 되어 냇가에서 패옥
　　　　　　　　　　　　푼다.

最愁人,　　　　　　　　내 가장 큰 시름은

啼鳥晴明,　　　　　　　구슬프게 새 우는 맑은 어느 날

葉底靑圓⁹.　　　　　　　잎 아래 푸르러질 매실일진저.

4　수양(壽陽): 매화장(梅花粧) 고사의 수양공주(壽陽公主). 217. 「소영(疏影)」의 '나인정수리(那 人正睡裏)' 주 참조.

5　옥수(玉髓): 옥 등의 재료로 만든 수액. 상처 난 피부에 바르는 묘약. 『습유기(拾遺記)』에 이러한 이야기가 전한다. "손화가 달빛 아래에서 수정여의봉을 가지고 춤을 추다가 잘못하여 등부인의 뺨에 상처를 냈다. 어의를 불러 살펴보게 하자, 어의는 수달의 골수, 옥, 호박 등을 섞어 만든 약 을 발랐다. 상처가 다 나은 후에는 흉터 자국이 남지 않았다(孫和月下舞水晶如意, 誤傷鄧夫人 頰, 召太醫視之, 醫以獺髓雜玉與琥珀合藥敷之, 愈後無瘢痕)."

6　향반(香瘢): 여인의 얼굴에 있는 흉터. 이 부분은 매화가 모두 지고 나면 수양공주로 대표된 뭇 여인들이 매화장을 할 재료가 없어져 곤란해 한다는 뜻이다.

7　이혼(離魂): 떠나간 혼. 매화가 떨어진 것을 그 혼이 이승을 떠났다고 비유한 것이다. 이 구절은 이미 진 매화가 다시 필 수 없다는 뜻이다.

8　해패(解佩): 패옥을 풀다. 정교보(鄭交甫)가 선녀가 풀어준 패옥을 받았다는 고사가 있다. 17. 「목란화(木蘭花)」의 '문금해패(聞琴解佩)' 주 참조. 이 구절은 매화가 낙화한 후 그 혼이 선 녀가 되었다는 뜻이다.

9　청원(靑圓): 파랗고 둥근 매실 열매. 이 부분은 매실이 파랗게 맺히면 더는 볼 수 없는 매화가 다 시 떠올라 크게 시름겨울 것이라고 말하고 있다.

262. 고양대(高陽臺)

오문영(吳文英)

풍락루에서 운자를 나누어, '여(如)'자를 얻다.
豐樂樓**1**分韻得如字.

修竹凝妝,　　　　울창한 대숲에는 화장 짙은 미녀들
垂楊駐馬,　　　　버드나무 기둥에는 고삐 묶은 준마들
憑闌淺畫成圖.　　난간 기대 둘러보니 한 폭의 그림일세.
山色誰題,　　　　이 풍경에 제화시를 써넣을 이 누구요
樓前有雁斜書**2**.　누각 앞 기러기가 비껴 글씨 쓰는구려.
東風緊送斜陽下,　동풍이 세게 불고 기운 해도 저물어
弄舊寒, 晚酒醒餘.　늦추위는 얼큰한 저녁술을 깨우나니.
自消凝,　　　　　난 그저 우두커니 넋을 잃노라,
能幾花前,　　　　몇 번이나 꽃풍경 볼 수 있으랴
頓老相如**3**.　　　문득 부쩍 늙어버린 사마상여여.

傷春不在高樓上,　봄 슬픔은 높은 누대 위에 있지 않다오

---

1 풍락루(豐樂樓): 서호 근처의 누각. 남송대의 유람 명소 중 하나였다.

2 안사서(雁斜書): 기러기가 비스듬하게 글자를 쓰다. 기러기 무리가 '人'자나 '一'자 등의 형태로 열을 지어 날아가는 모습을 지칭한 것이다.

3 돈로상여(頓老相如): 갑자기 늙은 사마상여. '상여(相如)'는 한대(漢代)의 문인 사마상여(司馬相如)로, 여기서는 작자 자신을 지칭하는 말이다. 이 부분은 꽃놀이에서 술기운이 깨며 문득 자신의 늙음을 새삼 의식하고 슬퍼하는 것이다.

在燈前敧枕,　　　　등불 앞 베갯머리 기댄 자리나

雨外熏鑪.　　　　　봄비 피해 향로 피운 곳에 있다오.

怕艤遊船,　　　　　두렵구나 놀잇배를 기슭에 대면

臨流可奈清臞[4].　　물에 비칠 수척한 모습 어찌 볼거나.

飛紅若到西湖底,　　붉은 낙화 나부끼다 서호에 떨어지면

攪翠瀾, 總是愁魚.　푸른 물에 출렁거려 물고기도 시름겹다.

莫重來,　　　　　　다시는 여기 오지 않을지어다,

吹盡香緜,　　　　　바람에 버들개지 다 떨어지면

淚滿平蕪.　　　　　푸른 들엔 눈물이 가득하리라.

---

4 청구(清臞): 생기가 없고 여윈 모습. 여기서는 물에 비친 자신의 모습을 형용한 것이다.

263. 삼주미(三姝媚)

오문영(吳文英)

도성의 옛 집을 지나다 감회가 일어
過都城舊居有感

湖山經醉慣,	술 취해 호수와 산 두루 다닐 제
漬春衫啼痕,	봄옷 흠뻑 적신 건 눈물 자국과
酒痕無限.	무수히 술을 흘린 자국이었네.
又客長安,	나그네로 다시 옛 도성에 오니
歎斷襟零袂,	아아 내 찢긴 깃과 해진 소매여
浣塵[1]誰浣.	누가 먼지 찌든 옷 빨아 줄런가.
紫曲門荒,	자줏빛 굽잇길 문 다 스러졌고
沿敗井, 風搖青蔓.	폐우물 옆 푸른 덩굴 바람 타고 나부 끼네.
對語東鄰,	동쪽 이웃집 향해 말 붙이려니
猶是曾巢,	그저 일찍이 한 때 둥지 틀었던
謝堂[2]雙燕.	사씨 집 앞 노닐던 제비 한 쌍뿐.
春夢人間須斷,	인생사 일장춘몽 언젠가는 깨는 법

---

1 완진(浣塵): 때와 먼지. 여기서는 떠돌이 생활로 인해 더러워진 옷.
2 사당(謝堂): 사씨(謝氏)의 집. 옛 세도가의 집. 132. 「서하(西河)」의 '왕사린리(王謝鄰里)' 주 참조.

但怪得當年,	그래도 안타까운 그 때 그 시절
夢緣能短[3].	꿈같은 인연 그리 짧았었구나.
繡屋秦箏,	비단 두른 방에서 쟁을 타다가
傍海棠偏愛,	곱게 핀 해당화가 유독 좋아서
夜深開宴.	밤늦도록 연회를 열곤 했거늘.
舞歇歌沈,	춤도 멎고 노래도 그친 지금은
花未減,	꽃은 아니 줄었건만
紅顏先變.	곱던 얼굴이 먼저 변하였구나.
竚久河橋欲去,	우두커니 강 다리에 한참 섰다 가려는데
斜陽淚滿.	석양에 눈물방울 가득 고인다.

---

3 능단(能短): 그와 같이 짧다. '능(能)'은 '여차(如此)'의 의미가 있다.

264. 팔성감주(八聲甘州)

오문영(吳文英)

영암에서 막부의 동료들과 어울려 함께 유람하다.

靈岩¹陪庾幕諸公遊.

渺空煙四遠,	사방 저 멀리에서 안개가 솟는구나,
是何年, 靑天墜長星.	그 어느 해이던가, 하늘에서 큰 별이 져
幻蒼崖雲樹,	푸른 절벽 깎아지른 운해의 숲이 되니
名娃金屋²,	예쁜 서시 깃들어 산 황금 궁전 있었고
殘霸宮城³.	패왕 못 된 오왕 부차 궁성도 있었더라.
箭徑⁴酸風射眼,	화살처럼 곧은 길엔 찬바람이 눈을 쏘고
膩水⁵染花腥.	화장분 섞인 물로 꽃에 향기 배는구나.
時靸雙鴛響⁶,	이따금 들려오는 원앙 꽃신 끄는 소리

---

1 영암(靈岩): 산 이름. 『오군지(吳郡志)』에 "영암산은 곧 옛 석고산으로, 오현 서쪽 30리에 있다. 산 속에는 오나라의 관왜궁, 금대, 향섭랑이 있고 산 앞쪽 10리에는 채향경이 있다(卽古石鼓山, 在吳縣西三十里, 上有吳館宮, 琴臺, 香屧廊, 山前十里有采香徑)"라는 기록이 있다.

2 명왜금옥(名娃金屋): 이름난 미인의 호화로운 집. 오왕(吳王) 부차(夫差)가 서시(西施)를 위해 지은 영암산 관왜궁(館娃宮)을 말한다.

3 잔패궁성(殘霸宮城): 천하를 제패하지 못한 왕의 궁성. 즉, 오왕 부차의 궁과 성.

4 전경(箭徑): 화살처럼 곧게 난 길. 영암산 채향경(采香徑)의 다른 이름. 『오군지(吳郡志)』에 "영암산 앞에 채향경이 있는데 비끼어 있는 모습이 마치 화살이 누운 듯하다(靈巖山前有采香徑橫斜如臥箭)"라는 기록이 있다.

5 이수(膩水): 화장의 지분(脂粉)이 섞인 물. 영암산 오나라 궁궐의 궁녀들의 화장기가 녹아 들었던 물.

6 쌍원향(雙鴛響): 쌍원앙 모양으로 장식한 신발을 끄는 소리. 영암산의 산사 내 "고운 신발 소리가 울리는 회랑"이라는 뜻의 향섭랑(香屧廊)을 말한다.

廊葉秋聲.　　　　　　　회랑에 낙엽 떨군 가을의 소리로다.

宮裏吳王沈醉[7],　　　　궁성 안의 오왕은 술에 잔뜩 취했고
倩五湖倦客[8],　　　　　오호 한편 찾아든 한껏 지친 나그네만
獨釣醒醒.　　　　　　　홀로 낚시 드리우며 깨어 있었다더라.
問蒼波無語,　　　　　　푸른 물에 물어도 아무 대답 없구나
華髮奈山靑.　　　　　　산은 줄곧 파랗거늘 내 흰머린 어이하나.
水涵空, 闌干高處,　　　　하늘 머금은 물가, 높은 난간 올라서니
送亂鴉, 斜日落漁汀.　　드센 까마귀 떼도 석양도 펄에 진다.
連呼酒,　　　　　　　　술을 가져 오너라 줄곧 외치곤
上琴臺[9]去,　　　　　　높이 솟은 금대에 올라 서 보니
秋與雲平.　　　　　　　가을빛도 구름도 고요하여라.

7 오왕심취(吳王沈醉): 오왕이 크게 취하다. 오왕(吳王) 부차(夫差)를 지칭한 것이다.
8 오호권객(五湖倦客): 오호의 지친 나그네. 월(越)의 범려(范蠡)를 지칭한 것이다. 범려는 월왕 구
천(句踐)을 도와 오나라를 멸망시킨 뒤 물러나 오호에서 은거하였다.
9 금대(琴臺): 누대 이름. 오나라 때 축조된 것으로, 영암산에 있다.

265. 답사행(踏莎行)

오문영(吳文英)

潤玉籠綃,	보드라운 옥 살결은 비단천을 둘렀고
檀櫻倚扇,	앵두빛깔 입술은 부채 살짝 닿았고
繡圈猶帶脂香淺.	자수 놓은 옷자락엔 엷은 분향 배었구나.
榴心¹空疊舞裙紅,	개켜둔 붉은 춤복 석류꽃이 부질없고
艾枝²應壓愁鬢亂.	시름겨운 쪽머리엔 쑥가지가 눌렸구나.

午夢千山,	한낮의 꿈속에서 천 봉우리 산 넘어도
窗陰一箭³,	옮겨간 창 그림자는 시계 눈금 하나뿐.
香瘢新褪紅絲腕⁴.	팔목에 붉은 실 푼 흔적 바래지는데
隔江人在雨聲中,	강 너머의 사람은 빗소리 속에 있어
晚風菰葉生秋怨.	저녁 바람 분 줄잎에 가을 원망 피어난다.

---

1 류심(榴心): 석류꽃. 여기서는 붉은 춤복에 장식한 석류꽃 무늬. 이 구절은 석류꽃무늬 춤복이 개켜진 그대로 있다고 하여, 여인이 춤을 출 의욕을 잃을 정도로 시름에 젖어 있음을 말하였다.

2 애지(艾枝): 쑥 가지. 단오절에 호랑이 모양으로 만든 쑥 가지를 머리에 꽂아 액운을 막는 풍습이 있다. 이 구절은 시름에 젖은 여인이 단오절 단장을 제대로 하지 않고 있다는 것을 말하였다.

3 일전(一箭): 물시계 화살의 눈금 한 칸. 즉, 짧은 시간.

4 홍사완(紅絲腕): 손목에 감는 붉은 실. 단오절의 액막이 풍습이다. 이 부분은 단오가 지나고 시간이 흘러 여인의 손목에 실을 감았던 흔적은 엷어졌어도 여전히 임은 멀리 있어 여인의 시름이 깊다는 것을 말하였다.

266. 서학선(瑞鶴仙)

오문영(吳文英)

晴絲牽緒亂.	맑은 날 아지랑이에 내 마음도 갈래갈래,
對滄江斜日,	푸른 강과 지는 해를 마주해 섰노라니
花飛人遠.	꽃잎은 흩어지고 사람은 멀어진다.
垂楊暗吳苑.	수양버들 우거진 옛 오나라 궁원 터
正旗亭煙冷¹,	때는 마침 객사에서 불씨 끄는 한식이니
河橋風暖.	강 위 놓인 다리에 바람 따스하여라.
蘭情蕙盼.	고운 정 가득 담긴 그녀 눈빛에
惹相思,	난 그만 상사의 정 깊이 품은 터
春根²酒畔.	봄 깊은 날 술자리 벌일 수밖에.
又爭知,	그녀야 또 어찌 알리
吟骨³縈消,	시구를 읊으려다 이 몸 축나서
漸把舊衫重翦.	입던 옷을 다시금 줄여야 한다는 걸.
凄斷.	쓸쓸함이 지독히 사무치네요,
流紅千浪,	물결 가득 붉은 꽃 떠내려가고
缺月孤樓.	조각달이 떠오른 외딴 누각에
總難留燕.	제비도 더는 아니 머물 듯해요.

---

1 연랭(煙冷): 불 피우는 연기가 식다. 즉, 한식절에 불을 피우지 않는 풍습을 말한다.

2 춘근(春根): 만물의 근저까지 깃든 봄. 즉, 늦봄.

3 음골(吟骨): 읊조리는 사람. 시인. 여기서는 작가 자신, 혹은 이 사의 상편(上片)의 남성 화자를 가리킨다.

歌塵凝扇⁴.	먼지 찌든 노래부채 바라보면서
待憑信,	그대를 믿으려다
抃分鈿⁵.	정표를 내던지고,
試挑燈欲寫,	등잔 심지 돋우며 편지를 써보려다
還依不忍,	역시 차마 못 쓰나니,
箋幅偸和淚捲.	편지지에 남몰래 눈물 말아 넣어서
寄殘雲, 賸雨蓬萊,	남은 운우지정을 봉래산에 부치면
也應夢見.	어쩌면 꿈속에서 그댈 볼 수 있을까요.

---

4 가진응선(歌塵凝扇): 노래부채에 먼지가 쌓이다. 즉, 오랫동안 노래를 하지 않다. 이러한 표현 으로 미루어 볼 때, 이 사의 하편(下片)의 화자는 사랑을 잃고 수심에 빠진 가기로 바뀐 것을 알 수 있다.

5 반분전(抃分鈿): 정표를 서슴없이 내던지다. '분전(分鈿)'은 남녀가 이별하며 비녀를 쪼개어 하 나씩 나누어가진 정표.

267. 자고천(鷓鴣天)

오문영(吳文英)

화도사에서 짓다.
化度寺**1**作

池上紅衣伴倚闌.　　　못 위 붉은 연꽃은 난간 기댄 날 짝 삼고
棲鴉常帶夕陽還.　　　노을 젖은 까마귀는 둥우리로 돌아가네.
殷雲度雨疏桐落,　　　구름과 비 지나더니 성긴 오동 잎 떨구고
明月生涼寶扇閒.　　　맑은 달빛 청량하니 고운 부채 쓸 일 없네.

鄕夢窄,　　　　　　　고향 꿈은 찰나인데
水天寬**2**.　　　　　　까마득히 멀다네.
小窗愁黛淡秋山.　　　작은 창 밖 가을산이 시름겨운 눈썹 같네.
吳鴻好爲傳歸信,　　　기러기야 내 간다는 소식 좀 전해주런
楊柳閶門**3**屋數間.　　버드나무 무성한 창문(閶門) 그녀 집으로.

---

1 화도사(化度寺): 절 이름. 『항주부지(杭州府志)』에 "화도사는 인화현 북쪽 강창교 부근에 있다.
　원래 이름은 수운사로, 송 치평 2년(1065)에 이름을 바꾸었다(化度寺在仁和縣北江漲橋, 原名
　水雲, 宋治平二年改)"라고 전한다.
2 천수관(水天寬): 강물과 하늘이 넓게 펼쳐져 있다. 즉, 고향까지의 거리가 매우 멀다.
3 창문(閶門): 소주성(蘇州城)의 서문.

268. 야유궁(夜遊宮)

오문영(吳文英)

人去西樓雁杳[1].　　　　사람 떠난 서루에 소식 한 줄 없구나,

敍別夢, 揚州一覺[2].　　이별하며 양주 꿈도 곧바로 깨었구나.

雲淡星疏楚山曉.　　　엷은 구름 성긴 별에 밝아 온 초산 새벽

聽啼鳥,　　　　　　　새 소리를 들으며

立河橋,　　　　　　　강 다리에 선 우리

話未了.　　　　　　　말 끝 못 맺었더라.

雨外蛩聲早.　　　　　비 저편에 때 이른 귀뚜라미 소리 탓에

細織就, 霜絲[3]多少.　가는 베 짜듯 돋은 흰머리 얼마런가.

說與蕭娘[4]未知道.　　그녀에게 말한들 알지 못하리

向長安,　　　　　　　서울 거리 향하는 길

對秋燈,　　　　　　　가을 등불 마주하며

幾人老.　　　　　　　내 얼마나 늙었는지.

---

1 안묘(雁杳): 기다리는 소식을 전해 줄 기러기의 자취가 묘연하다. 즉, 반가운 소식이 없다.

2 양주일각(揚州一覺): 양주의 꿈을 깨다. 즐거웠던 꿈에서 깨어나다. 213.「양주만(揚州慢)」의 '청루몽(靑樓夢)'주 참조.

3 상사(霜絲): 서리 맞은 실. 즉, 희어진 머리카락의 비유.

4 소낭(蕭娘): 사랑하는 여인을 뜻하는 당송대(唐宋代)의 표현 중 하나.

269. 하신랑(賀新郎)

오문영(吳文英)

이재 오잠선생을 모시고 창랑정에서 매화를 보다.

陪履齋先生**1**滄浪**2**看梅

喬木生雲氣.	높이 뻗은 나무 위로 구름이 솟는구나.
訪中興, 英雄陳迹**3**,	중흥 이룬 영웅의 옛 터 찾아와서는
暗追前事.	지난 일을 가만히 반추하노라.
戰艦東風慳借便**4**,	전함에 동풍 불며 그다지 돕지 않았기에
夢斷神州故里**5**.	중원 고향 되찾는 꿈 깨지고 말았나니
旋小築, 吳宮閒地.	돌아와 오궁 터에 작은 집을 지었구나.
華表月明歸夜鶴**6**,	화표주에 달 밝은 밤 학이 다시 돌아와

---

1 이재선생(履齋先生): 오잠(吳潛). 자는 의부(毅夫), 호는 이재(履齋). 가정(嘉定) 10년(1217)에 진사에 급제하여, 경원부(慶元府), 평강부(平江府), 진강부(鎭江府) 지부(知府) 및 소주지주(蘇州知州) 등을 지냈다. 순우(淳祐) 11년(1251)에는 우승상(右丞相) 겸 추밀사(樞密使)에 올랐다.

2 창랑(滄浪): 정자 이름. 소순흠(蘇舜欽)이 소주(蘇州)에 지은 것으로, 후에 한세충(韓世忠)의 만년의 별장이 되었다.

3 영웅진적(英雄陳迹): 영웅의 옛 터. 영웅은 금의 침략에 맞서 제일의 '중흥무공(中興武功)'을 세운 것으로 일컬어지는 한세충(韓世忠)을 가리킨다. 이 구절은 창랑정이 한세충의 별장이었던 것을 말한 것이다.

4 전함동풍간차편(戰艦東風慳借便): 전함에 부는 동풍이 도움 주기에 인색하다. 즉, 전세(戰勢)에 천운이 따르지 않다. 한세충의 군대가 금에 맞서 완승을 거두지는 못한 것을 말한다. '전함동풍(戰艦東風)'은 삼국지 적벽대전 고사에서 제갈량(諸葛亮)이 조조(曹操)의 함대를 격파할 때 동풍의 도움을 받았던 것과 같은, 전세에 유리한 천운을 말한다.

5 신주고리(神州故里): 송대 경기(京畿) 지역의 땅. 중원(中原). 이 부분은 한세충의 무공이 뛰어났음에도 불구하고 결국 옛 북송의 영토를 수복하지 못한 것을 말하고 있다.

6 귀야학(歸夜鶴): 밤에 돌아온 학. 이 부분은 한세충의 혼백이 학이 되어 자신의 별장이었던 창랑정으로 돌아오는 것을 상상한 것이다.

歎當時,　　　　　탄식하였으리라, 그 때부터 있었던
花竹今如此.　　　꽃과 대나무 이제 이렇게 되었다고.
枝上露,　　　　　가지 위에 아롱진 이슬방울은
濺清淚.　　　　　그 때 흘린 투명한 눈물일진저.

遨頭[7]小簇行春隊.　태수님과 더불어 봄나들이 무리 지어
步蒼苔, 尋幽別墅,　파란 이끼 밟으며 외진 별장 찾아와선
問梅開未.　　　　　매화꽃 피었는가 묻곤 하노라.
重唱梅邊新度曲,　　매화나무 옆에서 새로 쓴 곡 거듭 불러
催發寒梢凍蕊.　　　서늘한 가지 끝에 매화 피길 재촉하니
此心與, 東君[8]同意.　이 마음은 봄 신령이 품은 뜻과 꼭 같
　　　　　　　　　으리.

後不如今今非昔,　어제 오늘 내일 모두 다른 모습일지니
兩無言, 相對滄浪水.　둘이 아무 말 없이 창랑 물을 보다가
懷此恨,　　　　　응어리진 이 한은
寄殘醉.　　　　　남은 술로 풀련다.

---

7 오두(遨頭): 지주(知州). 여기서는 소주지주(蘇州知州)인 오잠(吳潛)을 가리킨다.
8 동군(東君): 봄을 관장하는 신.

270. 당다령(唐多令)

오문영(吳文英)

이별을 아쉬워하며
惜別

何處合成愁.
어디에서 시름(愁)이 빚어지나 했더니

離人心上秋.
이별한 이 마음(心)에 가을(秋) 든 데로
구나.

縱芭蕉, 不雨也颼颼[1].
파초잎은 비 없이도 사각사각 우는데,

都道晚涼天氣好,
모두들 저녁 날씨 서늘해 좋다지만

有明月, 怕登樓.
달이 저리 밝으니 누 오르기 두렵구나.

年事夢中休.
세월을 꿈속에서 잠시 멈추어 본들

花空煙水流.
꽃은 이내 사라지고 안개 물결 흘러간다.

燕辭歸, 客尙淹留.
제비는 떠나가도 객은 한참 서성이니

垂柳不縈裙帶住[2].
버들이 치마끈은 붙들지 아니하고

漫長是, 繫行舟[3].
그저 줄곧 내 타고 갈 배만 잡아 묶는
구나.

---

1 수수(颼颼): 바람에 나부끼는 소리.
2 불영군대주(不縈裙帶住): 치마끈에 얽히지 아니하다. 이 구절은 버드나무가 늘어선 물가에서
여인이 임을 배웅하는 장면을 묘사한 것이다. 그러면서 버들을 의인화하여, 이별의 상황을 감지
한 버들이 신기하게도 여인은 건드리지 않는다고 상상을 가미하였다.
3 계행주(繫行舟): 떠나갈 배를 붙잡다. 역시 버들을 의인화하여, 버들이 여인의 바람대로 움직여
주며 임을 태우고 떠나갈 배를 잡아 묶고 있다고 한 것이다.

271. 상춘야월(湘春夜月)

황효매(黃孝邁)

近淸明,	머지않아 청명절,
翠禽枝上消魂.	가지 위 비취새가 구슬픈지고.
可惜一片淸歌,	아쉽게도 그 맑은 노랫소리가
都付與黃昏.	황혼자락에 몽땅 맡겨졌구나.
欲共柳花低訴,	버들개지 마주해 하소연 하고파도
怕柳花輕薄,	원체 작고 가벼운 버들개지라
不解傷春.	봄을 앓는 마음을 몰라주리라.
念楚鄕旅宿,	초 땅의 여인숙에 머무는 신세
柔情別緒,	맘 약하고 이별 설운 이 내 마음을
誰與溫存.	따뜻이 보듬어 줄 사람 누구요.
空樽夜泣,	빈 잔 마주해 밤새 눈물짓는데
靑山不語,	푸른 산은 한 마디 말 아니하고
殘月當門.	조각달만 문가를 비추는구나.
翠玉樓[1]前,	취옥루 앞 저 멀리 펼쳐진 풍경
惟是有, 一波湘水,	오직 한 줄기 상강 넘실거리고
搖蕩湘雲.	상강 위 일렁이는 구름 있을 뿐.
天長夢短,	하늘은 가이없고 꿈은 짧으니

---

1 취옥루(翠玉樓): 푸른 옥으로 만들어진 아름다운 누각. 누각의 미칭.

問甚時, 重見桃根².   언제쯤 그녀 다시 볼 수 있을까.

者次第³,   이러하니

算人間沒箇,   세상엔 없는가보다,

幷刀⁴翦斷,   싹둑 자를 날 선 가위

心上愁痕.   맘 속 시름 자를 가위.

---

2 도근(桃根): 동진(東晉) 왕헌지(王獻之)의 애첩 도엽(桃葉)의 여동생. 여기서는 여인의 미칭.

3 저차제(者次第): 이러하니. 이러한 상황이라. '저(者)'는 '저(這)'와 같다.

4 병도(幷刀): 가위의 명산지인 병주(幷州)에서 만든 가위. 잘 드는 가위.

272. 대유(大有)

반희백(潘希白)

중양절

九日

戲馬臺**¹**前,	송무제 오르셨던 희마대에도
采花籬下**²**,	도연명이 국화 땄던 울짱 아래도
問歲華, 還是重九.	시절을 묻노라니 또 중양절 됐다더라.
恰歸來, 南山翠色依舊.	때마침 돌아와 본 푸른 남산 의구한데
簾櫳昨夜聽風雨,	창 너머로 지난 밤 비바람 소리 들려
都不似, 登臨時候.	도무지 산에 오를 때가 아닌 듯한지고.
一片宋玉情懷**³**,	한가득 송옥 같은 마음이 들어
十分衛郎淸瘦**⁴**.	참으로 위개처럼 여위겠구나.

---

1 희마대(戲馬臺): 남조 송무제(宋武帝) 유유(劉裕)가 중양절에 서주(徐州) 팽성(彭城)의 희마대(戲馬臺)에 올라 신하들과 시를 지으며 놀았다는 이야기가 전한다. 84.「정풍파(定風波)」의 '양사(兩謝)' 주 참조.

2 채화리하(采花籬下): 도잠(陶潛)의 시「음주(飮酒)」에 "동쪽 울타리 아래에서 국화를 따고(采菊東籬下)"라는 구절이 있다.

3 송옥정회(宋玉情懷): 송옥(宋玉)의 마음. 가을을 맞이하던 송옥의 슬픈 마음. 송옥의「구변(九辯)」에 "슬프구나 가을의 기운 느껴지니(悲哉秋之爲氣也)"라는 구절이 있다. 여기서 송옥은 비통에 빠진 작가를 비유한다.

4 위랑청수(衛郞淸瘦): 위개(衛玠)가 파리하게 여위다. 몸이 허약했던 위개는 근심에 시달린 나머지 시름시름 앓다가 요절하였다. 여기서 위개는 심신의 병세가 깊어지는 작가를 비유한다. 123.「대포(大酺)」의 '위개(衛玠)' 주 참조.

紅茰佩,	붉은 수유 몸에 차고
空對酒.	덧없이 술 대하는데
砧杵動微寒,	다듬잇돌 소리에 살짝 추위 파고드니
暗欺羅袖.	얇은 비단 소매는 안 맞는구나.
秋已無多,	남은 가을 어느새 길지 않으니
早是敗荷衰柳.	진즉 연꽃 져버렸고 버들도 시들었다.
强整帽檐敧側[5],	기운 모자 억지로 바로잡아 써보지만
曾經向,	기실 나는 예로부터
天涯搔首[6].	세상 끝서 시름겨워 머리 긁는 신세이니.
幾回首,	몇 번이고 그립구나
故國蓴鱸[7],	고향의 순채국과 농어회의 맛이여,
霜前雁後.	특히나 서리 피고 기러기가 날 때면.

---

5 강정모첨기측(强整帽檐敧側): 기운 모자를 애써 바로잡아 쓰다. 동진(東晉)의 맹가(孟嘉)가
중양절 잔치에서 술에 크게 취해 모자가 바람에 날려 떨어져도 알지 못했다는 고사가 있다.
239.「하신랑(賀新郎)」의 '남조광객(南朝狂客)' 주 참조.

6 소수(搔首): 머리를 긁다. 시름에 차서 하는 행동이다.

7 순로(蓴鱸): 순채국와 농어회. 고향의 맛. 진(晉)의 장한(張翰)은 가을바람이 불자 고향의 순채
국과 농어회가 그리워져 벼슬을 사직하고 고향인 오 지역으로 돌아갔다는 고사가 있다. 197.
「수룡음(水龍吟)」의 '계응(季鷹)' 주 참조.

273. 청옥안(靑玉案)

황공소(黃公紹)

年年社日[1]停針線,	해마다 춘사일에 바느질을 멈추고서
怎忍見, 雙飛燕.	짝 진 제비 나는 풍경 어찌 차마 볼런가.
今日江城春已半,	이제 강가 성에는 봄 절반이 지났거늘
一身猶在,	이 한 몸은 여전히
亂山深處,	깊고 험한 산 속에,
寂寞溪橋畔.	쓸쓸한 강 다리 곁에 있을 뿐이로구나.
春衫著破誰針線.	봄옷이 해어진들 누가 기워 줄 건가
點點行行淚痕滿.	방울방울 갈래갈래 눈물자국 가득하다.
落日解鞍芳草岸,	해 질 무렵 풀 우거진 언덕에서 안장 푸니
花無人戴,	꽃이 있다고 한들 꽂아 줄 이 없구나
酒無人勸,	술이 있다고 한들 권해 줄 이 없구나
醉也無人管.	술 취한다고 한들 돌봐 줄 이 없구나.

---

1 사일(社日): 춘사일. 입춘 후의 다섯 번째 무일(戊日)로, 토지신에게 제사를 올리는 풍습이 있으며, 이 날을 전후해 제비가 돌아온다고 전해진다.

274. 모어아(摸魚兒)

주사발(朱嗣發)

對西風, 鬢搖煙碧,	서풍에 머리채가 흩날리는 안개 속
參差前事流水.	울멍줄멍 옛 일들이 강물처럼 흐르누나.
紫絲羅帶鴛鴦結,	자색 실 비단 띠로 원앙매듭 엮었고
的的鏡盟釵誓[1].	분명히 정표 갈라 가약을 맺었거늘
渾不記,	도무지 임은 기억 아니하시니
漫手織回文[2],	부질없이 회문시 새긴 비단 손수 짜며
幾度欲心碎.	몇 번이나 마음은 산산조각 났던가.
安花著葉.	꽃받침에 꽃송이가 잘 붙어 핀들
奈雨覆雲翻,	어이하나 비바람이 몰아친 것을.
情寬分窄[3],	정 한껏 깊다 한들 연분이 없어
石上玉簪脆.	돌 위에서 깨져버린 옥비녀로다.

朱樓外,	붉은 누각 저 너머
愁壓空雲欲墜,	시름에 눌린 구름 곧 떨어질 듯하고
月痕猶照無寐.	잠 못 들게 하는 달빛 줄곧 비치는구나.
陰晴也只隨天意,	흐리건 맑건 그저 하늘 뜻을 따르다가

---

1 경맹차서(鏡盟釵誓): 거울과 비녀로 맺은 맹서. 즉, 거울을 쪼개고 비녀를 부러뜨려 정표로 삼고서 남녀 간에 맺은 사랑의 약속.
2 회문(回文): 여인이 남편 또는 연인에게 보내는 회문시 형식의 비단 편지. 37. 「곡옥관(曲玉管)」의 '금자(錦字)' 주 참조.
3 분착(分窄): 연분(緣分)이 없다. 남녀 간의 인연이 닿지 않다.

枉了玉消香碎[4].　　　옥과 향만 부질없이 스러지고 말았나니

君且醉,　　　　　　그대 잠시 취하시라

君不見,　　　　　　그대 보지 못했는가

長門[5]靑草春風淚.　장문궁의 푸른 풀이 봄바람에 울던 것을.

一時左計.　　　　　한때 그만 생각을 잘못했구나,

悔不早荊釵[6],　　　진즉에 소박하게 살지 않아 후회로고.

暮天修竹,　　　　　해질녘 높이 솟은 대나무처럼

頭白倚寒翠[7].　　　백발 되어 상록수에 기대서리라.

---

4 옥소향쇄(玉消香碎): 옥이 깨지고 향이 부서지다. 즉, 젊음이나 생명 등이 다하다.

5 장문(長門): 장문궁(長門宮). 한(漢) 무제(武帝) 때 진황후(陳皇后)가 총애를 잃고 유폐된 궁이다. 여기서는 버림받은 여인의 거처를 상징한다.

6 형차(荊釵): 가시나무 가지로 만든 비녀. 즉, 소박한 차림새. 또는 그러한 생활.

7 한취(寒翠): 추운 날에 상록수가 푸르른 모양. 이 구절은 소박하게 살면서 추운 날에도 푸른 기운을 잃지 않는 상록수 같은 절개를 본받겠다는 것을 말하고 있다.

275. 난릉왕(蘭陵王)

유진옹(劉辰翁)

병자년(1276)에 봄을 떠나보내며
丙子**1**送春**2**

送春去,	봄날 떠나보내노니,
春去人間無路**3**.	봄 떠나면 세상엔 되찾아 갈 길 없어라.
鞦韆外,	그네 너머
芳草連天,	하늘까지 향초 벋어 있었거늘
誰遣風沙暗南浦.	뉘 일으킨 모래바람이 강남 포구 흐렸는가,
依依甚意緒.	아쉬움이 참으로 가득한지고
漫憶海門飛絮**4**.	해변 뒹군 버들개지 부질없구나.
亂鴉過,	어지러이 까마귀 지나가더니
斗轉**5**城荒,	북두성은 옮겨갔고 궁성은 황폐해져

---

1 병자(丙子): 송(宋) 덕우(德祐) 2년(1276). 원의 군대가 남송의 수도 임안(臨安)을 침공하여 공종(恭宗)을 원나라로 데려간 해이다.

2 송춘(送春): 봄을 보내다. 임안이 음력 3월에 함락된 것을 빗댄 것이자, 나아가 남송의 멸망을 상징한 표현이다.

3 인간무로(人間無路): 이 세상에는 봄으로 통하는 길이 없다. 즉, 봄날을 다시 누릴 방법이 없다. 송의 번영을 다시 누릴 수 없게 되리라는 탄식을 상징적으로 표현한 것이다.

4 해문비서(海門飛絮): 바닷가에 나부끼는 버들개지. 송 왕실이 원의 침공을 당해 무력하게 바닷가로 피난 갔던 일을 상징한다.

5 두전(斗轉): 북두성이 자리를 옮겨가다. 나라에 변고가 생긴 것을 상징적으로 표현한 것이다.

不見來時試燈處[6].	앞으로는 환히 밝힌 대보름 등 못 보리라.
春去.	봄날이 가는구나
最誰苦.	가장 괴로운 이는 누구일런가.
但箭雁沈邊[7],	화살 맞은 기러기는 변방에 떨어졌고
梁燕無主[8].	들보 위의 제비는 주인님을 잃었으며
杜鵑聲裏長門[9]暮.	두견이 울음 속에 장문궁은 날 저문다.
想玉樹凋土[10],	옥나무가 흙에서 시들어가니
淚盤如露[11].	이슬마냥 승로반에 눈물 고이고,
咸陽[12]送客屢回顧.	함양을 떠난 객이 자꾸 돌아보나니
斜日未能度.	기울던 해도 선뜻 저물지 못했더라.
春去.	봄날이 가는구나
尙來否.	다시 올 수 있을런가.

---

6 시등처(試燈處): 대보름에 등을 밝힌 모습. 임안의 번성하고 풍요롭던 모습을 상징하는 장면이다.

7 전안침변(箭雁沈邊): 화살을 맞은 기러기가 북쪽 변방에 추락하다. 원나라로 잡혀간 공종(恭宗)을 상징한다.

8 양연무주(梁燕無主): 대들보의 제비에게 주인이 없다. 임금을 잃은 남송의 백성을 상징한다.

9 장문(長門): 장문궁(長門宮). 쓸쓸한 송 궁궐을 상징한다.

10 옥수조토(玉樹凋土): 옥나무가 흙 속에서 시들다. 유능한 충신이 죽는 것을 상징한다. 유량(庾亮)이 죽자 장례에 임하던 하충(何充)이 "옥나무를 흙 속에 파묻으니 이 내 심정을 어이 멎게 하리오(埋玉樹於土中, 使人情何能已)"라면서 슬퍼하였다는 고사가 『세설신어(世說新語)·상서(傷逝)』에 전한다.

11 누반여로(淚盤如露): 승로반(承露盤)에 고인 눈물이 마치 이슬 같다. 승로반은 한무제(漢武帝)의 지시로 만든 구리 쟁반으로, 선약(仙藥)의 재료가 될 이슬을 모으는 역할을 하였다. 위(魏) 명제(明帝)가 승로반을 장안(長安)에서 낙양(洛陽)으로 옮기려 하자 승로반을 들고 있는 동상 금동선인(金銅仙人)의 눈물이 승로반에 고였다는 고사가 있다.

12 함양(咸陽): 장안(長安) 인근의 지명. 오늘날의 섬서성(陝西省) 함양시(咸陽市). 이 구절은 원의 포로가 되어 남송의 수도 임안(臨安)을 떠나는 송 공종(恭宗) 일행의 모습을 비유적으로 묘사한 것이다.

正江令恨別13,   그야말로 강엄이 「한부」와 「별부」

庚信愁賦14.   유신이 「수부」 지은 심정이로다.

蘇隄15盡日風和雨.   서호 둑에 온종일 비바람이 몰아치면

歎神游故國,   아아 넋은 고국 땅을 이리저리 떠도나니

花記前度.   꽃 만발한 옛 기억 고이 품은 채

人生流落,   비루한 떠돌이의 신세로구나,

顧孺子,   어린 아이 돌보며

共夜語.   밤 말동무 삼는다.

---

13 강령한별(江令恨別): 강엄(江淹)의 「한부(恨賦)」와 「별부(別賦)」. 강엄이 오흥령(吳興令)을 지
   낸 적이 있어 '강령(江令)'이라 한 것이다.

14 유신수부(庚信愁賦): 유신(庚信)의 「수부(愁賦)」. 123.「대포(大酺)」의 '난성(蘭成)' 주 참조.

15 소제(蘇隄): 소식(蘇軾)이 항주(杭州) 서호(西湖)에 쌓은 둑. 항주는 곧 남송의 수도 임안(臨
   安)이다.

276. 보정현(寶鼎現)

유진옹(劉辰翁)

대보름의 달
春月**1**

紅妝春騎,	곱게 꾸민 여인들 말 올라탄 사내들
踏月呼影,	달그림자 밟으며 흥거이 소리쳤고
竿旗穿市.	깃발 높이 날리며 저잣거리 다녔다네.
望不盡, 樓臺歌舞,	누대에는 가무 공연 끝도 없이 이어졌고
習習香塵蓮步底.	미인 발걸음 따라 향먼지 일었다네.
簫聲斷, 約彩鸞**2**歸去,	퉁소 소리 그치면 선녀 짝해 돌아가니
未怕金吾呵醉**3**.	순라꾼의 꾸중은 걱정하지 않았다네.
甚輦路**4**喧闐且止,	어찌 큰 길 소란함이 잠시 멎게 되었는고,
聽得念奴**5**歌起.	염노 노래 시작되니 듣느라고 그랬다네.

---

1 춘월(春月): 봄에 해당하는 음력 1월~3월의 기간 중에 첫 만월이 되는 정월대보름(일명 원소절)의 달. 이 사의 첫 편(片)에는 원소절의 다양한 풍습이 묘사되어 있다. 『역대시어(歷代詩餘)』에는 이 작품이 원(元) 대덕(大德) 원년(1297)에 지어졌으며 자제(自題)에 "정유년 원소절(丁酉元夕)"이라 하였다고 전한다.

2 채란(彩鸞): 전설 속의 선녀. 문소(文蕭)라는 서생과 부부가 되었다는 이야기가 『성재잡기(誠齋雜記)』에 전한다. 여기서는 원소절 행사를 즐기러 나온 아름다운 여인을 가리킨다.

3 미파금오가취(未怕金吾呵醉): 원소절만큼은 밤늦게 술에 취해 다니는 사람을 꾸짖는 순라꾼을 걱정하지 않는다. 원소절 밤에는 야간 통행금지를 풀어주는 관습이 있었다.

4 연로(輦路): 제왕의 수레가 다니는 길. 즉, 수도의 번화한 대로.

5 염노(念奴): 당 천보(天寶) 연간의 이름난 가기. 여기서는 가기의 미칭으로 쓰였다.

父老猶記宣和事[6],
抱銅仙[7], 清淚如水.
還轉盼, 沙河[8]多麗.
溟漾明光連邸第.
簾影凍, 散紅光成綺.
月浸葡萄十里[9],
看往來, 神仙才子,
肯把菱花撲碎[10].

노인들은 선화시절 옛 일 아직 기억하며
금동선인 끌어안고 맑은 눈물 쏟는다네.
둘러보면 사하거리 그 얼마나 화려했나
즐비한 저택 불빛 물에 비쳐 일렁이다
흔들리는 주렴 따라 비단처럼 반짝였네.
달빛으로 푹 젖은 포도빛깔 서호 십 리
오고간 이 모두 다 신선이요 재자였네
능화거울 차마 선뜻 깨뜨리려 했겠는가.

腸斷竹馬兒童,
空見說, 三千樂指[11].
等多時, 春不歸來,
到春時欲睡.
又說向, 燈前擁髻[12]
暗滴鮫珠[13]墜.

슬픈지고, 죽마를 타고 노는 아이들은
태평성세 삼백 악사 이야기를 흘려듣네.
오래도록 기다려도 봄은 오지 않더니
막상 봄이 된 무렵엔 졸려 잠만 자고프네.
등잔 앞 슬픔 젖어 머리카락 감싸 쥐다
핑그르르 눈물이 방울방울 떨어지네.

---

6 선화사(宣和事): 송 휘종(徽宗) 선화(1119~1125) 연간의 일들. 이 때는 금의 남침이 있기 직전
으로, 북송대의 마지막 평화와 번영을 누렸던 시기이다.

7 동선(銅仙): 금동선인. 수도를 떠나며 눈물을 흘렸다는 고사가 있다. 275. 「난릉왕(蘭陵王)」의
'누반여로(淚盤如露)' 고사 참조.

8 사하(沙河): 사하당(沙河塘). 임안(臨安)의 번화한 거리 이름.

9 포도십리(葡萄十里): 포도처럼 짙푸른 색깔의 호수 십 리. 임안(臨安)의 서호(西湖)를 가리킨
다.

10 능화박쇄(菱花撲碎): 능화거울을 깨뜨리다. 남녀가 헤어지며 정표로 삼고자 했던 거울을 깨뜨
리다. 이 구절은 남녀의 영원한 이별을 말하는 한편, 나라가 망해 조정과 백성이 흩어지는 것
을 상징하기도 한다.

11 삼천악지(三千樂指): 악기를 연주하는 3,000개의 손가락. 즉, 300명으로 구성된 대규모 악대.
태평성세의 상징이다. 남송 초 고종(高宗) 때는 교방 악공이 460명에 달하였다는 기록이 『송
사(宋史)·악지(樂志)』에 전한다.

12 옹계(擁髻): 머리카락을 감싸 쥐다. 슬픔이나 근심에 젖어 하는 행동이다.

13 교주(鮫珠): 교인(鮫人)의 진주. 즉, 눈물. 교인은 상체는 인간, 하체는 물고기의 모습을 띠고 있

便當日, 親見霓裳[14],　　　그 시절에 「예상」 연주 내 직접 보았건만
天上人間夢裏.　　　　　천상 세계 것 되고 사람 꿈 속 일 되었네.

　으며, 눈물을 흘리면 눈물방울이 진주로 변한다는 전설이 있다.

14 예상(霓裳): 당 현종(玄宗) 천보(天寶) 연간의 태평의 기상을 그린 「예상우의곡(霓裳羽衣曲)」. 즉, 태평성세의 음악 혹은 가무.

277. 영우락(永遇樂)

유진옹(劉辰翁)

나는 을해년(1275) 원소절에 이청조의 「영우락」을 읊으며 눈물을 흘렸다. 3년이 지난 지금도 그 사를 들을 때면 번번이 슬픔을 견디지 못하니, 그 성률에 따라 이 청조에 기탁하며 내 심회를 말하고자 한다. 표현과 정감은 이청조에 미치지 못할 지라도, 슬픔과 괴로움은 그를 능가하리라.

余自乙亥上元, 誦李易安永遇樂, 爲之涕下. 今三年矣, 每聞此詞, 輒不自堪, 遂依其聲, 又託之易安自喩, 雖辭情不及, 而悲苦過之.

璧月初晴,	갓 맑아진 하늘에 옥빛 달 뜨며
黛雲遠淡,	먹구름 멀어지고 엷어지는데
春事誰主¹.	이 봄 주인 될 사람 누구일런가.
禁苑²嬌寒,	금원에는 알싸한 추위 깊은데
湖隄倦暖,	호수 둑엔 나른한 온기 감도니
前度遽如許.	그때도 날씨 변덕 이러하였을는지.
香塵暗陌,	향 밴 먼지 풀썩 거리에 일고
華燈明晝,	대보름 꽃등 밝아 낮과 같아도
長是懶攜手去.	손잡고 나갈 마음 안 내킨다 하였더라.
誰知道, 斷煙禁夜³,	그 누가 알았으리, 등 꺼지고 통금 생겨

---

1 수주(誰主): 누가 주인인가. 즉, 주인이 없다. 남송 왕조가 패망하여 주군(主君)이 없어진 것을 말한다.

2 금원(禁苑): 황궁의 정원. 여기서는 국운이 다한 남송의 쓸쓸한 궁궐을 상징한다.

3 단연금야(斷煙禁夜): 원소절 등을 끄고 야간 통행을 금지하다. 본디 원소절에는 화려하게 등을 밝히고 밤늦게까지 놀 수 있도록 야간 통금도 풀어주는 관습이 있었다. 이 구절은 원나라 치하

滿城似愁風雨.　　　　　　성 안 가득 시름겨운 비바람 칠 줄이야.

宣和舊日,　　　　　　　　옛적 선화 시절에도
臨安南渡,　　　　　　　　임안 천도 후에도
芳景猶自如故.　　　　　　꽃 활짝 핀 풍경은 예로부터 고왔거늘.
緗帙⁴離離,　　　　　　　 표지 덧댄 장서를 야금야금 잃고서
風鬟三五⁵,　　　　　　　 바람 날린 머리로 원소절을 맞이하니
能賦詞最苦.　　　　　　　사 짓기란 더 없이 큰 괴로움이었으리.
江南無路⁶,　　　　　　　 강남에 갈 길 없어
鄜州⁷今夜,　　　　　　　 타향 묵는 오늘 밤
此苦又, 誰知否.　　　　　이 괴로움 또 누가 알아주리오.
空相對, 殘紅無寐,　　　　흐린 등불 부질없이 마주보며 잠 못들 제
滿邨社鼓⁸.　　　　　　　 마을 가득 춘사절 북소리가 울리누나.

로 접어들며 그러한 원소절 행사가 중단된 것을 말한다.

4 상질(緗帙): 엷은 황색의 표지를 덧댄 책. 귀한 책. 이 구절은 이청조가 전란에 휩쓸려 피난을 다니는 와중에 귀중한 장서를 다수 분실한 것을 말한다.

5 삼오(三五): 음력 1월 15일. 원소절.

6 강남무로(江南無路): 강남으로 갈 길이 없다. 즉, 원의 통치가 시작되어 이제 고국 남송으로 돌아갈 수 없다는 것이다.

7 부주(鄜州): 오늘날 섬서성(陝西省) 부현(富縣). 타향을 상징한다. 두보(杜甫)의 「달밤(月夜)」 시에 "오늘 밤 부주에 뜬 달을 규방에서 외로이 바라보리라(今夜鄜州月, 閨中只獨看)"라는 구절이 있다.

8 사고(社鼓): 춘사절의 북소리. 춘사절은 입춘 후의 다섯 번째 무일(戊日)로, 이 날 토지신에게 제사를 올리는 풍습이 있다.

278. 모어아(摸魚兒)

유진옹(劉辰翁)

술자리에서 과거급제 동기 서운옥에게 지어주다.

酒邊留同年徐雲屋[1]

怎知他, 春歸何處,　　　봄이 어디 가는지 어찌 알겠나

相逢且盡尊酒.　　　　　만났으니 술이나 실컷 마시세.

少年嬝嬝天涯恨,　　　　젊은 시절 온 세상 떠돌며 품었던 한

長結西湖煙柳.　　　　　서호의 안개 젖은 버들에 늘 맺혔었네.

休回首[2],　　　　　　　옛 일은 되새기지 말기로 하세,

但細雨斷橋,　　　　　　다만 이슬비 내린 서호 단교로

憔悴人歸後.　　　　　　초라해진 우리가 돌아온 뒤로

東風似舊,　　　　　　　옛날처럼 봄바람 불어오나니

向前度桃花,　　　　　　그 때 있던 복사꽃에 물어보세나,

劉郎[3]能記,　　　　　　"유랑은 옛 기억이 생생하구나,

花復認郎否.　　　　　　꽃아 너도 유랑을 알아보느냐?"

君且住,　　　　　　　　그대여 조금만 더 있어주게나

---

1 서운옥(徐雲屋): 구체적으로 누구를 지칭하는지 확실하지 않다.

2 회수(回首): 고개를 뒤로 돌리다. 즉, 옛 일을 돌이켜 되새기다.

3 유랑(劉郎): 시인의 1인칭. 102. 「억소년(憶少年)」의 '유랑빈(劉郎鬢)' 주 참조.

草草⁴留君翦韭⁵.　　　조촐히 그대 주려 부추도 베었다네.

前宵正恁時候.　　　그 밤도 꼭 이 때와 비슷했었더랬지,

深杯欲共歌聲滑,　　　술 잔뜩 마시고서 노래를 함께 했고

翻濕春衫半袖.　　　봄 적삼 반소매를 듬뿍 다 적시었지.

空眉皺,　　　부질없이 눈썹에 근심 서린 건

看白髮尊前,　　　술잔 앞 흰머리를 보아서이니

已似人人有.　　　너 나 없이 이미 다 그런 듯하네.

臨分把手,　　　헤어지기 앞서서 손을 맞잡고

歡一笑論文,　　　즐겁게 웃어가며 글을 논하고

淸狂顧曲,　　　맑고 큰 목소리의 노래 들나니

此會幾時又.　　　이런 만남 언제 또 가져볼런가.

---

4 초초(草草): 서두르는 모양. 대강대강. 간략히.
5 전구(翦韭): 부추를 베다. 즉, 소박하게나마 손님 접대할 준비를 하다.

279. 고양대(高陽臺)

주밀(周密)

조정의 부름을 받은 진군형을 전송하며

送陳君衡[1]被召

照野旌旗,　　　　　들판 가득 깃발을 펄럭거리며

朝天車馬,　　　　　천자 뵈러 길 떠난 수레와 준마

平沙萬里天低.　　　하늘 아래 모래벌판 만 리 길 달려가리.

寶帶金章[2],　　　　보대 차고 금장 품은 늠름한 풍채로다,

尊前茸帽風欹.　　　술잔 앞 털모자도 멋스러이 기운지고.

秦關汴水[3]經行地,　진관이며 변수며 두루 거쳐 가리니

想登臨, 都付新詩.　높은 곳에 오르면 늘 새 시를 지으리라.

縱英遊,　　　　　　거침없이 가는 길,

疊鼓淸笳,　　　　　힘찬 북 맑은 피리 울릴 것이요

駿馬名姬.　　　　　준마와 미녀들도 함께 하리라.

酒酣應對燕山[4]雪,　얼큰히 술에 취해 연산 눈을 마주하면

---

1 진군형(陳君衡): 진윤평(陳允平), 군형(君衡)은 그의 자(字). 이 작품은 남송 쇠망 이후 진윤평
이 원 조정의 부름을 받아 연경(燕京)으로 가는 것을 전송하며 지은 것이다.

2 보대금장(寶帶金章): 보옥으로 장식한 허리띠와 금 인장. 즉, 화려한 관복.

3 진관변수(秦關汴水): 진관(秦關)과 변하(汴河). 여로 중에 거쳐 갈 요충지와 강을 대표하여 쓰
였다.

4 연산(燕山): 하북평원(河北平原) 북쪽의 산. 연경(燕京) 서남부에 위치한다.

正冰河月凍,　　　　　때마침 언 강 위로 서늘한 달이 뜨고

曉隴雲飛.　　　　　　새벽 언덕 너머로 구름 날아오르리라.

投老殘年,　　　　　　늙어가는 이 몸은 생 끝자락 접어든 터

江南誰念方回5.　　　　그 누가 강남 시인 생각이나 할런가.

東風漸綠西湖岸,　　　봄바람이 서호 둑에 푸른 물들일 즈음

雁已還, 人未南歸.　　기러기는 돌아와도 그댄 아니 돌아올 터,

最關情,　　　　　　　깊은 마음 사무쳐

折盡梅花6,　　　　　 매화를 다 꺾은들

難寄相思.　　　　　　이 그리움 못 전하리.

---

5 방회(方回): 하주(賀鑄)의 자(字). 강남의 시인. 황정견(黃庭堅)이 「하주에게 부치다(寄賀方回)」 시
에서 "강남에서 애끓는 시구 지을 줄 아는 이, 지금은 그저 하주가 있을 뿐이로다(解作江南腸
斷句, 只今惟有賀方回)"라 하였다. 여기서는 단장(斷腸)의 사를 짓는 작자 자신을 가리키는 말
로 쓰였다.

6 매화(梅花): 우정을 담아 보내는 매화꽃가지를 말한다. 105. 「우미인(虞美人)」의 '일지매(一枝
梅)' 주 참조.

457

280. 요화(瑤華)

주밀(周密)

후토사의 꽃은 하늘 아래 둘도 없는 것으로, 한창 꽃이 피기 시작할 때면 지방관은 금제 화병에 꽃을 담고 말을 달려 황제께 진상하였고, 때로는 고관대작의 집에 나누어 바치기도 하였다. 내가 임안에서 나그네로 지내고 있을 때 가지 하나를 …… (이후는 전하지 않음).

后土1之花, 天下無二本, 方其初開, 帥臣以金瓶飛騎, 進之天上, 間亦分致貴邸. 余客輦下2, 有以一枝(下缺).

朱鈿寶玦,	붉은 나전 보옥의 고운 꽃송이
天上飛瓊**3**,	천상에 나부끼는 경화로구나.
比人間春別.	인간세상 봄꽃과는 한참 다르니
江南江北,	강남 강북 어디서도
未曾見,	일찍이 본 적 없어
漫擬**4**梨雲梅雪.	괜스레 배꽃 매화 끌어다 빗댔구나.
淮山春晚,	회산에 봄 저물 무렵

---

1 후토(后土): 양주(揚州) 소재의 사당 후토사(后土祠). 주밀은 후토사 꽃의 아름다움에 대하여 『제동야어(齊東野語)』에도 이러한 기록을 남겼다. "양주 후토사의 경화는 하늘 아래 둘도 없는 것으로, 절묘함이 마치 여덟 선녀가 모여 있는 듯하고, 빛깔은 엷은 노란색이며 향기가 있다(揚州后土祠瓊花, 天下無二本, 絶類聚八仙, 色微黃而有香)."

2 연하(輦下): 황제의 수레 아래. 즉, 남송의 수도 임안(臨安)을 말한다.

3 비경(飛瓊): 나부끼는 경화. 경화는 경옥으로 이루어진 듯한 아름다운 꽃을 말한다. 혹은 후토사의 꽃을 전설 속의 선녀 '허비경(許飛瓊)'에 비유한 표현으로 볼 수도 있다.

4 만의(漫擬): 괜히 빗대다. 부질없이 견주다. 즉, 후토사의 꽃을 처음 보는 이들은 배꽃이나 매화 등에 빗대곤 하나 그러한 비유가 부질없을 정도로 이 꽃이 아름답다는 것이다.

問誰識, 芳心高潔.　　　　이 고결한 꽃송이를 알아볼 이 누구런가.

消幾番, 花落花開,　　　　몇 번이나 피었다가 지었다가 하는 사이

老了玉關豪傑[5].　　　　　옥문관의 호걸들은 이미 훌쩍 늙었구나.

金壺翦送瓊枝,　　　　　　금화병에 꽃가지를 잘라 담아 보냈나니

看一騎紅塵[6],　　　　　　홍진 속을 달린 말이 보이면 이내

香度瑤闕.　　　　　　　　꽃향기가 궁궐 가득 퍼졌다더라.

韶華[7]正好,　　　　　　　때마침 태평성세 한창인지라

應自喜, 初亂長安蜂蝶.　　장안의 벌과 나비 섞여 기뻐했으리라.

杜郎[8]老矣,　　　　　　　훌쩍 늙은 두랑이여,

想舊事, 花須能說[9].　　　옛 일 그리울 제면 꽃이 분명 말 하리라.

記少年, 一夢揚州[10],　　 기억하고 있노라고, 꿈결 같던 양주를,

二十四[11]明月.　　　　　　밝은 달빛 비치던 이십사교 언저리를.

---

5 옥관호걸(玉關豪傑): 옥문관의 영웅호걸. 옥문관은 한무제(漢武帝)가 서역을 개척하면서 설치
  한 관문으로, 여기서는 국경의 요새를 대표하는 뜻으로 쓰였다. 후토사의 꽃이 피고 지기를 거
  듭하는 오랜 세월 동안 송의 국경을 지켜온 영웅호걸도 노쇠하게 되었다는 표현은 곧 송의 병력
  약화를 상징한다.

6 일기홍진(一騎紅塵): 붉은 먼지를 일으키며 달리는 말. 즉, 후토사의 꽃을 싣고 궁중으로 빠르
  게 달려가는 말을 말한다.

7 소화(韶華): 아름다운 시절. 태평성세.

8 두랑(杜郎): 두목(杜牧). 동시에 작가 자신을 가리키기도 한다.

9 화수능설(花須能說): 꽃이 분명히 말할 수 있을 것이다. 즉, 지난날을 그리워하는 늙은 시인을
  위해 후토사의 꽃이 옛 일을 조근 조근 말해 줄 수 있으리라는 것이다.

10 일몽양주(一夢揚州): 한 바탕 꿈결처럼 풍류가 넘쳤던 양주에서의 생활. 두목의 「마음을 털어
   놓다(遣懷)」에 "십 년의 양주 일장춘몽에서 깨어나 보니(十年一覺揚州夢)"라는 구절이 있다.

11 이십사교(二十四橋): 당대(唐代)에 양주 서쪽에 있던 24개의 다리. 213. 「양주만(揚州慢)」의
   '이십사교(二十四橋)' 주 참조.

281. 옥경추(玉京秋)

주밀(周密)

장안에서 외로운 나그네로 지내고 있는데 또다시 서풍이 불어왔고, 밝은 달과 붉은 단풍이 가을다운 정취를 쓸쓸히 피어나게 하였다. 이에 「협종우」 곡조에 맞추어 한 수를 지었다.

長安¹獨客, 又見西風, 素月丹楓凄然其爲秋也, 因調夾鐘羽一解.

煙水闊.	안개 서린 강물은 끝없이 넓고
高林弄殘照,	높이 벋은 숲으로 노을 지는데
晚蜩凄切.	늦매미 우는 소리 구슬프구나.
畫角吹寒,	서늘히 울려 퍼진 나팔 가락에
碧砧度韻,	다듬잇돌 소리는 운을 맞추고
銀牀²飄葉.	우물가의 낙엽도 나부끼누나.
衣濕桐陰露冷,	옷자락은 오동잎의 찬 이슬에 젖어들고
采涼花, 時賦秋雪³.	가을꽃 따며 때론 갈대꽃을 읊노라.
歎輕別,	아아 정말 쉽게도 헤어졌구나
一襟幽事,	가슴 가득 들어찬 깊은 사연은
砌蟲能說.	섬돌 귀뚜라미가 말해주리라.

---

1 장안(長安): 수도의 뜻으로 쓰여, 여기서는 남송의 임안(臨安)을 의미한다.
2 은상(銀牀): 흰 우물난간. 즉, 우물가. 우물난간의 흰색을 미화하여 은색이라 한 것이다. '상(牀)'은 우물난간.
3 추설(秋雪): 갈대꽃. 가을에 핀 갈대꽃이 마치 눈이 소복이 내린 모습과 비슷하다고 하여 생긴 표현이다.

客思吟商⁴還怯.　　　나그네는 '상'음 곡조 부르기가 두렵나니

怨歌長, 瓊壺暗缺⁵.　　원망의 노래 길어 옥항아리 깨겠구나.

翠扇恩疏⁶,　　　　　취선에 누린 은애 바래어가고

紅衣香褪⁷,　　　　　붉은 옷에 풍기던 향도 줄더니

翻成消歇.　　　　　어느덧 남김없이 사라졌구나.

玉骨⁸西風,　　　　　곱디고운 몸으로 서풍 맞으며

恨最恨,　　　　　　더없이 깊은 한에 빠져드나니

閒卻⁹新涼時節.　　　청량한 이 시절을 그저 버려두어서라.

楚簫咽¹⁰,　　　　　초나라 퉁소 소리 흐느끼누나,

誰倚西樓淡月.　　　맑은 달빛 든 서루 기대 선 이 누구인가.

---

4 음상(吟商): 상조(商調)의 악곡을 부르다. 상조는 '궁상각치우(宮商角徵羽)'의 오음(五音) 중 '상(商)'음을 주음으로 하며, 음조가 슬퍼 일명 '가을의 음(秋音)'으로 일컬어진다.

5 경호암결(瓊壺暗缺): 옥 타호(唾壺)의 이가 다 깨지다. 즉, 몹시 격앙되어 노래를 부르다. 134.「낭도사만(浪淘沙慢)」의 '경호고진결(瓊壺敲盡缺)' 주 참조.

6 취선은소(翠扇恩疏): 비취색의 부채에 쏟아지던 은애가 줄어들다. 즉, 여름 내 사랑받던 부채가 가을이 되어 버려지다. 또는 '취선(翠扇)'을 푸르고 둥근 연잎의 비유로 보아, 가을이 되어 연잎이 시드는 광경을 묘사한 것이라 할 수도 있다.

7 홍의향퇴(紅衣香褪): 붉은 옷에서 풍기던 향이 엷어지다. 즉, 여인이 늙고 쓸쓸한 처지가 되다. 또는 '홍의(紅衣)'를 불그스레한 연꽃의 비유로 보아, 가을이 되어 연꽃이 시드는 장면을 묘사한 것이라 할 수도 있다.

8 옥골(玉骨): 아름다운 사람. 또는 연꽃대의 비유로 볼 수도 있다.

9 한각(閒卻): 무심하게 버려두다. 덧없이 놓아두다.

10 초소열(楚簫咽): 이백(李白)의 사「억진아(憶秦娥)」중 "퉁소 소리 구슬피 흐느끼누나, 진 아씨는 꿈을 깨고 진 누각엔 달빛 밝다(簫聲咽, 秦娥夢斷秦樓月)" 구절을 끌어 쓴 것이다.

282. 곡유춘(曲遊春)

주밀(周密)

한식날 서호에서 유람을 하였는데, 시중산이 지은 사가 매우 아름다워 나도 그 운에 따라 사를 지었다. 대체로 평소에 놀잇배는 오후에 모두 안쪽 호수로 들어갔다가 저녁 무렵이 되어야 단교로 나오기 시작해 조금 머물다가 돌아가곤 하는데, 서호 유람에 익숙하지 않은 사람은 이런 것을 알지 못한다. 그래서 시중산은 내가 지은 "봄 호수 풍경 반을 그저 놓아두었구나"라는 구절에 큰 소리로 박자를 맞추며, 사람들이 미처 말하지 못했던 것을 잘 썼다고 하였다.

禁煙湖上薄遊, 施中山[1]賦詞甚佳, 余因次其韻. 蓋平時遊舫, 至午後則盡入裏湖[2], 抵暮始出斷橋[3], 小駐而歸, 非習於遊者不知也. 故中山亟擊節余"閒卻半湖春色"之句, 謂能道人之所未云.

禁苑[4]東風外,	금원 너머 봄바람 살랑살랑 불어와
颺暖絲晴絮,	아지랑이 버들개지 따스이 흩날리니
春思如織.	비단 짜듯 봄 기분 빼곡히 차오른다.
燕約鶯期,	제비와 꾀꼬리가 약조라도 맺었는가
惱芳情偏在,	봄앓이에 한껏 빠져 한 데 몰려 있구나,
翠深紅隙.	푸른 잎 붉은 꽃이 흐드러진 화단에.

---

1 시중산(施中山): 시악(施岳). 자는 중산(中山). 생졸년은 미상이나, 양찬(楊纘), 주밀(周密) 등과 교유한 기록이 남아 있다. 『절묘호사(絶妙好詞)』에 「곡유춘(曲遊春)」을 포함해 사 6수가 전한다.

2 이호(裏湖): 안쪽 호수. 서호(西湖) 내의 백제(白隄)를 기준으로, 안쪽을 '이호' 또는 '내호(內湖)', 바깥쪽을 '외호(外湖)'라 하였다.

3 단교(斷橋): 서호 내 백제(白隄)와 연결되는 다리 이름.

4 금원(禁苑): 황제의 정원. 임안(臨安)으로 천도한 남송 황실의 원림.

漠漠香塵隔.　　　아스라이 향기로운 먼지구름 너머로

沸十里, 亂絲叢笛.　　십 리 길에 넘쳐나는 악기소리 흥겹구나.

看畫船, 盡入西泠⁵,　　놀잇배 한 데 몰려 서령교로 들어가니

閒卻半湖春色⁶.　　봄 호수 풍경 반을 그저 놓아두었구나.

柳陌,　　　　　버드나무 늘어선 길

新煙凝碧,　　　짙은 초록 잎 사이로 새 안개가 피어나네,

映簾底宮眉⁷,　　주렴 안에 한껏 꾸민 고운 미녀 비치고

隄上游勒.　　　강둑 위엔 사람들이 말을 타고 노니네.

輕暝籠寒,　　　엷은 어둠 내리며 추위도 퍼져가니

怕梨雲夢冷,　　구름 닮은 배꽃은 꿈속에서 떨겠구나

杏香愁冪.　　　향기로운 살구꽃은 시름에 덮이리라.

歌管酬寒食.　　노래하고 피리 불며 한식을 보내는데

奈蝶怨,　　　　어이하나 나비가 원망을 쏟네

良宵岑寂.　　　한참 좋을 이 밤이 쓸쓸하다고.

正滿湖, 碎月搖花,　호수 채운 조각달과 살랑대는 꽃을 두고

怎生去得.　　　어찌 이 곳 떠날 수 있단 말이오.

---

5 서령(西泠): 서령교(西泠橋). 서호 안에 있는 다리 이름.

6 반호춘색(半湖春色): 봄빛이 깃든 호수 풍경의 절반. 이 구절은 서호의 유람선이 내호(內湖)에
　만 몰리고 외호(外湖)로는 가지 않는 것을 말하고 있다.

7 궁미(宮眉): 궁중에서 유행하는 화장법으로 그린 눈썹. 즉, 그러한 화장을 한 미인.

283. 화범(花犯)

주밀(周密)

수선화
水仙花

楚江湄,	초강 어느 기슭에서
湘娥¹再見,	상수의 선녀님을 다시금 보니
無言灑清淚.	말없이 맑은 눈물 흐르는구나.
淡然春意.	봄기운 맑디맑게 퍼져나갈 제
空獨倚東風,	부질없이 쓸쓸히 동풍에 기대나니
芳思誰寄.	향 고운 그리움은 누구에게 부치나.
凌波路冷秋無際,	잔물결 이는 길에 가을 추위 퍼지면
香雲隨步起,	내딛는 걸음마다 향구름이 피는구나.
漫記得,	덧없는 옛 기억 속
漢宮仙掌²,	한 궁궐 금동선인 손바닥마냥
亭亭明月底.	휘영청 달빛 아래 꼿꼿하여라.

---

1 상아(湘娥): 상수(湘水)를 관장하는 여신. 상수의 선녀. 즉, 강가에 핀 수선화를 비유한 표현
이다.

2 선장(仙掌): 금동선인의 손바닥. 한무제(漢武帝)는 백양대(柏梁臺)에 금동(金銅)의 선인(仙人)
동상을 만들고 그 손바닥으로 받친 승로반(承露盤)에 이슬을 모으게 하였다. 이 구절은 황금빛
수선화가 이슬을 머금고 있는 모습을 비유한 것이다.

冰絲[3]寫怨更多情,	맑은 음에 풀어낸 원망 한결 깊거늘
騷人[4]恨,	굴원은 품은 한을
枉賦芳蘭幽芷[5].	괜스레 난초 지초 가져다 읊었구나.
春思遠,	봄의 정취 아득히 퍼져나가니
誰歎賞國香風味.	그 향과 멋 감탄하며 즐길 이 누구런가.
相與共, 歲寒伴侶[6].	추운 날의 벗으로 함께 삼을 만하도다.
小窗淨,	맑은 창가에 두니
沈煙熏翠袂.	깊은 향이 푸른 소매 가득 짙게 배어들고,
幽夢覺,	꿈에서 깨어 보니
涓涓[7]淸露,	또르르 흘러내린 맑은 이슬 품고서
一枝燈影裏.	한 떨기가 등잔빛에 흠뻑 젖어있구나.

---

3 빙사(冰絲): 얼음처럼 맑고 서늘한 음을 내는 현악기. 즉, 수선화에 깃든 상수 여신의 악기, 또는
그 소리. 곧 수선화를 지칭한다. 이 구절은 수선화에 맑고 깊은 원망이 서려 있음을 말하고 있다.

4 소인(騷人): 「이소(離騷)」의 작가 굴원(屈原).

5 왕부방란유지(枉賦芳蘭幽芷): 향 그윽한 난초와 지초를 그릇되이 읊다. 굴원이 「이소」에서 난초
(蘭草), 지초(芷草) 등의 향초만 읊고 수선화는 언급하지 않은 것은 부족함이 있었다는 뜻이다.

6 세한반려(歲寒伴侶): 추운 날의 벗. 추위 속에서도 꽂꽂한 매화, 대나무, 소나무 등을 말한다.

7 연연(涓涓): 물방울이 아롱진 모양.

284. 서학선(瑞鶴仙)

장첩(蔣捷)

고향에서 달을 보다.

鄕城見月

紺煙迷雁迹,	어스레한 땅거미로 기러기 떼 사라지고
漸碎鼓零鐘,	종소리 북소리가 조금씩 그치더니
街喧初息.	길거리 소란함이 이제 갓 그쳤구나.
風檠背寒壁.	찬 벽 등진 등잔불은 바람에 일렁이고
放冰蟾[1],	달빛 흘러
飛到,	날아든다,
珠絲簾隙.	주렴 가는 틈 사이로.
瓊瑰暗泣,	구슬 같은 눈물을 남몰래 흘리면서
念鄕關,	고향 생각 젖나니,
霜華[2]似織.	흰머리는 베 짜듯 촘촘히도 돋았구나.
漫將身,	부질없이 이 몸 끌고
化鶴歸來[3],	학이 되어 고향으로 다시 돌아왔거늘
忘卻舊遊端的.	옛 노닐던 기억은 다 잊고 말았구나.

---

1 빙섬(冰蟾): 얼음처럼 맑고 서늘한 달빛. '섬(蟾)'은 달에 사는 두꺼비로, 곧 달을 지칭한다.

2 상화(霜華): 서리. 여기서는 서리처럼 희어진 머리카락을 가리킨다.

3 화학귀래(化鶴歸來): 학이 되어 고향으로 돌아오다. 정영위(丁令威)의 고사를 말한 것이다.
   52. 「천추세인(千秋歲引)」의 '화표어(華表語)' 주 참조.

466

歡極.	즐거움은 참으로 지극했었네,
蓬壺⁴蘂浸,	봉래산 항아리못 연꽃이 달빛 젖고
花院梨溶,	배꽃 활짝 핀 뜰에 달빛이 녹아들면
醉連春夕.	날마다 술에 취해 봄밤을 보냈나니.
柯雲罷弈⁵.	바둑 끝난 무렵엔 도끼자루 썩었었네.
櫻桃在⁶,	앵두는 남았어도
夢難覓.	꿈 되찾긴 어렵구나.
勸淸光乍可,	맑디맑은 달빛이여
幽窗相伴,	호젓한 창가에서 나를 짝하게,
休照紅樓夜笛⁷.	밤피리 부는 홍루 비추지 말게.
怕人間⁸, 換譜伊涼⁹,	세상에선 이주 양주 곡보로 바뀐 것을
素娥¹⁰未識.	달에 사는 항아는 아직 알지 못한다네.

---

4 봉호(蓬壺): 전설 속 봉래산(蓬萊山) 안의 단지 같은 연못. 즉, 지난 날 노닐었던 아름다운 선경(仙境).

5 가운파혁(柯雲罷弈): 바둑이 끝나자 도끼 자루가 썩다. 『술이기(述異記)』에 진(晉) 사람 왕질(王質)이 산속에서 나무를 하다가 두 아이가 바둑을 두는 것을 보게 되어 바둑 구경을 하고 나니 도끼자루가 썩어 있고 집에 돌아오니 이미 시대가 바뀌어 있었다는 이야기가 전한다. 즉, 이 구절은 세월의 흐름에 따라 남송의 시대가 저물고 원의 시대가 열렸음을 말한 것이다.

6 앵도재(櫻桃在): 앵두가 남아 있다. 『유양잡조(酉陽雜俎)』에 어떤 사람이 꿈속에서 앵두를 받아서 먹었는데 잠을 깨고 보니 베개 옆에 앵두씨가 남아 있었다는 이야기가 전한다. 즉, 이 구절과 그 아래 구절은 꿈결 같은 지난날의 흔적은 아직 남아 있지만 다시 돌아갈 수는 없음을 말한 것이다. 여기서 꿈결 같은 지난날은 곧 남송대를 상징한다.

7 홍루야적(紅樓夜笛): 누군가 밤피리를 연주하는 홍루. 즉, 화려한 기루에서 한밤중까지 떠들썩하게 즐기는 것을 말한다.

8 인간(人間): 사람들이 사는 세상. 아래 구의 항아가 사는 달나라와 대를 이룬다.

9 환보이량(換譜伊涼): 음악 곡보가 이주(伊州)나 양주(涼州) 지역의 것으로 바뀌다. 당대(唐代)의 지명인 이주와 양주는 모두 현재의 감숙성(甘肅省) 내에 해당하는 곳으로, 여기서는 북쪽 변방을 의미한다. 즉, 이 구절은 원의 시대가 열리면서 음악 역시 북쪽 변방의 영향을 받은 북곡이 유행하게 된 것을 말한 것이다.

10 소아(素娥): 달나라에 사는 선녀 항아(嫦娥). 이 부분은 남송이 망하고 원의 시대가 열린 것과 무관하게 달빛은 여전히 밝게 빛나고 있다고 말한 것이다.

285. 하신랑(賀新郎)

장첩(蔣捷)

夢冷黃金屋**1**.	싸늘히 꿈 깨고 만 황금빛 궁궐
歎秦箏**2**, 斜鴻陣裏,	아아 진쟁 기러기발 사이사이로
素絃塵撲.	줄마다 먼지 가득 덮여 있구나.
化作嬌鶯飛歸去,	꾀꼬리가 되어서 날아 돌아가 보니
猶認紗窓舊綠.	비단창엔 여전히 푸른빛이 감돌고
正過雨, 荊桃如菽**3**.	마침 비가 지나가 앵두는 꼭 콩 같은데,
此恨難平君知否,	좀처럼 아니 펴질 이 한을 그댄 알까,
似瓊臺, 湧起彈棋局**4**,	볼록 솟은 탄기놀이 옥받침대 닮은 한을.
消瘦影,	볼품없이 수척한 그림자 비쳐
嫌明燭.	환히 밝힌 촛불이 못내 싫구려.

| 鴛樓碎瀉東西玉**5**, | 원앙루 옥 술잔이 깨지고 말았나니 |
| 問芳蹤, 何時再展, | 아름답던 옛 모습 언제 다시 펼쳐질지 |

---

1 황금옥(黃金屋): 황금으로 지은 집. 즉, 궁궐. 여기서는 망국이 된 남송의 옛 궁궐을 말한다.

2 진쟁(秦箏): 쟁의 일종. 여기서는 궁중 악기를 대표한다.

3 형도여숙(荊桃如菽): 앵두가 콩알 같다. 이 부분은 나라는 망했어도 옛 궁궐의 나무는 무심히 생장을 거듭하고 있음을 대비시켜, 쓸쓸한 느낌이 부각되도록 하였다.

4 탄기국(彈棋局): 탄기놀이 판. 정방형이며 가운데는 볼록하게 높이 솟아 있고 가장자리는 낮고 평평하다. 탄기놀이는 서한 말부터 궁정과 사대부 사이에 유행했던 놀이로, 두 사람이 대국하여 각각 흑과 백의 기자(棋子)를 여섯 장 써서 상대의 기자를 쳐 내는 놀이라고 진(晉) 서광(徐廣)의 『탄기경(彈棋經)』에 대략적으로 전한다. 이 구절은 한껏 치솟은 한스러운 감정을 볼록한 모양의 탄기놀이 판에 빗댄 것이다.

5 동서옥(東西玉): 옥 술잔. '옥동서(玉東西)'와 같다. 황정견(黃庭堅)의 「길 어르신의 짧은 시 열 수에 차운하여(次韻吉老十小詩)」시에 "좋은 술을 옥 술잔에 담노라(美酒玉東西)"라는 구절이 있다. 이 구절은 남송이 망한 것을 비유한 것이다.

翠釵難卜.　　　　　　비녀점을 쳐본들 알 길 없다오.

待把宮眉橫雲樣,　　　눈썹 한껏 치장한 궁궐 여인 자태를

描上生綃畫幅.　　　　고운 비단 화폭에 그리려는데

怕不是, 新來妝束[6].　　아마 새 화장법은 아닐 듯하오.

彩扇紅牙[7]今都在,　　색부채도 붉은 상아 박판도 다 예 있건만

恨無人, 解聽開元曲[8].　아쉽게도 개원곡을 알아듣는 이 없어라,

空掩袖,　　　　　　　부질없이 소매로 눈물 가리며

倚寒竹.　　　　　　　차디찬 대나무에 기대서노라.

---

6 신래장속(新來妝束): 새로 유행하는 화장법과 옷매무새. 이 구절은 궁녀의 초상화를 그리는데
　남송이 망하기 전의 예전 방식대로 치장한 궁녀의 모습을 그릴 수 있을 뿐이라고 말하고 있다.

7 채선홍아(彩扇紅牙): 울긋불긋한 부채와 붉은 상아 박판. 가무 때 쓰는 도구이다.

8 개원곡(開元曲): 당(唐) 개원(開元) 연간의 노래. 즉, 태평성세의 노래.

286. 여관자(女冠子)

장첩(蔣捷)

蕙花香也,　　　　　　혜초 고운 향기가 물씬 풍기던

雪晴池館如畫.　　　　눈 갠 연못 누대는 한 폭 그림 같았었네.

春風飛到,　　　　　　봄바람 날아들던

寶釵樓1上,　　　　　화려한 기루마다

一片笙簫,　　　　　　음악소리 가득하고

琉璃光射.　　　　　　유리등불 빛났었네.

而今燈漫挂.　　　　　지금도 여기저기 등 걸렸건만

不是暗塵2明月,　　　달 밝은 밤 온 거리 흥청거렸던

那時元夜.　　　　　　그 시절의 대보름은 아니로구나.

況年來, 心懶意怯,　　더구나 요즘 들어 마음 온통 느른해져

羞與蛾兒3爭耍.　　　한껏 꾸민 여인과 놀기도 부끄럽네.

江城人悄初更打,　　　인적 뜸한 강가 성에 저녁 종이 울리누나.

問繁華誰解,　　　　　번화했던 시절을 누가 그대로

---

1 보차루(寶釵樓): 온갖 장신구로 화려하게 치장한 기녀들이 있는 누각. 즉, 기루.

2 암진(暗塵): 엷은 흙먼지가 일다. 거리에 사람의 왕래가 많은 것을 묘사한 것이다.

3 아아(蛾兒): 여인의 원소절 머리 장식의 일종. 여기서는 그러한 꾸밈새를 한 여인을 말한다.

再向天公[4]借.

劉殘紅焰,

但夢裏隱隱,

鈿車羅帕[5].

吳箋銀粉砑,

待把舊家風景,

寫成閒話.

笑綠鬢[6]鄰女,

倚窗猶唱,

夕陽西下[7].

하느님께 다시금 빌려올런가.

초 찌꺼기 털어서 등 밝히는데

그저 꿈 속 어렴풋이 모습 보이는

나전마차 비단띠 있을 뿐이네.

은가루 반짝이는 좋은 종이에

옛 고향의 풍경을 몽땅 가져다

이야깃거리 삼아 써볼까 하네.

우습게도 이웃집 여자아이는

창에 기대 아직도 노래 부르네,

서쪽으로 석양이 지고 있다고.

---

4 천공(天公): 하늘을 관장하는 신. 즉, 이 구절은 이제 다시는 옛 남송 시절의 번화했던 원소절 분위기를 되살릴 수 없게 되었음을 말한 것이다.

5 전거라파(鈿車羅帕): 나전금박 마차와 비단 띠. 즉, 화려한 마차와 예쁘게 단장한 여인. 원소절 연등놀이에 나선 인파를 말한다.

6 녹환(綠鬢): 검푸른 머리 쪽. 머리카락이 검푸르다는 것은 곧 그 사람의 나이가 어리다는 것을 의미한다.

7 석양서하(夕陽西下): 서쪽으로 석양이 지다. 즉, 이 부분은 이웃집 여자아이가 남송의 쇠망을 연상시키는 가사도 아무렇지 않게 노래 부르는 모습에 공허한 웃음이 난다는 의미로, 망국의 비탄을 담담하게 표현한 것이다.

287. 우미인(虞美人)

장첩(蔣捷)

빗소리를 듣다.

聽雨

少年聽雨歌樓[1]上,　　젊을 적 기루에서 빗소리를 들었나니

紅燭昏羅帳.　　　　　휘장 안 붉은 촛불 희미했다네.

壯年聽雨客舟中,　　나이 들어 뱃전에서 빗소리를 들었나니

江闊雲低,　　　　　너른 강 위 나직이 구름 떠가고

斷雁叫西風.　　　　서풍에 외기러기 슬피 울었네.

而今聽雨僧廬下.　　이제는 절집에서 빗소리를 듣노라니

鬢已星星[2]也.　　　머리카락 어느새 빛바랬다네.

悲歡離合總無情,　　슬픔 기쁨 이별 만남 모조리 무정하니

一任階前,　　　　　섬돌 앞에 다 내주어

點滴到天明.　　　　날 밝도록 빗방울에 젖게 하려네.

---

1 가루(歌樓): 가무를 즐기는 누각. 즉, 기루(妓樓).

2 성성(星星): 머리카락이 희끄무레하게 센 것을 비유한 말.

288. 고양대(高陽臺)

장염(張炎)

서호의 봄날 감회

西湖春感

接葉巢鶯,　　　　　　나뭇잎에 둥지 튼 꾀꼬리 늘어섰고

平波捲絮,　　　　　　잔잔한 물결 위로 버들개지 맴도는데

斷橋[1]斜日歸船.　　　단교에 해 기울 제 놀잇배는 돌아간다.

能幾番遊,　　　　　　몇 번쯤 봄놀이를 할 수 있을까

看花又是明年.　　　　꽃구경 하려면 또 내년이나 되어야지.

東風且伴薔薇住,　　　봄바람아 장미 곁에 머물며 벗 해주련

到薔薇, 春已堪憐[2].　장미 피면 봄은 이미 가여운 처지란다.

更淒然,　　　　　　　한결 더 쓸쓸한 건

萬綠西泠[3],　　　　　숲 짙푸른 서령교 위로 떠돌다

一抹荒煙.　　　　　　스러지는 한 줄기 연기로구나.

當年燕子知何處,　　　그 시절의 제비들아 모두 어디 있느냐

但苔深韋曲[4],　　　　위곡에는 이끼만 짙게 자라고

---

1 단교(斷橋): 서호에 있는 다리 이름.

2 춘이감련(春已堪憐): 봄은 이미 가련히 여길 만하다. 즉, 봄은 이미 거의 다 지나갔다는 의미이다.

3 서령(西泠): 서령교(西泠橋). 서호에 있는 다리 이름.

4 위곡(韋曲): 지명. 장안(長安) 남쪽에 있으며, 당대(唐代)에 번성했던 위씨(韋氏) 가문의 사람들

草暗斜川5.　　　　　　　사천에는 잡풀만 무성하구나.

見說新愁,　　　　　　　듣자하니 새로이 빚어진 시름

如今也到鷗邊.　　　　　이제 갈매기에게 옮아갔다 하더라.

無心再續笙歌夢,　　　　생황 불고 노래한 꿈 이어갈 마음 없어

掩重門, 淺醉閒眠.　　　겹문 닫아걸고서 술에 취해 잠들런다.

莫開簾,　　　　　　　　주렴을 열지 마라

怕見飛花,　　　　　　　흩날리는 꽃잎이 보일까 싶다

怕聽啼鵑.　　　　　　　두견새 우는 소리 들릴까 싶다.

　이 모여 살았던 곳이다. 여기서는 지난날 서호 주변의 번성했던 곳을 말한다.

5 사천(斜川): 지명. 강서성(江西省) 성자현(星子縣)과 도창현(都昌縣)에 걸쳐 있으며, 파양호(鄱
　陽湖)가 인근이다. 도잠(陶潛)은 사천의 수려한 경치를 「유사천(遊斜川)」 시에 묘사한 바 있다.
　여기서는 서호 주변의 아름다운 풍광을 말한다.

289. 도강운(渡江雲)

장염(張炎)

오랫동안 산음에서 나그네로 지내고 있는데, 왕국존이 나의 근작을 물으므로 이 것을 써 보낸다.
久客山陰, 王菊存[1]問予近作, 書以寄之.

山空天入海,	산 텅 비고 하늘은 바다 향해 펼쳐진 곳
倚樓望極,	누각 난간 기대어 한껏 내다보는데
風急暮潮初.	바람 세게 불어오고 저녁 밀물 밀려온다.
一簾鳩外雨,	비둘기 깃든 주렴 너머 봄비 내리고
幾處閒田,	호젓하던 몇 군데 밭두둑에선
隔水動春鋤.	개울 너머 부지런히 봄 호미질 하는구나.
新煙[2]禁柳[3],	한식절 연기 피어 금원 버들 감싸나니
想如今, 萍到西湖.	아마 지금 서호에는 부평초 떠 있으리라.
猶記得, 當年深隱,	아직 기억 하노라, 은자로 지내던 때
門掩兩三株.	닫아건 대문 앞의 버들 두세 그루를.
愁餘.	수심 그지없어라,

---

1 왕국존(王菊存): 구체적으로 누구를 지칭하는지 확실하지 않다.

2 신연(新煙): 새로 불씨 피운 연기. 즉, 한식절의 연기.

3 금류(禁柳): 금원(禁苑)의 버드나무. 금원은 황궁의 정원. 실제로 임안(臨安) 서호 주변은 남송대의 금원이었다.

荒城古漵, 　　　　다 스러진 성곽에 잔뜩 낡은 포구에

斷梗疏萍, 　　　　부러진 가시나무, 떠도는 부평초는

更漂流何處. 　　　또다시 흘러 흘러 어디로 가려는가.

空自覺, 　　　　　덧없이 깨닫나니

圍羞帶減, 　　　　둘러찬 허리띠는 헐거워졌고

影怯燈孤. 　　　　등 아래 그림자는 쓸쓸하여라.

常疑即見⁴桃花面⁵, 　고운 얼굴 이내 볼 수 없을 줄은 알았다만

甚近來, 　　　　　어이하여 요즘 들어

翻笑無書. 　　　　미소를 바꾸더니 편지 한 장 없는가.

書縱遠, 　　　　　편지야 거리 멀기 때문이라면

如何夢也都無. 　　어이하여 꿈에서도 나와주지 않는가.

---

4 상의즉견(常疑即見): 곧바로 만날 수 있을지 늘 의문스럽게 여기다. 즉, 바로 만나지 못할 것을
　알고 있다.
5 도화면(桃花面): 복사꽃처럼 고운 얼굴.

290. 팔성감주(八聲甘州)

장염(張炎)

신묘년(1291)에 심요도와 나는 북녘 대도에서 돌아와 각각 항주와 월주에서 지냈다. 이듬해 심요도가 나의 쓸쓸함을 달래주려 찾아와 며칠간 이야기하고 웃으며 지내다가, 다시 떠나가게 되어 이 곡을 지었다. 아울러 조학주에게도 부친다.

辛卯歲, 沈堯道[1]同余北歸[2], 各處杭越[3]. 踰歲, 堯道來問寂寞, 語笑數日, 又復別去, 賦此曲,幷寄趙學舟[4].

記玉關[5],	옥문관을 기억하오,
踏雪事清遊,	눈 밟으며 즐겁게 노닐던 그 때
寒氣脆貂裘.	추위에 가죽옷도 얼었더구려.
傍枯林古道,	낙엽 떨군 숲 따라 옛길을 걷다
長河飲馬,	강가에서 말에게 물을 먹였던
此意悠悠.	그 추억 길이길이 간직하려오.
短夢依然江表[6],	꿈 깨보니 여전히 강남을 떠도는 몸
老淚灑西州[7].	늙은이의 눈물을 서주 성에 뿌리나니.

---

1 심요도(沈堯道): 심흠(沈欽). 자는 추강(秋江).

2 북귀(北歸): 북쪽에서 돌아오다. 즉, 원의 수도인 대도(大都)에서 돌아오다. 장염은 심요도, 조학주와 일행을 이루어 1290년~1291년에 대도, 즉 현재의 북경(北京)을 둘러보고 강남으로 돌아왔다.

3 항월(杭越): 항주(杭州)와 월주(越州). 월주는 현재의 소흥(紹興).

4 조학주(趙學舟): 조여인(趙與仁). 자는 원부(元父). 송 왕실의 후손이다.

5 옥관(玉關): 옥문관(玉門關). 북행길에 거쳤던 관문을 상징한다.

6 강표(江表): 강남(江南).

7 서주(西州): 서주성(西州城). 지금의 남경시(南京市) 서쪽에 있다. 여기서는 남송의 수도 임안

477

一字無題處,　　　한 글자도 써내지 못하는 것은

落葉都愁.　　　　낙엽마다 시름이 깊어서라오.

載取白雲歸去,　　　흰 구름 잡아타고 되돌아가는구려,

問誰留楚佩[8],　　누구요, 초 패옥을 남겨두어서

弄影中洲.　　　물가에서 반짝이게 만든 사람은.

折蘆花贈遠,　　갈대꽃 꺾어 멀리 보내오리다,

零落一身秋.　　초라한 이 한 몸에 가을 깃들면.

向尋常, 野橋流水,　여느 들 다리 놓인 강물가로 찾아가

待招來, 不是舊沙鷗[9].　불러본들 옛날의 갈매기는 아니리라.

空懷感,　　부질없는 감회가 가슴에 일어

有斜陽處,　　석양빛 드리워진 곳이라 하면

卻怕登樓.　　누각에 오르기가 두려운지고.

(臨安)을 말한다.

8 유초패(留楚佩): 초 땅에서 난 패옥을 남겨두다. 이 부분은 심요도가 항주에서 머물다가 우정
의 정표나 시문 등을 남기고 떠나는 것을 미화하여 표현한 것이다.

9 불시구사구(不是舊沙鷗): 옛 갈매기가 아니다. 즉, 과거에 벗과 함께 보았던 갈매기가 아니라
는 뜻이다.

291. 해련환(解連環)

장염(張炎)

외기러기

孤雁

楚江空晚,	초강의 하늘에는 어둠이 내리는데
悵離群萬里,	만 리 길 날아오다 무리 잃은 기러기
恍然驚散.	외톨이 신세 됨에 소스라쳐 놀라누나.
自顧影,	제 그림자 돌아보며
欲下寒塘,	차가운 연못으로 내려앉으려는데
正沙淨草枯,	고운 모래펄 따라 수풀잎 메말랐고
水平天遠.	고요한 수면 위로 하늘 아득하여라.
寫不成書¹,	글자 대열 이루지 못하는 터라
只寄得, 相思一點.	겨우 한 점 그리움 전할 뿐인데,
料因循²誤了³,	머뭇거리다 그만 그르쳤구나,
殘氈擁雪⁴,	담요와 눈 의지하던

---

1 사불성서(寫不成書): 글자를 써내지 못하다. 즉, 외기러기라서 여러 기러기와 함께 날며 글자 모양의 대열을 이루지 못한다는 뜻이다. 기러기는 일반적으로 떼를 지어 날아가면서 'ㅅ' 자나 'ㅡ' 자 등의 대열을 이루는데, 옛사람들은 이것을 일컬어 기러기가 '안자(雁字)'를 쓴다고 표현하였다.

2 인순(因循): 꾸물거리다. 선뜻 가지 않고 머뭇거리다.

3 오료(誤了): 그르치다. 저버리다. 즉, 기러기의 역할인 편지 배달을 정확히 하지 못하다.

4 잔전옹설(殘氈擁雪): 해진 담요와 뭉쳐 쥔 눈. 한(漢) 소무(蘇武)가 북방 흉노 측에 잡혀 있을 때 낡은 담요와 눈을 섞어 뜯어 먹어야 하는 혹독한 환경 속에서도 투항하지 않았다는 고사가 전한다. 이 구절은 원 치하에서도 끝내 원 조정을 섬기지 않는 남송 유민을 비유한 것이다.

故人[5]心眼.	옛 사람의 마음을.
誰憐旅愁荏苒[6].	나그네의 오랜 시름 가여워할 이 누구요
漫長門[7]夜悄,	밤새도록 쓸쓸한 장문궁에서
錦箏彈怨.	원망 서린 쟁 소리가 울리는구려.
想伴侶[8], 猶宿蘆花,	아마도 갈꽃 사이 묵어가는 동무들은
也曾念春前,	봄 되기 전 일찌감치
去程應轉.	돌아갈 길 나설 터,
暮雨相呼,	저녁 비 속 서로를 부르다보면
怕驀地, 玉關[9]重見.	갑자기 옥문관서 마주칠지 모르리라.
未羞[10]他, 雙燕歸來,	부끄럽지 않을 게요, 짝을 지은 제비가
畫簾半捲.	반쯤 걷은 주렴 곁에 모여들어도.

---

5 고인(故人): 옛 사람. 여기서는 소무(蘇武)를 지칭한다. 혹은 원 조정에 협력하지 않는 남송 유민을 말한 것으로 볼 수도 있다. 이 부분은 무리들과 떨어진 외기러기가 소무 등의 편지와 마음을 전달하는 역할을 제대로 하지 못하고 있다고 말한 것이다.

6 여수임염(旅愁荏苒): 나그네의 시름이 길게 이어지다. 여기서 나그네는 곧 외기러기를 말한다. '임염(荏苒)'은 근심이 끊임없이 이어지는 모양.

7 장문(長門): 장문궁(長門宮). 한(漢) 진황후(陳皇后)가 유폐되었던 궁. 이 부분은 장문궁에 외로이 유폐되었던 이가 외기러기에게 동병상련을 느껴 쟁 소리로 깊은 원망을 전하고 있다고 쓴 것이다.

8 반려(伴侶): 짝. 즉, 기러기 무리.

9 옥관(玉關): 옥문관(玉門關). 북방의 요새. 여기서는 갈매기의 여로 중 한 곳의 예로 쓰였다. 이 구절은 북쪽 어딘가에서 외기러기가 그 무리와 해후하게 될 수도 있다고 쓴 것이다.

10 미수(未羞): 부끄러워하지 않다. 즉, 무리와 다시 만난 외기러기는 더 이상 외롭지 않으므로, 이 부분은 그 기러기가 짝 지은 제비를 보게 되더라도 이제는 스스로의 처지가 부끄러울 것이 없다는 의미이다.

292. 소영(疏影)

장염(張炎)

연잎을 노래하다.

詠荷葉

碧圓自潔,	푸른 빛깔 둥근 연잎 제 홀로 말갛구나,
向淺洲遠渚,	널따란 물가 한편 야트막한 모래톱에
亭亭淸絶.	우뚝하니 선 자태 맑고 아름답도다.
猶有遺簪,	비녀인양 도르르 말려 난 새 잎
不展秋心[1],	가을날의 수심을 아니 펼친다.
能捲幾多炎熱[2].	무더위는 얼마나 말아 품고 있으려나.
鴛鴦密語同傾蓋,	연잎을 지붕 삼은 쌍원앙이 나눈 밀어
且莫與, 浣紗人說.	빨래하는 여인에겐 말해주지 말게나.
恐怨歌, 忽斷花風,	원망 어린 노래 탓에 꽃바람이 그치면
碎卻翠雲千疊.	천 겹 푸른 구름 닮은 연잎 다 시들 테니.

回首當年漢舞[3],	돌이키매 옛 한나라 여인이 춤추다가

---

1 부전추심(不展秋心): 가을의 마음을 펴 보이지 않다. 가을(秋)의 마음(心)은 곧 근심(愁)의 파자이기도 하다. 이 구절은 돌돌 말려 돋아난 어린 연잎에는 시들어가는 가을 연잎의 수심 어린 기색이 조금도 없다고 말한 것이다.

2 염열(炎熱): 무더위. 연잎이 무성해지면 무더위가 찾아온다는 점에 착안하여, 어린 연잎이 무더위를 말아 품고 있다고 표현한 것이다.

3 한무(漢舞): 한(漢)나라의 춤추는 여인. 춤을 잘 추었던 조비연(趙飛燕)을 말한다. 조비연이 춤을 추다가 바람을 타고 선녀처럼 날아갈까봐 성제(成帝)가 궁녀에게 그녀의 치맛자락을 붙잡도

怕飛去,　　　　　　　멀리 훨훨 갈까 싶어

漫皺留仙裙4摺.　　　선녀치마 붙잡아 괜한 주름 진 게구나.

戀戀靑衫5,　　　　　그리움 가득 고인 푸른 적삼엔

猶染枯香,　　　　　아직도 엷은 향이 배어있건만

還歎鬢絲飄雪.　　　아아 내 머리에는 흰 눈발이 내렸도다.

盤心淸露如鉛水,　　잎 쟁반 위 이슬은 금동선인 눈물인가

又一夜, 西風吹折.　　또 하룻밤 서풍 불어 잎 꺾이고 말았구나.

喜淨看, 匹練飛光,　　즐거이 지켜보세, 흰비단빛 날리듯

倒瀉半湖明月.　　　호수 반에 밝은 달빛 쏟아지는 모습을.

　　록 시켰더니 치마에 주름이 생겼다는 고사가 전한다.

4　선군(仙裙): 선녀의 치마. 여기서는 연잎의 비유이다.

5　청삼(靑衫): 푸른 적삼. 여기서는 연잎의 비유이다.

293. 월하적(月下笛)

장염(張炎)

혼자서 만죽산을 거닐던 중 고즈넉한 문 앞에 낙엽이 지면서 시름겨운 생각들이
어둡게 피어오르더니, 이윽고 쇠락한 고국에 대한 안타까움이 밀려왔다. 용동의
적취산 집에 살던 시절이었다.

孤游萬竹山中, 閒門落葉, 愁思黯然, 因動黍離之感**1**. 時寓甬東**2**積翠山舍.

萬里孤雲,	나는 만 리 떠도는 외로운 구름
清遊漸遠,	옛 노닐던 곳에서 멀어졌나니
故人何處.	함께 했던 벗들은 어디 있는고.
寒窗夢裏,	서늘한 창 아래서 꿈속에 들면
猶記經行舊時路.	옛 적 다닌 길 기억 또렷하여라.
連昌**3**約略無多柳,	연창궁엔 버드나무 얼마 남지 않았을 터
第一是, 難聽夜雨.	무엇보다 밤 빗소리 듣기가 괴롭구나.
漫驚回凄悄,	문득 놀라 꿈 깨면 서글프고 쓸쓸하여
相看燭影,	촛불 아래 드리워진 그림자 보며
擁衾無語.	말없이 홑이불을 끌어안는다.

---

1 서리지감(黍離之感): 서리지탄(黍離之歎). 망한 나라의 옛 궁궐터에 기장 등의 잡풀이 우거진
것을 보며 느끼는 안타까운 감정.

2 용동(甬東): 지금의 절강성(浙江省) 영파시(寧波市) 일대.

3 연창(連昌): 연창궁(連昌宮). 당대(唐代)의 궁궐로, 버드나무가 많았다. 여기서는 쇠망한 남송
의 궁궐을 말한다.

張緒[4],	장서여,
歸何暮.	돌아옴이 어이하여 늦는고.
半零落依依,	초라한 신세 되어 그리워진 건
斷橋鷗鷺[5].	단교의 갈매기와 백로로구나.
天涯倦旅,	세상 구석 떠도는 지친 나그네
此時心事良苦.	이 무렵의 마음 참 괴로운지고.
只愁重灑西州[6]淚,	서주의 눈물 다시 흘릴까 걱정이니
問杜曲[7], 人家在否.	두곡 집과 사람들은 지금도 있으려나.
恐翠袖,	푸른 소매 여인은
正天寒,	한참 날이 추워도
猶倚梅花那樹.	매화꽃 핀 그 나무에 줄곧 기대 있으려나.

---

4 장서(張緒): 남조(南朝) 제(齊)의 문인. 출신지가 오군(吳郡, 현 소주(蘇州) 일대)으로, 작자가
현재 머물고 있는 용동과 멀지 않은 곳이다. 즉, 이 부분은 용동에서 쓸쓸하게 지내는 작자가 함
께 할 벗을 갈구함을 표현한 것이다.

5 단교구로(斷橋鷗鷺): 단교의 갈매기와 백로. 단교는 서호(西湖) 내에 있는 다리로, 작자가 옛날
에 즐거이 노닐었던 장소를 대표하며, 갈매기와 백로는 함께 어울렸던 벗을 상징한다.

6 서주(西州): 서주성(西州城). 지금의 남경시(南京市) 서쪽에 있다. 여기서는 남송의 수도 임안
(臨安)을 말한다.

7 두곡(杜曲): 당대(唐代) 장안(長安)에 두씨(杜氏) 귀족 가문이 모여 살던 곳. 여기서는 작자가
원래 살았던 곳을 상징한다.

294. 천향(天香)

왕기손(王沂孫)

용연향
龍涎香**1**

孤嶠**2**蟠煙,	외딴 섬에 연무가 또아리 틀고
層濤蛻月**3**,	겹겹의 파도 위로 새 달이 뜨면
驪宮**4**夜采鉛水**5**.	용궁에서 밤새도록 애써 모은 납방울
汎遠槎風,	뗏목과 바람 타고 먼 곳으로 흘러가선
夢深薇露,	깊은 꿈 속 장미꽃의 이슬과 섞여들어
化作斷魂心字**6**.	애끓는 마음 심(心)자 용연향이 되는구나.
紅磁候火,	붉은 사기그릇에 불을 지펴서
還乍識**7**, 冰環玉指**8**.	둥근 고리 가는 막대 모양 이내 빚고는
一縷縈簾翠影,	푸른 향연 피워 올려 주렴을 휘감나니
依稀海天雲氣.	바다와 하늘에 핀 구름을 닮았구나.

---

1 용연향(龍涎香): 고급 향. 바다 속에 사는 교인(鮫人)이 용의 침방울을 모아 만든다는 전설이 있다. 본래는 향유고래의 분비물이 웅고된 것이다.

2 고교(孤嶠): 홀로 우뚝 솟은 높고 뾰족한 산. 여기서는 바다에 솟아오른 신비로운 섬을 말한다.

3 태월(蛻月): 허물 벗는 달. 즉, 이지러진 상태에서 점점 차오르는 달을 비유한 것이다.

4 여궁(驪宮): 흑룡이 사는 용궁. 신비로운 교인(鮫人)이 사는 곳.

5 연수(鉛水): 납방울. 여기서는 납방울처럼 영롱한 용의 침방울을 말한 것이다.

6 심자(心字): 심자향(心字香). 향을 '心'자 모양으로 만든 것.

7 사식(乍識): 이제 갓 표식을 만들다. 즉, 용연향을 피우기 위해 큰 덩어리를 덜어내어 작은 고리나 막대 모양으로 이제 막 빚었다는 것이다.

8 빙환옥지(冰環玉指): 둥근 고리와 짧고 가는 막대 모양.

幾回殢嬌半醉,　　　　　　몇 번쯤 자못 취한 그녀 데리고

翦春燈,　　　　　　　　　봄 밤 밝힌 등잔불 심지 자르며

夜寒花碎⁹.　　　　　　　　꽃향 퍼진 추운 밤 함께했었네.

更好故溪飛雪,　　　　　　더 좋은 건 옛 개울에 눈발 날릴 때

小窗深閉.　　　　　　　　창 굳게 걸어 닫은 적이었건만.

荀令¹⁰如今頓老,　　　　　난 이제 부쩍 늙은 처지가 되어

總忘卻, 尊前舊風味.　　　술자리 옛 풍류를 모두 잊었소,

漫惜餘薰,　　　　　　　　서린 잔향 덧없이 아까워하며

空篝素被.　　　　　　　　빈 향구에 이불을 덮을 뿐이요.

---

9 화쇄(花碎): 꽃이 바스러지다. 즉, 꽃향기가 퍼지다. 여기서는 용연향의 향기가 피어오르는 것을 말한다.

10 순령(荀令): 순욱(荀彧). 한대(漢代)에 상서령(尚書令)을 지냈으므로 '순령(荀令)'이라 하였다. 순욱은 향을 좋아하고 자주 피워, "순욱이 집에 이르러 앉은 곳은 사흘간 향기가 사라지지 않았다(荀令君至人家, 坐幔三日香氣不歇)"라고 『양양기(襄陽記)』에 전한다. 여기서는 향을 좋아하는 작자 자신을 가리키는 말로 쓰였다.

295. 미무(眉嫵)

왕기손(王沂孫)

초승달
新月

漸新痕懸柳,	초승달이 버들에 걸려 있나니
淡彩穿花,	꽃잎 거쳐 비쳐든 은은한 달빛
依約破初暝.	살며시 저녁 어둠 깨뜨려 밝혀주네.
便有團圓意,	둥글둥글 모든 일 잘 되게 해 주십사
深深拜[1],	온 정성을 기울여 절 올리나니
相逢誰在香徑.	꽃길서 마주칠 이 누구일런가.
畫眉[2]未穩,	고운 눈썹 아직 덜 그려넣은 건
料素娥, 猶帶離恨.	항아가 이별의 한 아직 품은 탓이리라.
最堪愛,	참으로 좋은지고
一曲銀鉤[3]小,	작은 은빛 갈고리에
寶奩挂秋冷.	이 가을 서늘함이 주렴처럼 걸렸구나.

千古盈虧休問,　　천고 세월 차고 기운 달의 사연 묻지 마오

---

1 심심배(深深拜): 깊이 숙여 절하다. 간절히 빌다. 옛날에는 부녀자들이 초승달을 향해 소원을
　비는 풍습이 있었다.
2 화미(畫眉): 눈썹을 그리다. 초승달을 항아가 그린 눈썹으로 비유한 것이다.
3 은구(銀鉤): 은제 갈고리. 초승달을 하늘에 떠 있는 갈고리로 비유한 것이다.

欸慢磨玉斧,　　　　　　덧없이 옥도끼를 갈아두어도

難補金鏡.　　　　　　　금빛 거울 다듬기 어려운지고.

太液池⁴猶在,　　　　　태액지는 지금도 남아 있건만

淒涼處,　　　　　　　　서글픈 곳인지라

何人重賦淸景.　　　　그 누가 맑은 풍경 또 읊으리오.

故山夜永,　　　　　　고향 산에 기나긴 밤이 깃들면

試待他, 窺戶端正.　　창 엿볼 둥근 달을 기다리려오.

看雲外山河,　　　　　구름 너머 산하를 둘러보는데

還老盡, 桂花影⁵.　　　계수나무 그림자도 늙었소그려.

---

4 태액지(太液池): 당(唐) 장안(長安) 대명궁(大明宮) 북쪽에 있던 큰 황실 연못. 여기서는 남송
  대 옛 궁궐의 원림을 말한다.

5 계화영(桂花影): 계수나무 그림자. 달에 계수나무가 있다는 전설에서 나온 표현으로, 엷게 얼룩
  진 모습의 달을 말한다.

296. 제천락(齊天樂)

왕기손(王沂孫)

매미
蟬

一襟餘恨宮魂斷[1],	가슴 가득 한을 품고 스러진 왕후의 혼
年年翠陰庭樹.	해마다 정원 나무 푸른 잎에 찾아와선
乍咽涼柯,	싸늘한 가지에서 목메어 울다
還移暗葉,	그늘진 잎 아래로 다시 옮겨가
重把離愁深訴.	이별의 시름 거듭 절절히도 푸는구나.
西窓過雨,	서창 밖에 빗줄기 지나갈 때면
怪瑤佩流空,	신비한 패옥소리 울려 퍼지고
玉箏調柱.	쟁 기둥을 고르는 소리 곱구나.
鏡暗妝殘[2],	흐릿한 거울 속의 화장은 희미한데
爲誰嬌鬢[3]尙如許.	누굴 위해 귀밑머리 그리도 어여쁜고.

---

1 궁혼단(宮魂斷): 궁에서 지내는 여인이 혼이 끊어질 정도로 큰 슬픔에 빠지다. 또는 그러한 처지의 여인. 여기서는 매미를 말한다. 『고금주(古今注)』에 "제나라 왕후가 원망을 품고 죽어, 그 시신이 매미가 되었다. 정원 나무에 올라가 눈물을 흘리며 애달피 울자 왕은 회한에 빠졌다. 그리하여 세간에서는 매미를 일컬어 '제나라 여인'이라 한다(齊王后忿而死, 尸變爲蟬, 登庭樹嘈淚而鳴. 王悔恨. 故世名蟬曰齊女也)"라고 하였다.

2 장잔(妝殘): 화장이 희미하다. 매미를 엷게 화장한 미녀에 빗댄 표현이다.

3 교빈(嬌鬢): 아름다운 귀밑머리. 여기서는 매미의 날개를 비유한 말이다. 옛사람들은 매미 날개처럼 까맣고 윤기가 도는 귀밑머리를 일컬어 "선빈(蟬鬢)"이라 하였다.

銅仙鉛淚[4]似洗,	금동선인 영롱한 눈물 뚝뚝 흘렀나니,
歎移盤去遠,	아아 그만 승로반을 먼 데로 옮겨
難貯零露[5].	이슬방울 모으지 못하는구나.
病翼驚秋,	병약해진 날개는 가을에 놀라
枯形閱世,	앙상한 모습으로 세파 견디니
消得斜陽幾度[6].	해 지는 모습 몇 번 더 볼 수 있을런가.
餘音更苦.	여운 남는 소리 더 괴로운지고,
甚獨抱淸商[7],	쓸쓸히 「청상」곡조 부르는 소리
頓成淒楚.	문득 큰 상심으로 바뀌는구나.
漫想薰風,	부질없이 그리운 따스한 바람
柳絲千萬縷.	천만 가닥 흩날리던 버들가지여.

4 동선연루(銅仙鉛淚): 금동선인의 영롱한 눈물. 위(魏) 명제(明帝)가 금동선인(金銅仙人)을 장안(長安)에서 낙양(洛陽)으로 옮기려 하자 그 눈물이 승로반에 떨어졌다는 고사가 있다. 275. 「난릉왕(蘭陵王)」의 '누반여로(淚盤如露)' 주 참조.
5 난저영로(難貯零露): 떨어지는 이슬을 모아 두기 어렵다. 즉, 먹고 살 이슬이 줄어드는 등 매미가 혹독한 환경에 놓였다는 의미이다.
6 소득사양기도(消得斜陽幾度): 석양을 몇 번 더 보낼 수 있는가. 이 구절은 매미가 앞으로 며칠 살지 못할 것이라는 의미이다.
7 청상(淸商): 곡조 이름으로, 슬픈 음조를 띤다.

297. 장정원만(長亭怨慢)

왕기손(王沂孫)

중암의 옛 원림을 다시 지나며
重過中庵[1]故園

泛孤艇東皋過徧,	배 한 척 띄워 타고 동쪽 강둑 두루 돌며
尙記當日,	그 시절의 기억을 떠올리는데
綠陰門掩[2].	녹음 너머 대문은 닫혀 있구나.
屐齒莓苔,	나막신 걸쳐 신고 이끼 핀 길 걸었고
酒痕羅袖事何限.	비단옷엔 술 자국을 끝도 없이 내었나니.
欲尋前跡,	옛 놀던 자취들을 찾아가고 싶건만
空悵惘, 成秋苑.	가을 동산 되었으니 덧없이 슬프구나.
自約賞花人,	꽃놀이를 가자며 나와 약속 맺은 이들
別後總,	헤어진 뒤 모두들
風流雲散.	바람처럼 구름처럼 흘러 사라졌구나.
水遠,	물줄기가 멀리도 뻗어 있구나,
怎知流水外,	어떻게 알았으랴, 흐르는 물 저편에
卻是亂山尤遠.	험한 산이 더 멀리 자리 잡고 있을 줄은.

---

1 중암(中庵): 유민중(劉敏中)의 호. 유민중은 원대에 활동한 시인으로,『중암악부(中庵樂府)』
가 전한다.

2 문엄(門掩): 대문이 닫혀 있다. 즉, 옛 원림이 쇠락하여 인적이 없어진 것을 의미한다.

天涯夢短,
想忘了, 綺疏雕檻.
望不盡, 冉冉斜陽,
撫喬木, 年華將晚.
但數點紅英,
猶識西園淒婉.

세상 끝 나그네는 꿈에서 깨며
화려한 곳 노닐던 옛 기억 다 잊었도다.
뉘엿뉘엿 지는 해를 하염없이 보노라니
훌쩍 자란 나무 너머 세월이 저무는데
다만 붉게 피어난 몇 송이 꽃만
서쪽 뜰의 슬픔을 알아주고 있구나.

298. 고양대(高陽臺)

왕기손(王沂孫)

주밀이 월중의 벗들에게 보낸 사에 화운하여
和周草窗[1]寄越中諸友韻

殘雪庭陰,　　　　　　뜰 한쪽에 덜 녹은 눈 아직 남았고

輕寒簾影,　　　　　　주렴 새로 엷은 추위 새어들어도

霏霏[2]玉管春葭[3].　　봄날의 갈대재가 옥피리에 흩날리오.

小帖金泥[4],　　　　　금칠한 봄 방문(榜文)을 써 붙이나니

不知春是誰家.　　　　봄은 누구 집까지 왔을런지 모르겠소.

相思一夜窗前夢,　　　그리워 밤새도록 창가에서 꿈꾸는데

奈箇人, 水隔天遮.　　어이하나 그 사람은 저 멀리에 있는 것을.

但凄然,　　　　　　　그저 쓸쓸하구려,

滿樹幽香,　　　　　　나무 가득 그윽한 매화 향기도

滿地橫斜.　　　　　　땅 가득 드리워진 그 그림자도.

江南自是離愁苦,　　　강남은 이별 시름 본디 깊은데

況游驄古道,　　　　　더욱이 옛 길 따라 말 달려온 곳

1　주초창(周草窗): 주밀(周密). '초창(草窗)'은 호.

2　비비(霏霏): 흩날려 사방으로 퍼지는 모양.

3　옥관춘하(玉管春葭): 옥피리에서 봄 갈대재가 흩날리다. 즉, 봄이 되다.

4　소첩금니(小帖金泥): 금칠한 작은 첩지(帖紙). 즉, 금가루를 개어 칠한 고급 종이에 입춘 방문
　(榜文)을 써서 문이나 벽에 붙인 것을 말한다.

歸雁[5]平沙.	모래밭에 기러기 돌아왔구려.
怎得銀箋,	은빛 고운 편지지를 어찌 얻어서
殷勤與說年華.	정성껏 그대에게 봄날을 써 보낼고.
如今處處生芳草,	지금 한참 곳곳엔 파란 풀이 돋는데
縱憑高, 不見天涯.	높은 곳에 기대서도 하늘 끝 아니 뵈오.
更消他,	또 어찌 견딜런가
幾度東風,	몇 번이고 불어올 봄날 바람을
幾度飛花.	몇 번이고 날아올 꽃잎 조각을.

---

5 귀안(歸雁): 기러기가 돌아오다. 옛사람들은 기러기가 편지를 전한다고 여기었다. 따라서 이 부
분은 말을 타고 멀리 떠나온 작자에게 주밀이 사를 부쳐온 것을 말한 것이다.

299. 법곡헌선음(法曲獻仙音)

왕기손(王沂孫)

주밀의 운에 차운하여 취경정 매화를 읊다.

聚景亭¹梅次草窗韻

層綠峨峨²,   겹겹 푸른 이끼 품고 한껏 벋은 가지에

纖瓊皎皎,   작고 고운 옥결 매화 새하얗게 피어나

倒壓波浪清淺.   맑고 고요한 물에 거꾸로 드리웠네.

過眼年華,   눈 앞 스쳐 흐르는 세월 속에서

動人幽意,   마음을 사로잡는 그윽한 매화

相逢幾番春換.   이리 만나기까지 몇 해 봄이 걸렸던고.

記喚酒, 尋芳處,   기억하오, 술상 불러 매화 핀 곳 찾은 그 때

盈盈³褪妝⁴晩.   더디 저물어가던 곱디고운 꽃 풍경을.

已消黯,   내 넋은 이미 온통 흐려졌거늘

況凄涼, 近來離思,   더구나 요즘 들어 이별 더욱 애달프니

---

1 취경정(聚景亭): 취경원(聚景園) 내의 정자. 취경원은 임안(臨安)에 있던 남송대 황궁의 금원이다.

2 아아(峨峨): 높고 큰 모양. 성대한 모양. 여기서는 매화나무 가지가 무성하게 벋은 것을 형용한 표현이다.

3 영영(盈盈): 아름다운 모양.

4 퇴장(褪妝): 화장이 엷어지다. 고운 모습이 사라지다. 여기서는 매화가 시들어 가는 것을 비유한 표현이다.

應忘卻, 明月夜深歸輦.   깊은 달밤 수레 타고 노닌 일은 잊을 테요.

荏苒一枝春,   하염없이 가지 가득 봄꽃이 피었어도

恨東風,   동풍이 야속한 건

人似天遠5.   사람이 하늘처럼 멀리 있기 때문이라.

縱有殘花,   덜 진 꽃 몇 송이쯤 남아 있지만

灑征衣, 鉛淚都滿.   나그네의 옷자락은 눈물 흠뻑 젖었나니.

但殷勤折取,   다만 그저 조심스레 꽃가지 꺾어들고

自遣一襟幽怨.   가슴 깊이 찬 원망 홀로 달랠 수밖에.

---

5 인사천원(人似天遠): 사람이 마치 하늘처럼 까마득히 멀리 있다. 여기서 사람은 매화를 함께 즐길 사람을 뜻한다.

300. 소영(疏影)

팽원손(彭元遜)

매화를 찾아 헤맸으나 보지 못하여

尋梅不見

江空不渡,	텅 빈 강 너머 저편 갈 수가 없어
恨藶蕪杜若,	미무초 두약초가 안타깝구나,
零落無數.	시들어 죽은 향풀 못 다 세리라.
還道荒寒,	춥고도 험한 여정 길을 나선 뒤로
婉娩¹流年,	세월 흘러 어느덧 늘그막인데
望望美人²遲暮.	미인은 늦도록 날 그리워했으리라.
風煙雨雪陰晴晚,	바람 안개 비 눈 한껏 몰아치는 늦은 밤,
更何須, 春風千樹³.	왜 굳이 봄바람은 나무마다 부는지.
盡孤城, 落木蕭蕭,	외딴 성에 우수수 꽃 진 나무 가득하고
日夜江聲流去.	강물은 철썩철썩 밤낮으로 흘러간다.
日晏山深聞笛⁴,	해 저문 깊은 산에 피리선율 울리누나

---

1 완만(婉娩): 늦다. 늦은 때가 되다. '완만(婉晚)'과 같다.

2 망망미인(望望美人): 만나기를 간절히 바라는 아름다운 여인. '망망(望望)'은 간절히 바라는 모양, 혹은 그 바람을 이루지 못해 실의한 모양이다. '미인(美人)'은 작자를 기다리는 여인이거나, 또는 매화를 의인화한 표현이다.

3 춘풍천수(春風千樹): 봄바람이 모든 나무에 불다. 이 구절은 매화나무마다 봄바람이 세게 불어 꽃이 지는 것을 안타까워한 표현이다.

4 문적(聞笛): 피리 소리를 듣다. 피리 곡조 중에 매화가 지는 상황에 부합하는 「매화락(梅花落)」

恐他年流落,	어쩌면 먼 훗날에 쇠락한 신세 되어
與子同賦.	너와 함께 이렇게 읊조리게 되리라,
事闊心違,	"대업 포부 품었건만 뜻을 끝내 못 이뤘고
交淡媒勞[5],	사귄 정이 엷어서 중매 수고 헛되었고
蔓草[6]沾衣多露.	덩굴 풀의 이슬에 옷을 적셨노라" 라고.
汀洲窈窕餘醒寐,	물가에서 단잠 깬 어여쁜 매화
遺佩環,	패옥 띠 풀어놓곤
浮沈澧浦[7].	물결치는 예수 가로 사라졌나니.
有白鷗, 淡月微波,	갈매기만 남아선 달빛 젖은 시냇가를
寄語逍遙容與.	호젓이 거닐자며 말을 걸어오는구나.

이 있으므로, 이 곡조를 지칭한 것으로 보인다.

5 매로(媒勞): 중매하는 이가 헛된 수고를 하다. 즉, 고생만 하고 결실이 없다. 『초사(楚辭)·구가
(九歌)』에 "마음이 달랐으니 중매는 괜한 수고였고, 은애가 깊지 않았으니 쉽게 끊겼도다(心不
同兮媒勞, 恩不甚兮輕絶)"라는 구절이 있다.

6 만초(蔓草): 덩굴풀. 앞을 가로막은 고난을 상징한다. 『시경(詩經)·정풍(鄭風)·야유만초(野有
蔓草)』에 "들에 덩굴풀 있다네, 방울진 이슬이 떨어진다네(野有蔓草, 零露漙兮)"라는 구절이 있
다.

7 예포(澧浦): 예수(澧水) 물가. 예수는 호남성(湖南省) 북서부를 흘러 동정호(洞庭湖)로 들어간
다. 『초사(楚辭)·구가(九歌)』에 "내 홑옷을 예수 물가에 남겼노라(遺余褋兮澧浦)"라는 구절이
있다. 이 부분은 매화가 패옥같이 고운 낙화의 흔적만 남기고 결국 사라진 것을 말한다.

301. 육추(六醜)

팽원손(彭元遜)

버들개지
楊花

似東風老大,　　봄바람도 이제는 늙은 듯하니

那復有, 當時風氣.　한창때의 기운이 어찌 다시 있으랴.

有情不收,　　버들개지 품은 정을 받아주는 이 없어

江山身是寄.　　강과 산 여기저기 제 몸을 맡기는데

浩蕩¹何世.　　떠돌이의 신세는 언제까지일런가.

但憶臨官道²,　　오직 큰 길 있고픈 뜻을 품은 듯

暫來不住,　　잠시 이리 오더니 머물지 않고

便出門千里.　　이내 문을 나서서 천 리 길을 가는구나.

癡心,³指望回風墜.　바라는 건 돌개바람 타고 가다 내려앉아

扇底⁴相逢,　　부채 아래 서로 한 데 모여들거나

釵頭⁵微綴.　　비녀에 들러붙는 것일지어다.

他家⁶萬條千縷,　수천 그루 수만 갈래 버들에서 온 저들

---

1 호탕(浩蕩): 있는 곳이 일정하지 않다. 여기저기 떠돌아다니다.

2 관도(官道): 관가에서 낸 크고 번듯한 길.

3 치심(癡心): 무언가에 몰두하여 앞뒤 가리지 않는 심정. 즉, 간절히 바라는 마음. 여기서는 버들 개지가 이러이러하기를 바란다는 뜻이다.

4 선저(扇底): 여인의 부채. 또는 부채처럼 둥근 나뭇잎의 비유.

5 차두(釵頭): 여인의 비녀. 또는 비녀처럼 가는 나뭇가지의 비유.

6 타가(他家): 3인칭. 여기서는 버들개지를 가리킨다.

解[7]遮亭障驛,　　　　여인숙과 역참 잔뜩 가릴 줄은 알아도
不隔江水.　　　　　　강물을 막아내진 못하는구나.

瓜洲[8]曾樣,　　　　　과주에 배를 대고 지내던 시절
等行人歲歲.　　　　　몇 년이고 나그네 신세였노라.
日下長秋,　　　　　　해 기울고 긴 가을 깊어가면서
城烏夜起.　　　　　　밤중에 성 까마귀 날았었더라.
帳廬好在春睡.　　　　휘장 안서 요행히 봄잠에 빠져들어
共飛[9]歸湖上,　　　　너와 함께 날아서 호숫가로 돌아오니
草青無地.　　　　　　새 풀은 빈 땅 없이 새파랗게 돋았구나.
愔愔[10]雨, 春心如膩.　　고요한 빗방울에 흠뻑 젖은 봄 마음
欲待化, 豐樂樓[11]前,　풍락루 앞 술자리로 훌쩍 가고 싶건만,
帳飮青門[12]都廢.　　　옛 성문 다 폐허로 변하고 말았도다.
何人念, 流落無幾,　　다 시들어 몇 안 남은 네게 누가 마음
　　　　　　　　　　쓰리,
點點搏作,　　　　　　송이송이 한 점씩 엉겨들다가
雪絮鬆潤,　　　　　　부드러운 눈솜뭉치 되어버리니,
爲君襄淚.　　　　　　너를 위한 눈물 왈칵 흐르는구나.

─────────────

7 해(解): 할 줄 알다. 할 수 있다. 이 부분은 무성하게 나부끼는 버들개지가 여인숙과 역참 등에
  잔뜩 날아와 나그네의 시름을 돋울 수는 있으면서, 정작 강물을 막아 채워서 나그네가 더 먼 곳
  으로 유랑하지 않도록 돕는 역할은 못한다는 것이다.
8 과주(瓜洲): 장강 북쪽 강가의 지명. 현 진강시(鎭江市)와 마주보는 곳에 있다.
9 공비(共飛): 함께 날다. 즉, 작가와 버들개지가 함께 어울려 날다.
10 음음(愔愔): 조용한 모양.
11 풍락루(豐樂樓): 서호 근처의 큰 누각으로, 남송대에 손꼽히던 유람지였다.
12 청문(青門): 장안(長安)의 성문(城門) 이름. 여기서는 임안(臨安)에 있는 성문을 말한다.

302. 자유향만(紫萸香慢)

요운문(姚雲文)

近重陽, 偏多風雨,	중양절을 앞두고 비바람이 잦더니
絶憐此日暄明.	오늘 이 맑은 날이 그지없이 좋구나.
問秋香濃未,	가을 국화 향기가 짙어졌느냐
待攜客, 出西城.	성 서쪽에 길손과 나가보련다.
正自羈懷多感,	본디 난 떠돌이라 감회 많은 터,
怕荒臺高處,	황량한 누대 높이 올라서보면
更不勝情.	절절한 심정 더욱 못 이기리라.
向尊前,	술자리를 마주하니
又憶漉酒插花人.	술 거르고 국화 꽂던 사람 또 그립거늘,
只座上, 已無老兵[1].	이 자리엔 술동무 되어줄 이 없구나.
凄淸,	사무치는 서러움에
淺醉還醒.	술에 조금 취해본들 이내 곧 깨버리고
愁不肯, 與詩平.	시로도 이 시름은 잦아들지 않는구나.
記長楸走馬,	가래나무 늘어선 길 위 말 달려
雕弓搾柳,	버들잎에 활 쏘아 맞힌 기억도
前事休評.	지나버린 일이니 말 않으리라.

---

1 노병(老兵): 나이 든 병사. 오랜 술친구를 일컫는 표현. 진(晉)나라 사혁(謝奕)이 환온(桓溫)에게 함께 술을 마시자고 하였으나 환온이 자리를 피하자 이번에는 환온의 수하 병사를 끌어들여 함께 술을 마시며 "노병 하나를 잃고 노병 하나를 얻었노라(失一老兵, 得一老兵)"라고 말했다는 고사가 전한다.

紫萸[2]一枝傳賜,　　　자줏빛 수유가지 하사받았나니

夢誰到, 漢家陵[3].　　　꿈이나마 누군가 조국 능묘 뵈옵기를.

儘烏紗[4], 便隨風去,　　오사모를 바람결에 날려 보낼지언정

要天知道,　　　　　　하늘에 꼭 알리리라,

華髮如此星星.　　　　내 머리가 이토록 희끗희끗 세었단 걸.

歌罷涕零.　　　　　　노래를 마치려니 눈물 쏟아지는구나.

---

2 자유(紫萸): 자주색 나는 수유. 중양절에 몸에 수유가지를 차는 풍습이 있다.

3 한가릉(漢家陵): 한(漢)의 왕실 능묘. 여기서는 작자의 쇠망한 조국인 남송의 왕실 능묘를 뜻한다.

4 오사(烏紗): 오사모(烏紗帽). 검은 실로 짠 관직자용 모자. 중양절에 맹가(孟嘉)의 오사모가 머리에서 떨어졌다는 고사가 있다 . 239.「하신랑(賀新郞)」의 '남조광객(南朝狂客)' 주 참조.

303. 금명지(金明池)

승휘(僧揮)

天闊雲高,	탁 트인 하늘 위로 높이 구름 떠가고
溪橫水遠,	가로 누운 개울 따라 멀리 물이 흐르고
晚日寒生輕暈.	해 져 한기 들 무렵 햇무리가 엷구나.
閒階靜, 楊花漸少	고즈넉한 섬돌에 버들개지 수 줄고
朱門掩, 鶯聲猶嫩.	닫힌 붉은 대문 너머 꾀꼬리 곱게 우니
悔恩恩, 過卻淸明,	청명절이 훌쩍 빨리 지나는 게 아쉬워
旋占得餘芳,	남은 꽃을 즐기려다
已成幽恨.	깊은 한만 맺혔구나.
卻幾日陰沉,	며칠 줄곧 날씨 궂고
連宵慵困,	연일 밤 힘겹더니,
起來韶華都盡.	일어나니 꽃 풍경은 모두 지고 말았구나.
怨入雙眉閒鬪損,	원망 깃든 두 눈썹 찡그려져 있으니
乍品得情懷.	절절한 속마음을 알아볼 수 있을 터,
看承[1]全近.	들여다볼수록 더 가까이 보이리라.
深深態, 無非自許,	그늘 짙은 표정 굳이 참지는 않는다만
厭厭意, 終羞人間.	기운 잃은 마음 누가 물을까 부끄럽다.
爭知道, 夢裏蓬萊,	내 어찌 알았으리, 꿈 속 봉래 찾아가
待忘了餘香,	못 다 즐긴 꽃향기를 잊어보려 했건만

---

1 간승(看承): 주의 깊게 들여다보다.

時傳音信².   때때로 꽃소식이 전해질 줄은.

縱留得鶯花,   꾀꼬리와 꽃이 아직 남아있은들

東風不住,   동풍이 쉬지 않고 불어 젖히니

也則³眼前愁悶.   여전히 눈 앞 시름 깊어져간다.

---

2 음신(音信): 소식. 여기서는 꽃이 피었다는 소식. 그러나 뒤늦게 핀 꽃 역시 곧 질 수밖에 없으므로, 이러한 개화 소식이 작자의 시름을 달래지는 못한다고 이어지는 구절에 쓰고 있다.

3 야즉(也則): 예전처럼. 여전히.

304. 봉황대상억취소(鳳凰臺上憶吹簫)

이청조(李淸照)

香冷金猊[1],	금화로 향 싸늘히 꺼져갈 무렵
被翻紅浪[2],	붉은 물결 꼭 닮은 이불 젖히고
起來慵自梳頭.	일어난들 머리빗질 내키지 않는군요.
任寶奩塵滿,	화장대엔 먼지가 가득 쌓였고
日上簾鉤.	해는 주렴 고리 위로 높이 솟네요.
生怕離懷別苦,	이별의 괴로움이 두렵기 그지없어
多少事, 欲說還休.	어지간한 것쯤은 말하려다 말지요.
新年瘦,	새로이 더 여윈 건
非干病酒,	술병이 도져서가 아니랍니다
不是悲秋.	가을이 슬퍼서도 아니랍니다.
休休,	그만 두죠 그만 두죠
者回去也,	이번에 떠나시면
千萬徧陽關[3],	천만 번 「양관곡」을 부른다 한들
也則難留.	그대 잡아 붙들지 못하겠지요.
念武陵人遠,	무릉으로 그대 멀리 떠나가시면

---

1 금예(金猊): 금동제의 사자 모양 향로.

2 홍랑(紅浪): 붉은 물결. 여기서는 붉은 이불이 물결처럼 헝클어져 있는 것을 말한다.

3 양관(陽關): 이별의 노래 또는 시. 왕유(王維)의 시 「안서로 가는 원이를 전송하며(送元二使安西)」에 "술 한 잔 더 하라고 그대에게 권하노라, 서쪽으로 양관을 나서면 오랜 벗은 없으리니(勸君更進一杯酒, 西出陽關無故人)"라고 하였다.

煙鎖秦樓[4].　　　　　안개는 제 누각을 뒤덮겠지요.

惟有樓前流水,　　　오직 누각 앞으로 흐르는 물만

應念我, 終日凝眸.　종일 멍히 바라보는 나를 염려할 테죠.

凝眸處,　　　　　　멍하니 본 그곳엔

從今又添,　　　　　지금부터 또 불어난

一段新愁.　　　　　새 시름이 있겠지요.

4 진루(秦樓): 진(秦) 목공의 딸 농옥(弄玉)의 누각. 즉, 여인의 거처.

305. 여몽령(如夢令)

이청조(李淸照)

昨夜雨疏風驟,　　　가는 빗물 사이로 바람 세게 분 간밤

濃睡不消殘酒.　　　술기운 남은 탓에 깊은 잠 자고 나서

試問捲簾人,　　　　주렴 걷는 아이에게 물어 보았네

卻道海棠依舊.　　　해당화는 그대로라 말하더라만

知否, 知否,　　　　모르겠니 모르겠니

應是綠肥紅瘦[1].　　푸른 기운 짙어지고 붉은 빛은 덜하잖니.

---

1 녹비홍수(綠肥紅瘦): 푸른색은 두터워지고 붉은색은 여위다. 즉, 간밤의 비로 인해 잎은 더 무성해지고 꽃은 줄었다는 것이다.

306. 취화음(醉花陰)

이청조(李淸照)

薄霧濃雲愁永晝,　　　　안개 엷고 구름 짙은 긴긴 낮 시름겨워

瑞腦[1]消金獸[2].　　　　향로에 서뇌향을 피웠나이다.

佳節又重陽,　　　　　　좋은 시절 그것도 중양절인데

玉枕紗廚,　　　　　　　베개 맡에 둘러둔 비단 휘장엔

半夜涼初透.　　　　　　한밤중 첫 추위가 스며옵니다.

東籬把酒黃昏後,　　　　노을 진 뒤 술잔 들고 동쪽 울 곁 걸었
　　　　　　　　　　　　더니

有暗香盈袖.　　　　　　엷은 향이 소매에 배었나이다.

莫道不消魂,　　　　　　시름 아니 깊다곤 말씀 마소서,

簾捲西風,　　　　　　　말아 올린 주렴에 서풍 부나니

人比黃花瘦.　　　　　　사람이 국화보다 더 여윈 것을.

---

1 서뇌(瑞腦): 서뇌향(瑞腦香). 고급 향료의 일종으로, 일명 '용뇌(龍腦)'라고도 한다.
2 금수(金獸): 동물 모양을 한 금속 재질의 향로.

307. 성성만(聲聲慢)

이청조(李淸照)

尋尋覓覓,　　　　　찾고 다시 찾아봐도

冷冷淸淸,　　　　　스산할 뿐 고요할 뿐

凄凄慘慘戚戚.　　　쓸쓸해라 서러워라 근심이어라.

乍暖還寒,　　　　　잠깐 날씨 풀렸다간 또 추워지는

時候最難將息.　　　이맘때 병 회복도 가장 더디네.

三杯兩盞淡酒,　　　두세 잔 묽은 술을 마신다 한들

怎敵他, 晚來風急.　저녁 세찬 바람을 어이 견디리.

雁過也,　　　　　　지나가는 기러기에

最傷心,　　　　　　더없이 맘 아픈 건

却是舊時相識.　　　옛 시절 익히 보던 그 기러기이기에.

滿地黃花堆積.　　　땅 가득 국화꽃잎 소복이 쌓여가니

憔悴損,　　　　　　잔뜩 시든 모습이 애처롭구나

如今有誰堪摘.　　　이제 와서 그 누가 꽃 꺾으려 하겠나.

守著窗兒,　　　　　창가 지켜 서 있자니

獨自怎生得黑.　　　나 혼자서 어둠을 어떻게 견딜런가.

梧桐更兼細雨,　　　오동잎엔 더구나 가랑비 내려

到黃昏, 點點滴滴.　황혼까지 후둑 후둑 떨어지나니

者[1]次第,　　　　　이 형편을

---

1 저(者): 이. '저(這)'와 같다.

怎一個, 愁字了得.　　　'시름'이란 한 글자로 어찌 다 풀어내리.

308. 염노교(念奴嬌)

이청조(李清照)

蕭條庭院,	쓸쓸함만 가득히 감도는 정원
有斜風細雨,	어슷하게 바람 불고 가랑비가 내리나니
重門須閉.	겹문은 굳게 걸어 잠글지어다.
寵柳嬌花寒食近,	버들 곱고 꽃 어여쁜 한식날이 가까운데
種種惱人天氣.	온갖 시름 일게 하는 날씨만 이어지니,
險韻[1]詩成,	어려운 운자 골라 시를 지어도
扶頭酒醒,	머리 괼 만치 독한 술이 깨어도
別是閒滋味.	유달리 허허로운 기분 한껏 맛볼 뿐.
征鴻過盡,	기러기 떼 다 날아 지나가도록
萬千心事難寄.	천만 갈래 생각은 써 부치기 어려워라.
樓上幾日春寒,	누대에 며칠이고 꽃샘추위 이어져
簾垂四面,	사방 벽에 휘장을 둘러쳤나니
玉闌干慵倚.	난간에 기대어 설 마음 없노라.
被冷香消新夢覺,	이불 식고 향 사위고 새로 꾼 꿈도 깨니
不許愁人不起.	시름 많은 사람은 안 일어날 수 없어라.
清露晨流,	새벽에 맑은 이슬 맺혀 흐르고
新桐初引,	오동나무 새 순이 갓 터오르니
多少游春意.	봄놀이 하고픈 맘 들기도 한다마는.

---

1 험운(險韻): 시에 쓰기 어려운 운.

511

日高煙斂,
更看今日晴未.

해가 높이 떠오르고 안개 걷히니
오늘 갤지 흐릴지 좀 더 두고 보리라.

309. 영우락(永遇樂)

이청조(李淸照)

落日鎔金,	지는 해는 황금을 녹인 빛이요
暮雲合璧,	늦구름은 벽옥을 더한 색인데
人**1**在何處.	사람이 있는 곳은 어디일런가.
染柳煙濃.	버드나무 물들인 안개가 짙고
吹梅笛**2**怨,	매화곡조 피리에 원망 실리니
春意知幾許.	봄 기분 어떠할지 알고 있을까.
元宵佳節,	정월 하고도 보름 참 좋은 절기
融和天氣,	부드럽고 따스한 날씨이다만
次第豈無風雨.	이때라고 비바람 어이 없으랴.
來相召, 香車寶馬,	나를 불러 고운 수레 좋은 말을 보내준
謝他酒朋詩侶.	술동무 시친구를 고이 사양하련다.
中州**3**盛日,	중원이 번성했던 지난날에는
閨門多暇,	규중생활 더없이 한가로워서
記得偏重三五**4**.	대보름을 유달리 중하게도 여기었지.
鋪翠冠兒,	물총새 파란 깃털 붙인 모자며

---

1 인(人): 사람. 1인칭의 '나', 2인칭 '그대', 3인칭 '그 사람' 등 다양한 풀이가 모두 가능하다.
2 매적(梅笛): 매화의 피리 곡조. 즉, 「매화락(梅花落)」 곡조를 의미한다.
3 중주(中州): 중원. 구주(九州)의 중앙에 있다 하여 하남(河南) 지역을 일컫는 표현. 여기서는 북
  송의 수도 변경(汴京)을 말한다.
4 삼오(三五): 음력 1월 15일. 정월대보름.

撚金雪柳,　　　　　　　금실로 엮은 하얀 버들가지며
簇帶爭濟楚.　　　　　　잔뜩 꽂고 누가 더 예쁜가 겨루었지.
如今憔悴,　　　　　　　이제는 초라해진 신세가 되어
風鬢霧鬢,　　　　　　　바람 맞고 서리 내린 머리인지라
怕見夜間出去.　　　　　대보름 밤마실을 나서기 두렵구나.
不如向, 簾兒底下,　　　차라리 나직하게 주렴 드리워두고
聽人笑語.　　　　　　　남들 웃고 말하는 소리 들을지어다.

310. 완계사(浣溪沙)

이청조(李淸照)

髻子傷春懶更梳.　　쪽머리는 봄 시름에 빗질 아니 내키고

晚風庭院落梅初.　　저녁 바람 부는 뜰에 매화 이제 막 지
　　　　　　　　　　는데

淡雲來往月疏疏[1].　　엷은 구름 오가는 달 휘영청 말갛도다.

玉鴨熏鑪[2]閒瑞腦[3],　　옥향로에 피워둔 서뇌향이 사위고

朱櫻斗帳掩流蘇[4].　　앵두빛깔 휘장이 술 장식을 가렸구나,

通犀[5]還解辟寒無.　　무소뿔로 한기를 달래볼 수 있을거나.

1　소소(疏疏): 맑고 탁 트인 모양.

2　옥압훈로(玉鴨熏鑪): 옥제의 오리 모양 향로.

3　서뇌(瑞腦): 고급 향료.

4　유소(流蘇): 휘장에 덧대는 다섯 색깔의 깃털 술 장식.

5　통서(通犀): 무소뿔의 일종. 공기를 따뜻하게 데우는 성질이 있다. 『신주이물지(神州異物志)』에 "통서는 무소뿔로서 가운데가 흰 색이고 양쪽이 통하여 있는 것을 일컫는다(通犀謂犀角中央色白通兩頭)"라고 하였다. 『개원천보유사(開元天寶遺事)』에 "교지국에서 무소뿔을 진상하였는데, 마치 금처럼 노르스름한 색을 띠었다. 사신이 청하여 금 쟁반에 그것을 담아서 전각 안에 놓자, 훈훈하게 온기가 피어올라 사람들을 감쌌다. 주상이 어찌 된 까닭인가 묻자, 사신이 '이것은 한기를 물리치는 무소뿔이옵니다'라고 대답하였다(交趾國進犀角一株, 色黃似金. 使求請以金盤置於殿中, 溫溫然有暖氣襲人. 上問其故, 使對曰, 此辟寒犀也)"라는 기록이 전한다.

옛 중국인들의 진솔한 노랫말

김지현(서울대학교 중어중문학과 강사)

　『송사삼백수(宋詞三百首)』는 중국 송대(宋代, 960~1279)의 사(詞)라는 시가(詩歌)의 모음집이다. 한자 '사(詞)'는 본디 가사, 즉 노랫말이라는 뜻으로, 예컨대 오늘날 우리 한자어 중 '작사(作詞, 노랫말을 짓다)', '개사(改詞, 노랫말을 고치다)' 등의 낱말에도 '사'자가 쓰이고 있다. 약 천 이백 년 전, 당오대(唐五代) 사람들은 음악 곡조에 실어 노래로 부르던 노랫말을 '사'라는 새로운 문학 갈래로 발전시켰다. 사는 송대에 접어들어 폭넓은 계층으로부터 애호를 받으며 크게 흥성하였고, 기존의 전통적 중국시와는 다른 새로움으로 중국시가문학을 더욱 풍성하게 하는 데 기여하였다. 중국문학사(中國文學史)에서는 사가 만당(晚唐)과 오대(五代) 시기를 거치며 서서히 발전하다가 송대에 그 극성기(極盛期)를 누렸다고 기술하고 있다. 또한, 중국문학계에서 곧잘 쓰는 표현으로 "당시송사(唐詩宋詞)"라는 말이 있는데, 즉 사는 송대에 이르러 시대를 대표하는 문학 갈래로서 확고부동한 지위에 올랐음을 나타낸다.

사의 발생과 형식

중국 대륙을 평정한 제국 당(唐, 618~907)은 서역과 활발히 교류하며 다양한 문화를 받아들였다. 그 중에는 서역의 음악도 있었는데, 이것이 기존의 전통적 중국 음악과는 상당히 다르면서도 아름다워 사람들에게 문화적으로 신선한 자극을 주었다. 서역에서 전파된 음악 '호악(胡樂)'은 수당(隋唐) 이전부터 내려온 중원의 전통적 음악 '청악(淸樂)'에 비해 상대적으로 박자가 빨라 듣는 이의 이목을 끌기에 용이했고, 그 주된 연주 악기인 호비파(胡琵琶)의 색다른 음색 또한 음악적 정취를 한층 풍부하게 북돋웠던 것이다. 그리하여 성당(盛唐) 무렵에 이르자 호악의 영향을 받은, 전에 없던 새로운 음악이 '연악(燕樂 또는 宴樂)'이라는 이름으로 크게 발달하였다. 광범위한 지역의 다양한 계층에서 연악이 대유행하면서 새로운 곡조(曲調)가 다수 생겨났고, 따라서 사람들은 이에 맞추어 노래 부를 노랫말이 필요하게 되었다. 민간 계층의 무명씨도, 이름난 풍류 문인도 이 새로운 음악에 어울리는 새로운 노랫말 짓기에 참여하였다. 바로 이 노랫말을 기록한 것이 곧 사이다. 노래의 음악 곡조는 보전되지 못하고 구전에 의존하다 결국 점차 사라지고 말았지만, 그 노랫말은 문자로 기록되어 전파 및 계승이 이루어질 수 있었고, 덕분에 결국 기존 시와는 다른 새로운 시가문학 갈래를 이루게 되었던 것이다.

발생 초기 단계의 사는 오언절구나 칠언절구 등의 기존 시 형식과 큰 차이를 보이지 않는 경우도 있었다. 그러나 점차 각 음악 곡조별로 그에 꼭 맞도록 사의 분단(分段) 방식, 구절 수, 각 구절당 글자 수, 평측 방식, 압운 위치 등의 형식 규율이 갖추어지게 되었다. 즉 각각의 음악 곡조마다 그 고유한 선율이나 박자 등을 고려하여 맞춤형으로 정비한 노랫말의 "표준 율격 양식"이 마련된 것이다. 이러한 양식을 사조(詞調)라고 한다. 현재 전해지는 사조는 약 1,000여 종으로, 유실된 사조를 고려하면 송대에는 더욱 많았을 것으로 추측된다. 방대한 사조별 세부적 양식을 작사자가 모두 숙지하고 있기란 현실적으로 불가능하였으므로, 따라서 사조의 율격을 정리한 사보(詞譜)가 이들에게 큰 도움이 되었다. 예를 들어 『송사삼백수』에도 여러 수 실려 있는 「접련화(蝶戀花)」의 사보를 보자(평은 평성자가 오는 위치, 측은 측성자가 오는 위치, □은 평성과 측성 모두 가능한 위치, ○은 압운하는 위치를 뜻함).

「접련화」 사조는 이것이 정격의 양식이며, 실제로 이 책에 실려 있는 안수, 구양수, 유영, 주방언 등의 「접련화」를 살펴보아도 이 정격에 잘 부합함을 확인할 수 있다. 즉, 동일 사조는 모두 동일한 형

식을 띠고 있는 것이다. 이와 같이 각 사조마다 정해져 있는 형식에 맞추어 사의 내용을 '채워' 넣는다는 점에서, 사를 짓는 것을 일컬어 '전사(塡詞)'[1]라는 표현을 쓰기도 하였다. 간혹 변격으로 분화하는 사조도 있었으나, 이 역시 작가 임의대로 하는 것은 엄격히 제한되었다.[2]

모든 사조에는 고유한 이름인 사패(詞牌)를 붙여 지칭하였는데, 지역·시대·작가에 따라 동일 사조가 서로 다른 사패로 불리기도 하였다. 위에서 예로 든 사조의 경우, 「접련화」 외에도 「황금루(黃金縷)」, 「작답지(鵲踏枝)」, 「권주렴(捲珠簾)」, 「봉서오(鳳棲梧)」, 「일라금(一籮金)」, 「어수동환(魚水同歡)」, 「명월생남포(明月生南浦)」 등의 다양한 사패명이 존재하였다. 사패명은 그것을 고안해 붙인 사람이 누구인지 명확히 밝혀져 있는 경우도 있으나, 언제 누가 지었는지 모르게 자연스레 통용되기 시작한 것이 더 많다. 사패의 유래는 옛 고악부(古樂府)나 시사(詩詞) 구절을 원용한 것, 사람이나 사물 명칭에서 딴 것, 제재에 따라 명명한 것, 곡조의 글자 수에 따라 명명한 것 등 다양하다.

사의 작가층과 내용

그러면 전사는 어떤 사람들이 하였는가? 송대에 사를 지었던 가

---

1 '塡(전)'에는 '메우다', '채우다'라는 의미가 있다.
2 예를 들어 「목란화(木蘭花)」 사조는 7자구로 4행을 이루되 제1·2·4구 끝에 측운 압운한 것을 상·하단으로 반복한 구성이 정격인데, 여기에 변형을 준 사조로 「감자목란화(減字木蘭花)」가 있다. 이것은 상·하단의 제1구와 제3구를 각각 4자구로 줄이고 운자는 매 구마다 협운(叶韻)과 환운(換韻)을 활용하도록 하여 「목란화」에 비하면 일견 간소하나, 이 또한 양식의 준수가 필수적이다.

장 주된 작가층은 역시 문인들이었다. 당오대 이후 민간에서도 연악에 맞추어 지어 부른 노랫말이 자연스럽게 생겨나고 유행하였으나, 대부분 제대로 기록되지 않아 유실된 것이 많다. 당오대 민간사의 존재가 구체적으로 알려진 것은 청말(淸末) 1900년에 감숙성(甘肅省) 돈황(敦煌)의 봉인되었던 석굴에서 민간 무명씨의 작이 대부분인 160여 수의 사가 발견되면서부터이다. 돈황 민간사의 발굴 덕분에 사의 기원과 발전 단계에서 민간 계층의 사가 상당한 역할을 하였음이 밝혀졌다. 그러나 돈황 민간사는 대체로 소박한 내용과 간단한 형식의 민가(民歌)에 가까워, 본격적인 문학 갈래로 발달한 사라고 하기에는 다소 이르다고 하겠다.

당오대의 문인들은 평소 시경시, 악부시, 고체시, 근체시 등 다양한 시가를 접하고 창작했던 경험을 바탕으로 능숙한 필력을 발휘해 사를 지었다. 하지만 오늘날 전해지는 송사를 살펴보면 사의 작가층은 문인 외에도 황제, 승려, 규방여인, 기녀 등 그 폭이 매우 넓었다. 사가 지어진 상황 또한 여러 가지여서, 연회에서 즉흥적으로 지어진 것이 있는가 하면 서재에서 고심과 퇴고를 거듭해 만들어진 것도 있었다. 술자리에서 즉석에서 지어져 노랫말로 한 번 쓰인 뒤 아무런 흔적 없이 사라지는 경우도 흔했고, 반면 사람들 사이에 널리 퍼져 오늘날의 인기유행가처럼 큰 인기를 끈 작품도 많았다. 예를 들어 "유영(柳永)의 사는 우물이 있어 물을 마시는 곳이라면 늘 누군가 그것을 노래로 부르고 있었다(凡有井水飮處皆能歌柳詞)"라고 전해진다.

이처럼 폭넓은 계층의 작가가 다양한 상황에서 사를 지었던 만큼, 사에 담긴 내용은 매우 다채롭다. 송대 사람들은 사를 통해 사랑이나 희노애락(喜怒哀樂) 등 인간의 감정을 매우 솔직하게 표현하기도 했고, 근엄한 사대부의 우국충정을 묵직하게 담기도 하였다. 사랑에 빠진 이의 심정을 여리디여린 여성의 목소리로 호소했는가 하면, 호방한 기개로 역사 고사(故事) 속을 종횡하기도 하였다. 호젓한 자연 속에서 계절감을 노래하기도 하고, 흥겨운 연회에서 사람들과 교감을 나누기도 하며, 전장에서 적을 향한 울분을 터뜨리기도 하였다. 벗과 사를 주고받으며 도타운 우정을 도모했을 뿐만 아니라 장난삼아 벗을 놀리는 내용을 담기도 하였다. 이처럼 내용상의 제한이 거의 없었던 사가 존재했던 덕분에, 중국의 시가(詩歌), 나아가 중국문학은 한층 풍부해질 수 있었다고 할 것이다.

송사 작가들은 작중 화자(話者) 설정에 있어 매우 자유로웠다. 평소에는 근엄한 관료나 진중한 학자로 지내던 문인이라 할지라도 사 속에서는 유약한 여인의 속내를 애절한 어조로 호소한 경우를 많이 볼 수 있다. 일례로 안수(晏殊)의 「목란화(木蘭花)」를 보자.

綠楊芳草長亭路,	푸른 버들 고운 꽃풀 흐드러진 머나먼 길
年少抛人容易去.	그이는 날 버리고 쉽게도 떠났지요.
樓頭殘夢五更鍾,	누각 구석 꿈을 깨니 이른 새벽 종소리
花底離愁三月雨.	꽃 아래 이별 섧어 늦은 봄비 맞나이다.
無情不似多情苦,	무정보단 다정 쪽이 그 괴로움 더한지라
一寸還成千萬縷.	한 치 마음 다 찢어져 천만 갈래 너덜대죠.
天涯地角有窮時,	하늘 끝 땅 귀퉁이 다할 때가 있다 한들
只有相思無盡處.	임을 향한 그리움은 사라지지 않나이다.

이 사의 화자는 상단(上段) 제2구의 '年少(연소, 젊은 남성)'를 그리

위하는 여인이다. 상단에서는 이별의 정황과 그 후 홀로 된 여인의 쓸쓸함을 표현하였고, 하단(下段)에서는 이별로 인한 괴로움이 깊고도 끝없음을 말하였다. 이 작품의 묘미는 "무정보다는 다정 쪽이 그 괴로움이 더하다"라는 하단 첫 부분인데, 즉 본디 무정한 성격의 남자보다는 오히려 다정다감한 남자와 이별한 뒤에 겪는 괴로움이 오히려 더 크고 깊다는 것으로, 연인과 이별한 여인의 심리를 섬세하게 포착하여 표현한 구절이라 하겠다. 앞에서도 언급하였듯이 사는 원래 노래가사이므로, 연회나 술자리에서 향유될 때가 많았다. 문인이 직접 노래를 부르기도 하였으나, 그 자리에 동석한 가기(歌妓)에게 사를 주고 노래하도록 시키는 경우도 흔하였다. 여성 가창자(歌唱者)가 부르는 곡이라면 남성보다는 여성의 입장과 관점에서 쓰여진 사가 한층 현실감이나 통일감을 높이는 데 유리하였을 것이다. 기존의 전통 시가와 비교해 사에는 여성 화자가 상대적으로 많은 이유를 두고 이처럼 실(實) 가창자의 특성이 십분 반영된 결과라고 보기도 한다.

남성 화자의 사 또한 작자의 평소 문학적 성향과는 차이를 보이는 경우가 종종 있다. 예를 들어 신기질(辛棄疾)은 금(金)나라의 송침공 및 1164년의 화의 조약에 크게 개탄했을 뿐만 아니라 실제로 중원 수복을 위한 군사적 행동에 참가하기도 한 무신(武臣)으로, 그의 작품 중에는 비분강개한 기상의 애국시사(愛國詩詞)가 많다. 그러나 다음의 「청옥안(靑玉案)」은 그의 일반적인 시가 창작 경향과는 차이를 보인다.

東風夜放花千樹,　　봄바람은 한밤중에 천 그루 꽃 피우더니
更吹落, 星如雨.　　　다시 불어 별비처럼 쏟아지게 한다오.

寶馬雕車香滿路,　　예쁜 마차 오가는 길 채운 향이 좋구려,

鳳簫聲動,　　　　　통소 소리 힘차고

玉壺光轉,　　　　　둥근 옥병 빛나고

一夜魚龍舞.　　　　밤새도록 어룡은 춤을 춘다오.

蛾兒雪柳黃金縷,　　장신구 한껏 달고 곱게 꾸민 여인들

笑語盈盈暗香去.　　웃으며 말하는데 살짝 향내 스쳤다오.

衆裏尋他千百度,　　사람들 속 그녀를 백 번 천 번 찾는데

驀然回首,　　　　　문득 고개 돌린 곳에

那人卻在,　　　　　그녀가 있었다오,

燈火闌珊處.　　　　등불 어슴푸레한 곳이었다오.

'대보름(元夕)'이라는 부제가 붙은 이 작품은 대보름 밤의 화려한 등 축제 장면을 배경으로, 한 남성이 밤거리에 구경 나온 여인들 중 마음에 꼭 드는 이를 발견하고서 그녀를 찾아낸 반가움을 그린 것이다. 상단은 성대하고 흥겨운 대보름 축제를 시각·후각·청각적 이미지로 묘사하였고, 하단은 화자가 유난히 고운 향을 풍기며 마음을 끄는 한 여인을 마주쳤다가 잠시 인파에 휩쓸려 놓쳤으나 다시 등불 어슴푸레한 곳에서 마침내 그녀를 찾아낸 과정을 담았다. 북송 멸망에 대한 울분을 늘 마음에 품고 있던 신기질이었지만, 이 「청옥안」에는 "숱한 전쟁 치르며 몸과 명성 축난 장군, 다리에서 고개 돌려 만 리 길 돌아보곤 벗과 길이 이별을 하였다더라."[3]와 같은 쓸쓸함이나 "아득히 먼 소양궁 바라보는데 궁 향해 외기러기 사라져 간다. 비파줄이 말 할 줄 안다고 한들 내 깊은 한은 말로 못할지어

───────────

3 신기질, 「하신랑(賀新郎)·아우 무가와 작별하다(別茂嘉十二弟)」

다."4와 같은 비통함이 보이지 않는다. 대신 대보름 축제가 열린 밤의 들뜬 현장감과 남녀의 설레는 첫 만남이 이루어진 과정에 대한 재치 있는 묘사가 주를 이룬다.5 평소 '국파(國破)'의 울분과 북벌의 의지를 담은 작품으로 이름난 신기질이지만, 그 역시 아름다운 여인과의 만남을 즐거워하는 남성의 솔직한 감정을 사에 쓰는 것에 거부감이 없었던 것이다. 즉, 노래 가사가 인간의 다양한 감정을 표현할 수 있는 도구이듯, 사 또한 그 내용에 있어 별다른 제한이 존재하지 않았다고 볼 수 있을 것이다.

화자 설정의 자유로움을 극명히 보여주는 사를 한 수 더 살펴보자. 다음은 하주(賀鑄)의 「녹두압(綠頭鴨)」이다.

玉人家,	고운 그녀 있던 곳은
畫樓珠箔臨津.	나루터의 주렴 친 단청 누각이었더라.
托微風, 彩簫流怨,	미풍 타고 실려온 구슬픈 피리 소리
斷腸馬上曾聞.	말 위에서 듣노라니 애간장이 다 끊겼는데
燕堂開, 豔妝叢裏,	잔치자리 열리고 미인 무리 속에서
調琴思, 認歌鬟.	온 맘 담아 금 타는 그녀 알아보았나니.
麝蠟煙濃,	사향초의 연기는 짙어져갔고
玉蓮漏短.	물시계는 빨리도 흘러갔더라.
更衣不待酒初醺.	술기운 돌기 전에 옷을 갈아입고는
繡屏掩, 枕鴛相就,	자수병풍 둘러치고 원앙금침에 드니
香氣漸暾暾.	아찔한 향 갈수록 피어났더라.

---

4 신기질, 「하신랑(賀新郎)·비파 소리를 듣다(聽琵琶)」
5 "사람들 속 그녀를 백 번 천 번 찾는데(衆裏尋他千百度)"의 마지막 두 글자 '百度'는 오늘날 중국 최대의 인터넷 포털사이트 '바이두(www.baidu.com)'가 명명된 유래이기도 하다.

回廊影, 疏鐘淡月,	성긴 종성 엷은 달빛 회랑으로 들 무렵
幾許消魂.	몇 번이고 넋 잃을 슬픔 사무쳤더라.
翠釵分, 銀箋封淚,	비취 비녀 분지르고 눈물로 편지 봉한
舞鞋從此生塵.	그 후로는 춤꽃신에 먼지만 쌓이네요.
住蘭舟, 載將離恨,	배 한가득 이별의 슬픔 싣고서
轉南浦, 背西曛.	남쪽 포구 돌면서 석양 등졌죠.
記取明年,	기억해요, 내년에
薔薇謝後,	장미꽃 지고 나면
佳期應未誤行雲.	운우지정의 약조 저버리지 마셔요.
鳳城遠, 楚梅香嫩,	봉성은 멀다지만 강남 매화 향 고우니
先寄一枝春.	가지 하나만큼의 봄을 먼저 부쳐줘요.
靑門外,	청문 너머
祇憑芳草,	풀섶에서
尋訪郞君.	낭군님을 찾겠어요.

상단은 '말 위(馬上)'에 올라타고 '고운 그녀 있던 곳(玉人家)'을 지나가던 한 남성이 어느 기녀를 만나 사랑에 빠지게 되고 둘은 함께 밤을 보냈으나 이내 안타깝게 이별하였다는 것을 1인칭 남성 화자의 어조로 서술하였다. 반면 하단은 화자가 그 기녀로 바뀌어 헤어진 후의 슬픔을 토로하고 훗날 재회의 약조를 되뇌는 내용으로, '그 후로는 춤꽃신에 먼지만 쌓이네요(舞鞋從此生塵)', '낭군님을 찾겠어요(尋訪郞君)' 등의 표현으로 보더라도 이는 1인칭 여성 화자의 고백임이 틀림없다. 즉, 작자는 상단과 하단의 화자를 각기 다르게 설정한 것이다. 첫 만남에서 이별이 임박한 새벽까지는 남성 화자, 강가

에서의 이별 장면과 그 후의 복잡다단한 감정은 여성 화자의 입장에서 서술함으로써, 내용의 흐름을 보다 입체화한 효과가 돋보인다. 이처럼 한 작품 내 화자의 자유로운 전환은 2단 이상으로 구성되는 사의 형식 특징을 십분 활용한 것이라고 하겠다.

남송 이후의 사

정해진 사조에 따라 어구를 채워 넣는 '전사'의 창작 방식이 관성화되면서, 남송대 이후로는 실제로 음악에 맞추어 노래로 부르는 노랫말로서의 사보다는 문자로 쓰고 읽는 정제된 문학작품으로서의 사가 본격화되었다. 즉, 갈수록 문인들이 음악 곡조에 대한 깊은 이해 없이, 전승된 사보(詞譜)에만 단편적으로 의거해 사를 지었던 것이다. 원대에 북방 음악이 유행함에 따라 송대의 전통 곡조가 대부분 유실되면서 이러한 현상은 더욱 본격화되었고, 결국 사와 음악 간의 연결 고리는 끊어지게 되었다. 안타깝게도 오늘날 송사의 음악 곡조는 거의 전해지지 않는데, 다만 송말의 사인(詞人) 강기(姜夔)는 음악에도 정통하여 곡조를 직접 작곡하고 그것을 곡보(曲譜)로 기록해 남긴 덕분에 그 일부가 오늘날 전하고 있다.

남송대 사가 실제로 노래되는 가사로서의 생명력이 약해지게 된 흐름의 중간에는 일부 작가가 지나치게 문학적 기교 추구에 치우친 사를 창작한 원인도 있다. 그 대표적인 이가 오문영(吳文英)으로, 그의 작품에는 전고, 상징, 철저한 대구 등이 가득하다. 오문영은 그러한 기교 발휘를 통해 사의 문학적 함축성이나 정제미 등을 극도로 높였다는 평가를 받는 한편, 사를 지나치게 난해하고 모호하게 썼다는 일각의 비판 또한 피하지 못하였다. 이러한 비판적 의견은 남송 말에 이미 존재하여, 사학이론(詞學理論)에 정통했던 장염(張炎)은 『사원(詞源)』에서 "오문영의 사는 칠보 장식을 두른 전각처럼 사람의 눈을 현란하게 하지만 조각조각 잘게 쪼개져 내려 완정한 작품을 이루지는 못한다(吳夢窗詞如七寶樓臺, 眩人眼目, 碎拆下來, 不成片段)"라고 하였다. 요컨대, 남송 말 오문영 류의 사는 음악에 실어 부르고 귀로 들어 바로 이해할 수 있는 실제 노랫말로서의 역할을 이미 상당 부분 내려놓은 것으로 보인다.

문자로 읽고 쓰는 시가문학 갈래로서 자리 잡은 후로도 사는 명청대(明淸代) 문인들로부터 꾸준한 애호를 받았다. 특히 청대는 사의 중흥기라 할 정도로 많은 사람들이 사를 창작하고 향유하였으며, 나아가 전문적으로 사를 연구하는 학자들도 무리를 이루었다. 『사종(詞綜)』, 『사선(詞選)』, 『속사선(續詞選)』, 『송사가선(宋四家選)』 등의 사 총집(總集)이나 선집(選集)을 통해 당송사(唐宋詞)의 값진 유산을 한층 정비한 것도 이들이 이룬 업적이라 하겠다. 19세기 후반부터 20세기 초반에 걸쳐서는 왕붕운(王鵬運, 1849~1904), 정문작(鄭文焯, 1856~1918), 주조모(朱祖謀, 1857~1931), 황주이(況周頤, 1859~1926)라는 네 명의 걸출한 사학 연구자가 나왔는데, 이들을 일컬어 청말 사대사학자(四大詞學者)라 한다. 이들 중 주조모는 사의 전성기라 할 수 있는 송대의 작품을 대상으로 엄준한 선사(選詞) 과정을 거쳐 300여 수를 엮었는데, 이것이 바로 『송사삼백수』이다. 『송사삼백수』는 1924년 출간 이후 지금까지 중국인들에게 가장 사랑받는 사선집(詞選集)으로 손꼽히고 있다.

『송사삼백수』를 엮은 주조모에 대하여

　주조모(朱祖謀)의 다른 이름은 주효장(朱孝臧)이며, 자는 고미(古微 또는 古薇) 또는 곽생(藿生), 호는 구윤(漚尹)이다. 본적지가 지금의 절강성(浙江省) 호주시(湖州市) 부근인 귀안(歸案)의 상강촌(上彊村)이므로 호를 상강촌민(上彊村民) 혹은 강촌(彊村)이라고도 하였다. 그는 1857년(청 함풍(咸豊) 7년)에 주광제(朱光第)와 손씨(孫氏) 사이의 4남 중 장남으로 태어났다. 부친 주광제는 국학생 출신으로 하남(河南) 등주지주(鄧州知州) 등의 관직을 지낸 바 있는데, 주조모 역시 벼슬살이하는 부친을 따라 하남 일대에서 어린 시절을 보냈다. 주조모는 어려서부터 문학에 깊은 관심을 보였으며 특히 시사(詩詞)를 좋아하였다. 26세의 나이로 과거시험에 합격하여 광서(光緒) 9년(1883)에 '제이갑(第二甲)' 진사(進士) 124인에 올랐다. 이후 약 20여 년간 관직 생활을 하면서 국사관(國史館), 회전관(會典館), 예부(禮部), 이부(吏部) 등에서 봉직하였다. 이 시기는 서구 열강 세력의 중국 침투가 점점 본격화되던 때로, 주조모는 나라의 녹을 받는 관원의 신분이었지만 심정적으로는 유신파(維新派)의 개혁 사상에 동조했던 듯하다. 1897년에 직접 산동(山東)으로 가서 러시아와 독일 등이 여순(旅順), 대련(大連), 청도(靑島) 일대를 차례차례 점령하는 것을 직접 목도하면서 그러한 경향과 우국의 근심은 더욱 깊어진 것으로 보인다. 그러나 직접적인 행동으로 나섰다는 기록은 없으며, 다만 1898년 무술변법(戊戌變法) 실패 후 처단된 주동자 6인 중의 한 명인 유광제(劉光第)를 추도한 사 「자고천(鷓鴣天)」이 전한다. 광서 28년(1902)부터는 광동학정(廣東學政)에 파견되어 지내며 영국령 홍콩 일대를 둘러보기도 하였다. 부임한 지 3년째 되던 광서 31년(1905), 총독(總

督)과 의견이 맞지 않자 병을 사유로 스스로 자리에서 물러나며 관직 생활을 마감하였다. 그 후 주로 소주(蘇州), 상해(上海) 등의 강남지방에서 사의 창작과 연구에 몰두하며 지냈다. 학문적 성취를 인정받아 1909년과 1911년에는 청나라 조정으로부터, 1914년에는 원세개(袁世凱)로부터 중앙의 학술연구직으로 초빙받았으나 모두 병이 낫지 않았다는 이유로 사양하였다. 신해혁명(辛亥革命) 이후로는 청나라의 유신(遺臣)이라 자처하며 시의 창작, 교감, 출간 작업에 전념하여, 1917년에 총 260권 규모의 방대한 사총집(詞總集) 『강촌총서(彊村叢書)』를 내기에 이르렀다. 『강촌총서』는 당오대송금원의 사 총집 5종6 및 당대 1명, 송대 112명, 금대 5명, 원대 50명의 사 별집(別集)으로 구성되어 있는데, 그는 각 부분에 일일이 판본과 내원을 명시하였고 꼼꼼한 교정을 통해 원본의 착오나 부족한 부분을 바로잡았다. 또한 1924년에는 송대의 대표적 사 작가 88명의 작품 300수를 엄선하여 『송사삼백수』를 펴냈다. 사 연구에 대한 주조모의 소양과 열의는 당대 유명 문인들과 교유의 매개가 되기도 하였다. 정문작(鄭文焯), 왕국유(王國維), 황주이(況周頤) 등과 친밀히 지냈으며, 서화가 오창석(吳昌碩)의 그림 중에는 주조모가 사를 교감하는 장면을 형상화한 「강촌교사도(彊村校詞圖)」가 있다. 1931년 11월 22일에 상해(上海)에서 만 74세로 사망하였다. 창작사집으로는 만년에 펴낸 『강촌어업(彊村語業)』이 있다. 그의 사후 1933년에는 문하 제자 용유생(龍楡生)이 주조모의 미발표 사를 1권 더 모아 『강촌유서(彊村遺書)』를 출간하였다.

---

6 『운요집(雲謠集)』, 『준전집(尊前集)』, 『악부보제(樂府補題)』, 『중주악부(中州樂府)』, 『천하동문(天下同文)』이 그것이다.

*　*　*

   본 책은 송사를 한글로 접하는 독자들이 그 읽는 즐거움을 한층 더할 수 있도록 가급적 우리말의 자연스러운 음보를 살려 번역하였다. 본디 노랫말에서 생겨난 사가 태생적으로 가지는 친(親) 음악적 특성이 한글 번역문에서도 다소나마 살아날 수 있기를 바라서이기도 하다. 물론, 최우선적인 주안점은 원문의 의미를 정확하게 전달하는 데 두었으며, 어구의 해설이나 전고(典故) 풀이가 필요한 부분에는 주를 달아 설명하였다. 송대 사람들의 진솔한 노랫말을 모은 본 『송사삼백수』의 번역이 고전과 현대, 한자와 한글의 장벽을 초월한 소통에 작은 징검다리 한 점이 될 수 있기를 기원한다.

　『송사삼백수(宋詞三百首)』는 청말(清末)의 사학자(詞學者) 주조모 (朱祖謀, 1857~1931)가 사 작가 86명의 작품 312수를 친필 수초본 (手抄本)**1**으로 엮은 것이 그 첫 시작이다. 1924년, 이 수초본을 바탕 으로 일부 작가와 작품을 더하거나 빼는 등의 보완 과정을 거쳐 본 격적으로 간행한 각본(刻本)이 나왔는데, 일반적으로 이것을 주조모 의 『송사삼백수』 초간본(初刊本)이라고 일컫는다. 이 초간본에는 총 88명의 사 300수가 실려 있으며**2**, 부록으로 13수가 덧붙여져 있다. 이후로도 주조모는 생의 만년에 이르기까지 엄정한 선사(選詞) 목 록 수정 작업을 계속하였다.**3** 1934년 9월, 그 결과물로서 총 81명 의 사 283수를 수록한 『송사삼백수전(宋詞三百首箋)』(총 288쪽)이 상해신주국광사(上海神州國光社)에서 나왔다. 주조모의 호를 붙 여 '상강촌민중편본(上彊村民重編本)'이라고도 부르는 이 판본에는 사학자(詞學者) 당규장(唐圭璋)의 전(箋)이 부기되어 있으며, 기존 의 여러 사선집(詞選集) 중 가장 좋은 평판을 얻게 되었다. 이에 동

---

1 현재 이 친필 수초본은 중국 항주시(杭州市) 절강도서관(浙江圖書館)에 보존되어 있다.
2 친필 수초본의 수록 작품과 비교할 때, 21수가 빠지고 새롭게 9수가 추가되었다.
3 이 과정에서 28수가 빠지고 새롭게 11수가 추가되었다.

(同) 출판사는 1947년 1월에 판형을 대폭 바꾼 개정판(총 418쪽)을 냈다. 『송사삼백수전』 1947년 개정판의 최대 특징은 1924년 초간본에 입각하여 수록 작품을 300수로 복귀시켰다는 점으로, 명실상부한 "송사 300 수" 선집으로서의 면모를 되찾았다고 하겠다. 이 개정판 역시 반응이 좋아 이듬해인 1948년에 바로 재판(再版)을 냈다. 이후로, 1958년 8월에 중화서국(中華書局) 상해편집소(上海編輯所)에서 당규장의 주(注)을 추가해 출간한 『송사삼백수전주(宋詞三百首箋注)』를 비롯, 지금까지 수십 종의 『송사삼백수』 및 그 주해서(注解書)가 중국 대륙 및 대만의 여러 출판사에서 나왔다.

본 번역은 대만 삼민서국(三民書局)의 고적금주신역총서(古籍今注新譯叢書) 중 왕중(汪中) 주역(注譯)의 『신역송사삼백수(新譯宋詞三百首)』 2008년 개정판을 저본(底本)으로 하였다. 사 작가 87명의 작품 총 310수를 수록하고 있어 초간본의 원형에 가깝고, 중국 대륙에서 출간된 책의 대부분과는 달리 번체자로 이루어져 있으며, 널리 보급된 유수의 고적 총서에 속해 있어 국내외에서 손쉽게 구할 수 있다는 점 등을 고려하였다.

『송사삼백수』 작가군 연표

- 다음은 『송사삼백수』의 작가 87명을 본서 수록 순서에 따라 배열한 것으로, 해당 시기의 주요한 역사적 사실(史實)이나 문단(文壇)의 상황 등을 참조할 수 있도록 하였다.

- 각 작가의 생졸년을 병기하였으며, 생졸년이 미상인 경우에는 활동 시기를 추론할 근거가 되는 여타 관련 사항을 비고로 첨부하였다. 연도 뒤의 '?'는 이설(異說)이 있음을 뜻한다.

- 승려 작가 승휘나 여성 작가 이청조와 같이 엮은이가 권말에 수록한 작가는 각 활동 시기에 맞도록 해당 시기에 재배치하였다.

작가	생졸년	비고	주요한 역사적 사실 또는 문단의 상황
전유연(錢惟演)	962?~1034		960 조광윤(趙匡胤) 송 건국. 첫 과거(科擧) 실시
범중엄(范仲淹)	989~1052		
장선(張先)	990~1078		
안수(晏殊)	991~1055		
한진(韓縝)	1019~1097		976 중국 사대(四大) 서원 (書院) 중 하나인 악록서원 (岳麓書院) 창건

작가	생졸년	비고	주요한 역사적 사실 또는 문단의 상황
송기(宋祁)	998~1061		977 『태평어람(太平御覽)』 완성
구양수(歐陽修)	1007~1072		978 『태평광기(太平廣記)』 완성
섭관경(聶冠卿)	988~1042		1005 양억(楊億) 등, 『서곤수창집(西昆酬唱集)』펴냄, 서곤체 시 유행
유영(柳永)	987~1053		
왕안석(王安石)	1021~1086		
왕안국(王安國)	1030~1076		
안기도(晏幾道)	1030~1106		
소식(蘇軾)	1037~1101		
황정견(黃庭堅)	1045~1105		경력(慶歷, 1041~1048) 연간에 활자인쇄술 발명
진관(秦觀)	1049~1100		
조원례(晁元禮)	1046~1113		
조령치(趙令畤)	1051~1134		
승휘(僧揮)	미상	소식과 왕래하였음	
장뢰(張耒)	1051~1134		
조보지(晁補之)	1053~1110		
조충지(晁冲之)	미상	조보지의 종제	
서단(舒亶)	1041~1103		
주복(朱服)	1048~?		
모방(毛滂)	1064~1120		
진극(陳克)	1081~1137?		
이원응(李元膺)	미상	소성 (紹聖,	

		1094~1098) 연간에 출간된 『묵보법식(墨譜法式)』의 서문을 씀	
시언(時彦)	?~1107		
이지의(李之儀)	1038~1117		1060 구양수 등, 『신당서(新唐書)』 완성
주방언(周邦彦)	1056~1121		
하주(賀鑄)	1052~1125		1069 왕안석, 신법(新法) 시행
장원간(張元幹)	1091~1170?		
섭몽득(葉夢得)	1077~1148		1079 소식, 오대시안(烏臺詩案)의 필화사건에 연루됨
왕조(汪藻)	1079~1154		
휘종(徽宗) 조길(趙佶)	1082~1135		1084 사마광, 『자치통감(資治通鑒)』 펴냄
한류(韓嗼)	미상		
이청조(李淸照)	1084~1155		
이병(李邴)	1085~1146		
진여의(陳與義)	1090~1139		
채신(蔡伸)	1088~1156		
주자지(周紫芝)	1082~1155		
이갑(李甲)	미상	원부(元符, 1098~1100) 연간에 무강령(武康令)을 지냄	
묵기영(万俟詠)	미상	숭녕(崇寧, 1102~1106)	

작가	생졸년	비고	주요한 역사적 사실 또는 문단의 상황
		연간에 대성부(大晟府) 소속이 됨	
서신(徐伸)	미상	정화(政和, 1111~1118) 연간에 태상전악(太常典樂)을 지냄	
전위(田爲)	미상	1119 대성부악령(大晟府樂令)에 오름	
조조(曹組)	미상	1121 진사 급제	
이옥(李玉)	미상		
요세미(寥世美)	미상		
여빈로(呂濱老)	미상	선화(宣和, 1119~1125) 말년에 조정 관직을 지냄	
사치(査荎)	미상		
공이(孔夷)	미상		
악비(岳飛)	1103~1142		1105 악률(樂律) 관장 부서 대성부(大晟府) 설치
장륜(張掄)	미상	1178 영무군승선사(寧武軍承宣使)를 지냄	휘종(徽宗) 연간에 장택단(張擇端, 1085~1145), 「청명상하도(淸明上河圖)」 제작
정해(程垓)	미상	소희(紹熙, 1190~1194) 연간에 왕칭(王偁)과 교유	
장효상(張孝祥)	1132~1169		
한원길(韓元吉)	1118~1187		

원거화(袁去華)	미상	1145 급제	
육송(陸菘)	1109?~1182?		
육유(陸游)	1125~1210		1127 금(金) 침입휘종(徽宗)과 흠종(欽宗)은 금의 포로가 되어 북송됨. 고종(高宗) 조구(趙構)의 주도로 송 왕실 남하, 남송(南宋) 시대 개막
진량(陳亮)	1143~1194		1138 임안(臨安)에 정도(定都)
범성대(范成大)	1126~1193		
채유학(蔡幼學)	1154~1217		
신기질(辛棄疾)	1140~1207		1141 송–금 "소흥화의(紹興和議)" 맺음
강기(姜夔)	1155?~1221?		
장양능(章良能)	?~1214		
유과(劉過)	1154~1206		
엄인(嚴仁)	미상		
유국보(兪國寶)	미상	순희(淳熙, 1174~1189) 연간에 태학생(太學生)으로 지냄	
장자(張鎡)	1153~1211?		
사달조(史達祖)	1163~1220?		
유극장(劉克莊)	1187~1269		
노조고(盧祖皐)	미상	1199 진사 급제	
반방(潘牥)	1205~1246		1175 주희(朱熹)와 육구연(陸九淵)의 학문 토론회 "아호지회(鵝湖之會)" 열림

작가	생졸년	비고	주요한 역사적 사실 또는 문단의 상황
육예(陸叡)	?~1266		1188 제2차 "아호지회" 열림
소태래(蕭泰來)	미상	1229 진사 급제	
오문영(吳文英)	1200?~1260?		
황효매(黃孝邁)	미상		
반희백(潘希白)	미상	1253 진사 급제	
황공소(黃公紹)	미상	1256 진사 급제	
주사발(朱嗣發)	1234~1304		
유진옹(劉辰翁)	1232~1297		
주밀(周密)	1232~1298?		1234 몽고에 의해 금 멸망
장첩(蔣捷)	미상	1274 진사 급제	
장염(張炎)	1248~1320?		
왕기손(王沂孫)	?~1290?		
팽원손(彭元遜)	미상	1261 해시(解試) 참가	
요운문(姚雲文)	미상	1268 진사 급제	1279 몽고에 의해 남송 멸망

1857 　음력 7월 21일에 호주(湖州) 태계(埭溪) 상강촌(上彊村)에서 출생.

1860 　태평군(太平軍)의 난을 피해 고향 태계 상강촌에서 소현(蕭縣)으로 온 가족 이주.

1864 　주효장(朱孝臧)에서 주조모(朱祖謀)로 개명.

1875 　전근하는 부친을 따라 하남(河南)으로 이주. 왕붕운(王鵬運)을 만나 문학적 가르침을 받으며 교유를 시작.

1882 　과거시험에 이갑(二甲)으로 합격.

1883 　진사가 됨. 이후 국사관협수(國史館協修), 회전관총찬총교(會典館總纂 總校), 무자과강서부고관(戊子科江西富考官), 무술과회시동고관(戊戌 科會試同考官) 등의 관직을 지냄.

1896 　북경으로 와 다시 회전관(會典館)에서 관직을 지냄. 당시 어사(御史) 이던 왕붕운이 결성한 사사(詞社)에 참여하여 함께 사를 지음.

1897 　산동성(山東省) 위만(葦灣)에서 서구열강의 세력 확대를 목도함. 청일 전쟁(1894) 패배 이후 쇠약해지는 국운을 안타까워하는 사를 씀(「장 정원만(長亭怨慢) · 다시 온 위만에는 붉은 꽃 향기 희미해지고(葦灣重到紅 香頓稀)」).

1898 　무술변법(戊戌變法)의 실패로 처단된 지인 유광제(劉光第)를 추도하

는 사를 씀(「자고천(鷓鴣天)·중양절에 풍의문 밖 배촌[1]의 별장을 지나며(九日豊宜門外過裴村別業)」).

1899 왕봉운과 공동 작업으로 오문영(吳文英)의 사집 『몽창사(夢窗詞)』를 교감(校勘)하여 간행함.

1900 8국 연합군이 북경을 점령함에 따라 청 황실은 서안으로 피난. 유복요(劉福姚)와 함께 왕봉운의 사인재(四印齋)에 모여 국난을 근심하는 사를 씀(「자고천(鷓鴣天)·경자년 섣달 그믐에(庚子歲除)」).

1901 예부시랑(禮部侍郞)에 오름. 곧 이어서 이부시랑(吏部侍郞)도 겸함.

1902 광동학정(廣東學政)으로 부임함. 가응주(嘉應州)를 시찰하다가 마침 귀향해 있던 황준헌(黃遵憲)과 조우함.

1904 홍콩 일대를 둘러봄. 왕봉운 타계 소식에 크게 애도함.

1905 총독과 의견이 맞지 않자 지병을 사유로 관직에서 물러남.

1906 관직을 그만 둔 후 소주(蘇州)에서 머물며 왕봉운을 추도하는 사를 다수 지음. 상해(上海)의 정문작(鄭文焯)과 친밀하게 왕래함.

1909 조정에서 중앙 관직을 제의했으나 병이 낫지 않았다는 이유로 거절함.

1910 『동파악부(東坡樂府)』전주본(箋注本)을 완성함. 소주 등지에서 여러 문인과 활발히 교유함.

1911 조정에서 필덕원(弼德院)을 설치하고 고문대신(顧問大臣)으로 임명하였으나 말미를 청하다가 결국 응하지 않음. 신해혁명(辛亥革命) 발발.

1912 신해혁명 이후 스스로 청나라의 유신(遺臣)이라 칭하며 오송(吳淞)·호주(湖州) 등지에서 시사의 창작, 교감, 출간 작업에 전념함.

1914 원세개(袁世凱)가 고등고문(高等顧問)으로 초빙하였으나 사양함.

1915 상해에서 정문작의 『초아여집(苕雅餘集)』간행을 돕고 서문을 써줌.

1916 봄에 해외에서 돌아온 왕국유(王國維)와 상해에서 만남. 가을에 황주이(況周頤) 등의 사우(詞友)와 어울려 사를 짓고 창화(唱和)함.

1917 『강촌총서(彊村叢書)』초각본(初刻本)을 출간함.

1918 정문작이 타계하자 섭공작(葉恭綽)·양계초(梁啓超) 등과 더불어 그의

---

1 배촌(裴村): 유광제(劉光第)의 자(字)

고택과 묘지를 단장함.

1921 첫째 동생 주효위(朱孝威)의 60세를 축수하는 사를 지음(「금루곡(金縷曲)·아우의 환갑을 축하하며(壽閏生弟六十)」).

1923 주효위 사망에 크게 상심함. 오창석(吳昌碩)이 사 연구에 몰두하는 주조모를 화제(畵題)로 「강촌교사도(彊村校詞圖)」를 그림.

1924 『송사삼백수』 초간본을 출간함.

1925 진인선(陳仁先)과 함께 천진(天津)으로 가서 청조(淸朝)의 마지막 황제 부의(溥儀)를 배알함.

1928 오송(吳淞)에서 지인들과 어울려 바다를 구경함.

1930 가을에 고향에 잠시 들림.

1931 음력 11월 22일에 상해에서 사망.

새롭게 을유세계문학전집을 펴내며

을유문화사는 이미 지난 1959년부터 국내 최초로 세계문학전집을 출간한 바 있습니다. 이번에 을유세계문학전집을 완전히 새롭게 마련하게 된 것은 우리가 직면한 문화적 상황에 적극적으로 대응하기 위해서입니다. 새로운 을유세계문학전집은 세계문학의 역할이 그 어느 때보다 중요해졌다는 인식에서 출발했습니다. 오늘날 세계에서 타자에 대한 이해는 우리의 안전과 행복에 직결되고 있습니다. 세계문학은 지구상의 다양한 문화들이 평등하게 소통하고, 이질적인 구성원들이 평화롭게 공존할 수 있는 문화적인 힘을 길러 줍니다.

을유세계문학전집은 세계문학을 통해 우리가 이런 힘을 길러 나가야 한다는 믿음으로 만들어졌습니다. 지난 5년간 이를 준비하기 위해 많은 노력을 기울였습니다. 세계 각국의 다양한 삶의 방식과 문화적 성취가 살아 있는 작품들, 새로운 번역이 필요한 고전들과 새롭게 소개해야 할 우리 시대의 작품들을 선정했습니다. 우리나라 최고의 역자들이 이들 작품 속 한 문장 한 문장의 숨결을 생생히 전하기 위해 심혈을 기울였습니다. 또한 역자들은 단순히 번역만 한 것이 아니라 다른 작품의 번역을 꼼꼼히 검토해 주었습니다. 을유세계문학전집은 번역된 작품 하나하나가 정본(定本)으로 인정받고 대우받을 수 있도록 최선을 다했습니다. 세계문학이 여러 경계를 넘어 우리 사회 안에서 주어진 소임을 하게 되기를 바라며 을유세계문학전집을 내놓습니다.

을유세계문학전집 편집위원단(가나다 순)
김월회(서울대 중문과 교수)
박종소(서울대 노문과 교수)
손영주(서울대 영문과 교수)
신정환(한국외대 스페인어통번역학과 교수)
정지용(성균관대 프랑스어문학과 교수)
최윤영(서울대 독문과 교수)

을유세계문학전집

을유세계문학전집은 계속 출간됩니다.

을유세계문학전집 연표